ASSASSINATOS DEMAIS

Série Carmine Delmonico

Liga, Desliga

Assassinatos Demais

COLLEEN McCULLOUGH

ASSASSINATOS DEMAIS

Um romance de Carmine Delmonico

Tradução
Marina Slade

BERTRAND BRASIL

Rio de Janeiro | 2012

Copyright © 2009 *by* Colleen McCullough
Publicado mediante acordo com a Harper Collins Publishers.
Título original: *Too Many Murders: a Carmine Delmonico Novel*

Capa: Raul Fernandes
Foto de capa: Jim Caryl/Getty Images

Editoração: FA Studio

Texto revisado segundo o novo
Acordo Ortográfico da Língua Portuguesa

2012
Impresso no Brasil
Printed in Brazil

Cip-Brasil. Catalogação na fonte
Sindicato Nacional dos Editores de Livros, RJ

M429a	McCullough, Colleen, 1937-
	Assassinatos demais/Colleen McCullough; tradução Marina Slade — Rio de Janeiro: Bertrand Brasil, 2012.
	448p.: 23cm
	Tradução de: Too many murders: a Carmine Delmonico novel
	ISBN 978-85-286-1585-2
	1. Ficção australiana. I. Slade, Marina. II. Título.
	CDD: 828.99343
12-1997	CDU: 821.111(436)-3

Todos os direitos reservados pela:
EDITORA BERTRAND BRASIL LTDA.
Rua Argentina, 171 — 2º andar — São Cristóvão
20921-380 — Rio de Janeiro — RJ
Tel.: (0xx21) 2585-2070 — Fax: (0xx21) 2585-2087

Não é permitida a reprodução total ou parcial desta obra, por
quaisquer meios, sem a prévia autorização por escrito da Editora.

Atendimento e venda direta ao leitor:
mdireto@record.com.br ou (0xx21) 2585-2002

Para WAYDE

leal, amoroso, gentil, generoso

O melhor filho que um pai jamais teve.

Abril de 1967

Abril de 1997

Sr. Evan Pugh   3 de abril de 1967
Faculdade Paracelsus
Universidade Chubb
Holloman, Connecticut

Prezado Sr. Pugh,

Eu me dou por vencido. Os US$ 100.000,00 foram colocados
em seu quarto na faculdade, como foi determinado em sua
carta de 29 de março. Tomarei cuidado, se me pegarem,
para que minha presença na faculdade pareça inocente.
Por favor, não tente tirar mais dinheiro de mim. Meus bolsos
estão vazios.

Atenciosamente,
Matraca

As mãos de Evan Pugh tremiam quando ele leu a carta colocada em seu escaninho dentro de um envelope branco comum com seu nome e endereço datilografados da mesma maneira que a carta. A abertura quadrada e escura do escaninho estava vazia todas as vezes que a olhou, desde que desceu para o café da manhã até depois do almoço. Agora, às duas e meia, recebia a resposta!

COLLEEN McCULLOUGH

Os corredores estavam desertos quando ele se encaminhou para as escadas vazadas e em curva do lado do vestíbulo que dava para seu quarto; Paracelsus era uma faculdade nova, de linhas gloriosamente amplas e despojadas, projetada por um arquiteto de fama mundial que fora aluno da Chubb. Padecia também da austeridade fria do estilo dele: pisos e paredes de mármore de Vermont, jardins de seixos cercados de vidro e pequenos demais para entrar, luz branca, o mínimo de ornamentação. Lá em cima, onde ficava o dormitório de Evan, o mármore branco dava lugar a paredes pintadas de cinza e a um piso de borracha da mesma cor — muito prático, mas arejado e espaçoso. E assim também eram os quartos, razão pela qual os alunos da Paracelsus amavam seu arquiteto. Na verdade, ele próprio sofrera os horrores de dividir um cubículo numa faculdade construída em 1788, de maneira que havia provido a Paracelsus de quartos grandes e muitos banheiros.

Lá em cima também estava vazio. Evan seguiu pelo corredor e entrou no quarto, olhando ao redor para se certificar de que seu companheiro, Tom Wilkinson, estava na aula com o restante dos alunos do segundo ano daquela ala da faculdade de orientação pré-médica. Era preciso ter certeza: mesmo tipos dedicados como os pré-médicos às vezes matam aula. Mas ele estava sozinho. Estava seguro.

Surpreendentemente, não havia desordem no quarto. Ambos os jovens tinham carro, portanto não havia bicicletas à vista, e o chão não estava cheio das pilhas de caixas que os estudantes parecem propensos a acumular. Uma estante do chão ao teto separava duas grandes escrivaninhas sobre as quais ficavam as janelas, e as camas de solteiro superdimensionadas ficavam uma de cada lado da porta de entrada. Duas paredes longas tinham, cada uma, outra porta. Wilkinson, um rapaz alegre, havia pregado cartazes de estrelas de cinema sensuais em suas paredes, mas as de Evan Pugh eram nuas, com exceção de um quadro de cortiça no qual havia anotações e algumas fotografias afixadas.

ASSASSINATOS DEMAIS

Ele foi direto para sua escrivaninha; a superfície estava exatamente como a deixara durante todo o dia. Nenhuma gaveta trancada. Evan abriu cada uma delas e examinou por dentro, imaginando que volume teria o maço de dinheiro. Isso dependia do valor das notas, concluiu ao fechar a última gaveta. Nada de dinheiro ou maço de qualquer tamanho. Olhou sua cama do outro lado do quarto, um emaranhado de lençóis e cobertas, foi até lá e fez uma busca cuidadosa de alto a baixo — nenhum maço de notas sob as cobertas, em cima ou embaixo da cama.

Em seguida, checou as prateleiras da estante com o mesmo resultado e depois ficou se perguntando como tinha sido tão idiota. Como sua vítima poderia saber que lado do quarto era o seu? Ou mesmo se havia lados? Tom era bagunceiro, mas um exame minucioso de todas as partes do lado dele não revelou maço algum.

Restavam apenas os *closets*. Dessa vez, Evan examinou o de Tom primeiro, sem sucesso. Então abriu a porta do seu. Nesses *closets* em que era possível entrar é que melhor se mostrava o verdadeiro gênio do arquiteto, já que ele era um desses homens que nunca esquecia aspecto algum de seu passado e levou em consideração a quantidade de bugigangas que os rapazes — e as moças! — conseguem acumular no decurso de um ano habitando o mesmo quarto. Os *closets* tinham o comprimento do quarto e cerca de um metro de profundidade; em uma das extremidades, havia gaveteiros, depois vinham prateleiras abertas e, por fim, metade da área de espaço vazio. Apenas quanto à iluminação eles eram mal-equipados, em virtude do medo do reitor de um incêndio em área fechada. Nada mais luminoso que lâmpadas de 25 watts. Providas de molas, as portas se fechavam logo depois de abertas, outra idiossincrasia do reitor: ele detestava desordem e considerava portas e gavetas abertas um perigo passível de responsabilização legal.

Evan acendeu a luz do *closet* e entrou; a porta se fechou atrás dele, mas ele estava acostumado com isso. Imediatamente viu o maço pendurado por um barbante preso ao teto. Partiu, ansioso, em sua direção, nada surpreso por sua vítima ter escolhido escondê-lo em uma área interna ou por ele estar pendurado onde não havia gavetas nem prateleiras. Não olhou o teto; não olhou acima do maço, que, mesmo à luz fraca, pôde ver que estava embrulhado, bem apertado, em filme de PVC. As notas pareciam claramente cédulas de cem dólares. Pareciam novas, seus cantos não estavam deformados pelo manuseio de muitos dedos, e formavam um bloco achatado e bem-feito.

De repente, com as mãos já agarrando o maço, parou um momento para contemplar a magnitude de seu golpe, do triunfo que não podia confiar a ninguém enquanto quisesse chantagear o Matraca. Queria continuar a chantageá-lo? Afinal, não precisava do dinheiro; essa era simplesmente a arma que ele escolhera. O que lhe dava imensa satisfação era saber que ele, Evan Pugh, um mero estudante de dezenove anos da Chubb, tinha o poder de atormentar outro ser humano a ponto de uma extrema tortura mental. Ah, aquilo era tão *doce*! Claro que continuaria chantageando o Matraca!

Retomando o movimento, agarrou o pacote embrulhado em plástico. Como o pacote não saía do lugar, puxou-o com violência, um puxão impaciente que o fez cair em cima dele, na altura dos quadris. Suas mãos o seguiram, não querendo largar o prêmio.

No mesmo instante, ouviu um som alto, rugido e silvo ao mesmo tempo. Quando uma dor terrível lhe invadiu os membros superiores e o peito, Evan realmente pensou que estava sendo mordido por um *Tyrannosaurus rex*. Largou o maço de dinheiro e se agarrou ao que quer que fosse que o engolia, os dedos se fecharam sobre o aço frio preso a seu corpo — não um, mas toda uma carreira de punhais, afundados na carne, atravessando o osso.

O choque tinha sido repentino demais para um grito, mas agora ele começou a gritar com estridência, a voz rouca, perguntando-se por que sua boca estaria cheia de espuma, e gritando, gritando, gritando...

ASSASSINATOS DEMAIS

O barulho passava do *closet* para o quarto, mas lá não havia ninguém para escutar. O fato de não alcançar o corredor devia-se ao arquiteto, muito consciente do isolamento acústico e que, ainda por cima, havia contado com uma verba generosa. Os Parson queriam algo realmente de primeira classe caso tivessem de se separar de um Rodin ou de alguns Henry Moore. Não poderiam ser guardados dentro ou perto de *lixo*.

Evan Pugh levou duas horas para morrer, o sangue se esvaindo, as pernas recusando-se a mexer, cada respiração mais ofegante e difícil. Seu único consolo ao perder a consciência foi o de que a polícia encontraria o dinheiro e a carta do Matraca, que ainda estava em seu bolso.

— Não acredito! — exclamou o capitão Carmine Delmonico. — E o dia ainda não terminou. Que horas são, pelo amor de Deus?

— Quase seis e meia — respondeu a voz de Patrick O'Donnell de dentro do *closet*. — Como você bem sabe.

Carmine cruzou a porta, agora com a mola solta, para dentro de uma cena surreal que mais parecia um trabalho em cera criado para o museu de horrores do major Minor. Patsy havia colocado dois pequenos holofotes dentro do *closet* para substituir a obscuridade da lâmpada de 25 watts do reitor, e todo o seu interior estava fulgurante. O corpo atraiu sua atenção em primeiro lugar, mole, pendurado no teto baixo, os membros superiores e o peito cruelmente agarrados pelas mandíbulas de algo semelhante à extremidade funcional de um grande tubarão-branco, mas feito de aço enferrujado.

— Jesus! — deixou escapar, andando com cuidado em volta do corpo tanto quanto era possível. — Patsy, você já viu alguma coisa parecida antes?! E que diabo é isto?

— Uma armadilha em tamanho grande para ursos, acho — respondeu Patsy.

— Uma armadilha para ursos? Em Connecticut? Com exceção de algum lugar lá no Canadá ou no interior montanhoso, não aparece um urso deste lado das montanhas Rochosas há mais de cem anos. — Olhou de perto a parte superior do tórax do rapaz, onde os dentes haviam penetrado totalmente, até o metal de onde se originavam. — Embora imagine que talvez possa haver uma ou outra pessoa com algo assim num canto esquecido do celeiro — acrescentou, como uma ideia tardia.

Afastou-se enquanto Patrick terminava o exame, então os dois homens se entreolharam.

— Eu vou ter que levar a coisa toda — disse Patrick. — Não me atrevo a soltá-lo dentro do *closet*; este troço pode ter uma mola capaz de nos cortar fora a mão se o forçarmos a abrir. Este teto é muito mais baixo que o do quarto, mas deve haver uma viga. Que piada!

— Não está só aparafusada, está presa com parafusos e porcas — disse Carmine —, e, portanto, deve haver uma viga. Vamos usar motosserra? Pôr o prédio abaixo? — Viu o pacote enrolado em plástico e se abaixou para examiná-lo. — Hum... mas que curioso, Patsy! A menos que as notas de dentro sejam papéis em branco, temos aqui um bocado de dinheiro. Isca para o ganancioso. O garoto viu isso, tentou agarrar e acionou a armadilha.

Tendo verificado o fato, Carmine passou os olhos pelo resto do *closet*, que devia ser a realização de um sonho para um estudante, refletiu ele. Quatro metros e meio de comprimento, um metro de profundidade, numa extremidade um gaveteiro, em seguida uma série de prateleiras abertas e o restante do espaço para guardar caixas, bugigangas sem utilidade e apetrechos usuais de estudantes. A armadilha de urso foi fixada acima do chão livre sem dificuldade; o dono do *closet* era organizado.

— O cara que colocou a armadilha de urso sabia como proceder — disse Carmine. — Os parafusos devem estar fixos numa trave ou viga. A coisa não mexeu uma fração de centímetro ao disparar.

— Pelo menos está disparada, Carmine. Os rapazes vão conseguir retirá-la. Você já viu o suficiente?

— Acho que sim. Mas dá pra acreditar nisso, Patsy?

— Não. Com este, completamos doze em dezoito horas.

— Encontro você no necrotério.

Os companheiros de equipe de Carmine, Abe Goldberg e Corey Marshall, estavam junto à escrivaninha de Evan Pugh e pareciam atordoados.

— Doze, Carmine? — perguntou Corey quando este se aproximou deles.

— Doze, e praticamente todos diferentes. Embora este aqui tenha conquistado o grande prêmio, rapazes: uma armadilha para ursos. A vítima era frágil, magra, e a armadilha a imprensou com força suficiente para matá-la.

— Doze! — repetiu Abe, em tom de assombro. — Carmine, em toda a história de Holloman nunca houve doze assassinatos num dia. Quatro foi o máximo quando aquelas gangues de motociclistas trocaram tiros no estacionamento do Chubb Bowl, e aquilo foi simples, nem chegou a ser uma surpresa. Você esclareceu tudo em menos de uma semana.

— Bem, duvido que eu vá conseguir o mesmo dessa vez — declarou Carmine, em tom pessimista.

— Não — os sargentos disseram em coro.

— Mas — disse Abe, tentando confortar o chefe — nem todos os casos são seus. Eu sei que Mickey McCoster e sua equipe não podem se desobrigar da investigação de drogas, e Larry Pisano já está trabalhando nas mortes a tiro. São três a menos, apenas nove junto com esta aqui.

— São todas minhas, Abe, você sabe disso. Sou o chefe dos detetives. O que vai acontecer é que cada um de vocês vai pegar uma vítima para trabalhar; vocês conhecem meus métodos melhor que os rapazes da equipe de Larry. — Ele franziu a testa — Mas não esta noite. Vão para casa, façam uma boa refeição caseira e durmam bem. Às nove da manhã no escritório do comissário, tudo bem?

Eles assentiram e se foram.

Carmine deixou-se ficar observando o quarto de estudante relativamente espaçoso e a flagrante disparidade entre o lado da vítima de assassinato e o pertencente ao jovem que a havia encontrado.

Tom Wilkinson estava esperando num quarto ao lado, cedido temporariamente pelo reitor; um dos técnicos de Patsy o havia escoltado até seu dormitório, onde um lençol cobria a porta do *closet* de Evan, e supervisionou sua seleção de roupas, livros, quinquilharias. Depois de uma olhada na lista do técnico, Carmine voltou a examinar o quarto. Era como se os dois rapazes tivessem riscado uma linha no meio do quarto, tamanha a diferença entre os dois lados. Tom era desorganizado e bagunceiro, até mesmo no interior de seu *closet*, enquanto Evan Pugh era obsessivo. Até os recortes presos no quadro de cortiça estavam dispostos em ângulos retos de maneira organizada. Um exame rápido não fornecia pista alguma do motivo pelo qual fora assassinado: eram só lembretes para buscar a roupa na lavanderia em tais e tais datas, recortes de loja de selos, meias novas, material de papelaria. As fotografias eram todas de um lugar mais quente que Holloman — palmeiras, casas de cores vivas, praias. E do exterior de uma mansão, com um homem e uma mulher de seus quarenta anos, de aparência próspera, vestidos em traje de noite.

Como a escrivaninha nada mais acrescentava, Carmine foi ver Tom Wilkinson, que estava sentado na beira de sua nova cama, muito abatido. Era muito diferente de Evan Pugh, e um simples olhar mostrava isso: alto, de uma beleza do tipo alourado, atlético, com grandes olhos azuis que se fixaram em Carmine com um misto de medo, horror e curiosidade. Não eram olhos de um criminoso que usa armadilhas de ursos, convenceu-se Carmine. O jovem estava vestido com roupas baratas — nem tecido de lã de camelo nem caxemira.

ASSASSINATOS DEMAIS

Ele tentou não se mostrar confuso ao contar a história: o sangue escorrendo para fora do *closet* de Evan, ele o chamando sem obter resposta e abrindo a porta do *closet*. Depois disso teve dificuldade em manter o raciocínio lógico, mas Carmine lhe deu tempo para se recuperar, então ficou sabendo que Tom não tinha se demorado examinando os detalhes da confusão lá dentro. Alguns pré-médicos poderiam ter feito isso; muitos deles têm uma tendência. Se tinha visto o dinheiro, não tocou no assunto, e Carmine estava inclinado a acreditar que não vira. Aquele estudante do pré-médico economizava os tostões para conseguir permanecer na Paracelsus e teria ficado extremamente tentado a subtrair o embrulho antes que outra pessoa desse falta dele. Ele não tinha sangue nas roupas e havia contornado a poça ao entrar no *closet*. Quando saiu, não foi tão cuidadoso, mas o rapaz da patologia que o escoltou de volta ao quarto ficara com seus tênis, explicou, mexendo os dedos dos pés através dos buracos das meias. Os tênis eram novos, fariam falta, então...? Carmine se viu prometendo que seriam devolvidos o mais breve possível.

— Você gostava do seu companheiro de quarto? — perguntou Carmine.

— Não — respondeu Tom bruscamente.

— Por quê?

— Ah, cara, ele era uma *praga*!

— Você não parece do tipo que julga as pessoas, Tom.

— E não sou, e posso conviver com uma praga, capitão, se for uma praga normal. Mas Evan não era. Ele era tão... cheio de si! Quer dizer, bem encharcado, pesaria uns quarenta quilos e era a cara da Miss Prissy do desenho do Frangolino. Mas não se achava esquisito! Falava de um jeito que quem o ouvisse teria a impressão de que pesar quarenta quilos e ter a cara da Miss Prissy é exatamente o que os médicos recomendam. Tinha uma pele tão grossa que uma bala de canhão não tiraria uma lasquinha dele.

— Isso é que é ser grosso — disse Carmine solenemente. — Como ele era nas aulas? Tirava boas notas?

— Dez com louvor em tudo — respondeu Tom, desanimado. — Era o primeiro da classe e até em desenho era melhor que qualquer um de nós. A gente ficava doente quando via seu desenho dos nervos cranianos de um cação ou do globo ocular de um boi ser tomado como exemplo de como devia ser um desenho anatômico! Cara, ele era um saco! Tudo bem se ele não esfregasse isso na cara das pessoas, sobretudo de pessoas como eu, que têm bolsa. Quer dizer, provavelmente eu vou ter que entrar no Exército ou na Marinha para saldar minhas dívidas, o que abre uma brecha nos anos que me terão restado para minha prática particular.

— Ele era sociável com os colegas de turma?

— De jeito nenhum! Evan fazia coisas estranhas, como ir a Nova York para assistir a uma ópera ou a uma peça de teatro erudita. Nunca perdia o lançamento de um filme de vanguarda na cinemateca da Chubb, comprava entradas para banquetes de caridade ou para palestras em clubes quando algum político puxa-saco era o palestrante... muito estranho! Depois enchia nossos ouvidos como se fôssemos um bando de caipiras. Acho surpreendente o fato de ele nunca ter tomado uma surra aqui na Paracelsus.

— Ele tinha horários regulares? Roncava? Tinha hábitos pessoais desagradáveis?

Tom Wilkinson pareceu desconcertado. — Não, mas sim para os horários regulares. A menos que você considere seu convencimento e arrogância desagradáveis.

— A que horas você o encontrou?

— Por volta das seis. Eu tenho carro porque isso me permite voltar à faculdade para o almoço e o jantar. As refeições na cafeteria do Science Hill são caras, e minha irmã me deu seu carro velho quando comprou um melhor. A gasolina é muito barata, e minhas refeições aqui fazem parte da diária do quarto. A comida é boa também. Eu terminei uma aula de fisiologia na Burke Biology Tower às cinco e meia e vim para cá.

— A maioria de suas aulas é no Science Hill?

— Sim, principalmente as que são de fato do pré-médico. Há alguns... hum... diletantes do nosso segundo ano que assistem a aulas de história da arte e outras besteiras do tipo, mas eles também vão a outros lugares para as aulas. A coisa mais parecida com uma sala de aulas que a Paracelsus tem é um auditório de palestras que o reitor reserva para sermões sobre desordem e vandalismo.

— Vandalismo?

— Isso é coisa do reitor. Os calouros são um tanto rebeldes e fazem coisas como jogar tijolos velhos e sujos dentro dos jardins de seixos de Piero Conducci; é preciso usar um coletor de cerejas para tirá-los de lá. Eu não diria que vestir uma estátua de mulher nua com lingerie de prostituta é vandalismo. E o senhor?

— Provavelmente não — respondeu Carmine, impassível. — Tom, pelo que eu entendi, todos os estudantes da sua ala estão no segundo ano, não é?

— Sim, senhor. Quatro alas, uma para cada ano. Evan e eu temos um quarto no andar de cima, mas embaixo de nós tem mais gente do segundo ano.

— Então, como a ênfase é no pré-médico, isso significa que a ala fica deserta entre o almoço e mais ou menos as seis da tarde?

— É. Se alguém está muito mal para ir às aulas, deve ficar na enfermaria, onde há uma enfermeira. Às vezes os alunos matam aula para preparar algum trabalho importante, mas não há nada desse tipo no momento no nosso calendário.

— E de manhã?

— A mesma coisa, só que por menos tempo. Eu acho que o reitor tenta fazer com que os vendedores venham todos de manhã para poder vigiá-los melhor.

Carmine se levantou. — Obrigado, Tom. Eu gostaria que todas as minhas testemunhas tivessem a metade da sua sinceridade. Vá jantar, coma alguma coisa, mesmo que não tenha vontade.

De lá, foi ver o reitor Robert Highman. Desceu as escadas elegantes, mas vazadas (detestava escadas desse tipo, através das quais podia enxergar) e parou para entender o núcleo do prédio em forma de um X largo e achatado da Faculdade Paracelsus. As alas eram destinadas à moradia dos estudantes, mas o centro abrigava gabinetes e apartamentos do corpo docente mais graduado da faculdade. O reitor e o tesoureiro ocupavam cômodos confortáveis ali; embora os quatro colaboradores pós-graduados daquele ano morassem em apartamentos sem cozinha nas extremidades das quatro alas, as quatro unidades semelhantes adjacentes ao núcleo eram ocupadas por colaboradores pós-doutorandos que nada tinham a ver com a administração da faculdade.

Os gabinetes ficavam na parte de baixo; os apartamentos do reitor e do tesoureiro, em cima. O vestíbulo era relativamente amplo e estava quase deserto àquela hora do jantar; no balcão aberto onde um funcionário trabalhava, não havia ninguém, e os gabinetes, totalmente visíveis por trás de paredes de vidro, também estavam vazios.

Retomando a descida, Carmine parou perto do balcão e pensou como proceder para localizar o reitor. Um rumor animado veio do lado oposto do núcleo, onde ficavam o refeitório e os quartos comuns. Suspirando, Carmine preparou-se para uma incursão em meio a uns quatrocentos jovens comensais, o que acabou não acontecendo. Um homem baixo e nervoso, de terno e colete, surgiu na entrada do refeitório, Carmine o viu e se dirigiu a ele. Tinha um andar de pato, embora não estivesse acima do peso. Os joelhos é que esbarravam um no outro. O rosto era redondo e vermelho, o cabelo castanho, escasso, mas cuidadosamente penteado para esconder o máximo possível a calvície, e os olhos castanhos escuros tinham um brilho que revelou a Carmine que ele era capaz de intimidar a maioria dos alunos da Paracelsus. Ninguém o consideraria bonito.

— Reitor Highman — disse Carmine, apertando-lhe a mão. Aperto forte, firme.

— Vamos subir ao meu apartamento — o reitor disse, levantando a borda do balcão e destrancando uma porta de vidro. Passando por ela, subiram ao segundo andar num pequeno elevador mais confortável do que os elevadores pequenos costumam ser.

— O reitor Dawkins, primeiro reitor da Paracelsus e meu predecessor, era paraplégico — explicou Highman enquanto subiam —, mas suas qualidades sobrepujavam tanto a sua deficiência quanto o custo de instalar isto aqui. — Uma risadinha. — Princeton pensou que o conseguiria.

— Morra de inveja, Princeton — disse Carmine, rindo.

— Você é um Chubber, capitão?

— Sou, da turma de 48.

— Ah, então foi um dos rapazes que defenderam nosso amado país. Mas você deve ter começado antes da guerra.

— Sim, em setembro de 1939. Eu me alistei logo depois de Pearl Harbor* e, por isso, perdi meus créditos do outono de 1941. Não que eu me importasse com isso. Os japas e os nazis vinham primeiro.

— Casado?

---

* O ataque a Pearl Harbor foi uma ação militar de surpresa realizada pela Marinha imperial japonesa contra a base naval americana em Pearl Harbor, Havaí, na manhã de 7 de dezembro de 1941. No dia seguinte, os Estados Unidos declararam guerra ao Japão, o que resultou em sua entrada na Segunda Guerra Mundial.

COLLEEN McCULLOUGH

— Sim.

— Filhos?

— Uma filha de um casamento anterior, Sophia, com dezesseis anos agora, e um filho de cinco meses — respondeu Carmine, perguntando-se quem estaria conduzindo o interrogatório.

— Seu nome?

— Ainda não decidimos.

— Meu Deus! Um impasse conjugal sério?

— Não, é mais uma discussão amigável em curso.

— Ela vai vencer, capitão, ela vai vencer! Elas sempre vencem.

O reitor Highman acomodou seu convidado numa cadeira de couro e foi até o carrinho de bebidas. — Xerez? Uísque? Escocês?

— O senhor não me ofereceu gim, reitor.

— Você não me parece um homem de gim, nem se comporta como tal.

— O senhor está mais do que certo! Um uísque vai cair bem, obrigado. Com água gasosa e gelo, bastante água.

— Ainda em serviço, não é? — O reitor sentou-se com um copo generoso de xerez. — Pode perguntar, capitão.

— Eu apurei com o companheiro de quarto do sr. Pugh, o sr. Wilkinson, que a faculdade fica deserta durante o horário das aulas.

— Correto. Qualquer estudante encontrado perambulando pelos corredores durante o horário das aulas certamente é interpelado. Não que isso acorra com frequência. A Paracelsus foi construída e dotada de recursos pela Fundação Parson especificamente para estudantes do pré-médico.

Carmine fez uma careta. — Ah, aquela gente!

— Você fala como se os conhecesse.

— Eu estive envolvido, no ano retrasado, num caso que tinha a ver com uma instituição sustentada por eles.

— Sim, o Hug — disse o reitor Highman, assentindo com cautela.

— Eu creio com toda a sinceridade que o assassinato do sr. Pugh não envolverá a Paracelsus num desastre daquele tipo.

— Duvido, reitor, que vá além de vazar para a imprensa e para as outras mídias a respeito das circunstâncias da morte do sr. Pugh. Esteja certo de que vamos tentar conter o tom de nossas declarações.

O reitor inclinou-se para a frente, esquecendo o xerez. — Estou apavorado, capitão. Como o sr. Pugh morreu?

— Entre os dentes de uma armadilha para ursos armada dentro do seu *closet*.

O rosto rubro empalideceu, e o xerez quase derramou, até que o reitor levou o cálice aos lábios e tomou tudo de um só gole. — Jesus Cristo! Deus todo-poderoso! Aqui? Na Paracelsus?

— Sim, infelizmente sim.

— Mas... mas... o que podemos fazer? Eu juro que ninguém viu nada de estranho hoje! Eu perguntei, posso lhe assegurar! — choramingou o reitor.

— Eu entendo, mas amanhã os detetives voltarão para fazer uma série de perguntas sobre o caso, dr. Highman. Por essa razão, gostaria de me certificar de que todos que trabalham aqui, incluindo porteiros, coletores de lixo, jardineiros, faxineiras e demais funcionários que não pertencem ao corpo docente, estejam presentes o dia inteiro. Todos terão que responder às perguntas. Ninguém será tratado com rispidez, mas todos, sem exceção, serão entrevistados individualmente — disse Carmine com voz firme.

— Entendi — disse o reitor, parecendo sincero.

— O que o senhor sabe sobre Evan Pugh, reitor?

Highman franziu a testa, umedeceu os lábios e decidiu se servir de outro cálice de xerez. — Evan Pugh era um rapaz difícil — disse, recostado na cadeira e bebericando com satisfação. — Receio que ninguém o conhecia bem... ou, o que talvez seja mais importante, que ninguém gostava dele. Eu lido com jovens há muitos anos, mas, segundo minha experiência, os Evan Pugh foram poucos. Muito poucos. Eu me sinto um tanto incapaz de descrever a personalidade dele. Posso apenas dizer que era... repugnante. Não digo que eu esteja em dia com a ciência moderna, mas tenho lido sobre umas substâncias chamadas feromônios. Elas são secretadas, pelo que entendi, para atrair outras pessoas, particularmente as do sexo oposto. Os feromônios que Evan Pugh secretava repeliam. — Deu de ombros, tomou um gole do xerez. — Mais que isso não posso dizer, capitão. Na realidade, eu não o conhecia.

Carmine deixou-se ficar até terminar seu drinque aguado, conversando com o reitor sobre as verbas concedidas à faculdade pelo clã dos Parson, cuja caridade — somando milhões e milhões — era sempre voltada para a área médica. A escolha do arquiteto Piero Conducci por Roger Parson sênior não o surpreendera; se os membros mais jovens do clã tivessem feito o que queriam, ele tinha certeza de que a Paracelsus seria entregue a um projetista mais conservador. Deve ter sido um golpe para eles abrir mão de sua cópia dos *Burgueses de Calais*, mas tiveram que se conformar; ficava na extremidade júnior/sênior do núcleo do X, dentro de um dos jardins de seixos e paredes de vidro de Conducci, e era esplêndida como um Rodin deveria ser.

— Imagino — disse o o chefe da investigação em tom grave — que todos os oportunistas das redondezas da Paracelsus sejam estritamente policiados.

— Seriam, caso algum se materializasse, mas fico satisfeito em lhe dizer que isso nunca aconteceu. Há muitas outras obras de arte na Chubb muito mais fáceis de serem roubadas que o nosso Rodin.

— E haverá muitas mais quando o museu de arte italiana for construído; uma porção de Canalettos e Ticianos vai sair dos cofres. Isto é, se os Thanasset algum dia decidirem onde seu museu vai ficar — disse Carmine.

— Uma grande universidade — ponderou o reitor — deve nadar em obras de arte! Eu agradeço a Deus todas as noites pela Chubb.

* * *

ASSASSINATOS DEMAIS

E, assim, passava um pouco das oito quando Carmine chegou à divisão de medicina legal do edifício de Serviços Municipais em Cedar Street. O médico-legista era seu primo-irmão, embora um observador não fosse capaz de perceber o parentesco num exame visual. Patrick tinha olhos azuis e cabelos avermelhados, pele clara e sardenta; Carmine tinha olhos cor de âmbar escuro e cabelos pretos ondulados que disciplinava mantendo-os curtos. Eram filhos das irmãs Cerutti: uma delas se casara com um O'Donnell e a outra com um Delmonico. Embora Patrick fosse dez anos mais velho que Carmine, bem-casado, pai de seis filhos, nenhuma diferença jamais poderia diminuir o imenso amor que existia entre eles. Único filho, Carmine perdeu o pai aos treze anos, tornando-se o queridinho da mãe viúva e de quatro irmãs mais velhas, sem uma figura masculina que o ajudasse a sobreviver até que Patsy, com vinte e dois anos, apareceu e preencheu essa lacuna. Entretanto, não era uma relação paternal; eles se sentiam como irmãos.

Funcionário público responsável pela investigação de mortes suspeitas e médico-legista, Patrick dera um jeito de passar a maior parte de suas atribuições no tribunal para seu vice, Gustavus Fennel, que adorava aparecer nos tribunais e tinha uma longa rixa com Douglas Thwaites, o mal-humorado juiz distrital. Patrick era completamente apaixonado pela nova ciência da criminalística e mantinha seu departamento absolutamente em dia com todos os avanços dessa disciplina capciosa, com seus tipos sanguíneos, soros, cabelos, fibras, qualquer coisa que um criminoso deixasse para trás como assinatura. Sua eterna dor de cabeça era a falta de fundos para a compra de equipamento de análise, mas, na esteira da dissolução do centro de pesquisas médicas conhecido como Hug, os Parson tinham lhe dado um microscópio eletrônico, um microscópio para cirurgias Zeiss, vários outros microscópios especializados, novos espectrômetros e um cromatógrafo para gases. Estes, juntamente com as mais modernas centrífugas e outros aparelhos de menos importância que passaram do Hug para ele, permitiram-lhe formar o melhor laboratório de patologia criminal do estado e — curioso efeito colateral — predispor Hartford a aprovar novos pedidos de material. Receber doações tão generosas dos Parson obviamente fazia qualquer um ganhar pontos com o governador, essa era a explicação de Patrick.

O necrotério estava atulhado de macas, coisa que só acontecia como consequência de desastres aéreos ou acidentes rodoviários envolvendo muitos carros. Mas não era o caso naquela noite. Todos aqueles corpos silenciosos, imóveis e cobertos eram vítimas de assassinato. Além deles, havia outros corpos que demandavam a atenção do médico-legista: mortes inexplicáveis para as quais os médicos se recusavam a assinar um atestado de óbito e qualquer morte que a polícia julgasse precisar de autópsia.

Havia uma série de portas de aço inoxidável numa das paredes, dezesseis ao todo, e a sala era um local silencioso e de trabalho intenso, com dois técnicos ocupados em tirar os corpos autopsiados das gavetas, não os confundindo com os das vítimas de assassinato e com outros ainda não colocados nas gavetas. Lá fora, no pátio, Carmine sabia, deviam estar vans e carros funerários adaptados, enviados pelas funerárias para buscar os corpos liberados, seu pessoal reclamando ante a insistência do médico-legista de que viessem imediatamente, logo, sem demora!

Ele entrou na sala de autópsia, onde Patrick estava de pé ao lado de uma mesa comprida de aço inoxidável equipada com uma enorme pia em uma das extremidades e dutos de drenagem nas laterais. Uma balança comum de açougue pendurada em um ponto conveniente e vários carrinhos com instrumentos cobertos estavam dispostos nas proximidades.

Evan Pugh fora libertado da armadilha de ursos; ela estava sobre um banco com assento de mármore a certa distância e cercada de carrinhos. Carmine se dirigiu primeiro para lá e ficou olhando, prudente demais para tocá-la. Se Patsy havia colocado uma cerca em volta, é porque ela era mesmo muito perigosa. Esticada como estava agora, tinha pelo menos uns sessenta centímetros de largura na base articulada e seus dentes enferrujados e terríveis tinham uns bons cinco centímetros de comprimento cada. Nem farpados nem serrilhados, apenas afiados como facas. A base, que havia sido fixada no teto do *closet*, tinha largura suficiente para que um homem colocasse os pés nela, um de cada lado da articulação — a maneira usual, concluiu Carmine, de o usuário abri-la e engatilhá-la. Havia seis buracos de parafuso, três em cada placa lateral, no meio e nas extremidades. Eles não faziam parte da armadilha quando ela foi feita — haviam sido acrescentados recentemente. Todas as superfícies estavam bem enferrujadas, enquanto o metal em torno dos buracos brilhava. O próprio assassino os tinha aberto.

— Nem respire perto dela, Carmine — disse Patrick, junto à mesa. — O disparador está ajustado para um fio de cabelo, e eu não estou exagerando. Quem a limpou para a ação usou gel de ácido fosfórico na mola para remover a ferrugem e ajustou a pressão na placa para a armadilha disparar a qualquer puxãozinho, até mesmo de um fracote como a nossa vítima. O que me fascina é o tamanho da sola do pé do assassino, para manejar o dispositivo tão tranquilamente e ser capaz de inserir os parafusos até a cabeça sem dispará-lo. Jesus! Fico encharcado de suor só de pensar nisso.

Carmine caminhou até a mesa. — Alguma pista, Patsy?

— Algumas bem extraordinárias, na verdade. Veja, leia isto. Estava no bolso da calça dele.

— Isso realmente esclarece muita coisa — disse Carmine, recolocando o envelope de plástico transparente junto aos outros objetos de Pugh. — Entre outras coisas, explica o dinheiro. Você abriu o pacote? Ele contém cem mil dólares?

— Não sei. Achei que devia reservar esse prazer para você. Lavei o sangue e removi a primeira camada do embrulho, embora duvide que vá encontrar qualquer impressão digital que não seja de Pugh.

Carmine pegou o pacote e uma tesoura e cortou as várias camadas do filme plástico até o fim. Esperando encontrar papel em branco sob uma camada externa de notas verdadeiras, ficou surpreso ao verificar que todas as notas eram cédulas de cem dólares genuínas. Tinha havido uma eclosão de notas falsas de cem dólares um ano antes e, na ocasião, lhe mostraram o que reparar nelas, mas essas eram genuínas. Que tipo de vítima de chantagem podia se dar ao luxo de jogar fora mil notas de cem dólares no decorrer de um assassinato?

— O dinheiro só complica as coisas — disse, colocando-o em um prato de aço e tampando-o antes de tirar as luvas. — Aqui tem cem mil em notas novinhas, mas a numeração não é totalmente sequencial. Vou ter de entregar isso aos federais para descobrir a origem. — Encostou o traseiro numa pia de parede e contemplou o prato de dinheiro com certa amargura. — Matraca... fico imaginando o que terá sido que o Matraca falou para justificar não só o assassinato, como também o sacrifício de tanto dinheiro. Quem quer que ele seja, sabia que não havia esperanças de recuperar o que desembolsou... e sua carta. O que nos diz que ele não está preocupado, que acredita que não há chance de descobrirmos seu verdadeiro nome e o motivo da chantagem.

— Chantagem à parte, Carmine, um dos motivos é o ódio — afirmou Patsy, introduzindo uma sonda num ferimento grave no peito. — O objetivo aqui era agonia física, morte lenta.

— Mas não uma lição pública.

— Não. Uma vingança particular. O Matraca não está interessado em tornar públicos os detalhes de seu crime. Toda sua raiva era dirigida a Evan Pugh. Quem quer que ele seja, não é alguém que queira chamar a atenção para si.

— Aposto que foi a primeira tentativa de Pugh de fazer chantagem. Cara, eu adoraria pôr as mãos na carta que Pugh escreveu em 29 de março! — Carmine fechou as mãos com força. — Mas o Matraca deve ter queimado a carta. Digamos que ele a tenha recebido em 29 de março. Isso significa que inventou essa incrível retaliação em quatro ou cinco dias. E deve saber que Pugh não deixou para trás provas da

ASSASSINATOS DEMAIS

chantagem. Portanto, não são fotografias, cartas, lembretes, qualquer coisa visual ou auditiva. Pugh não tinha a chave de um depósito de segurança, nem mesmo de um que ele considerasse um bom esconderijo. Nenhuma chave de um armário numa estação de trem ou de ônibus. Claro que ele poderia ter mandado alguma coisa para seus pais, mas aposto que não fez isso.

— Ora, Carmine — discordou Patsy. — Quando se trata de chantagem, sempre há uma prova material, mesmo que seja apenas a descrição por escrito de um incidente.

— Não aqui — corrigiu Carmine. — Estou convencido de que o Matraca agiu com total segurança. Agora que Pugh está morto, não existe mais ameaça. A prova da chantagem morreu com ele.

— Instinto de tira? — perguntou Patrick.

A meio caminho da porta, Carmine parou. — Como você está se virando nesse caos?

— Em primeiro lugar, estamos fechados. Nenhuma transferência de fora no momento. O último de nossos casos já autopsiados vai para a funerária até as dez da noite, e isso nos dará espaço para acomodar as vítimas de assassinato e aquilo que não possa ser evitado — respondeu Patrick. — Estou mandando Gus e os rapazes para os laboratórios de North Holloman para cuidarem dos casos externos por lá até que a crise por aqui tenha evaporado.

— Coitado do Gus! North Holloman é um depósito de lixo. — Carmine retomou o caminho. — Vamos nos encontrar no escritório de Silvestri amanhã às nove, certo?

As luzes da costa leste de Holloman piscavam em meio à abundância de árvores pela qual a cidade era famosa quando Carmine estacionou seu Ford Fairlane em East Circle, pouco antes das nove daquela noite. Estritamente falando, o veículo era uma viatura policial não identificada, com um motor V-8 incrementado, molas e amortecedores de carro de polícia, mas não parecia um carro de polícia; desde que chegara ao posto de capitão, Carmine comprava todo ano o modelo do ano anterior, portanto seu carro não apresentava as características de uma viatura de polícia normal. Carmine pegou a descida em curva, pavimentada com pedras, que levava à porta da frente de sua casa, girou a maçaneta e entrou. Desdemona não se preocupava em trancar portas, raciocinando de modo correto que seria algo raro um criminoso entrar na casa de Carmine Delmonico. Esse raciocínio não teria lógica numa cidade maior, mas todo mundo em Holloman sabia onde Carmine morava, o que apresentava desvantagens, mas, em parte, também era vantajoso.

Suas mulheres estavam reunidas na cozinha, ampla o bastante para jantarem quando não tinham visitas, reservando assim, para ocasiões mais festivas, a sala de jantar formal com a bela mesa Lalique de Carmine e a luminária que combinava com a mesa. A cozinha era toda branca e imaculadamente limpa; em matéria de decoração doméstica, a segunda mulher de Carmine se submetera ao gosto dele, admitindo ser melhor que o seu, e nunca lamentou a decisão.

Ela estava junto a uma bancada muito alta dando os últimos toques num prato de lasanha, enquanto sua enteada se ocupava, com entusiasmo, da salada. As bancadas precisavam ter um metro e dezesseis de altura, pois Desdemona Delmonico media um metro e noventa descalça; que elas não fossem até mais altas, era uma concessão a Sophia, com apenas um metro e setenta, e a maneira de oferecer algo razoável caso um dia a família decidisse vender a casa. Os cabelos de Desdemona estavam um pouco desalinhados de tanto ela passar as mãos neles: era uma aprendiz de cozinheira que ainda sofria crises de ansiedade a respeito de seu desempenho, embora na lasanha ela se garantisse razoavelmente bem. A mãe e as irmãs de Carmine a ensinaram, de modo que o que aprendera era, em geral, do sul da Itália. Algo muito estranho para Desdemona, inglesa até a raiz dos cabelos, mas ela também tivera

ASSASSINATOS DEMAIS

alguns sucessos ocasionais. Uma amiga de Lincoln que a visitara a ensinou a fazer um assado tradicional e um ensopado de carne com vegetais de Lancashire, ambos devorados pelo marido e por sua família com grande prazer. Imagine nunca se comer pernil com batatas descascadas e assadas! Para Desdemona, era uma omissão terrível. Para não falar do molho preparado com o caldo do cozimento da carne!

Quando se virou para cumprimentar Carmine, era possível observar que seu rosto, entre um nariz muito grande e um queixo proeminente, era bem comum, mas, quando sorriu, ele se iluminou de um modo cativante, e os olhos eram realmente belos, grandes, calmos, cor de gelo espesso. A maternidade aumentou-lhe o busto, que era tudo o que faltava para tornar esplêndida sua figura, embora fosse alta demais. Como suas pernas bem-feitas eram proporcionalmente muito longas, os homens tendiam a considerá-la bastante atraente. Não era um veredicto que proferissem nos dias em que Desdemona administrava o Hug: o casamento havia feito maravilhas por ela.

Ela se dirigiu imediatamente a Carmine e abaixou o rosto uns dez centímetros para beijá-lo, enquanto Sophia pulava num pé e noutro, esperando sua vez.

Com dezesseis anos, quase dezessete, sua filha era inegavelmente encantadora; parecia-se com a mãe, Sandra, que havia aspirado a uma carreira em Hollywood. Sophia tinha os cabelos naturalmente louros, olhos azuis, feições delicadas e fisicamente era tudo o que uma jovem poderia desejar ser. Mas, enquanto a mãe era uma viciada em cocaína que ainda morava na Costa Oeste, Sophia tinha juízo, ambição considerável e mais bom-senso do que tanto seu pai quanto seu padrasto, o famoso produtor de cinema Myron Mendel Mandelbaum, jamais imaginaram que uma filha de Sandra pudesse ter. Ela havia deixado Los Angeles, bem como a influência deprimente da mãe, quando Carmine e Desdemona se casaram nove meses antes, e morava no que seria a ideia do paraíso para uma adolescente: uma torre de três andares, quadrada e, ainda por cima, com terraço. Astuta o bastante para perceber que a localização da torre tornava praticamente impossível receber gente lá dentro ou sair sem ser vista, Sophia decidira que as vantagens sobrepujavam aquele dado menor, pois não possuía uma natureza rebelde. Embora seu quarto tivesse uma pequena cozinha, ela quase sempre comia com o pai e a madrasta, com quem se entendia muito bem.

Estreitando Desdemona com um dos braços, Carmine estendeu o outro para Sophia, que se aconchegou nele e deu um beijo sonoro no pai.

— Lasanha! — exclamou ele, radiante. — Vocês têm certeza de que não se importam de comer tão tarde? Eu ficaria satisfeito com um prato esquentado no forno, de verdade.

— Eu e Sophia somos mulheres sofisticadas, cosmopolitas — foi a resposta de sua mulher. — Se comermos cedo demais, acordaremos famintas muito antes do café da manhã. Tomamos o chá da tarde às quatro, e isso nos sustenta.

— Como vai o Sem Nome? — perguntou ele, sorrindo afetuosamente.

— *Julian* está ótimo — respondeu a mãe. — Dormindo, claro.

— Aceite, pai — disse Sophia, dando sua pequena contribuição.
— Julian é um bonito nome.

— É efeminado — respondeu Carmine. — Você não vai querer que um filho meu vá para St. Bernard carregando um nome assim.

Sophia deu uma risadinha. — Vamos lá, pai! Ele parece mais um lutador de boxe, é mais provável que venha a ser o "Grande Julie de East Cicero, Illinois".*

---

* Personagem do famoso musical *Guys and Dolls*, de Jo Swerling e Abe Burrows, músicas e letras de Frank Loesser, que estreou na Broadway em 1950, com adaptação para o cinema em 1955, estrelada por Marlon Brando, Jean Simmons e Vivian Blaine, traduzido para o português como *Garotos e garotas*. (N.T.)

— Maldito *Garotos e garotas*! — respondeu Carmine, exaltado. — Efeminado ou gângster, Julian não serve para ele. Ele precisa de um nome comum! Eu gosto de John, como meu avô Cerutti. Ou Robert, Anthony, James!

A lasanha estava sendo cortada; como Desdemona adivinhava a hora que ele ia aparecer para jantar? Sophia havia posto a salada em tigelas e estava colocando o molho que cada um escolhera, depois encheu os copos de vinho com um bom tinto italiano, menos o dela, que encheu com um terço de vinho e completou com água mineral gasosa. Eles se sentaram.

— E o que você acha de Simon? — perguntou Sophia, com um toque de implicância.

Carmine recuou como uma serpente preparando o bote. — De efeminado para bicha! — bradou. — Veja bem, o que soa normal na Inglaterra é uma coisa, mas aqui não é a Inglaterra!

— Você tem preconceito contra os homossexuais — disse Desdemona, sem perder o sangue-frio. — E não diga "bicha"!

— Eu não tenho preconceito! Mas também não me esqueci de como os colegas de classe podem tornar infeliz a vida de uma criança com um nome esquisito — disse Carmine, ainda lutando com valentia. — Não tem nada a ver com o fato de eu ser preconceituoso ou não, tem a ver com as crianças com quem nosso filho vai conviver na escola. Sinceramente, Desdemona, a pior coisa que um pai pode fazer com um filho é fazê-lo carregar um nome estúpido, e com estúpido quero dizer efeminado, fantasioso ou idiota!

— Nesse caso, Julian é o melhor de um grupo ruim — disse Desdemona. — Gosto do nome! Preste atenção no som, Carmine, por favor. Julian John Delmonico. Soa bem, e, quando ele for um homem famoso, imagine só como vai ficar bonito no papel timbrado.

— Bah! — bufou Carmine e mudou de assunto. — Esta lasanha está muito boa. — Melhor que a da minha mãe e quase no nível da vovó de Cerutti.

Ela ficou bastante satisfeita, mas o que quer que fosse dizer acabou não dizendo, pois Sophia falou antes.

— Adivinhe quem vai chegar amanhã, pai.

— Quando você fala nesse tom, minha jovem, só pode ser uma pessoa: Myron — respondeu o pai.

— Ah! — Sophia pareceu murchar, mas depois se reanimou. — Ele não disse, mas eu sei que está vindo para ficar comigo. A Dormer está em recesso de fim de trimestre, e eu sugeri que ele viesse.

— Ou ordenou? Eu estou atolado de trabalho; ele não poderia ter vindo em melhor hora — disse Carmine sorrindo.

— Coisa grave? — perguntou Desdemona.

— Terrível.

— O que está acontecendo, pai?

— Você conhece as regras, garota. Nada de assunto de polícia em casa.

A caminho da cama, uma hora mais tarde, Carmine foi até o quarto do bebê, onde o filho sem nome dormia um sono abençoado em seu berço. Sophia o havia chamado de lutador de boxe, e era uma descrição bem correta; de ossos grandes e comprido demais, ele também tinha a amplitude muscular do pai, embora não desse para chamá-lo de gordo. Apenas um sujeito durão. Os cabelos espessos e cacheados eram pretos, e a pele bem bronzeada, como a de Carmine. Na verdade, ele se parecia em tudo com o pai, menos no comprimento. Os pés e as mãos sugeriam mais de um metro e oitenta na idade adulta.

Foi então, com as palavras do reitor da Paracelsus sobre as mulheres buzinando em seus ouvidos, que Carmine enxergou a luz. Este menino pode ter qualquer nome impunemente; nunca ninguém o intimidará ou zombará dele. Talvez ele precise das rédeas de um nome levemente efeminado para frear sua força, seu tamanho.

ASSASSINATOS DEMAIS

Assim, ao se estender na cama ao lado de Desdemona, Carmine virou-se para ela e a envolveu em seus braços, corpo contra corpo, pernas rodeando pernas. Beijou-a na nuca; ela estremeceu, aproximou-se ainda mais dele, uma das mãos entre seus cabelos curtos.

— Julian — disse ele. — Julian John Delmonico.

Ela deu um grito de alegria e começou a lhe beijar as pálpebras.

— Carmine, Carmine, muito obrigada! Você nunca vai se arrepender! Nem o nosso filho. Ele suporta qualquer nome.

— Eu acabei de me dar conta disso — respondeu ele.

O escritório do comissário John Silvestri era amplo, embora raramente tivesse de acomodar tantos homens quantos os que lá se reuniram às nove da manhã seguinte, 4 de abril.

Holloman, uma cidade de cento e cinquenta mil habitantes, não era grande o suficiente para ter uma divisão de homicídios, mas contava com três equipes de detetive para investigar todo tipo de crime complexo. O capitão Carmine Delmonico chefiava toda a divisão, com dois tenentes que formalmente estavam abaixo dele, mas que, em geral, seguiam linhas próprias de investigação. O tenente Mickey McCosker e sua equipe não estavam presentes; ele estava envolvido em uma investigação sobre drogas que o FBI estava realizando e não podia ser liberado para outro trabalho, um ponto de atrito com Silvestri e com os policiais do estado, que foram ignorados. Assim, a Carmine e seus dois sargentos, Abe Goldberg e Corey Marshall, juntaram-se o tenente Larry Pisano e seus dois sargentos, Morty Jones e Liam Connor. Também estava presente o subcomissário Danny Marciano, que se aposentaria no fim de 1968. Apesar do nome inegavelmente italiano, Marciano, cujos ascendentes eram do norte da Itália, era claro, sardento e tinha olhos azuis. Larry Pisano devia se aposentar no fim do presente ano, 1967, o que acarretava certa dificuldade para Carmine, porque os dois sargentos tinham prioridade sobre os homens de Pisano e estavam na fila para ocupar o cargo de tenente. Como isso significava um aumento de salário considerável e mais autonomia, não podia culpar Abe e Corey por quererem a promoção.

Silvestri, por sua vez, era um policial administrativo que, no curso de suas atividades, nunca havia disparado o revólver que trazia consigo, muito menos uma espingarda ou um rifle, mas que nunca fora considerado um maricas: durante a Segunda Guerra Mundial recebera várias condecorações, incluindo a Medalha de Honra do Congresso. Mas, reinstalado no Departamento de Polícia de Holloman, dera-se conta de que seu talento era de administrador e se tornou um dos melhores comissários de polícia que a cidade já tivera. Era um homem moreno de beleza harmoniosa ainda capaz de despertar o interesse das mulheres, lembrando um grande gato, e era totalmente leal a seu departamento, pelo qual brigaria com qualquer um, dos federais a Hartford. Tão bom político que costumava ser considerado politicamente inábil, Silvestri tinha um desempenho brilhante na mídia e somente duas fraquezas. Uma delas era seu protegido Carmine Delmonico. A outra era o vício de chupar e mastigar charutos apagados, deixando um rastro de guimbas pegajosas como rolhas atrás de um barco de passeio. Com uma veia diabólica e tendo percebido há muito que Danny Marciano detestava aqueles charutos, ele sempre dava um jeito de colocar o que estava mascando o mais próximo possível do cara.

Em circunstâncias normais, seu admirável semblante mantinha-se bastante impassível durante uma reunião, mas naquela manhã parecia decididamente fechado. Logo que Patrick O'Donnell entrou e ocupou o último lugar vago, Silvestri abordou direto o assunto.

— Carmine, ponha-me a par de tudo — ordenou, mastigando um charuto.

— Sim, senhor. — Sem se reportar ao amontoado de papéis e pastas que estavam no seu colo, Carmine começou: — O primeiro chamado foi às seis da manhã de ontem e veio do Clube de Remo da Chubb. Os oito remadores principais saíram para treinar assim que houve luz suficiente.

Parece que as condições no trecho do rio Pequot que eles usam estavam perfeitas e então o treinador os tirou da cama e os mandou para lá. Eles treinaram bastante e já estavam voltando quando dois remos da esquerda bateram num objeto logo abaixo da superfície: o corpo de uma criança pequena. Patsy?

Patrick tomou a palavra quase no mesmo fôlego. — Uma criança pequena, de aproximadamente dezoito meses de idade, vestida com um macacão de dormir de boa qualidade, da marca Dr. Denton, e uma fralda bem grossa do tipo que certas instituições vendem a famílias com crianças deficientes. O corpo apresentava características de síndrome de Down. A causa da morte, eu priorizei a criança, não foi afogamento, mas asfixia por sufocação com um travesseiro. Havia contusões indicativas de que a criança resistiu. A morte ocorreu por volta das quatro da manhã.

Carmine retomou a palavra: — A identidade da vítima era um mistério. Ninguém havia feito um registro no Serviço de Pessoas Desaparecidas sobre uma criança com síndrome de Down. Corey?

— Às 8h da manhã recebemos uma ligação do sr. Gerald Cartwright, cuja casa fica em frente ao rio Pequot, perto do Clube de Remo da Chubb — disse Corey, lutando vigorosamente para manter a voz impassível e regular. — Ele tinha passado a noite fora, em viagem para outro estado, e, ao voltar, encontrou sua mulher morta e seu filho mais novo, uma criança com síndrome de Down, desaparecido de casa. — Corey parou.

Carmine continuou: — A essa altura vários outros fatos tinham acontecido. Uma prostituta que todos nós conhecemos bem, Dee-Dee Hall, foi encontrada numa alameda atrás da prefeitura com a garganta cortada de orelha a orelha. Esta chamada foi aos quatro minutos para as sete da manhã e foi seguida, às sete e doze, por uma ligação da residência do sr. Peter Norton, que morreu depois de tomar um copo de suco de laranja feito na hora. Então, eu deixei Abe tratando do assassinato de Dee-Dee, Corey com o caso Cartwright e fui para a casa de Norton.

ASSASSINATOS DEMAIS

Encontrei a mulher da vítima e duas crianças, uma menina de oito anos e um menino de cinco, transtornadas, principalmente a mulher, que se comportava como uma louca. Os detalhes que eu consegui foram por intermédio da menina, que jurou que tinha sido o suco de laranja. O copo estava sobre a mesa do café da manhã, pela metade. A mulher espremia as laranjas todas as manhãs, depois subia para acordar e vestir as crianças, e, nesse intervalo, o copo ficava sobre a mesa, sem ninguém prestar atenção. Portanto, havia um lapso de tempo durante o qual alguém de fora teria a oportunidade de colocar alguma coisa dentro do suco.

— Eu estou com o copo com o resto do suco — disse Patsy, a mão segurando o queixo e parecendo cansado. — Embora eu não tenha nenhum resultado ainda, minha suposição é de que o sr. Norton foi envenenado com uma alta dose de estricnina. — Fez uma careta. — Uma maneira nada agradável de morrer.

— Enquanto eu estava na casa dos Norton — prosseguiu Carmine — recebi uma chamada sobre um estupro com morte em Sycamore. Mandei Corey. A sra. Norton precisava de uma policial e nós temos poucas. Relatório, Corey.

— O corpo foi encontrado pelo senhorio da garota — disse Corey, controlando melhor a voz. — O nome dela é Bianca Tolano. Ela estava no chão, nua, as mãos amarradas nas costas. Foi torturada e tinha uma meia-calça em volta do pescoço. Mas eu não acredito que tenha morrido por estrangulamento, Carmine. Creio que morreu em decorrência de uma garrafa quebrada que foi introduzida na vagina.

— Muito bem, Cor — disse Patsy. — Ainda falta fazer a autópsia, mas eu já fiz um exame preliminar. A meia-calça foi apenas uma forma intermitente de tortura.

— Jesus! — exclamou Silvestri. — Estamos sitiados?

— Era essa a sensação que se tinha ontem, senhor — concordou Carmine. — Eu ainda estava tentando extrair informações da sra. Norton quando recebi uma ligação a respeito da morte a tiros de uma faxineira negra e de dois estudantes negros do curso médio; nenhuma gangue foi relacionada aos crimes, segundo o policial que telefonou. Eles ocorreram na ronda dele. Eu passei o caso para o Larry. Larry?

Homem meio moreno e com uma carreira sem destaques, mas bastante satisfatória, Larry Pisano contraiu as sobrancelhas expressando pesar. — Bem, Carmine, talvez possa parecer bastante comum, mas acredite, não é. Ludovica Bereson era faxineira: trabalhava em cinco casas de segunda a sexta. Era querida pelos patrões, não furtava, nunca deu motivos para reclamação. Gostava de uma boa piada e de um prato quente no almoço. Os patrões não se importavam com o almoço, pois ela era boa cozinheira e sempre deixava bastante para eles comerem no jantar. Ela foi ferida na cabeça com uma arma de baixo calibre e morreu instantaneamente. Ninguém viu e, o que é mais interessante, ninguém ouviu também. Cedric Ballantine tinha dezesseis anos, era bom aluno e estava na fila para conseguir uma bolsa de estudos num excelente colégio porque jogava bem futebol. Era esforçado e nunca teve problemas. Foi ferido atrás da cabeça por uma arma de médio calibre. Morris Brown tinha dezoito anos, era um estudante que só tirava dez e não tinha registro de problemas. Foi alvejado no peito por uma arma grande e tradicional, calibre quarenta e cinco ou coisa parecida. Ninguém viu ou ouviu os rapazes serem mortos também. Todas as vítimas tinham resíduo de pólvora em volta das feridas: foram mortas à queima-roupa. Na mesma ronda policial. Mas as mortes de Cedric e de Morris ocorreram em extremidades opostas do território que o policial cobre e a de Ludovica, no meio. Eu mandei Morty e Liam atrás de cápsulas, mas nada, e não que não tenham procurado direito! Vou lhe dizer uma coisa, Carmine, foi uma operação muito bem-concatenada. E as vítimas? Três negros totalmente inofensivos!

— Duvido que eu consiga chegar neles hoje — disse Patrick com um suspiro. — Os casos de envenenamento têm prioridade.

ASSASSINATOS DEMAIS

— *Casos* de envenenamento? — perguntou Silvestri, arregalando os olhos. — No plural?

— Pois é — respondeu Carmine, assentindo. — A sra. Cartwright, a mãe da criança com síndrome de Down, não cometeu suicídio. Ela foi morta com uma injeção de alguma coisa, e Patsy disse que ela mesma não poderia ter introduzido a agulha na veia utilizada. E temos Peter Norton, que ingeriu estricnina. E o reitor John Kirkbridge Denbigh, da Faculdade Dante, da Chubb, que tomou uma dose letal de cianureto de potássio misturada com chá de jasmim. Sem mencionar *el supremo* da Cornucopia, Desmond Skeps.

O comissário estava boquiaberto. — Meu bom Jesus! Skeps? Desmond Skeps está morto?

— Está, sim. E não pense que não me ocorreu que todos os outros assassinatos eram simplesmente uma maneira de fazer a morte de Skeps parecer menos o provável objetivo da matança — disse Carmine e franziu a testa. — Se fossem em menor número, eu talvez me inclinasse também a pensar assim, mas não esta quantidade! Qualquer que seja o modo de se encarar isso, doze assassinatos num dia são assassinatos demais para uma cidade pequena como Holloman.

— Vejamos — disse Silvestri, contando nos dedos. — O bebê. A mãe do bebê. O cara da estricnina no suco de laranja. O estupro com assassinato. A prostituta... coitada da velha Dee-Dee! Acho que estava nas ruas desde que eu era garoto... Os três negros mortos a tiro. O reitor da Faculdade Dante, com cianureto. O grande chefão da Cornucopia... Todos juntos somam dez. E quem mais, por piedade?

— Uma viúva de setenta e um anos em circunstâncias bastante confortáveis; ela vivia numa propriedade de oito mil metros quadrados nos arredores da cidade. Foi encontrada pela faxineira, sem nenhuma ligação com a que foi morta, numa cama toda revirada, com um travesseiro ainda sobre o rosto. E, por fim, um segundanista do pré-médico da Chubb que estava chantageando alguém chamado Matraca. — Carmine suspirou, parecia frustrado. — Quatro envenenamentos, um crime sexual, três mortes a tiro, o final violento de uma prostituta, duas sufocações com travesseiro e uma armadilha para ursos.

— *Armadilha para ursos?*

Carmine estava acabando de descrever o assassinato de Evan Pugh quando chegou o carrinho de café, especial para o comissário, com rosquinhas dinamarquesas, passas da Silberstein e um café visivelmente melhor. Todos se levantaram agradecidos e se alongaram antes de se dirigir ao carrinho como gafanhotos atacando um campo verde e suculento depois de uma estação de restos de colheita queimados. Nunca tendo esquecido o conselho recebido numa reunião de diretoria dos Parson, Carmine escolheu uma rosca dinamarquesa de maçã. Sim, continuava deliciosa!

Carmine levou Silvestri para um canto assim que pôde.

— John — começou em voz baixa —, a imprensa vai chafurdar nesta história. Como vamos fazer para tirá-los de cima de mim?

— Ainda não tenho certeza — disse Silvestri em tom igualmente baixo —, calculo que ainda temos algumas horas antes de eu precisar fornecer-lhes alguma coisa. Tenho umas ideias, mas preciso de tempo para decidir qual a melhor linha de ataque.

Carmine riu. — Ataque?

Os olhos escuros se arregalaram inocentemente. — Lógico, ataque! No dia em que eu baixar a guarda para eles, me aposento.

Depois de um necessário quarto de hora falando de qualquer coisa que não fosse assassinato, foi mais fácil voltar à crise iminente.

— Como você pretende administrar isto, Carmine?

— Além de minha função de supervisor — respondeu Carmine —, há vários casos que quero reservar para mim. Os envenenamentos e a armadilha de ursos. Larry, você e seus homens se concentram nas mortes a tiro e em Dee-Dee Hall. A velha senhora, Beatrice Egmont, vai para Abe, porque Corey já está com a vítima de estupro.

Ninguém fez objeção, embora por aquela divisão de trabalho o capitão ficasse com quase metade dos casos. Também não perguntaram o que Carmine pretendia fazer em relação a Jimmy Cartwright, a criança com síndrome de Down.

— Como posso ajudar? — perguntou Silvestri.

— Fornecendo muitos carros não identificados e mantendo o suprimento de motoristas — disse Carmine imediatamente. — Vamos produzir um grande volume de papelada, e o tempo que ficarmos nos carros é hora de colocar os papéis em dia. Portanto, quero todos vocês no banco de trás fazendo seus relatórios.

— Você terá os carros não identificados e os motoristas — prometeu Silvestri. — Danny, você faz a intercomunicação.

Vista da Adams Street, a casa dos Cartwright tinha uma aparência apenas medianamente próspera; era vendo a parte de trás, ou por intermédio de alguém com conhecimento imobiliário, que se ficava sabendo que se tratava de uma propriedade de primeira linha. O estilo da construção era de madeira branca tradicional, complementada com janelas verde-escuras, e se espalhava para os lados no lote extremamente comprido, de doze mil metros quadrados, às margens do rio e dele separado por uma cerca viva muito alta. Da rua, viam-se apenas a lateral do quarto principal, no andar de cima, e a menor dimensão de uma sala de visitas embaixo. A porta da frente ficava do outro lado, virando à esquerda, e estava protegida do quintal pela cerca viva, na qual havia um portão imponente trancado.

Carmine bateu, sentindo-se estranhamente abandonado. O normal era Abe e Corey estarem com ele, dois pares de olhos extras para esquadrinhar a cena com a mesma minúcia que os seus, embora sob perspectivas diferentes. Bem, hoje isso não era possível, pensou ele, esperando que alguém atendesse às fortes batidas que dera à porta. Passou-se um minuto, depois outro. Estava a ponto de repetir a investida quando uma fresta da porta se abriu e Gerald Cartwright espiou por ela.

— Sr. Cartwright?

— Sim.

— Sou o capitão Carmine Delmonico, da polícia de Holloman. Posso entrar?

A porta se abriu; Gerald Cartwright deu um passo para trás.

Ele tinha exatamente a aparência de um homem que havia acabado de perder a mulher e o filho mais novo assassinados: encolhido, ferido pela dor, assombrado, parecendo sofrer muito. Homem de quarenta e poucos anos, compleição mediana, meio moreno, em circunstâncias normais provavelmente passaria a impressão de alguém que acolhe amavelmente, com a simpatia adequada a um proprietário de não apenas um, mas de dois restaurantes, ambos de sucesso. Antes de sair para a entrevista, Carmine havia levantado a vida pregressa de Gerald Cartwright da melhor maneira possível no breve tempo de que dispôs; um sargento de gabinete dos Serviços Municipais dava seguimento a essa entre outras pesquisas. Os delinquentes e os maridos ciumentos de Holloman estavam temporariamente em segundo plano enquanto doze assassinatos ocupavam nove décimos do tempo de todo mundo.

Interessante o fato de os dois negócios de Gerald Cartwright serem tão diferentes e ele não ser um chef. Ele era dono de um restaurante francês de primeira linha, L'Escargot, em Beechmont, Nova York, e de uma lanchonete, Joey's, na Cedar Street, em Holloman, junto às torres altas do Science Hill da Chubb. Ambos eram comércios prósperos, o primeiro servindo clientes diferenciados à procura de novas emoções gastronômicas, o outro uma lanchonete de panquecas de muito sucesso. Cartwright usava os serviços bancários do Second National, onde guardava fundos mais que suficientes para cobrir suas despesas; seu dinheiro maior estava investido com segurança em uma carteira de títulos e ações com Merrill Lynch, Pierce, Fenner & Smith. Em virtude do aparecimento do Matraca, Carmine havia pesquisado grandes retiradas, mas nenhuma fora feita.

Ele seguiu Cartwright até uma sala de estar mobiliada com cadeiras e mesas de boa qualidade, mas despretensiosas, do tipo que pais prudentes com quatro filhos escolheriam. Através de portas duplas de vidro, ele viu uma enorme sala de visitas com um mobiliário bem melhor. Proibida para crianças, imaginou.

Gerald Cartwright sentou-se pesadamente, pegou uma almofada espessa e apertou-a contra o estômago.

— Sr. Cartwright, o senhor não estava em casa na noite de anteontem?

— Não! — respondeu Cartwright, ofegante. — Eu estava em Beechmont.

— Onde o senhor tem um restaurante.

— Sim.

— O senhor dorme com frequência em Beechmont?

— Sim. Eu tenho família lá, minha mulher também tem... tinha, nós temos um apartamento pequeno em cima do restaurante. Eu faço as refeições com minha mãe, geralmente. Ela mora duas casas adiante.

— Além da presença de familiares em Beechmont, o que faz o L'Escargot tão especial para justificar noites frequentes fora de casa?

Cartwright piscou ao ouvir Carmine citar o nome do restaurante; empalideceu visivelmente. — É um *menu* francês, capitão, e meu chef, Michel Moreau, é muito famoso. Ele também é uma *prima donna* que tem crises temperamentais. Por algum motivo, eu sou a única pessoa que consegue lidar com ele, e, se eu o perder, meu negócio vai pelo ralo abaixo. As pessoas viajam cento e trinta quilômetros só para comer no L'Escargot, temos uma lista de espera de três meses, isso me coloca num terrível dilema! Então eu fico lá duas ou três vezes por semana só para deixar Michel contente. Cathy sempre compreendeu, mesmo que isso tornasse as coisas mais difíceis para ela. Nós temos três filhos na Dormer Day School, e isso custa um bocado de dinheiro.

— Do mesmo modo que as prestações desta propriedade, sr. Cartwright?

— Sim... e não. — Ele engoliu, se mexeu, apertou a almofada com mais força. — Nós a compramos numa boa ocasião, conseguimos um empréstimo a quatro por cento. Sabíamos que não a podíamos perder. Pelo tamanho do lote nesta região e pela proximidade do rio, ela vale cinco ou seis vezes o que pagamos por ela. A casa estava em boas condições, não tivemos grandes despesas com consertos. — As lágrimas começaram a correr de seus olhos; ele lutou para se controlar.

— Esteja à vontade, sr. Cartwright. Quer que eu pegue alguma coisa para o senhor?

— Não — disse ele, soluçando. — Ah, isso é tão horrível! As crianças sabiam que alguma coisa tinha acontecido, mas eu cheguei antes que um deles fosse ver por que a mãe ainda não havia descido. Ou Jimmy. Antes de Jimmy, eles teriam ido, mas ele... de certo modo, ele mudou as coisas.

— O senhor se refere à síndrome de Down?

— Sim. Depois que ele nasceu nos disseram que ela deveria ter feito um teste de amniocentese, mas ninguém sugeriu isso quando descobriu que estava grávida. Ninguém nos avisou dos riscos de ter filhos aos quarenta anos! Quero dizer, nós já tínhamos tido três filhos saudáveis, normais.

A indignação o estava ajudando a superar o choque e a tristeza. Carmine o ouvia, preparado para dizer uma palavra de estímulo, caso fosse necessário.

— Jimmy ocupava demais o tempo de Cathy; no entanto, eu não podia estar aqui com mais frequência que antes. Eu tentei contratar um gerente para o L'Escargot, mas não deu certo. Nós não tínhamos outra escolha, era eu quem tinha de ir para Beechmont. — As lágrimas continuavam a correr.

— Suponho que o verdadeiro problema de sua mulher eram os outros três filhos — disse Carmine delicadamente.

Gerald Cartwright deu um pulo, pareceu espantado. — Como foi que o senhor adivinhou? — perguntou.

— É uma reação comum em qualquer família que de repente se vê diante de uma criança deficiente. Uma criança desse tipo consome cada segundo do tempo da mãe, e os filhos mais velhos não estão amadurecidos o suficiente para entender a verdadeira natureza do problema. — disse Carmine calmamente. — Eles se ressentem com o novo bebê e, numa sequência lógica, com a mãe. Quantos anos eles têm?

— Selma tem dezesseis, Gerald Junior treze e Grant dez. Eu pensei que Selma fosse se tornar uma aliada da mãe, mas ela se tornou tão... rancorosa. Começaram a comentar na escola que seu irmãozinho era retardado, e ela reagiu mal. Na verdade, os três reagiram mal.

— Exatamente como eles reagiram, sr. Cartwright?

— Principalmente se recusando a ajudar Cathy, que não tinha tempo de preparar o almoço para levarem para a escola ou o lanche quando chegavam em casa. Não foi tão ruim quando Jimmy era bebê, mas, depois que fez um ano, o jantar começou a atrasar, e os cardápios foram ficando mais simples, mais monótonos. Cathy simplesmente não tinha mais tempo para cozinhar. Quando ela pediu à Selma que se encarregasse da roupa, Selma teve um chilique no estilo dos de Michel. A vida em casa era um pesadelo! As crianças realmente odiavam Jimmy, não queriam ficar no mesmo cômodo que ele.

E o senhor não teve coragem para dar duro neles, pensou Carmine. O senhor tinha Beechmont, onde se refugiar, jantares preparados em casa de sua mãe, uma cama sossegada para dormir. Os ataques temperamentais de Michel devem ter sido como maná caído do céu, eles o mantinham longe de uma situação que o senhor sabia que não podia deixar que continuasse, mas com a qual não conseguia lidar. Sua mulher precisava do senhor em casa cem por cento do tempo. Certo, certo, havia o dinheiro mais que necessário envolvido, mas o senhor não tem dívidas. Uma vez solucionada a situação em casa, o senhor poderia encontrar outro Michel e colocar o L'Escargot novamente de pé e funcionando.

Ele deixou Gerald Cartwright chorando abraçado à almofada e foi dar uma volta pela casa espaçosa para procurar os três filhos mais velhos e ver como eram. Antes, porém, o quarto principal, interditado por um cordão da polícia.

Era muito charmoso, em bege cor de casca de batata com várias faixas pretas de larguras diferentes quebrando o bege das cortinas, da colcha da cama, do papel de uma das paredes. O carpete era preto, a madeira da mobília laqueada com o mesmo bege cor de casca de batata. A única nota destoante era um berço grande e pesado junto ao que ele supunha ser o lado de Cathy na cama. As laterais eram muito altas, as grades largas e muito próximas; parecia a jaula de um animal perigoso. Ninguém havia mexido nos lençóis e cobertas, que formavam uma massa confusa coberta por um lençol. A ampla cama de casal também não fora tocada a não ser no exame criminalístico; estava arrumada em comparação ao berço, prova de que Cathy não havia reagido. Havia uma mancha de sangue marrom do tamanho de um selo de carta no lençol de baixo, na altura em que estaria o cotovelo de Cathy.

Carmine sabia que tinha sido encontrado um cálice de bourbon puro na cabeceira dela, embora o cálice e o que restou do conteúdo tivessem ido para o laboratório de Patrick. Os resultados tinham ficado prontos pouco antes de ele sair para lá. Seu derradeiro drinque noturno havia sido misturado com hidrato de cloral, de modo que, quando a dose maciça de pentobarbital intravenoso foi administrada, ela dormia muito profundamente para resistir, mesmo que tivesse sentido a agulha. Patrick calculou a hora de sua morte por volta de duas da madrugada, o

ASSASSINATOS DEMAIS

que significava que tinha morrido bem antes do filho. Alguém a assassinou, mas teria sido a mesma pessoa que matou a criança?

O banheiro da suíte estava limpo e arrumado. Sobrecarregada com uma criança deficiente e três filhos mais velhos que não queriam cooperar, mesmo assim Cathy Cartwright dava um jeito de manter a casa em condições razoáveis. Coitada! Devia sentir que nenhuma das pessoas que amava tinha tempo para ela ou era solidária com sua situação.

Ele encontrou os três filhos mais velhos dos Cartwright numa saleta que era ao mesmo tempo escritório e biblioteca e separava os quartos das crianças da suíte principal, completando, assim, a parte de cima da casa.

Estavam reunidos em torno de uma televisão grande, assistindo a um canal de desenhos animados; a TV a cabo tinha acabado de chegar à cidade, e Pequot River, um bairro rico, foi o primeiro da lista da empresa de TV a cabo. Como as crianças haviam aumentado o volume, não escutaram Carmine entrar. O que lhe deu a oportunidade de observá-los bastante de guarda baixa. Selma, deduziu, era uma típica princesa da Dormer Day School. Sua consciência de tal criatura crescera de maneira significativa desde que Sophia começou a estudar na Dormer, especialmente em vista de sua escola anterior em Los Angeles, onde bebidas e drogas eram mais fáceis de comprar que balas e cujos estudantes podiam preencher um cheque para comprar Holloman inteira sem se dar conta. Portanto, para Sophia, a Dormer era uma reles imitação, felizmente livre de bebidas e drogas, mesmo que em grande parte frequentada por garotos que se consideravam muito acima da plebe. Rindo secretamente, Sophia havia se inserido na vida da Dormer como uma glamorosa importação da Costa Oeste que conhecia montes de estrelas de cinema e se vestia no melhor estilo adolescente da moda. O que salvava a Dormer era a ótima reputação acadêmica e alguns professores brilhantes, já que a maioria do corpo docente da faculdade Chubb mandava seus filhos para lá e havia uma porcentagem grande demais de garotos estudiosos para que a facção dos atletas/líderes de torcida exercesse o controle usual da escola e das atividades de classe. A Dormer era basicamente um lugar de *geniozinhos*.

Selma deve ter puxado à mãe, pensou Carmine, olhando para ela. Alta, bela figura, cabelos entremeados de mechas louras, pele bronzeada. O ar de superioridade, deduziu ele, era só seu. Gerald Junior fora forjado no mesmo molde, embora provavelmente jogasse basquete, e não futebol. Só o mais moço, Grant, puxou ao pai — médio em tamanho e tom de pele meio moreno. Enquanto os outros dois mantinham uma distância altiva em relação ao desenho de Tom e Jerry, Grant estava mergulhado nele, rindo um pouco alto demais.

De repente Carmine sentiu vontade de examinar os quartos antes de entrevistá-los; saiu da sala sem que o vissem e se encaminhou para os quatro quartos numa das extremidades do andar de cima.

Um dos quartos era claramente reservado para visitas. Belamente decorado e intocado. Como essas crianças têm sorte!, pensou Carmine ao descobrir que cada um tinha seu próprio banheiro. Os três quartos dos filhos estavam uma bagunça: camas desarrumadas, *closets* abertos, um mundo de coisas transbordando das gavetas e esparramadas sobre o carpete. Pelo menos ali Cathy Cartwright não fora tão bem-sucedida na administração da casa como provavelmente era seu objetivo, embora, talvez, antes da chegada de Jimmy, esses quartos fossem bem mais arrumados. Eles bradavam protesto, busca de atenção, infelicidade adolescente. Cada filho tinha seu aparelho de TV, prateleiras de livros e brinquedos. Há quanto tempo teriam sido acrescentadas as televisões?

O quarto do jovem Grant era o pior e incluía maravilhas como uma mochila escolar estraçalhada, um cartaz da Dormer aos pedaços, livros de quinta série rasgados. Essa erupção de raiva contra a escola provavelmente acontecera no dia em que as notícias a respeito de Jimmy tinham chegado por lá, o que significava que se haviam passado meses sem que ninguém tivesse tentado limpar o quarto. Cathy Cartwright havia desistido da luta ali, naquele momento.

ASSASSINATOS DEMAIS

O banheiro de Grant cheirava a azedo. Havia traços de vômito mal-limpo no meio do chão de azulejos azuis. Quando Carmine levantou a tampa do cesto de roupa suja, encontrou camisa e calças de pijama manchadas e grudadas de vômito; era evidente que tinham sido usadas para fazer a limpeza. Havia provavelmente uma faxineira que fazia mais ou menos o que queria e que ainda não tinha chegado perto do quarto de Grant, e que, quando chegasse, teria uma atuação básica. Isto é, caso algum dia ela se aventurasse a entrar.

Hora de voltar à sala de estar.

Ele bateu com força à porta. Os três rostos se viraram, e os três jovens se puseram de pé. Um estranho! E policial. Selma abaixou o volume da TV.

— Meu nome é Carmine Delmonico, sou capitão da polícia de Holloman — disse Carmine, puxando uma cadeira e se sentando. — Virem as cadeiras para mim e sentem-se.

Eles obedeceram, mas com certa relutância. Sob a aparência de bravata, havia camadas de medo, choque com a morte da mãe, terror do que poderia acontecer com eles e certa satisfação silenciosa que Carmine atribuía à morte de Jimmy, por quem não chorariam.

— Você viu ou ouviu alguma coisa na noite de anteontem, Selma? — perguntou Carmine à garota, que, ele reparou, havia roído as unhas até o sabugo.

— Não — respondeu ela com firmeza.

— Tem certeza?

— Tenho — revidou. — Tenho, tenho e tenho!

— Sebento! — disse Gerald Junior em voz baixa. Não obtendo reação alguma de Carmine, ele falou mais alto: — Maldito tira sebento!

Quanta raiva! Carmine olhou Selma nos olhos, que eram da cor do céu ensolarado, depois nos globos oculares idênticos de Gerald Junior, e não se sentiu capaz de entender toda aquela raiva.

— E quanto a você, Gerald? — perguntou.

— Eu sou o Junior — corrigiu o garoto, de repente menos seguro que a irmã. — Não, eu não vi nem escutei coisa alguma. Não dá pra escutar o barulho que vem lá do canto de Jimmy aqui neste canto do andar de cima.

Não do canto de sua mãe ou de seu pai. Lá do canto de Jimmy, como se Jimmy fosse o dono.

— Quer dizer, então, que Jimmy faz muito barulho?

— Faz — respondeu Junior bruscamente e deu de ombros. — Como um carneiro ou um bode. Méééé! — ele imitou um ovino, incutindo zombaria ao som. — Ela acorda toda hora, méééé!

Ainda restava um garoto. — E você, Grant? — perguntou Carmine.

— Eu não escutei nada.

Interessante que a Dormer ainda não tivesse conseguido extrair as duplas negativas da sintaxe de Grant. Carmine limpou a garganta e se inclinou para a frente. — Mas alguma hora você acordou. Você passou mal.

Grant pulou, assustado. — Como é que você sabe disso?

— Em primeiro lugar, eu senti o cheiro. Em segundo lugar, eu encontrei os restos. Você usou seu pijama para limpar, e ele ainda está no cesto. Não se lava roupa nesta casa?

— Ei! — gritou Selma, retesando-se. — Você não pode ir se metendo assim nos nossos assuntos, seu sebento da Costa Leste.

— Vocês, filhos mais velhos dos Cartwright, estão com o vício de usar esse termo — disse Carmine com seriedade. — Isso não é coisa da Dormer, ou minha filha teria me informado. Ela é da sua idade, Selma, e já deve ter feito algumas matérias com você, seu nome é Sophia Mandelbaum. — Carmine viu a garota ficar vermelha e entendeu um pouco mais sobre a hierarquia da Dormer. Selma era uma aspirante, enquanto sua filha já estava estabelecida. Era surpreendente como isso começava cedo.

ASSASSINATOS DEMAIS

Ele continuou: — Vocês com certeza sabem que sua mãe e seu irmão menor foram assassinados anteontem; qual o motivo, então, para serem tão pouco cooperativos? Vocês veem bastante televisão, devem conhecer os procedimentos policiais. Numa investigação de assassinato nada é sagrado, nem mesmo cestas de roupa suja. Acalmem-se e respondam às minhas perguntas no conforto da sua casa ou serei obrigado a levá-los para a cidade e fazer as mesmas perguntas numa sala de interrogatório de polícia. Está claro?

Resistência vencida: os três assentiram.

— Então, Grant, você se sentiu mal?

— É — respondeu ele num sussurro.

Um instinto despertou; Carmine olhou para Selma e Junior. — Obrigado, vocês dois podem ir. Mas a policial deve ter chegado, peçam para ela vir para cá imediatamente. Com ela aqui, eu não posso machucar Grant, não é?

Era evidente que Selma queria ficar, mas não se mostrou resoluta a ponto de externar sua vontade. Depois de uma pausa sugestiva que Carmine ignorou, ela suspirou e saiu atrás de Junior. A policial veio logo.

— Sente-se aqui perto, Gina. Você vai ser a testemunha — disse Carmine, virando-se, então, para Grant. — Tudo bem, Grant, conte o que aconteceu.

— Eu comi bolinhos Twinkies demais; o jantar estava muito atrasado! — O garoto parecia indignado. — Minha mãe está sempre ocupada demais com o Jimmy; a gente não tem mais hora certa pra jantar. Então era — ele fez uma careta — espaguete! *De novo!* Eu me enchi de Twinkies e, quando eles acabaram, eu encontrei uma torta de creme Boston.

Quanto tempo ainda levaria para essas crianças perceberem que a mãe delas estava realmente morta? Que, se o jantar não tinha hora certa para sair nos últimos dezoito meses, isso ia piorar muito no futuro? Estavam envolvidas demais consigo mesmas, no que sentiam como ofensas intoleráveis. Mantendo o rosto impassível, Carmine pressionou.

— Você conseguiu dormir alguma hora, Grant?

— Sim, claro! Eu fiquei vendo um filme bobo no canal WOR, preto e branco ainda por cima; devo ter pegado no sono mais ou menos à meia-noite, o filme ainda não tinha acabado. Então eu acordei me sentindo mal, mas pensei que ia passar. Mas não passou, piorou. Eu corri pro banheiro, mas não consegui chegar lá. Ploft! Vomitei tudo no chão. Depois disso, eu me senti melhor, voltei pra cama e dormi.

O comportamento do garoto havia mudado, ele parecia pouco à vontade. Toda truculência se fora, e os olhos castanhos, que antes se fixavam em Carmine, de repente o evitavam, recusando-se a retribuir o olhar. A verdade tinha aparecido, mas não toda. E agora, enquanto um silêncio pesado persistia e Gina se esforçava para se integrar ao papel de parede, Grant tentava fabricar uma história que o capitão de polícia fosse capaz de engolir. Infelizmente, tinha pouca experiência em fabulação, o que indicava uma vida passada longe de problemas de verdade; suas mentiras até então tinham sido simples, os pais eram uns tolos crédulos que acreditavam nele. Só que... o que ele estaria escondendo? O que ele poderia ter a esconder que exigia um conto da carochinha bem-construído?

— Conversa! — exclamou Carmine com rispidez. — Você não voltou para cama e também não tornou a dormir. O que você fez? A verdade!

A pele saudável do garoto perdeu a cor; ele engoliu em seco, a garganta mexia convulsivamente. — Estou dizendo a verdade! Sinceramente! Eu fui pra cama e peguei no sono.

— Não, você não foi. O que você realmente fez, Grant?

A história saiu num jorro desesperado; as pessoas não costumavam se colocar assim contra ele, e ele não conseguia, não *conseguia*, imaginar uma história que convencesse até a si próprio. — Eu fui até o quarto da minha mãe contar pra ela que tinha passado mal e vomitado no chão do banheiro.

ASSASSINATOS DEMAIS

Ah! — E o que aconteceu então?

— Tinha luz no quarto, não a luz guia, a lâmpada da mesa de cabeceira da minha mãe estava acesa. Jimmy nunca sossegava só com a luz guia. O quarto estava fedendo a cocô. Fedendo de verdade, pra valer.

Carmine esperou que ele prosseguisse, mas ele se calou. — Não pare agora, Grant. Eu quero que você me conte tudo.

— Jimmy estava de pé no berço, gritando como um louco. Fui acordar minha mãe, que estava dormindo na cama. Mas não consegui! Sacudi, gritei no ouvido dela, mas ela continuou dormindo. Então eu vi o copo na mesa de cabeceira e percebi que a minha mãe tinha se dopado. Ela fazia muito isso. Mas que ótimo! Jimmy estava se acabando de berrar, uns berros realmente animais. Eu gritei pra ele calar a boca, mas o pestinha não deu a mínima. Que nojo! Ele devia ter toneladas de cocô na fralda, o fedor estava terrível.

Os olhos de Carmine encontraram os de Gina; ela parecia interrogativa, mas recebeu uma leve sacudida de cabeça como resposta. Um pressentimento gelado e nauseante havia tomado conta de Carmine, que respirou fundo e se forçou a permanecer imparcial. — Siga em frente, Grant, você pode me contar o resto também. Vou descobrir de qualquer jeito. É melhor que você conte.

Os olhos castanhos se viraram para ele afinal, resignados, cheios de lágrimas. Grant levantou os ombros como para se aliviar de um peso.

— Eu fui até o berço e abaixei a grade. Eu imaginei que, se o Jimmy estava cheio de cocô, seria talvez uma lição pra mamãe não se dopar mais caso ela acordasse com o Jimmy sujo na cama dela. Mas o pestinha gritou mais alto ainda. E então ele me deu um soco! Cuspiu no meu rosto! Eu revidei o soco. Ele caiu dentro do berço, e eu não sei o que aconteceu depois. Sinceramente, eu não sei! Só me lembro dos guinchos e uivos, das cusparadas... quer dizer, ele cuspiu em mim! Eu coloquei o travesseiro no rosto dele pra ele ficar quieto, mas não deu certo. Mesmo com o travesseiro, o barulho feria os meus ouvidos, mas já não dava pra ele cuspir em mim. Eu continuei apertando o travesseiro contra o rosto dele até ele parar de gritar. Então eu deixei mais um pouco pra ter certeza. Cara, que alívio! O pestinha tinha cuspido em mim!

Oh, meu bom Jesus! — Conte o resto, Grant.

O garoto parecia melhor, livre de uma tremenda carga. Será que os irmãos sabiam? Provavelmente não, Selma não o teria deixado sozinho. Carmine pensou que ela devia desconfiar, mas não teve tempo de averiguar. Melhor assim. Do contrário, a morte de Jimmy Cartwright poderia ter mascarado a morte de sua mãe.

— Eu acendi a luz central do quarto — continuou Grant — e vi que o Jimmy estava azul. Todo azul. Podia beliscar o Jimmy de todo jeito que ele não se mexia. Percebi, então, que ele estava morto. No começo, eu fiquei feliz da vida, depois me dei conta de que, se eu contasse, ia pra prisão. Eu vou pra prisão, não vou?

— Continue contando tudo conforme aconteceu, Grant, e as coisas vão melhorar para o seu lado. Prisão é para gente grande — respondeu Carmine. — O que você fez então?

— Eu enrolei o Jimmy num dos lençóis do berço e desci as escadas com ele — disse Grant, com mais facilidade. — Eu saí pela porta dos fundos, fui até o Pequot e o empurrei pra dentro do rio. Ele afundou na mesma hora, então eu voltei pra casa, coloquei o lençol de volta no berço e fui espiar minha mãe. Ela ainda estava dormindo. Só que não estava dormindo, não é? Estava morta também.

— Sim, desde antes da sua primeira visita — respondeu Carmine. — O que você fez quando chegou ao seu quarto?

— Tentei limpar o chão do banheiro, depois fui pra cama e dormi. Eu estava muito cansado.

Nenhuma crise de consciência, pensou Carmine. E talvez nunca venha a ter. Embora seja um garoto esperto. Se o pai encontrar o advogado certo, ele mostrará que é bom aluno. Quando os assistentes sociais

ASSASSINATOS DEMAIS

chegarem, ele estará cheio de remorsos, e, quando chegar a hora dos tribunais, terá desenvolvido todos os lapsos de memória necessários.

Que grandes tolos foram esses pais! Qual deles foi o sovina que não quis contratar uma empregada depois do nascimento de Jimmy? Se houve uma mulher que realmente precisou de uma empregada doméstica em tempo integral, essa mulher foi a sra. Cathy Cartwright. Eles podiam arcar com essa despesa, apesar das três mensalidades da Dormer Day School.

sso nunca teria acontecido se a mãe não estivesse sobrecarregada — disse Carmine a Patrick. — Não sei por quê, mas sinto que o sovina é Gerald Cartwright. Embora Cathy não deva ter sido firme, insistindo com ele que precisava de ajuda.

— Isso também nunca teria acontecido se a mãe não estivesse morta — disse Patrick, arrumando instrumentos num carrinho.

— É verdade. O que incitou o garoto foi o cheiro de cocô, uma indicação de que Cathy já estava morta há várias horas quando Grant foi procurá-la, provavelmente um pouco depois das quatro. Eu sabia que ele escondia alguma coisa quando não admitiu ter procurado a mãe, porque todas as crianças procuram suas mães quando vomitam, principalmente quando não conseguem vomitar dentro do vaso. Não esperava uma confissão de assassinato, mas isso também se encaixa. O pai é egoísta e preocupado com a carreira, o que o levava a passar grande parte do tempo fora de casa, e, de repente, um filho extremamente trabalhoso foi imposto à mãe depois de ela ter cuidado com dedicação dos três primeiros. O coitadinho do Jimmy foi a causa involuntária de muito ódio e ressentimento.

— Bem, o assassinato do Jimmy pelo menos poderia ter sido evitado se os pais tivessem mais consciência de como os filhos mais velhos se sentiam, mas e quanto ao assassinato da mãe? — perguntou Patrick.

— Uma questão inteiramente diferente. Até agora, nenhuma pista. Gerald Cartwright pode ser imperdoavelmente egoísta, mas não é um marido infiel ou um mau provedor. Quando ele fica no restaurante francês no norte do estado de Nova York, está cercado pela família, a da mulher e a dele. Ele é considerado um marido-modelo, uma imagem que ele se esmerou por reforçar. Quanto a Cathy, onde ela encontraria tempo para casos extraconjugais com quatro filhos, o mais novo com síndrome de Down? — Carmine contraiu a expressão.

— Ela saía?

— Muito ocasionalmente, de acordo com Gerald, que gosta de ter vida social. Eles iam a ensaios de peças no Schumann, filmes com boas críticas, jantares de caridade, eventos no clube campestre. Se o chef francês tivesse um ataque e Gerald fosse chamado, ele insistia para que Cathy fosse sozinha. Provavelmente não era tão ruim assim, eles eram muito conhecidos, ela encontrava amigos. A última vez em que ela saiu, foi sozinha a um banquete de caridade na Fundação Maxwell ao qual não queria faltar porque os Maxwell fazem doações generosas para pesquisas sobre crianças com deficiências. Obtive todas essas informações detalhadas com Gerald, que conseguiu manter o controle abraçando uma almofada. — Carmine se serviu de café fresco. — Mais alguma novidade no setor de patologia, Patsy?

— Todos os casos de envenenamento já chegaram — disse Patrick, mas não em tom de triunfo. — Peter Norton foi despachado com estricnina suficiente para matar um cavalo. Estava no suco de laranja. O sangue não revelou nenhum outro sinal de intoxicação num período mais longo, o que, do mesmo modo que a escolha do veneno, tende a sustentar a provável inocência da sra. Norton. É necessário um envenenador com estômago forte para ministrar algo tão horrível como estricnina e depois ficar por perto para assistir à morte.

— Concordo, Patsy. Foi bom que ela tivesse subido para aprontar as crianças para a escola.

— Você só tem a palavra dela quanto a isso.

— Também tenho a palavra das crianças. Eles são novos demais para que sejam adestrados como cúmplices. O que fez todos virem para o andar de baixo foi o barulho que o pai fez, e, embora a sra. Norton tivesse tentado afastar as crianças, ambas testemunharam a morte. Eu tendo a acreditar na história da sra. Norton de que ela fez o suco antes de subir e ficou lá dez minutos antes de ouvir o marido descer para o café, que ele tomava correndo.

— Veneno é arma de mulher — disse Patrick.

— Geralmente, mas não sempre. O que o leva a pensar que esse envenenador não é uma mulher?

— A oportunidade que a janela oferecia. O suco podia ser visto pela janela da cozinha, mas não podia ser alcançado através dela. Agarrar uma oportunidade num impulso não é muito feminino, mas foi o que o matador teve de fazer. Ver o suco, entrar pela porta de trás, colocar uma pesada dose de estricnina no copo e depois sair. E se alguém descesse? Ele seria descoberto, portanto deveria ter pronta uma história convincente. Não, o envenenador é um homem.

— Chauvinista — disse Carmine zombando. — E quanto ao reitor Denbigh?

— Ah, às ordens para quem quiser resolver, e você sabe disso! Cristais de cianureto de potássio misturados a folhas de chá de jasmim dentro de um saquinho perfeito, fechado, por sua vez, numa embalagem de papel hermeticamente lacrada que meus técnicos estão dispostos a jurar no tribunal que só foi aberta uma vez, pelo próprio reitor Denbigh. E o saquinho de chá é costurado à máquina, não é grampeado, e só foi costurado uma vez, novamente de acordo com o que juram os técnicos. Os quatro estudantes convidados para a conversa eram homens.

— Enquanto a esposa, a dra. Pauline Denbigh, promovia uma conversa em seu gabinete, na virada do corredor — disse Carmine com um sorriso. — As convidadas eram todas mulheres.

ASSASSINATOS DEMAIS

— "Conversa" é desrespeitoso — disse Patrick solenemente. — Na verdade, não se pode chamar um café da manhã de sarau, mas eu entendo que o encontro funcionava bastante como um sarau: lia-se poesia, coisas assim.

— Na verdade, podia ser uma matinê, mas essa palavra já foi aventada. Que tal uma matinê de recitação?

— Absolutamente certo, Carruthers!* Noto a influência de sua mulher inglesa.

— Mas agora você já gosta mais dela, não é, Patsy? — perguntou Carmine, ansioso.

— Claro que gosto! Ela é ideal para você e só isso basta para me fazer gostar dela. Acho que me sentir olhado de cima foi o que me fez ficar contra ela, além daquele jeito britânico convencido que ela tem. Mas agora sei que é corajosa, valente e muito esperta. E também sensual — disse Patrick, tentando melhorar as coisas. As dúvidas de Carmine estavam diminuindo, mas era uma conversa que ainda tinham de vez em quando. O problema foi que Patrick não soubera ler corretamente os sinais, não havia percebido como eram profundos os sentimentos de Carmine em relação à moça. Se soubesse, nunca teria sussurrado uma palavra desabonadora sobre ela. E, graças a Deus, ela não era como a Sandra.

— Mais alguma coisa no sangue de Denbigh? — perguntou Carmine.

— Nada.

— E quanto a Desmond Skeps?

O rosto de Patrick se iluminou. — Ah, é um caso estranho, Carmine! Não tinha drogas ou toxinas de uso constante no sangue, mas ele tomou um coquetel no dia em que morreu.

---

* Família de origem escocesa que remonta ao século XI.

— Dia?

— Sim, acho que o processo começou bem antes de o sol se pôr, talvez por volta das quatro da tarde, quando ele tomou um copo de uísque de malte puro temperado com hidrato de cloral. Enquanto ele estava apagado, o assassino introduziu uma agulha intravenosa em sua fossa cubital esquerda e a prendeu com fita adesiva. Ela permaneceu ali até ele morrer.

— A mesma técnica usada com a sra. Cartwright?

— Superficialmente. A semelhança termina com a introdução da agulha intravenosa. A sra. Cartwright morreu logo que a agulha penetrou sua veia, mas esse não foi o destino de Skeps. Ele foi entubado, foi aplicado ao pobre-diabo um curare medicinal que permitiu ao assassino infligir ferimentos dolorosos ao seu corpo, que ficou sem mobilidade para reagir. Ele respirou dentro de um saco, mas, se o saco estava ligado a um respirador, eu não sei. A tortura foi principalmente com queimaduras, mas nunca severas o suficiente para interromper a transmissão da dor até o cérebro; ele sentiu tudo, pode acreditar! Isso indica que o assassino deve ter algum conhecimento médico. Queimaduras de terceiro grau não são sentidas; o mecanismo de transmissão da dor também é destruído.

— O instrumento da tortura?

— Suponho que um tenha sido ferro de solda, uma ponta muito quente que podia ser manipulada. O assassino até escreveu o nome de Skeps na barriga dele, depois de raspar a seco e sem cuidado o pelo do corpo, deixando a pele esfolada e em carne viva. Fotografei isso extensamente. Não seria interessante pegar o idiota com base numa análise grafológica?

— Sonhos impossíveis, Patsy.

— Enquanto a concentração do curare ainda era bastante para manter a paralisia, o assassino injetou em Skeps uma pequena quantidade de alguma substância cáustica. A dor deve ter sido terrível.

ASSASSINATOS DEMAIS

— Jesus, Patsy! — exclamou Carmine. — Quem quer que tenha assassinado Skeps o odiava! A única outra vítima de tortura inequívoca foi Bianca Tolano, o caso de estupro.

— Em algum momento — continuou Patrick —, o assassino tirou Skeps da paralisia do curare. O aparato de respiração foi removido e Skeps foi preso pelos pulsos e tornozelos com um arame de aço de cerca de três milímetros de diâmetro, bem apertado, para que doesse atrozmente caso ele se debatesse. No entanto, ele lutou! O arame entrou na carne, apesar de as regiões serem muito ossudas para que a penetração fosse profunda. — Patrick parou, com uma expressão inquisitiva.

— O assassino precisava interrogar Skeps, imagino. Ou, se isso falhasse, precisava ouvir o poderoso magnata implorar e suplicar como um peão da base da hierarquia da Cornucopia. Sob o curare, ele ficava mudo, especialmente com um respirador. Isso é o mais importante de tudo o que você me disse, Patsy. Um Desmond Skeps falante era necessário para que os objetivos do assassino fossem atingidos.

— O período em que Skeps pôde falar não deve ter durado mais de uma hora, se tanto, Carmine. Depois Skeps foi entubado novamente e recebeu mais curare, e mais forte. Ele devia estar paralisado quando finalmente foi morto com uma solução de desentupidor cáustico comum. Jesus! No total, calculo que desde o uísque até a soda cáustica se tenham passado umas doze horas.

— E a Cornucopia está sem seu diretor e proprietário — disse Carmine. — Somente isso já é de importância nacional. Um dos maiores conglomerados de engenharia do mundo sem liderança da noite para o dia. — Ele bufou. — Mais alguma informação para mim?

— Nada que facilite seu trabalho. Os rapazes da balística já entregaram o relatório sobre as três mortes à bala, e eu consegui fazer as autópsias. Ludovica Bereson foi morta com uma bala calibre trinta e oito, mas inicialmente pensamos que o calibre era menor porque a bala não saiu. Ela se alojou na massa óssea da base do crânio. Cedric Ballantine foi morto ao estilo KGB, com uma calibre vinte e dois atrás da cabeça, logo abaixo da parte mais proeminente da base do occipital. A bala estava no corpo. Morris Brown foi atingido por uma bala de calibre maior, uma quarenta e cinco no peito. A bala saiu pelas costas, mas atingiu a coluna em cheio na trajetória para fora, portanto não foi tão longe quanto os homens de Pisano supunham. Eu os mandei de volta à cena do crime, e eles encontraram a bala onde Morris caiu. Estava muito deformada para se identificarem marcas, mas bastante intacta para se avaliar o calibre. Isso significa três armas diferentes.

— Que ninguém ouviu — disse Carmine, resmungando. — Os pistoleiros usaram silenciadores. Mas o cara que encomendou as mortes deve ter pedido calibres diferentes, de outra forma acho que as armas teriam sido de calibre vinte e dois, a favorita para trabalhos à queima-roupa.

— Larry acha que as mortes à bala não são trabalho das quadrilhas de Holloman.

— Ele está certo. E a senhora lá do vale?

— Asfixiada com o próprio travesseiro. Tinha uma falha cardíaca congestiva, mas não deixava que isso atrapalhasse sua vida; o coração parou muito depressa sob a ação do travesseiro. As roupas de cama estavam um pouco amarfanhadas: provavelmente ela não durou o bastante para sofrer muito.

— E quanto a Dee-Dee Hall?

— Garganta cortada com navalha. Nenhum vestígio da arma na cena. Ela sofreu dois cortes: o assassino foi muito hábil! O primeiro golpe foi de orelha a orelha, profundo o suficiente apenas para cortar as jugulares. Nenhum sinal de luta, nenhum ferimento decorrente de reação da vítima. Parece que ela ficou lá, de pé, se esvaindo em sangue enquanto o assassino espiava, depois caiu de joelhos e desfaleceu. Quando ele calculou que ela já havia perdido sangue demais para que as artérias jorrassem sangue, o assassino se aproximou novamente, impossível

ASSASSINATOS DEMAIS

imaginar maior frieza, e cortou a garganta uma segunda vez, mais profundamente, para além das carótidas. Praticamente só a coluna sustentava a cabeça dela.

— Um assassino frio, sem dúvida. O caso está com Abe, certo?

— Não, você passou para Larry Pisano e seus rapazes. Abe está com a velha senhora, Beatrice Egmont, e Corey está com a garota do estupro, Bianca Tolano.

Quando Patrick franziu o cenho, Carmine o olhou surpreso. — O que é, Patsy? Que foi que eu disse?

— Seus dois auxiliares estão se candidatando ao cargo de tenente de Larry Pisano quando ele se aposentar no final do ano. Eles trabalharam juntos por um longo tempo e se dão bem, mas são homens diferentes — disse Patrick em tom de desculpa. — E eu sei que você sabe disso tudo, deve parecer que estou querendo ensinar pai-nosso a vigário, mas às vezes é necessário alguém de fora para ver as coisas claramente. — Fez uma pausa para ver como aquilo estava sendo digerido.

— Estou escutando — disse Carmine.

— Imagino que você vai ter que usar luvas de pelica de agora em diante, até que se decida quem vai substituir Larry. Você é membro da comissão de cargos, Carmine?

— Ah, sim — disse Carmine, começando a sentir certo desconforto.

— Então, em primeiro lugar, peça a sua retirada da comissão. Apenas um dos rapazes pode conseguir o que quer, e trazer uma pessoa de fora só para manter a situação atual entre os dois seria muito injusto. Qualquer um deles seria um tenente melhor que Larry, e tenho certeza de que você sabe disso. Mas a rivalidade já começou, e eles estão se olhando de banda. Cada tarefa que você passa para eles é avaliada sob a luz do quanto ela pesa. Então, quando você deu o primeiro caso para Abe, foi uma velhinha asfixiada com um travesseiro. Não se passou muito tempo, mas foi o suficiente para mostrar a Abe que o assassinato dele não será fascinante ou picante. Em contrapartida, você deu a Corey um assassinato sexual! Ele tem pistas para trabalhar, uma cena de crime interessante, uma lista de possíveis suspeitos entre os homens que saíam com a garota. Do ponto de vista de Abe, sua balança pende a favor de Corey. E, além disso, Abe é judeu. Sim, sim, Carmine, sei que você não tem um só osso antissemita no corpo e, em circunstâncias normais, Abe também sabe disso. Mas este é um departamento de polícia ítalo-irlandês e as raízes de Corey são irlandesas. O fato de, entre os dois, ser Corey quem parece judeu de repente é irrelevante para Abe. Ele acha que você está do lado de Corey.

Carmine deu um grunhido. — Merda!

— Não é tarde demais, mas aja com cuidado no futuro e faça questão de demonstrar interesse especial no assassinato de Beatrice Egmont, sem pisar nos pés de Abe. Não se esqueça de que ambos têm mulheres em casa para manter a pressão e exagerar as desfeitas. Há uma grande diferença entre o salário e as vantagens de um sargento veterano e os de um tenente. Você não tem duas pessoas disputando uma promoção, Carmine, tem quatro.

— Obrigado, Patsy — disse Carmine e saiu.

Quando Carmine telefonou para a casa de Beatrice Egmont, Abe atendeu. Ele parecia desanimado, sem o tom normal de otimismo na voz.

— Você está muito ocupado com seu caso, Abe?

— De jeito nenhum, Carmine. Já falei com os vizinhos e com os dois filhos dela, que moram na Geórgia, mas tomaram o primeiro avião para o norte. Até agora, nenhuma pista — disse Abe. — Nada foi tirado da casa, nem mesmo um objeto barato de decoração, e ninguém, nem mesmo eu, pode imaginar um motivo para o assassinato da pobre criatura. Ela não faria mal a uma mosca.

— Parece que há muito disso nestes assassinatos: pessoas inofensivas entre os mortos. Mas um ou dois se destacam, e eu estou precisando

ASSASSINATOS DEMAIS

de ajuda, Abe. Ainda não posso me ocupar de Desmond Skeps, mas preciso de alguém com a sua habilidade com pessoas para começar a levantar uma lista de possíveis suspeitos. Um homem tão poderoso deve ter muitos inimigos, e ele não era famoso pelo tato ou diplomacia. Se você tem certeza de que não dá para prosseguir com Beatrice Egmont, a não ser que surja algum fato novo, se importa de verificar os amigos e conhecidos de Skeps para mim?

A voz que respondeu parecia ansiosa, entusiasmada. — Com prazer, Carmine. O arquivo está na rua Cedar?

— Estou olhando para ele enquanto falo com você. Mas antes de começar, vá conversar com Patsy, que pode informá-lo sobre o modo como Skeps morreu. Diabólico!

Pronto. Consertara um pouco as coisas, mas tinha que torcer para que o reitor Denbigh e Peter Norton não o atolassem. Era essencial que Carmine se integrasse o quanto antes à investigação do assassinato de Skeps, e ele tinha seu próprio método de trabalho, que se caracterizava por não ficar borboleteando entre vários casos. Os dois que se destacavam eram os de Evan Pugh e Desmond Skeps, cujos assassinos eram cruéis e insensíveis.

Agora era tratar de tirar o reitor Denbigh do caminho.

Duas faculdades Chubb, pensou enquanto dirigia pelo lado norte do Holloman Green. O enorme parque, cortado ao meio pela Maple Street, ainda estava cheio de árvores esqueléticas, mas, mesmo nuas, elas eram magníficas, pois eram antigas faias de folhas vermelhas, plantadas em grupos que deixavam livres grandes áreas de grama ensolarada. Canteiros já plantados prometiam um maravilhoso espetáculo em maio, e brotos de narciso apontavam sobre as folhas de grama, próximos já de sua floração extravagante. Os cornisos indicavam que haveria uma emocionante, curiosamente oriental, riqueza de flores no final da primeira semana de maio, quando o parque estaria abarrotado de visitantes fotografando loucamente. Holloman Green era obrigatório para os turistas na primavera.

O outro lado da North Green Street pertencia exclusivamente à Universidade Chubb, cujo campus era o único que rivalizava com o de Princeton. Entre jardins e colinas gramadas, ficavam as faculdades, com o volume de catedral gótica da Biblioteca Skeffington dominando o lado mais distante. A maioria das faculdades mais antigas ficava na extremidade mais alta do parque, uma formação organizada de edifícios do século XVIII cobertos de videira silvestre. Ali, ao longo daquele lado, ficavam os prédios das fraternidades e sociedades secretas, e também as faculdades mais recentes, algumas em estilo gótico vitoriano, outras numa imitação do estilo georgiano, muito popular na passagem do século XIX para o XX, e outras ainda em prodigiosos estilos modernos pertencentes ao século XX. Ele passou pelo X esparramado da Faculdade Paracelsus com uma careta, esquecendo completamente que, dois meses antes, ele e Desdemona tinham admirado a austera fachada de mármore e os bronzes de Henry Moore que ladeavam a entrada.

A Faculdade Dante era velha, seu arquiteto anônimo não se preocupara com a perspectiva de imortalidade; havia construído empenas e uma profusão de águas-furtadas, desejando ardentemente que sua obra fosse recoberta pela videira silvestre. No entanto, ela fora modernizada com uma habilidade cruel e agora possuía um excesso de banheiros, uma cozinha adequada e instalações de lavanderia interna bem acima do usual. Os quartos dos estudantes não eram tão amplos quanto os da Paracelsus, mas não precisavam ser: os quartos da Dante eram todos individuais. Como a faculdade era mista (a primeira faculdade da Chubb que ousou permitir banhos mistos nas piscinas), o reitor John Kirkbridge Denbigh decidira dividir as acomodações por andar e colocar as moças do primeiro ano no sótão.

— Temos cem rapazes e apenas vinte e cinco moças — disse o dr. Marcus Ceruski, designado para receber o capitão Delmonico. — No

ASSASSINATOS DEMAIS

ano que vem, teremos cinquenta moças e apenas setenta e cinco rapazes, mas resolveremos esse problema quando ele se apresentar. Tem havido uma grande reação contra as estudantes entre os ex-alunos, como você pode imaginar, e o que nos preocupa é uma diminuição significativa das contribuições dos ex-alunos. Muitos simplesmente não conseguem digerir uma Chubb mista depois de duzentos e cinquenta anos só com rapazes.

Carmine escutava como se nunca tivesse ouvido nada disso antes, imaginando como o setor universitário de Holloman podia ser tão divorciado da parte não acadêmica da cidade que eles automaticamente pressupunham que nenhum cidadão comum estaria interessado nessa nova convulsão social — ou estaria a par dela.

— A Paracelsus começará a aceitar moças no próximo ano — continuou o dr. Ceruski —, mas eles terão mais facilidade, pois poderão colocar metade dos estudantes no andar de cima e metade no andar térreo.

Uma disposição que não agradaria às feministas, refletiu Carmine; elas queriam uma integração real, homens e mulheres no mesmo andar. Exatamente o porquê ele ainda não havia entendido, embora desconfiasse que o objetivo dessa prática fosse tornar a vida tão desconfortável quanto possível para os homens.

— Sei que a Cornucopia financiou o edifício de uma faculdade só para mulheres — disse ele, sem expressão no rosto.

— Certo, embora ele só vá ficar pronto em 1970 — disse Marcus Ceruski, cujo doutorado foi provavelmente em manuscritos medievais ou algo igualmente esotérico; Dante tinha a reputação de ter intelectuais com tendências fora do comum. Ele abriu uma porta e eles entraram numa grande sala com lambris de madeira escura, a maior parte das paredes ocupadas por livros em estantes feitas sob medida; nada de formatos desordenados! — Este é o gabinete do reitor Denbigh.

— Onde tudo aconteceu — disse Carmine, olhando em volta.

— Certo, capitão.

— Os quatro estudantes que estavam presentes estão aqui hoje?

— Sim.

— E a mulher dele, dra. Pauline Denbigh?

— Está esperando no gabinete dela.

Carmine consultou um caderninho de anotações. — O senhor pode mandar entrar Terence Arrowsmith, por favor?

O dr. Ceruski desapareceu com um aceno de cabeça, enquanto Carmine vagava pelo gabinete. A grande cadeira de couro do anfitrião, a mais próxima da escrivaninha, era obviamente onde o reitor Denbigh se sentara; o tapete persa junto dela estava manchado de uma maneira agourenta, bem como o assento da cadeira e um dos braços. Quando a porta fez barulho, ele olhou na direção dela a tempo de ver a entrada de um genuíno intelectual em formação: ombros arredondados, curvado, óculos de lentes grossas diante dos olhos claros, uma boca vermelha de lábios grossos, um rosto de resto indefinido. Sua respiração estava acelerada, a mão na porta tremia.

— Sr. Terence Arrowsmith?

— Sim.

— Sou o capitão Carmine Delmonico. Por favor, sente-se na cadeira que ocupava quando o dr. Denbigh morreu.

Terence Arrowsmith se dirigiu, mudo, para a cadeira, sentou-se na beira, cautelosamente, e levantou os olhos para Carmine como um coelho olha para uma cobra.

— Conte-me tudo como se eu estivesse completamente ignorante do que aconteceu. Toda a história, inclusive por que você estava aqui.

Por um momento, o rapaz não disse nada, depois lambeu os lábios de um vermelho impossível e começou: — O reitor chamava de Café Quinzenal das Segundas-Feiras: todos nós tomávamos café, com exceção dele. Ele bebia um chá de jasmim de uma loja de Manhattan e nunca nos oferecia, mesmo se alguém dissesse que gostava de chá de jasmim. O reitor dizia que seu chá era muito caro e que não deveríamos tomar gosto por ele até sermos, no mínimo, membros graduados do corpo docente.

Interessante, pensou Carmine. O reitor exibia sua preferência como algo exclusivo, e seus convidados estudantes não apreciavam isso. Embora Terence Arrowsmith mal tivesse começado sua história, Carmine teve a impressão de que o reitor não era querido.

— Você tinha que estar no penúltimo ou no último ano da faculdade para ser convidado — continuou o rapaz. — Eu estou no último ano, e era um convidado bastante assíduo, o que não era fora do comum. Era mais uma reunião social para favoritos. O próprio reitor era uma autoridade em Dante, e nós que cursamos literatura da renascença italiana éramos seus prediletos. Se você estivesse estudando Goethe ou os modernos, como Pirandello, não seria convidado.

Ele é meticuloso, pensou Carmine. Vai me contar tudo.

— Estou escrevendo um trabalho sobre Boccaccio — disse Terence Arrowsmith —, e o dr. Denbigh gostava do meu trabalho. Ele fazia sessões toda segunda-feira, a cada duas semanas. O pior era que ignorava a hora, de modo que, se um de nós tivesse aula logo depois do intervalo para o café, às vezes ficava tão atrasado que não o deixavam entrar na aula. Se a aula fosse importante, era muito frustrante, mas ele nunca nos deixava sair até terminar o assunto sobre o qual estava discorrendo. Ele queria falar e ouvir, por isso sabíamos que era inútil tentar apressá-lo deixando que só ele falasse.

— Houve alguma coisa diferente na sessão de ontem?

— Não, capitão, não que qualquer um de nós notasse. Na verdade, o reitor estava de muito bom humor: ele até contou uma piada! A rotina era rígida. Chegávamos às dez em ponto e íamos direto ao carrinho nos servir de café e pegar uma torta. Enquanto fazíamos isso, o reitor ia até o armário e pegava a caixinha onde guardava suas embalagens de chá de jasmim. Lembro que ele ficou aborrecido porque encontrou apenas uma embalagem na caixa; ele disse que deveria haver três. Acho que ficamos espantados demais, porque ele não nos culpou nem fez menção de revistar um de nós. Quando já estávamos sentando, ele foi com a embalagem de chá até o carrinho, onde ficava um recipiente especial com água fervente para ele. — Arrowsmith teve um calafrio, começou novamente a tremer. — Eu o estava espiando; depois da história do sumiço do chá, acho que todos nós estávamos. Ele rasgou a embalagem, deixou-a no carrinho e pôs o saquinho de chá na sua caneca.

— É possível confundir a caneca dele? — perguntou Carmine.

— Não há como. Primeiro, ela é de porcelana, e as outras são canecas comuns de cerâmica. E, depois, ela tem escrito "o reitor" nos dois lados em caracteres góticos alemães. Imagino que a escrita do século XV na Itália não era rebuscada o suficiente, mas o que ele dizia era que sua mulher é quem havia lhe dado a caneca. Ele despejou água fervente na caneca, trouxe-a para junto de sua cadeira e se sentou. Seu sorriso era de tanta... satisfação consigo mesmo! Sabíamos que enfrentaríamos uma longa manhã, que ele havia descoberto alguma coisa nova para discutir.

"Com muita segurança, ele disse 'Descobri algo extremamente interessante que desejo compartilhar com vocês, senhores' e parou para soprar o chá. Engraçado como me lembro tão claramente disso! Ele bufou e disse alguma coisa que não ouvimos direito... sobre o chá, achamos, pensando em retrospecto. Depois levou a caneca à boca e deu uma série de pequenos goles; devia estar escaldante, mas ele fazia uma verdadeira exibição com os goles, como se nos mostrasse que não tínhamos um intestino forte como o dele para beber um líquido tão quente. Depois, acho que foi o barulho, embora Bill Partridge diga que a mudança no rosto aconteceu primeiro. Sinceramente, não acho que faça diferença a ordem das coisas. Ele começou a emitir uma espécie de barulho estrangulado, gorgolejante, e seu rosto ficou vermelho-vivo. Parecia se esticar do topo da cabeça à ponta dos pés, rígido e reto como uma tábua. Jorrava espuma pela boca, mas não teve ânsias de vômito. As mãos se agitavam,

ASSASSINATOS DEMAIS

os pés batiam no chão, a espuma voava à medida que seus movimentos iam ficando mais desordenados, e nós... nós apenas ficamos sentados, paralisados, olhando! Deve ter levado quase um minuto até que Bill Partridge, o mais científico de nós todos, de repente saltou e gritou que o reitor tinha tido um ataque. Bill correu para a porta e gritou para alguém chamar uma ambulância, enquanto os outros se afastaram. Bill voltou e verificou o pulso, espiou as pupilas, pôs o ouvido no peito do reitor. Então disse que o reitor estava morto! E não deixou nenhum de nós sair."

— Um rapaz sensato — disse Carmine.

— Talvez — comentou Terence Arrowsmith sombriamente —, mas certamente isso destruiu um dia de aulas! Os caras da ambulância chamaram a polícia e, quando percebemos, todos estavam falando em veneno. Bill Partridge disse que era cianureto.

— Ele disse isso, é? Ele baseou essa suposição em quê, sr. Arrowsmith?

— Num cheiro de amêndoas. Mas eu não senti nenhum cheiro de amêndoas, nem Charles Tindale. Dois sentiram e dois não. Não há consistência suficiente — disse Arrowsmith.

— O reitor Denbigh disse qualquer coisa entre o momento em que começou a beber o chá até morrer?

— Não disse nada. Emitiu apenas ruídos obscenos.

— E quanto à embalagem de papel que continha o saquinho de chá? Você disse que o reitor a deixou no carrinho. Alguém chegou perto dela?

— Não enquanto eu estive no gabinete. Senhor, e eu não saí até que os técnicos da patologia criminal chegaram.

— Ele simplesmente largou a embalagem ou a amassou?

— Ele a rasgou para tirar o saquinho de chá e depois a deixou lá.

Isso marcou o término da informação útil de Terence Arrowsmith. E, como depois se viu, da utilidade de todos os quatro estudantes. Até

COLLEEN McCULLOUGH

William Partridge, o cientista, não conseguiu acrescentar nada à descrição dos fatos admiravelmente tranquila de Terence Arrowsmith. Tudo o que interessava a Partridge era o cianureto. De modo que, quando Carmine terminou com os estudantes, deu um suspiro de alívio e se dirigiu ao gabinete da mulher de Denbigh, dobrando o corredor.

Ela também tinha um cargo alto na faculdade; ele descobrira isso sentado à sua escrivaninha no edifício dos Serviços Municipais. Não estava preparado, porém, para o absoluto distanciamento dela. Era uma mulher alta que muitos homens considerariam extremamente atraente, com um volume de cabelo ruivo-dourado arrumado num coque suave na nuca, uma pele acetinada e sem marcas que não denunciava a idade, feições esculpidas que lembraram a Carmine Grace Kelly sem sua vulnerabilidade e um par de olhos amarelos. Uma leoa, ele diria, se jamais tivesse estado diante de uma.

Seu aperto de mão era firme e seco; ela indicou a Carmine uma cadeira confortável e se sentou no que Carmine supôs ser a cadeira "dela" quando não estava atrás da escrivaninha.

— Minhas condolências pela perda de seu marido, dra. Denbigh — disse ele.

Ela piscou lentamente, pesando a declaração dele. — Sim, suponho que seja uma perda — disse ela em voz suave e precisa —, mas felizmente eu tenho estabilidade, portanto a morte de John não afeta a minha carreira. Naturalmente terei que me mudar do apartamento do reitor, mas até 1970, quando estará pronta a Faculdade Lysistrata, para a qual estou me candidatando a reitora, ficarei num quarto do andar de cima, com as moças.

— A senhora não vai achar o quarto apertado? — perguntou Carmine, fascinado com o rumo que ela estava imprimindo à conversa.

— Não exatamente — respondeu ela, a serenidade inalterada. — John ocupava quatro quintos do espaço de nosso apartamento. A maior parte de minhas atividades é feita aqui, nesta sala.

ASSASSINATOS DEMAIS

Uma sala gêmea da do reitor, e não menos espaçosa. Ele olhou as fileiras de livros, que pareciam ser principalmente em alemão. — Imagino que a senhora seja uma grande autoridade na poesia de Rainer Maria Rilke, dra. Denbigh — disse ele.

Ela pareceu surpresa, como se fosse inimaginável que um policial conhecesse aquele nome. — Sim, de fato sou.

— Em outras circunstâncias, seria um prazer conversar com a senhora, pois sou um admirador de Rilke, mas, infelizmente, é a morte de seu marido que me interessa hoje. — Ele franziu a testa. — Levando em conta as suas maneiras, dra. Denbigh, me desculparia se presumisse que o seu casamento era um tanto distante?

— Sim, era — disse ela. — Não vejo motivo para dissimulação. Se você conversar com qualquer pessoa ligada à faculdade de Dante, ela lhe dirá o mesmo. John e eu tínhamos um casamento de conveniência. Para ser reitor, um homem deve ser casado, e ter uma esposa erudita é uma vantagem. Falando claramente, eu sou frígida. John estava disposto a tolerar isso. Suas preferências sexuais eram dirigidas a moças jovens, embora ele sempre fosse muito cuidadoso. Ele tinha de ser! Sua ambição era ser presidente de uma universidade da Ivy League* e ele reunia todos os pré-requisitos, inclusive um ancestral que chegou no *Mayflower*.** Minhas próprias aspirações não se chocavam com as dele em nada.

---

* Ivy League — Associação de oito universidades e faculdades do nordeste dos EUA, compreendendo Brown, Columbia, Cornell, Dartmouth, Harvard, Princeton, a Universidade da Pensilvânia e Yale. (N.T.)

** O *Mayflower* foi o navio que transportou os separatistas ingleses, mais conhecidos como *Pilgrims* (Peregrinos), de Plymouth, na Inglaterra, até Plymouth, Massachusetts, em 1620. O *Mayflower* ocupa lugar de grande importância na história norte-americana, como o símbolo do início da colonização europeia nos futuros EUA. (N.T.)

— Ela deixou as pálpebras espessas e perfeitamente pintadas caírem sobre os olhos admiráveis. — Nós nos dávamos extremamente bem, e eu me preocupava com ele.

— Havia alguma coisa diferente nele ontem de manhã?

— Não, eu não diria isso. Apenas seu humor estava um pouco melhor que o habitual. Eu comentei isso com ele durante o café da manhã, fazíamos as refeições no refeitório, e ele riu, disse que tinha boas notícias.

— Ele lhe disse quais eram essas boas notícias?

Os olhos amarelos se abriram mais. — John? Seria mais fácil um burro voar, capitão. Sinceramente, eu pensei que ele estivesse implicando comigo.

— Como a senhora se sentiu quando lhe contaram o que aconteceu?

— Atordoada. Sim, acho que essa é a palavra mais precisa para descrever meus sentimentos. John não era o tipo de homem que morre assassinado, ao menos não dessa forma e dentro do próprio gabinete. Não por um método tão sutil, se é possível dizer que uma agonia breve é sutil.

— Que tipo de assassinato não a deixaria tão atordoada?

— Ah, algo violento. Morto com um tiro, espancado até a morte, esfaqueado. Por mais cuidadoso que fosse, é perigoso se envolver com moças jovens. Elas têm pais, irmãos mais velhos, namorados. Não me lembro de ele ter medo das consequências, graças a seu talento especial, e era um talento e tanto! Qualquer caso durava de três a seis meses, dependendo da sexualidade da garota somada à estupidez intelectual dela; ele não as escolhia pela inteligência. Mas, no momento em que começava a se cansar de uma garota, ele se tornava queixoso, crítico, desagradável. Normalmente decorriam umas duas semanas para que ela rompesse o relacionamento, convencida de que tinha todos os motivos de queixa.

— Ele satisfazia a autoestima delas, a senhora quer dizer.

— Exatamente. E ele realmente tinha talento especial para isso, capitão. Ele manipulava aquelas jovens bobocas como um virtuoso toca

ASSASSINATOS DEMAIS

um violino. E, quando a moça rompia, ficava apavorada de ser descoberta, já que estava deixando um caso amoroso para trás.

— Ele colocava em risco seus interesses, dra. Denbigh?

— Nunca. Uma aluna de Dante, esse é o primeiro ano que tivemos moças, naturalmente, estava absolutamente segura. Ele caçava suas presas na lanchonete de panquecas Joey's, na Cedar Street. Suponho que seja um ponto frequentado por jovens da Faculdade Estadual East Holloman e da Faculdade de Secretariado Beckworth. Ele alugava um pequeno apartamento na Mulvery Street, a pouca distância da lanchonete, e usava o nome de Gary Hopkins, que ele dizia ter um toque vulgar. Tanto quanto eu saiba, nunca foi desmascarado.

— Mais cedo ou mais tarde, seria.

— Então fico muito agradecida a quem quer que tenha posto cianureto no chá dele, capitão.

Poxa!, pensou Carmine ao sair da Faculdade Dante um pouco mais tarde. O reitor John Kirkbridge Denbigh era uma figura e tanto! Até seu assassinato, a sorte lhe sorrira. Com uma mulher de beleza aristocrática cuja qualificação acadêmica era comparável à sua e cuja frigidez lhe permitia desfrutar uma predileção perigosa por estudantes, ele não poderia se dar mal. Isto é, se o que sua mulher disse era exato. E não havia razão para ela mentir; morto ou vivo, o reitor Denbigh garantira o progresso da carreira dela. Ainda assim, Carmine raramente havia encontrado tal frieza. Será que seu marido era igualmente distante? Não, provavelmente não. Pelo menos ele tinha desejos acima e além do conhecimento acadêmico. Quantos anos ele teria? Trinta e seis. Havia ainda muito tempo para galgar a escada acadêmica, não rumo ao topo da carreira de professor em sua área, mas à administração universitária. M.M., que era o presidente da Universidade Chubb, ainda permaneceria uns dez anos no cargo, mas o secretário da Chubb, Henry Howard, deveria se aposentar em quatro anos. Estranho que Mawson MacIntosh sempre tivesse sido conhecido como M.M., enquanto Hank Howard nunca tenha se tornado H.H.

Meio da tarde: hora de voltar aos Serviços Municipais e ver o que seus homens haviam descoberto.

Abe e Corey dividiam um escritório, mas, quando Carmine entrou, apenas Abe estava lá, curvado sobre pilhas de papel.

— Como estão as coisas, Abe? — perguntou ele.

— Não faltam suspeitos para o assassinato de Skeps — disse Abe. — Até amanhã eu devo ter um quilômetro de papel para você.

— Fantástico — disse Carmine, saindo pela outra porta.

Uma visita rápida a Patrick não revelou mais progressos, então ele desceu até o estacionamento do porão, entrou no Ford Fairlane, cujo motor ainda estava esfriando, e foi para a residência dos Cartwright, ele mesmo ao volante. Não estava com disposição para ficar esperando um motorista e, de qualquer modo, tinha Delia para fazer seus relatórios.

O clima na casa dos Cartwright havia se alterado drasticamente: com Grant detido pelo assassinato de Jimmy, um manto de tristeza descera sobre os três Cartwright remanescentes, de súbito terrivelmente conscientes da morte de Cathy. A altiva princesa Selma estava na cozinha tentando preparar o jantar, lágrimas incontroláveis caindo dentro de uma tigela de macarrão cozido. Vários tipos de queijo estavam na bancada juntamente com uma embalagem de leite. Carmine sentiu pena dela.

— Rale uma xícara de cheddar, de romano e de parmesão — disse ele, rasgando uma folha de papel toalha e entregando a ela. — Enxugue o rosto e assoe o nariz, então você vai conseguir enxergar. — Ele pegou um pedaço de macarrão, colocou na boca e fez uma careta. — Você não pôs sal na água.

A garota tinha obedecido e agora olhava para dentro de um armário. — Como é um ralador? — perguntou ela, fungando.

ASSASSINATOS DEMAIS

— Isto — disse Carmine, retirando-o de um armário. — Segure o pedaço de queijo contra o ralador e empurre para baixo, dentro de um prato, não em cima da bancada. Pegue as xícaras para medir e conserve os queijos separados. Enquanto você faz isso, vou procurar seu pai. Quando terminar, me espere, está bem? Vamos conseguir.

Gerald Cartwright estava em seu escritório no andar de cima, chorando quase tanto quanto a filha.

— Não sei o que fazer, o que daria melhor resultado — disse ele, desamparado, quando Carmine entrou.

— Em primeiro lugar, traga sua mãe para cá. E uma irmã, sua ou dela. Você não pode criar uma filha ignorando a rotina doméstica e esperar que ela assuma as tarefas como uma empregada experiente, que o senhor deveria ter contratado quando Jimmy nasceu, e então pelo menos a parte de Grant nessa confusão não teria acontecido. O senhor não pode pagar uma empregada, sr. Cartwright?

— Não imediatamente, capitão — disse Cartwright, abatido demais para se defender. — Michel acabou de se demitir, foi para um restaurante em Albany. Agora tenho que decidir o que fazer com o L'Escargot, fechá-lo ou mudar a cozinha juntamente com o nome.

— Nisso eu não posso ajudá-lo, mas realmente sugiro que o senhor pense um pouco menos em seus negócios e um pouco mais em seus filhos! — disse Carmine rispidamente. Ele se sentou e olhou ferozmente para Gerald Cartwright. — Entretanto, neste instante eu quero perguntar sobre sua mulher. O senhor já teve tempo para pensar e eu espero que o senhor o tenha usado. Ela tinha algum inimigo?

— Não! — disse Cartwright, ofegante. — Não!

— Vocês conversavam à noite na cama quando o senhor estava em casa?

— Acho que sim, dependendo de Jimmy deixar.

— Qual de vocês falava?

— Nós dois. Ela estava sempre interessada no que Michel estava fazendo. Ela achava que eu não era firme com ele. — Cartwright parou para enxugar os olhos. — Ela falava sobre o Jimmy, como as outras crianças eram infelizes. E o senhor está certo, ela sempre pedia uma empregada em tempo integral. Mas eu achava que ela exagerava, sinceramente! Sempre tivemos a sra. William uma vez por semana para fazer a limpeza pesada.

— Alguma vez a sra. Cartwright mencionou que alguém a tivesse seguido ou incomodado de algum modo? E quanto aos amigos dela? Ela se dava bem com eles?

— É como eu já lhe disse, capitão, Cathy não tinha tempo para vida social. Talvez outras esposas se queixem de amigas invejosas ou comentem sobre as pechinchas que conseguiram no Filene's Basement, mas não Cathy. E ela nunca mencionou um homem.

— Então o senhor não tem ideia de por que ela foi assassinada?

— Não, não tenho.

Carmine se levantou. — Tome sua decisão comercial logo, sr. Cartwright, e traga pessoas da família para cá. Senão o Junior poderá ter problemas com a lei também.

Gerald Cartwright ficou lívido e se curvou sobre os livros defensivamente.

Junior estava grudado na gigantesca televisão da saleta ao lado; ao passar, Carmine o chamou com autoridade.

— Vamos, garoto, desligue a televisão. Até que consiga alguém para ajudar, sua irmã precisa de uma mãozinha na cozinha.

O garoto obedeceu, embora amuado, e seguiu Carmine escada abaixo, arrastando os pés.

O queijo estava ralado, mas um pedaço teimoso do parmesão tinha revidado. Lascas esfareladas estavam manchadas, e Selma estava chupando os nós dos dedos.

ASSASSINATOS DEMAIS

— Junior, pegue um curativo — ordenou Carmine, examinando o arranhão. — Lição número um quando estiver ralando: cuidado com as mãos quando o pedaço de queijo for diminuindo.

Ele salpicou sal no macarrão, ensinando enquanto ia fazendo, mostrou a Selma como preparar um molho de queijo razoável, depois fez com que ela misturasse metade do parmesão a pedacinhos de pão e salpicasse a mistura sobre o macarrão e o queijo. O prato foi para o forno; então, Carmine descobriu, em cima de um banco da cozinha, o livro *A alegria de cozinhar*, que pertencera a Cathy Cartwright, e selecionou meia dúzia de receitas fáceis para Selma executar. Ela demonstrava algum entusiasmo, tendo acabado de produzir (com a ajuda de Carmine) uma refeição comestível na primeira tentativa. A atitude de princesa era apenas superficial.

— Sabe se, sua mãe tinha algum inimigo, Selma? — perguntou ele, folheando o livro de receitas.

— Mamãe? — a garota olhou-o, incrédula. — Não! — Pela primeira vez, a tristeza apareceu em seus olhos, e ela piscou depressa. — Que tempo lhe sobrava para ter inimigos, capitão?

Ele largou o livro de receitas, levantou do banco e apertou levemente o ombro dela. Então seu olhar recaiu sobre Junior, prestes a desaparecer pela porta que dava para dentro; seus lábios se comprimiram.

— E você — disse Carmine para o irmão, enquanto abria a porta de trás — vai fazer sua parte nas tarefas daqui em diante. Se Selma é a cozinheira, você fica encarregado de lavar a roupa.

Bam! A porta se fechou sobre os protestos ultrajados de Junior.

Ao se dirigir para o carro, Carmine ria. Era raro ele se envolver de modo tão pessoal em uma tragédia familiar, mas os Cartwright eram um caso especial. Não um, mas dois assassinatos, cada qual por um assassino diferente. Eles sobreviveriam, mas graças a Selma, e não a qualquer um dos Gerald. Embora não soubesse, ela já estava tentando cozinhar quando ele chegou. A tragédia a havia jogado no fundo do poço, mas ela se debatia bravamente.

armine voltou para o edifício dos Serviços Municipais e encontrou pilhas de documentos sobre a escrivaninha; sentou-se e agradeceu à sua boa estrela por ter como secretária Delia Carstairs, sobrinha do comissário John Silvestri. Um caso de nepotismo que realmente está dando certo, pensou, enquanto seu olhar passeava pelas pilhas organizadas. Delia era um tesouro que ele herdara juntamente com o posto de capitão; simples tenentes não tinham secretárias, usavam o serviço centralizado de datilografia da repartição ou sua própria habilidade de datilógrafos, e faziam seu arquivamento. O fato estranho é que ela havia trabalhado para Danny Marciano, que ainda era superior dele, mas Danny abrira mão dela sem nada mais que um grito de aflição — e duas secretárias para substituí-la.

Ela veio de seu pequeno escritório, pequeno apenas porque as quatro paredes estavam tomadas por arquivos monstruosos.

— Já era hora — disse, distribuindo outra leva de papéis nas várias pilhas.

Tinha trinta anos, era baixa e se vestia de um modo que ela achava elegante, mas que Carmine, no íntimo, considerava chocante. Hoje ela estava com um conjunto espalhafatoso feito de um tecido multicolorido com textura de nós, cuja saia mal chegava aos joelhos. Duas pernas absolutamente retas, do tipo que se vê em pianos de cauda, sustentavam o corpo rechonchudo e o peso de bijuterias volumosas e em demasia. O rosto estava emplastrado de maquiagem, o cabelo crespo tinha um tom improvável de louro-avermelhado e seus olhos castanho-claros, sagazes e brilhantes, eram contornados por pintura suficiente para satisfazer Cleópatra. Único fruto da união da irmã do comissário Silvestri com um membro graduado da Universidade de Oxford, Delia nascera e se criara na Inglaterra.

Os pais haviam perdido as esperanças nela. Mas Delia não necessitava de orientação paterna de qualquer tipo: sabia exatamente o que faria e onde o faria. Formou-se como primeira da turma em uma excelente faculdade de secretariado em Londres; assim que teve em mãos os documentos e o certificado, fez as malas e pegou um avião para Nova York. Lá, foi trabalhar na sede do Departamento de Polícia, no serviço centralizado de datilografia, e em breve se viu como secretária particular de um vice-comissário. Infelizmente, a maior parte do trabalho dele era voltada para desajustados sociais, e Delia logo percebeu que era bastante requisitada e poderia chegar aonde queria: no setor de homicídios. O Departamento de Polícia de Nova York era amplo demais, e ela, boa demais em seu trabalho.

Então, ela pegou um trem para Holloman e pediu um emprego ao tio John. Como o telefone dele havia tocado incessantemente na véspera com ligações a respeito de Delia, Silvestri ignorou sua postura sobre nepotismo e a segurou. Não para si, mas para Danny Marciano, cujos deveres administrativos eram muito mais pesados. O que Delia não sabia sobre o trabalho da polícia cabia na cabeça de um alfinete, mas não ocorreu ao tio John que a sobrinha ansiava por sangue e carnificina até Carmine ser promovido a capitão. Por favor, implorou Delia, será que ela poderia trabalhar com o capitão Delmonico, especialista em homicídios?

— Há leitura para horas aqui — comentou Carmine.

— Eu sei, mas tudo é absolutamente fascinante — respondeu Delia em seu refinado sotaque de Oxford. — Doze assassinatos num dia!

— Não precisa ficar repisando isso, sua mulher horrível!

Ela riu e saiu saltitando nos saltos muito altos, deixando o chefe com o olhar fixo na escrivaninha. Por onde começar?

Com os casos que estavam com Larry Pisano, era a atitude lógica, as três mortes à bala e a prostituta.

Três armas diferentes, todas com silenciador. Por que os crimes haviam sido executados assim? Que fato sobre as vítimas contribuíra para o uso de três armas de fogo diferentes? Isso continuava sem resposta, o que não fazia sentido. Silenciadores indicavam assassinos profissionais, não o estilo de assassinatos a tiro comuns no Hollow e no distrito da Argyle Avenue. E isso cheirava a dinheiro grande, para a eliminação de três negros inofensivos... O que eles poderiam saber para justificar tamanho desembolso de dinheiro? Pisano e sua equipe tinham investigado com afinco, sem resultado. A mulher era idosa e inofensiva; os dois jovens, boa gente. A análise do sangue dos três estava na pilha de papéis, e não revelava nenhum traço de qualquer substância ilícita tanto de uso continuado quanto recente, na manhã de suas mortes. Eles eram apenas o que pareciam ser, o tipo de gente que não é morta por um ato deliberado, por escolha. No entanto, esses três haviam sido escolhidos, haviam sido mortos deliberadamente por homens que não corriam riscos, homens que eram matadores profissionais. Para Carmine, a história toda era claramente coisa de fora do estado. Embora Connecticut tivesse sua cota de militantes negros, bandidos e jovens delinquentes, esta não chegava a se constituir de matadores de aluguel usando silenciadores, homens suficientemente competentes para aproveitar uma oportunidade na rua em que não fosse possível encontrar a vítima no chão antes de a fuga ser realizada sem visibilidade.

Certo, pensou Carmine, deixando as mortes por tiro de lado, vou pressupor que os responsáveis são de outro estado e deslocar Larry e seus rapazes para novas áreas assim que chegar à conclusão de onde as investigações exaustivas podem render frutos.

ASSASSINATOS DEMAIS

Em seguida, ele passou ao último caso de Larry, a prostituta. Todos conheciam Dee-Dee Hall, e não porque ela sempre tivesse problemas, longe disso. Embora trabalhasse nas ruas, tinha seu itinerário e nunca se afastava dele. Seu cafetão era Marty Fane, um dos motivos pelos quais ela se mantinha longe de confusões; ele era tranquilo para um cafetão e valorizava muito Dee-Dee para tratá-la mal. Apesar de a mulher ter trinta e quatro anos, tinha resistido a seus dezoito anos de rua melhor que a maioria e ainda possuía uma beleza admirável. Uma pena, ponderou Carmine, se ao menos fosse alguns anos mais moça, teria se tornado garota de programa em vez de prostituta de rua, mas, quando as garotas de programa se tornaram um fato comum, o brilho de Dee-Dee já se fora. Medindo um metro e oitenta, altura que provinha de suas pernas bem-feitas, tinha também um corpo voluptuoso. Seus cabelos eram cor de bronze, os olhos verdes, a pele cor de café com leite. Isso tudo lhe garantia muitos clientes, mas não era a base de sua popularidade. Esta consistia na habilidade de fazer um bom sexo oral; dizia-se que tinha mais poder de sucção que Esquimó Nell.* Essa especialidade particular também lhe assegurava a não ocorrência de gestações indesejadas, daí sua boa saúde e a preservação de sua aparência. Seu cafetão, Marty Fane, a mimava sustentando seu vício de heroína e garantindo que seu quarto com banheiro nas imediações do gueto da Argyle Avenue tivesse serviço de limpeza e lavanderia. Dee-Dee era sua principal fonte de renda.

De acordo com Larry, que se encarregara do caso de Dee-Dee pessoalmente, Marty Fane estava desolado com a perda. Apesar da inten-

---

* "The Ballad of Eskimo Nell" (A balada de Esquimó Nell) é uma canção ou recitação obscena que conta a história de Deadeye Dick, seu cúmplice Mexican Pete (Pete Mexicano) e uma mulher que encontram em suas andanças, chamada Esquimó Nell. A balada faz uso frequente de termos crus e grosseiros relacionados ao corpo, com resultados humorísticos. Há quem atribua a autoria a Noel Coward. (N.T.)

sidade com que Larry questionara os habitantes daquele mundo sórdido em que Marty e Dee-Dee viviam, ele não conseguiu encontrar nenhuma evidência de ruptura entre o cafetão e a prostituta. Os dois haviam sido vistos rindo juntos enquanto faziam uma pausa para descansar por volta das duas da madrugada. Isso tornava Marty a última pessoa conhecida a ver Dee-Dee viva. Sua área de trabalho ficava atrás do prédio da prefeitura de Holloman, onde a vizinhança era muito mais insalubre que na parte da frente. Era uma região de estacionamentos, oficinas, depósitos e escritórios, deserta depois que escurecia, a não ser pela presença de quem circulava em busca de um pouco de atividade sexual, como os estudantes da Chubb, vendedores e trabalhadores noturnos.

Amargurado com a morte de Dee-Dee, Marty Fane entregou logo os nomes dos clientes regulares dela que ele conhecia, o que levou a algumas entrevistas embaraçosas com homens bastante tolos para negarem a ligação. Os jovens estudantes da Chubb em geral ficavam um tanto excitados até perceberem que eram suspeitos de um assassinato, e os que tinham pais poderosos subitamente pediam para chamar seus advogados e tentavam não dizer nada. Assim que os advogados se convenciam de que seus clientes eram mais fonte de informação que suspeitos, cooperavam, mas sem resultados. A morte de Dee-Dee permanecia envolta em mistério.

Zero, disse Carmine a si mesmo, acrescentando a prostituta às três mortes a tiros. Quem quer que tivesse feito isso era frio como a dra. Pauline Denbigh, embora ele duvidasse que tivesse sido ela. Nem um matador de fora do estado: o assassino sabia exatamente onde encontrar sua infeliz vítima. Quem sabe alguém com quem ela fizera seu famoso sexo oral no passado? Chore à vontade, Marty Fane! Vai demorar muito até que você encontre outra Dee-Dee Hall.

Cathy Cartwright, morta antes de seu filho deficiente sujar a fralda. Como Desmond Skeps e, ao mesmo tempo, diferente dele. O copo de bourbon com sonífero — triste pensar que só na hora de deitar a pobre mulher podia tomar um drinque civilizado. Quando sentiu o efeito do cloridrato, provavelmente não tentou lutar contra ele, sentindo-se exausta e desejando algumas horas de sono tranquilo, perguntando-se quando Jimmy a acordaria para que ela lhe trocasse a fralda. Patrick achava que o pentobarbital fora injetado imediatamente; talvez ela tivesse sido a primeira das vítimas da noite a morrer, rapidamente sem dor. Os centros vitais do tronco cerebral pararam de funcionar suavemente e ela se foi. O que em Cathy havia suscitado compaixão? Isso indicava que o assassino a olhava com benevolência, lamentava a necessidade de matá-la.

Carmine, Carmine! Ele se aprumou na cadeira, consciente do suor que lhe descia pela nuca, correndo entre as omoplatas. Você está raciocinando como se existisse apenas um assassino! Mas não pode ser. Crimes demais em muitos lugares diferentes e em horários muito próximos. A não ser que alguns dos crimes tivessem sido encomendados. Mas isso exige enormes somas de dinheiro e uma mente mestra. Considere isso imparcialmente e verá como está errado... Praticamente a única razão possível para tal orgia de assassinatos mais ou menos à mesma hora é um espírito de maldade, o que é ridículo. Claramente ridículo! Pense nos riscos! Qualquer pessoa suficientemente inteligente para maquinar uma trama dessas seria inteligente demais para considerar tal planejamento.

Confesse, Carmine, essa ideia só veio à sua mente depois que você soube que Desmond Skeps estava entre os mortos. Brilhante, esconder a importância de seu assassinato sob uma avalanche de outros assassinatos! Uma ideia que poderia se manter de pé caso houvesse menos assassinatos. Mas *dez* outros? Jimmy Cartwright era uma pista falsa, mas o resto parecia planejado. Quatro assassinatos teria sido ideal e factível. Dez outros? Insensatez!

A não ser... a não ser, Carmine, que todas essas pessoas tivessem que morrer. A não ser que entre 29 de março e 3 de abril alguma coisa tivesse acontecido que forçasse essa solução específica. Mas o quê? Ah, Carmine, Carmine, não complique seu trabalho de maneira tão maluca! E não ouse comentar essa suspeita com ninguém, nem mesmo com John Silvestri.

Consciente de que o verme, tendo nascido, estava se retorcendo dentro de seu cérebro e iluminando cada brecha escondida e escura, Carmine pôs Cathy Cartwright na pilha de "vistos" e pegou a pasta de Corey sobre Bianca Tolano.

Bianca, vinte e dois anos, viera da Pensilvânia para Holloman havia dez meses. Formada em Economia na Penn State, queria cursar um MBA na Harvard Business School, Corey havia deduzido a partir de sua correspondência e de outros papéis achados no apartamento. Só que, no momento, ela não tinha dinheiro para isso, portanto havia conseguido um emprego como assistente executiva na Carrington Machine Parts, uma das muitas companhias da Cornucopia espalhadas em torno de Holloman. O pagamento era bom e ela estava se saindo bem no emprego; sua poupança no Holloman National Bank crescia rapidamente. Seu apartamento, no andar mais alto de um prédio onde moravam três famílias, ficava a menos de um quarteirão do antigo apartamento de sua mulher, descobriu Carmine com um calafrio. Voltaram as lembranças do sofrimento de Desdemona lá e do policial que estava de guarda à sua porta e foi garroteado. Uma vizinhança respeitável. Naquela época, Desdemona. E agora isso.

Seu senhorio tinha notado a porta da frente aberta, chamou-a e, não obtendo resposta, entrou e encontrou seu corpo nu no chão da sala de visitas. De acordo com Patsy, ela fora torturada, inclusive com uma meia-calça apertada intermitentemente em torno de seu pescoço; tinha sido queimada com cigarro, cortada com tesoura, beliscada com uma pinça manejada com crueldade e morta com uma garrafa quebrada enfiada na vagina. Exceto durante as asfixias temporárias, ela estivera consciente o tempo todo; não havia drogas em sua corrente sanguínea.

ASSASSINATOS DEMAIS

Entrevistas com colegas revelaram que era discreta, mas não tímida. O relacionamento com seu chefe, James Dorley, era agradável e amistoso de maneira profissional. Como era atraente, havia recebido convites para jantar ou cinema e aceitado vários sem quaisquer consequências românticas. Os homens se esforçavam para explicar que Bianca se mostrava distante, não encorajava ninguém. Seu senhorio, um velho bisbilhoteiro, disse que jurava sobre uma pilha de bíblias que ela não tivera nenhum visitante masculino. A srta. Tolano era quieta. As mulheres com quem trabalhara também não forneceram pistas a Corey. Bianca participava da roda do café, dava risadas, mas passava a impressão para as outras moças de que nada se colocaria entre ela e aquele MBA de Harvard. Elas contaram a Corey que sua casa em Scranton não era um lar feliz, que não mantinha contato com a família e estava muito satisfeita de morar em outro lugar. Corey perguntou se ela saía. As mulheres responderam que às vezes, geralmente porque o sr. Dorley lhe dava entradas para o teatro ou para eventos aos quais ele não poderia comparecer. O único que ela não aceitou foi o de um baile de caridade; disse que não tinha um vestido apropriado.

Outro zero redondo, pensou Carmine, acrescentando Bianca Tolano à pilha dos "vistos". Se Corey esperava que Bianca Tolano o faria brilhar perante a comissão de seleção, estava enganado. Seu caso era tão sem substância quanto o de Abe.

Abe tinha feito o máximo com Beatrice Egmont: revirara todas as pedras, dos catadores de entulhos até os filhos dos vizinhos. O que se elevava acima do nível comum de sua existência era a personalidade; todos que conheciam Beatrice Egmont gostavam dela. Não se intrometia na vida ou no comportamento de outras pessoas, e sempre se fazia presente com algum gesto, sugestão ou presente adequados. Também não levava uma vida reclusa apenas por ser viúva havia muitos anos; era convidada para todas as festas locais, adorava ir de ônibus a Manhattan para um jantar ou um espetáculo, comprava os biscoitos das bandeirantes e os bilhetes de rifas, nunca estava ausente das listas de convidados dos eventos de caridade em Holloman. Ela conhecia bem o prefeito, o que motivou pedidos de informação da prefeitura sobre o assassinato. Tanto quanto Abe pôde averiguar, não desaparecera nada de sua casa; os vasos Ming e as tapeçarias flamengas estavam intocados, e o relógio Baume & Mercier ainda estava em seu pulso quando ela foi encontrada. Ela não fora drogada antes de dormir, mas o coração tinha parado rápido demais para que pudesse lutar. — Não consigo encontrar nenhum motivo para sua morte — escrevera Abe.

Adeus, Beatrice Egmont, pobre coitada. Carmine colocou a pasta no topo da pilha crescente dos casos que pusera de lado. Restavam os seus próprios: o reitor Denbigh, Peter Norton, Desmond Skeps, Cathy Cartwright e Evan Pugh.

Sem dúvida o reitor Denbigh flertara com o desastre, mas sua mulher estava absolutamente certa: por que uma morte sutil por cianureto em seu gabinete? Mais plausível ter sido morto a tiros, esfaqueado, espancado até a morte nos arredores da lanchonete de panquecas Joey's — a lanchonete seria um elo entre ele e Gerald Cartwright, seu dono? De acordo com o relatório de Patrick, a embalagem do saquinho de chá tinha apenas um rasgão, o que fora feito pelo reitor, e um microscópio poderoso não revelara furos de costura superpostos ali. O furto de duas embalagens havia forçado o reitor a usar a última da caixa; claramente ele estava destinado a morrer naquele dia e em nenhum outro, o que tornava seu caso diferente de um envenenamento comum. Alguns matadores aceitavam certo acaso, mas não o assassino dele. Vós deveis morrer hoje, o terceiro dia de abril, e em nenhum outro dia... E por que cianureto? Para ter certeza de que o reitor da Faculdade Dante não sobreviveria.

Peter Charles Norton era diferente. Embora Carmine tivesse ido à casa dos Norton apenas uma vez, o que havia encontrado lá o predispusera a afastar a esposa como suspeita, embora ela tivesse preparado

ASSASSINATOS DEMAIS

o copo de suco de laranja. Ele os deixara em paz porque a única testemunha adulta, a mulher, estava completamente histérica. No dia seguinte, ele mandaria Abe ou Corey voltar lá em busca de respostas para suas perguntas. No entanto, ele tinha feito deduções, a primeira das quais que Peter Norton era o único que bebia suco de laranja; um jarro de suco de mirtilo na geladeira sugeria que era o que a mulher e os filhos bebiam. Tudo o que ela espremeu foi um copo, para um homem que engolia o suco e comia uma torrada já saindo pela porta. No íntimo, Carmine apostava que Peter tomava um segundo café da manhã na lanchonete de panquecas Joey's. A torrada e o suco eram agrados para a sra. Norton.

Ele havia morrido em 3 de abril, mas somente depois de uma agonia longa e excruciante. Isso indicava que o matador achava que Norton deveria morrer com o máximo efeito visual. Estaria punindo o marido ou a mulher? Dependia de quando, no processo de morte, Norton perdeu a consciência. Não havia vestígio de outras substâncias em seu sangue, embora a glicose estivesse significativamente elevada e suas artérias já mostrassem os sinais da dieta de hambúrguer com fritas que um policial, em perguntas de porta em porta, anotou que ele amava. Patsy tinha se apressado em voltar e testar o açúcar de um açucareiro e de um recipiente maior, já que a evidência do sangue sugeria que a sra. Norton adoçara o suco; e se as crianças adoçassem os flocos de cereais deles? Mas nenhum tipo de veneno foi encontrado no açúcar. Bem pensado, Patsy!

Delia havia deixado extratos bancários junto aos papéis referentes a Norton — que joia ela era! Gerente do Fourth National Bank, Norton claramente não tinha preocupações financeiras. Vivia dentro do limite de seus ganhos e não tinha feito grandes retiradas no último ano, que era o período que Delia havia examinado até o momento. Sua família, de Ohio, era rica, enquanto a sra. Norton provinha de uma família de operários de Waterbury.

Ele jogou a pasta na direção das rejeitadas e olhou para a de Evan Pugh com uma expressão carregada. Seu instinto lhe dizia que aquele era o assassinato extraordinário, o que diferia de todos os outros. Quem seria o Matraca? E o que desencadeara um método tão bizarro de matar? Uma armadilha para ursos! Não de um tipo pequeno, projetado para manter o urso preso até que se pudesse ter o prazer de atirar nele; essa era o tipo de armadilha para pegar invasores, grande o suficiente para mutilar o urso, garantindo que ele sangrasse até a morte. Uma arma para a sobrevivência do homem e a extinção do urso.

Os pais de Evan Pugh estavam a caminho, vindos da Flórida, onde moravam numa daquelas mansões pomposas de frente para um canal artificial; tendo feito fortuna no varejo de eletrônicos, o pai de Evan Pugh tinha se aposentado para gozar uma vida de prazer e luxo num lugar onde nunca chegava a fazer frio, e muito menos nevava. Evan era filho único, portanto a situação da polícia na investigação do assassinato dele estava prestes a se tornar bem menos confortável; os Pugh estavam trazendo com eles seu advogado.

Restava, portanto, um único crime cuja cena Carmine ainda não tivera tempo de visitar. Não havia pressa, ele sabia. A cobertura de Desmond Skeps estava lacrada, seu elevador particular estava trancado, as duas escadas de incêndio barradas e com cadeado. Abe não tinha perdido tempo indo lá: ele havia trabalhado no escritório de Skeps, reunindo informações sobre os subordinados e conhecidos do magnata. Carmine soube dos detalhes terríveis do assassinato conversando com Patsy. Como Bianca Tolano, Skeps fora torturado, apesar de seu assassinato não ter sido um crime sexual, e, como Cathy Cartwright, Peter Norton e o reitor Denbigh, ele havia sido envenenado. No entanto, o que tinha realmente importância, as semelhanças ou as diferenças?

Lá vem você de novo, Carmine, supondo que há um único assassino! Você não tem um fiapo de evidência para provar isso, mas também não tem um fiapo de evidência para provar que são vários assassinos. Na verdade, talvez o matador contratado de fora do estado se ajuste à metade das vítimas e isso *realmente* indica uma mente mestra, ao menos para

ASSASSINATOS DEMAIS

aqueles assassinatos. Por que não assassinos contratados para todos os crimes? Há algo que indique um assassino com as próprias mãos? Sim, mas apenas em duas mortes: Desmond Skeps e Evan Pugh. Essas têm características distintas de satisfação pessoal. E, se a chantagem de Pugh tiver relação com as mortes, faz sentido, até pelo fato de não haver um documento escrito sobre seu objeto. Tudo o que Pugh precisava fazer era falar, e o olho brilhante da investigação policial voltaria seu foco numa direção que o assassino não poderia deixar que fosse iluminada. O que traz de volta Skeps como alvo principal. Mas por que os outros tinham que morrer?

O tempo dirá, pensou Carmine, agora mais à vontade com sua teoria. Eu apenas comecei a desmanchar o padrão; depois terei que refazê-lo. Amanhã voltarei ao meu método costumeiro: trabalhar em cada crime pessoalmente, com Abe e Corey a reboque. É uma pena eles não receberem casos para trabalhar sozinhos! Eu me sinto amputado sem Abe e Corey. Preciso de três pares de olhos, três pares de ouvidos e três cérebros.

Ele olhou para o grande relógio em cima da porta de Delia. Seis e meia! Para onde foi o tempo? A luz dela estava acesa, então ele meteu a cabeça pela porta aberta.

— Vá para casa, senão um tira libidinoso pode dar em cima de você!

— Num minuto — respondeu ela distraída, sem perceber o elogio brincalhão. — Eu só quero cotejar estes extratos bancários. Levei o dia inteiro para consegui-los.

— Tudo bem, mas não fique a noite toda. E reúna todos na sala de Silvestri para uma conferência amanhã às nove da manhã, por favor.

Agora, com Myron Mendel Mandelbaum hospedado em East Circle, era melhor ele ir para casa.

93

Havia poucos homens que Carmine amava profundamente. O lugar de honra era ocupado por Patrick O'Donnell, mas o próximo da lista era o segundo marido de sua ex-mulher. No final, nenhum dos dois amava a mulher em comum, Sandra, mas ambos eram inteiramente devotados à filha de Carmine e Sandra, Sophia. Embora Myron sentisse a falta dela com aquele horrível vazio de uma casa desabitada e um riso ausente, não hesitara em mandá-la para o leste depois que Carmine se casara com Desdemona; sabia que a vida de Sophia na casa relativamente modesta de East Circle seria muito melhor para ela do que a permanência em sua réplica do palácio de Hampshire Court, onde a mãe não demonstrava nenhum interesse por ela e o próprio Myron tinha compromissos que tomavam seu tempo, não podendo evitá-los sem correr o risco de perder tudo o que possuía. Um acordo pré-nupcial, incomum em 1952, garantia que Sandra não receberia mais que alguns milhões caso Myron morresse, mas Sophia era sua herdeira e ele queria que a menina herdasse um patrimônio de vulto. Nem por um momento ele pensou que Sophia o dilapidaria; sua convicção enraizada era de que essa querida enteada trataria muito bem seu patrimônio. Embora ela tivesse estudado todas as matérias regulares, de matemática à literatura inglesa, ele também a pusera a par de uma de suas atividades comerciais: a arrecadação de recursos para a produção de filmes e a supervisão das finanças dos filmes, da pré-produção até as cópias e a distribuição para as salas de exibição. Myron decidira que, aos vinte e um anos, se fosse esta a sua vocação, Sophia estaria pronta para exercer a profissão de produtora de Hollywood, ou então estaria bem-preparada para administrar todos os muitos negócios dele.

Myron sabia que Carmine imaginava quais seriam seus planos para Sophia, mas eles nunca haviam falado disso; Carmine era muito sensível quanto à posição de Sophia para tocar primeiro no assunto, e Myron era muito astuto. Se seu querido amigo Carmine tivesse alguma ideia real da extensão de seu império de negócios, Myron sabia que ele não ia querer que Sophia ficasse sobrecarregada com um décimo dele. Mas a Sophia que Carmine conhecia era uma figura nebulosa; para todos os efeitos e propósitos, era Myron quem tinha sido seu pai permanente entre dois e dezesseis anos, portanto era Myron quem a conhecia melhor.

Além do mais, Myron ainda estava saudável, robusto e disposto a viver por muitos anos. Portanto, não via por que confiar seus planos a Carmine enquanto a garota seguia sua vida de adolescente de dezesseis anos num lar cheio de amor e numa boa escola. O que não lhe ocorria era que, recém-privado da filha querida e imensamente sozinho, ele estava no ponto para ser agarrado por alguém com iniciativa.

Sabendo-se sempre bem-vindo na casa de Carmine, ele tirava alguns dias de folga toda vez que ia a Nova York e aparecia na casa de East Circle. Aquela visita, porém, era uma surpresa; o último filme, estrelado por não menos que três atores de renome, ainda estava numa situação de incerteza. Sua desculpa era de que o dinheiro para a produção estava em Nova York, mas para Carmine isso soava falso: o dinheiro estava sempre em Nova York. Não, Myron estava ali porque a morte de Desmond Skeps estava nas manchetes.

Quando Carmine entrou, Myron estava sentado numa poltrona na sala de visitas com um copo de Kentucky bourbon com água gasosa na mão, lendo a edição da semana da revista *News*.

Com cinquenta anos, mais velho que Carmine, a sua famosa capacidade de atrair mulheres bonitas era um subproduto do poder que exercia, e não de uma beleza excepcional. Era bastante careca e mantinha o que lhe restava de cabelo cortado bem rente à cabeça; o rosto longo e inteligente tinha uma boca firme e olhos esverdeados que, Sophia insistia, enxergavam diretamente a alma. Quando ele se levantou para abraçar Carmine, revelou-se um homem baixo de corpo esguio que não mostrava nenhum vestígio da vida de luxo e prazer que ele adorava.

Depois do abraço, ele sacudiu uma revista diante de Carmine. — Você viu isso? — perguntou.

— Apenas de passagem — disse Carmine, beijando sua mulher, que se reuniu a eles segurando a própria bebida, gim com tônica. Sophia vinha logo atrás e estendeu para Carmine um copo de bourbon preparado exatamente como ele gostava: diluído, mas não afogado em água gasosa.

— Você precisa ler o artigo de Karnovski sobre os comunistas — disse Myron, sentando-se na poltrona. — Há anos eu não vejo nada tão bom, especialmente do ponto de vista histórico. Ele apresenta descrições detalhadas de cada membro do comitê central que aspirou ao secretariado depois da morte de Stalin, e seu retrato do próprio Stalin é fascinante. Eu adoraria conhecer as fontes, há material aqui que eu nunca tinha visto.

— Em circunstâncias normais, eu estaria mergulhado nele — disse Carmine pesarosamente —, mas não neste momento. Estou ocupado demais.

— Ouvi dizer.

— Crianças na sala — avisou Carmine, virando os olhos para Sophia. — Que banqueiro de Nova York está fazendo você de refém?

— Ninguém que você conheça. — Myron pareceu pouco à vontade, depois deu de ombros. — Acho que é melhor eu desabafar logo — disse ele em tom defensivo. — Vou me divorciar de Sandra.

— *Myron!* — exclamou Desdemona. — O que a pobre criatura fez depois de tantos anos?

— Na verdade, nada. Apenas me cansei dos truques dela — disse Myron, ainda parecendo na defensiva.

— O que será de Sandra? — perguntou Desdemona, olhando de lado para Sophia, que estava sentada sem expressão no rosto e um copo de Tab* que não bebia.

---

* Refrigerante dietético da Coca-Cola. (N.T.)

— Ela ficará muito bem, sinceramente! Eu criei um fundo de vinte milhões para ela, mas de tal modo que nenhum cara ávido por dinheiro possa colocar as mãos nele, nem mesmo no caso de um casamento em comunhão de bens. Ela fica com a governanta e as empregadas, de modo que seus hábitos permanecem resguardados.

Sophia conseguiu falar. — Papai, por quê? — perguntou.

Carmine não se enganava, pensando que a pergunta era dirigida a ele; Sophia chamava os dois de papai.

— Eu já disse, querida. Apenas me cansei dela.

— Eu não acredito! Você se cansou de Sandra há anos! O que mudou?

Aí vem coisa, pensou Carmine, bebericando seu drinque.

Myron tossiu, mostrando-se tímido. — Humm, bem... Eu conheci uma mulher. Uma verdadeira dama.

— Ahhh! — Sophia revirou os olhos, depois algo feroz e intensamente possessivo brilhou dentro deles; no momento seguinte, quando ela fitou Myron, aquilo já havia desaparecido, substituído por uma curiosidade límpida. — Conte mais, papai, por favor!

— Seu nome é Erica Davenport e ela é a principal diretora jurídica da Cornucopia. Ela mora aqui em Holloman! É coisa recente, mas imaginei que, com a morte de seu patrão, Desmond Skeps, ela talvez precisasse de apoio moral. Quando telefonei para ela de Los Angeles, parecia atormentada. Ela não me pediu para vir, mas eu vim de qualquer maneira.

Carmine engoliu em seco. — Myron, isso pode ser um conflito. Você deveria ter ficado na Costa Oeste.

— Mas Erica é minha amiga! — protestou Myron.

— E uma possível suspeita da morte do patrão. Não posso impedir que você a veja, Myron, mas ela não pode se aproximar da minha casa, certamente você entende *isso*!

— Oh, que meleca! — exclamou Myron, usando uma expressão que ouvira em algum lugar e que considerava inócua o suficiente para os ouvidos de Sophia.

— Você está apaixonado, por isso quer se divorciar — disse Desdemona, recolhendo os copos vazios.

— Você acha?

— Eu acho. Mais um drinque e depois jantamos. Assado de pernil de carneiro da Nova Zelândia com todos os acompanhamentos.

Ela e Sophia foram para a cozinha. Carmine olhou severamente para seu querido amigo. — Myron, eu não posso ser conivente com esta complicação.

— Lamento, Carmine, eu não pensei! Só queria estar ao lado de Erica.

— Contanto que você entenda as limitações.

— Eu entendo, agora que você as explicitou. Vou levar Erica para almoçar amanhã e explicar para ela.

— Não, você não vai. Como todos os suspeitos, ela vai ter de estar no edifício da Cornucopia amanhã, o dia inteiro. Talvez isso se estenda pela noite também. Eu sugiro que você explique o assunto pelo telefone e torça para que eu a libere a tempo de levá-la para jantar.

— Merda!

— A responsabilidade é toda sua, Myron. E não espere conseguir muita simpatia da parte da Sophia.

— Foda-se!

— Seu vocabulário vai de mal a pior, meu velho. Então, o que é tão interessante nesse artigo da revista *News*?

— Você não estava ouvindo? É simplesmente o melhor artigo sobre os comunistas em anos, especialmente sobre os membros do comitê central. Se você esqueceu, Carmine, este país está no meio de uma guerra fria com a União Soviética.

ASSASSINATOS DEMAIS

— Não, eu não esqueci. Mas, no momento, minha cidade parece estar no meio de uma guerra inflamada contra pessoas desconhecidas. E aí vem nossa segunda rodada de drinques, portanto vamos voltar à *News*.

Já que todos os presentes à reunião sabiam do pouco progresso que fora feito, o único homem presente que não estava surpreso com a convocação era Carmine. A única mulher, Delia Carstairs, tinha uma boa noção do que estava ocorrendo, mas seu papel era tomar notas sem fazer comentários.

— Estamos tratando isso da maneira errada — disse Carmine, depois de John Silvestri abrir a reunião. — De hoje em diante, o departamento volta ao normal na medida do possível. Larry, você e seu pessoal tratarão dos crimes rotineiros de Holloman; quero dizer, dos crimes não relacionados às doze mortes de 3 de abril. Se não dermos atenção a eles, ficaremos atolados em roubos e violência doméstica, e em disputas de gangues de ciclistas, de militantes e outras do gênero. Saiam por aí e mostrem aos delinquentes locais que não os esquecemos. Você fez um ótimo trabalho no caso das três mortes a tiro e no caso da prostituta, Larry, mas esses casos estão parados e não vou desperdiçar meus homens em busca de pistas que não levam a lugar nenhum. Então, muito obrigado, rapazes, mas eu não preciso mais de vocês.

Aparentemente, Larry Pisano e seus homens não ficaram nem um pouco indignados. Ao contrário, eles pareciam aliviados. Retornando aos crimes de rotina de Holloman, a taxa de bons resultados voltaria a subir. Na verdade, Larry estava tão ansioso para começar a nova tarefa que se levantou sem ser dispensado.

— Então você não precisa de mim aqui, certo, Carmine?

— Certo.

Carmine esperou até que os três homens saíssem da sala. — O que vou dizer agora não sai daqui, entendido?

— Com toda a certeza — disse o comissário Silvestri. — Você chegou a algumas conclusões?

— Sim, cheguei. Não digo que sejam corretas, mas servem aos meus propósitos no momento. Eu acredito que alguns dos onze assassinatos, ignorando o de Jimmy Cartwright de agora em diante, foram encomendados fora do estado. As três mortes a tiro, sem dúvida. Possivelmente também o envenenamento de Peter Norton, o estupro de Bianca Tolano, a morte de Cathy Cartwright e a asfixia de Beatrice Egmont. Todos foram executados de forma profissional e eu incluo o assassinato sexual aí porque foi bem... clássico.

— Você está falando de sete crimes, Carmine — disse Patsy, franzindo a testa.

— Sim.

— E quanto a Dee-Dee Hall?

— Não, eu acho que esse foi um assassinato pessoal. E também os de Evan Pugh e de Desmond Skeps.

— Você está esquecendo o reitor Denbigh. Onde ele se enquadra?

— Não estou certo ainda, Patsy. Meu instinto me diz que é uma encomenda, mas, se for, por que chegar a tão tortuosas minúcias com a embalagem e o saquinho de chá? Por que eles não revelam evidências de manipulação? Talvez ele seja um caso à parte.

— Isso, eu me recuso a acreditar! — disse Danny Marciano. — Em qualquer outro dia, seria possível, mas não em 30 de abril. Você esgotou seu caso à parte com Jimmy Cartwright, Carmine.

— Eu sei, eu sei.

Subitamente, fez-se um silêncio tão profundo que o sussurro do ar-condicionado de última geração de Silvestri parecia um ronco.

Silvestri quebrou o silêncio. — Você está propondo que seja um assassino, Carmine.

— Sim. E, se eu estiver certo, ele cometeu um terrível erro ao despachar todas as vítimas num só dia. Isso significa que teve que terceirizar a maioria dos assassinatos. Mas ele não é idiota, é uma mente mestra. Sabia, portanto, que estava cometendo um erro, e isso quer dizer que não tinha escolha. Por alguma razão, todos tinham que morrer no mesmo dia, o que sugere que a ameaça que representavam era muito recente e tinha que ser atacada imediatamente. — O rosto de Carmine estava ao mesmo tempo sério e exultante; ele ansiava pela caçada, embora a temesse.

Silvestri sacudiu a cabeça. — Não sei como você consegue isso, Carmine, nos levar a pensar como você antes que saibamos realmente o que você quer demonstrar. Um assassino? É uma loucura!

— Eu concordo, senhor, mas vamos adiante com essa hipótese. É mais louca que doze assassinatos num só dia numa cidade do tamanho de Holloman? De fato, para mim, é a única resposta que faz algum sentido. Se onze pessoas morreram de formas tão diversas, não é gritante que seja um só assassino? Acontecem assassinatos em massa, mas são executados por um psicopata com uma metralhadora na mão num lugar cheio de gente ou por um sequestrador que causa a queda de um avião porque não entende a coisa que está controlando. Isso é diferente.

— Entendo seu raciocínio — disse o comissário. — Continue.

— Contratar assassinos profissionais indica que a mente mestra, expressão de que eu não gosto, tem dinheiro ilimitado. Porque eu não gosto da expressão "mente mestra"? Porque ao menos numa ocasião ele foi muito imprudente e ganhou o apelido de Matraca de Evan Pugh. É por isso que não encontramos nenhum vestígio do que Pugh pudesse ter usado para a chantagem. O objeto da chantagem é simplesmente algo que Matraca disse e que todos, exceto Evan Pugh, esqueceram. O tipo de chantagem mais difícil de provar.

— É muito improvável — disse Danny Marciano.

— Eu concordo, é difícil de acreditar, mas não é tão improvável. Dê-me uma razão melhor para três assassinatos a tiro contratados fora do estado, Danny! Essas pessoas inofensivas foram escolhidas para que fossem executadas por homens que usavam silenciadores e que estão acostumados a fugas rápidas. Sofisticado demais para Holloman! Um incidente, sim, mas três, todos ao mesmo tempo? Nunca acontece. Sinto que o cara que encomendou esses assassinatos está rindo de nós, idiotas provincianos.

— Então ele não conhece você, Carmine — disse o leal Abe.

— Ah, eu acho que conhece, Abe, nem que seja apenas socialmente. Esta cidade é pequena e eu circulo por aí.

— Como você pretende continuar?

— Do meu modo habitual. Vou retomar os onze casos e o Abe e o Corey também. Desculpe, rapazes, mas não posso passar sem vocês. Se eu mandar um de vocês interrogar alguém, tenho certeza de que será como se eu mesmo tivesse interrogado. Isso também se aplica à busca de provas. Hoje nos concentraremos em Desmond Skeps. Abe já fez o levantamento de dados, mas agora vamos apertar o laço na Cornucopia.

Carmine olhou diretamente para seu chefe. — Talvez o senhor receba alguma pressão de Hartford a respeito disso se fizermos muitas perguntas constrangedoras. Ou até de Washington. Também devo lhe informar que um tolo amigo meu, Myron Mandelbaum, está caído pela diretora jurídica da Cornucopia, uma mulher chamada Erica Davenport. Eu o avisei para se manter afastado e ele sabe que não pode convidá-la para ir à minha casa, mas não quero que nenhuma crítica seja feita ao senhor por causa dele.

Silvestri permaneceu sereno. — O que é mais um pouco de crítica de Hartford ou de Washington quando tenho uma entrevista com a imprensa daqui a poucos minutos? Os tubarões estão num frenesi de comida em relação à morte de Skeps, e eu pretendo, então, lhes atirar pedaços de Skeps. Vou mantê-los roendo a carcaça dele. Doze assassinatos? Que doze assassinatos? Serei firme em dizer que não temos suspeitos locais do assassinato de Skeps, naturalmente. É por isso que o FBI está aqui. Estamos procurando em Nova York e em outras capitais financeiras. É dessa forma que vou administrar isso, uma coletiva de imprensa atrás da outra. Manterei os tubarões bem distantes de Holloman. — Ele abanou a mão. — Podem ir! Preciso pensar.

Carmine saiu, testa franzida. FBI? O que Silvestri quis dizer?

O edifício da Cornucopia ficava na esquina de Maple com Cromwell, no centro da cidade, no distrito dos shoppings e dos negócios, e só tinha um ano; com quarenta andares, era a construção mais alta de Holloman. A cobertura era a residência de Desmond Skeps e os trinta e nove andares abaixo abrigavam os escritórios centrais de todas as várias empresas da Cornucopia, com o escritório de Desmond Skeps localizado no trigésimo nono andar. Curiosamente, ele não havia providenciado nenhum acesso direto entre o local de trabalho e o de residência; para chegar à cobertura, ele precisava sair do escritório, voltar ao primeiro andar e tomar o elevador particular para a cobertura. Suponho, pensou Carmine, que isso mantenha realmente separados os negócios e o prazer.

O saguão de entrada era revestido de mármore multicolorido e adornado com palmeiras viçosas em vasos de mármore trabalhados a mão; um exame mais cuidadoso revelava que as palmeiras podiam ser retiradas dos recipientes de mármore, pois estavam plantadas em vasos menores de plástico em seu interior. Havia um balcão de informações e um para visitantes, em que um atendente solitário tinha a tarefa exclusiva de pregar uma etiqueta em cada visitante. Os que trabalhavam no edifício, ao entrar e sair, não tomavam conhecimento de nenhum deles. Uma coluna de elevadores servia do segundo ao décimo nono andar; a outra, do vigésimo ao trigésimo nono; o elevador para a cobertura ficava separado numa extremidade sem saída e tinha o aviso "proibido entrar" pintado num suporte de madeira à frente de suas portas de cobre reluzentes.

Munido de uma chave, Carmine acionou as portas, que se abriram para um interior luxuoso com couro macio rosa queimado, piso de mármore *rosso antico* e enfeites entalhados e dourados. O painel só tinha dois botões: "subir" e "descer". Que arrogante, pensou ele, divertido. Lá em cima, o elevador abriu diretamente para o apartamento, que era enorme. Em primeiro lugar, havia um saguão do tamanho da maioria das salas de visita, depois uma sala de visitas do tamanho da maioria das casas, com parede de vidro em dois lados; num deles se avistava North Holloman e, no outro, o estreito de Long Island e a baía. Carmine podia ver o cais de sua casa perfeitamente e a torre quadrada com a varanda que a circundava. Um telescópio de baixa potência num tripé o fez imaginar o que mais Desmond Skeps havia visto, e em mais casas além da de Carmine. Sr. Skeps, pensou ele, eu não gosto de você. A privacidade é nossa última defesa contra a barbárie, e você é tão bárbaro quanto o governo federal.

A decoração era em bege de decorador de interiores, conservador e inócuo, e não havia ali objetos preciosos espalhados que sugerissem que Skeps fosse um colecionador de arte, mesmo *kitsch*. Os quadros nas paredes eram aquarelas de segunda linha que provavelmente o decorador vendera como de primeira, embora no quarto esse indivíduo tenha escolhido gravuras arrancadas de livros vitorianos de tamanho grande e emoldurado. A conta decerto fora astronômica, mas Carmine não tinha pena de um homem que não discernia a falta de qualidade quando a via.

Skeps não havia sido assassinado em sua cama, mas em sua mesa de massagem, uma peça de mobília mais alta e mais estreita que teria se adequado admiravelmente às intenções do assassino. Ele tinha subido nela voluntariamente ou o assassino era suficientemente forte para suspendê-lo e colocá-lo lá depois de Skeps ter tomado seu copo de uísque Glenlivet de puro malte misturado com hidrato de cloral. Certamente ele não tomaria o uísque deitado no que viria a ser o seu leito de morte. Um assassino forte, disse Carmine a si mesmo, pensando na armadilha

ASSASSINATOS DEMAIS

de urso. Esses dois homicídios haviam sido cometidos pessoalmente e indicavam grande força física. Procure alguém nadando em dinheiro e com a aparência de Mister Universo e não estará muito longe da verdade. Mas e se ninguém tivesse as duas características? E se ninguém fosse nem uma coisa nem outra?

Os rapazes de Patsy haviam vasculhado a cena do crime meticulosamente, portanto ele não se preocupou em examiná-la novamente. O que queria era ter uma ideia de como era Desmond Skeps a partir da organização de sua residência.

Ele sabia o que o resto do mundo já sabia, e pelas mesmas fontes: revistas de fofoca, colunistas, um artigo sério esporádico no *Wall Street Journal* ou no *New York Times*. O pai de Skeps, um fabricante bem-sucedido de peças automotivas, enxergara as nuvens da guerra se adensando na Europa em 1938 e não tinha deixado de perceber o Sudeste da Ásia também. Ele fundara a Cornucopia (o nome, dizia ele, significava simplesmente "chifre da abundância")* para fabricar armas de grande porte, depois diversificou para motores de avião e máquinas de guerra. Depois de Pearl Harbor, seu império prosperou e nunca mais parou de crescer. Agora, em 1967, a Cornucopia fabricava instrumentos cirúrgicos e equipamentos, armas e morteiros, motores de turbinas, geradores, reatores atômicos, mísseis e armas de pequeno porte, e tinha entrado no ramo dos plásticos, especialmente dos que tinham importância militar. A Cornucopia tinha uma grande instalação de pesquisa e estava na vanguarda em tudo o que fabricava; também possuía um grande número de contratos com as Forças Armadas.

---

* A cornucópia, ou "chifre da abundância", é, na mitologia grega, um dos chifres da cabra Amalteia, que amamentou Zeus no monte Égeon, onde Reia, sua mãe, escondeu-o de Cronos, seu pai, para que este não o devorasse, como fizera com os outros filhos. Zeus, brincando, quebrou um dos chifres da cabra, mas, para compensá-la, prometeu-lhe que este se encheria de todos os frutos quando ela o desejasse. (N.T.)

A tarefa de Skeps era enorme, mas de qualquer modo não era exercida diretamente. Ele tinha cerca de cinquenta diretores administrativos, que também não colocavam as mãos em muita coisa; três ou quatro na cadeia descendente de mando viam esses homens do primeiro escalão, Carmine supunha. Bem, isso era o que acontecia em qualquer conglomerado, e a Cornucopia era um conglomerado modesto. A descrição física que Carmine tinha de Skeps era a de um homem alto, magro, moreno e desajeitado que atraía magneticamente as mulheres. Claro que isso era propiciado pelo poder, do mesmo modo que com Myron Mendel Mandelbaum. Fora casado com uma bela mulher, que ele afastou com seu ciúme, e não se casou novamente. Havia um filho, um garoto, agora com treze anos, que frequentava a Trinity Grey School. Seu nome — nenhuma surpresa — era Desmond Skeps III. A mãe tinha custódia total do menino, o que indicava que Skeps fizera algo bastante grave para manchar seu currículo.

O que Skeps achava do filho ou da mãe dele era difícil de deduzir, pois não havia fotografias ou quadros deles no apartamento. Claro que ele precisava ver a mãe, mas, para isso, tinha de viajar até Orleans, em Cape Cod, onde Philomena Skeps morava. No momento, de acordo com a informação que tinha, o menino também morava lá, convalescendo de uma doença grave. Ele já faltava à escola havia cinco semanas e não se esperava que voltasse antes do encerramento do ano acadêmico em Trinity Grey. Provavelmente teria que repetir o ano. Chato isso.

— O que vocês acham? — perguntou Carmine a Abe e Corey depois da visita.

— Que alguém chegou aqui antes dos rapazes do legista — disse Corey.

— Concordo — disse Abe, apontando para um vaso que havia sido examinado duas vezes em busca de digitais, o que se percebia apenas pela cor do pó usado.

ASSASSINATOS DEMAIS

Carmine fechou a cara. — Erro meu — disse. — Calculei que seria melhor tirar os peixes menores do caminho antes de lidar com o sr. Skeps, uma verdadeira baleia. Receio que ele não nos deixe espaço para o resto. A pergunta é: alguma coisa foi retirada, e se foi, o que, por que e por quem?

— Um braço do Departamento de Justiça — respondeu Abe.

— FBI, o comissário ouviu alguma coisa, ele deu uma pista. Mas não a recebeu de fonte oficial nem muito antes de nossa chegada. Jesus, eu odeio isso! — gritou Carmine. — Por que não nos procuram e dizem que estão interessados em vez de zanzar por aí como baratas num bolo de casamento?

— Eles devem estar lá embaixo, nos escritórios — disse Corey, com uma expressão agressiva.

— Vamos com calma, rapazes — disse Carmine.

A agência, eles descobriram quando passaram por baixo da corda da polícia na entrada para os escritórios de Desmond Skeps, era de fato o FBI. Ele estava de pé, com seus um metro e noventa e cinco e cento e dez quilos, no meio do escritório principal, supervisionando dois porteiros da Cornucopia que retiravam um armário de arquivos de quatro gavetas precariamente equilibrado num carrinho. Era um homem de boa aparência, com cabelos castanho-escuros espessos e olhos da mesma cor, mas como ele tinha chegado a agente de campo era um enigma para os três tiras de Holloman: só o tamanho dele o tornava visível demais para a maioria dos propósitos de investigação.

— Com todo esse tamanho, por que você não o pega e carrega? Ou isso está abaixo da sua dignidade? — perguntou Carmine, afavelmente.

O gigante deu um pulo, tentou se mostrar superior e no comando, mas não conseguiu. — Espero que vocês não se tornem um obstáculo — disse, mostrando suas credenciais. — Sou o agente especial Ted Kelly, do FBI, e isso é uma prova vital.

— Você tem um mandado? — perguntou Carmine.

— Não, mas consigo um mais depressa do que a sua gata consegue lamber a orelha — disse ele —, então nem pense nisso.

— A orelha da minha gata está limpíssima, agente especial Kelly. Eu tenho um mandado aqui comigo, portanto vou levar a prova vital com o poder investido em meu nome pelo estado de Connecticut, condado de Holloman. O nome é Carmine Delmonico. Este é Abe Goldberg e aquele, Corey Marshall. Rapazes, empurrem minha prova para fora. E você, agente especial Kelly, está contaminando minha cena do crime. Por que você não vai buscar seus pedaços de papel, volta aqui e torna legais seus confiscos?

— Ia acabar encontrando você, não é mesmo? — perguntou Kelly, o rosto vermelho. — Não posso dizer que não me avisaram.

Carmine levantou a corda. — Até logo, sr. Kelly. E não volte até que esteja disposto a compartilhar tudo o que encontrar com o Departamento de Polícia de Holloman.

Merda!, pensou ele, ao ser deixado em campo como vencedor. Esse arquivo significa que não chegarei cedo em casa à noite, não importa que truques Myron esteja aprontando; amanhã os federais já mexeram seus pauzinhos para pegar a prova de volta. Nenhum outro armário de arquivo havia despertado interesse, portanto o que quer que o agente especial Kelly espere encontrar está somente neste arquivo. E por que sinto que há mais que uma presença de rotina do FBI nesta história? Carmine foi até o telefone mais próximo e discou.

— Delia? Desenterre nossas credenciais de acesso a material confidencial, boa menina. Mantenha a sua à mão e mande a minha para cá imediatamente. Eu prefiro não ser preso por força de um mandado federal, é muito difícil conseguir uma saída livre da prisão.*

Ele desligou diante dos protestos dela, rindo, e depois discou de novo. — Danny? Os federais estão aqui e eu sinto cheiro de algo podre

---

* Referência ao jogo Monopoly, ou Banco Imobiliário. (N.T.)

no reino da Cornucopia. Diga a Silvestri que talvez ele tenha nas mãos uma briga mais difícil do que esperávamos. Agora me transfira de volta para Delia.

Ela havia parado de reclamar. — Sua credencial está a caminho — disse ela energicamente — e a minha está na minha bolsa bem ao lado da minha arma. Que mais, capitão?

— Corey e Abe devem chegar ao edifício de Serviços Municipais a qualquer momento empurrando um armário de arquivos. É um grande pomo da discórdia, Delia, e talvez não possamos vencer a briga para ficar com ele. No minuto em que o arquivo chegar aí, quero que vá para meu gabinete e que tantas copiadoras quanto nossa carga de eletricidade possa aguentar sejam postas lá também. Convoque todas as moças da central de datilografia e as mande fotocopiar o conteúdo — ele riu — mais depressa do que a sua gata consegue lamber a orelha. Acrescento que o conteúdo citado é apenas para os seus e os meus olhos.

— E as moças? — perguntou ela, ansiosa.

— Acho que não precisamos nos preocupar com elas. Vão trabalhar tão rápido que nem vão notar o que estão copiando.

— E — disse ela, seguindo o raciocínio — elas são muito queridas, mas não saberiam distinguir uma cadeia polimérica de uma reação em cadeia.

— Exatamente.

E isso deveria dar conta do recado, pensou ele, colocando o fone de volta no lugar. Rapazes, façam os arquivos chegarem aos Serviços Municipais. É um mito que os homens grandes são lentos, mas torço para ter encontrado o sr. Ted Kelly em um mau dia. Quando ele se der conta de que poderia agarrar o arquivo no caminho, será muito tarde. Espero que o armário não danifique muito o banco de trás do meu Fairlane.

Os escritórios tinham a aparência de escritórios comuns. Carmine andou de sala em sala, observando a parafernália normal: escrivaninhas, cadeiras, máquinas de escrever, telex e máquinas de xerox, calculadoras. Então, fascinado, ele encontrou duas pequenas salas cujas escrivaninhas estavam tomadas por gabinetes maciços que ele reconheceu somente porque às vezes era chamado para visitar os computadores da Chubb, alugados a empresas e instituições quando a Chubb não precisava deles. Esses eram exatamente o mesmo tipo de terminais de computadores, portanto em algum lugar nas entranhas do edifício havia uma câmara com um ar-condicionado de temperatura ártica, ocupada pelos computadores propriamente ditos. Fazia sentido que a Cornucopia tivesse seu próprio conjunto de computadores.

A corda da polícia se restringia apenas aos domínios de Skeps, apropriadamente delimitados por paredes, cerca de metade do espaço do andar. Na extremidade mais afastada da parede da área de Skeps havia mais escritórios que continuavam a funcionar, e em ambiente menos salubres. Divisórias cinzentas na altura do peito das pessoas as cercavam em cubículos, obrigando cada ocupante a ficar de pé para olhar em volta. Naquele dia, a toda hora, havia gente de pé; provavelmente estavam nervosos. No canto mais distante ele descobriu um escritório maior, inteiramente fechado, com uma placa em que se lia que ali era o esconderijo de um tal M.D. Sykes. Quando abriu a porta, encontrou um homem pequeno, de meia-idade, atrás de uma escrivaninha que o tornava ainda menor.

— Capitão Carmine Delmonico, polícia de Holloman. O que significa M.D., senhor, e qual é a sua função?

Aterrorizado, o homenzinho levantou, caiu novamente na cadeira, engasgou, engoliu. — Michael Donald Sykes — disse ele, guinchando. — Eu sou o administrador-geral da Cornucopia Central.

— Que é?

— A empresa central, capitão. A que supervisiona todas as outras empresas da Cornucopia. Elas são subsidiárias — disse o sr. Sykes, reunindo coragem.

ASSASSINATOS DEMAIS

— Sei. Isso significa que, por exemplo, a Landmark Machines não é independente? Que a Cornucopia é dona dela?

— Sim, é verdade. Nenhuma empresa da Cornucopia tem muita autonomia.

— Então o senhor está no comando, agora que o sr. Skeps está morto?

O rosto redondo se contorceu como se estivesse prestes a romper em lágrimas. — Ah, não! Eu ocupo um limbo em algum lugar entre o meio e o topo da administração. O sr. Philip Smith é vice-presidente sênior e, nominalmente, o diretor administrativo. Imagino que ele assumirá o comando.

— Então, onde eu encontro o sr. Philip Smith?

— Um andar abaixo. Seu escritório fica bem embaixo do do sr. Skeps; a vista, entende?

— Mais a chave para o banheiro executivo?

— O sr. Smith tem seu próprio banheiro.

Uau! Carmine exclamou para si mesmo. Desceu um andar pelo elevador, seguiu a sinalização e foi interceptado por uma mulher muito bem-vestida que o olhou de cima a baixo, como se ele tivesse vindo responder ao anúncio de emprego de zelador, antes de concordar relutantemente que ele falasse com o sr. Smith.

O escritório tinha a mesma vista maravilhosa para dois lados, mas nenhum telescópio. Philip Smith era alto e suave, estava imaculadamente vestido de seda cinza e usava uma gravata da qual Carmine já ouvira falar, mas que nunca tinha visto: a versão em seda pura, feita à mão, da gravata da Chubb, produzida por um designer italiano. Sua camisa tinha punhos franceses, as abotoaduras eram de ouro sólido e discreto, e os sapatos eram feitos à mão em St. James, Londres. Ele era louro e bonito, falava com um sotaque arrastado dos arredores da Filadélfia e tinha olhos cinzentos eternamente à procura de um espelho no qual se mirar.

— Terrível, simplesmente assustador! — disse ele a Carmine, oferecendo-lhe um charuto. Quando Carmine recusou, ele ofereceu um café, que foi aceito.

— Que diferença a morte do sr. Skeps realmente faz no funcionamento da Cornucopia? — perguntou Carmine.

Não era uma pergunta que Smith esperava; ele piscou os olhos, teve que fazer uma pausa para formular a resposta. — Na verdade, não muita — disse finalmente. — O funcionamento cotidiano das várias companhias da Cornucopia fica a cargo de suas próprias equipes administrativas. A Cornucopia Central é um pouco como o pai de uma grande prole: faz tudo o que os filhos não podem fazer sozinhos.

Seu nojento condescendente, pensou Carmine, com o rosto demonstrando interesse educado. Eu deveria lhe retribuir com algumas horas numa sala de interrogatório dos Serviços Municipais, mas você é fichinha, apesar do guarda-roupa, sr. Smith.

O café chegou e deu tempo para Smith respirar enquanto a secretária esnobe servia — que os céus o protejam de ter que se servir pessoalmente de uma xícara de café!

— Por que há um agente especial do FBI farejando as intimidades da empresa, sr. Smith? — perguntou Carmine tão logo ficaram sozinhos.

O diretor administrativo nominal estava preparado para essa pergunta. — É inevitável, por causa da quantidade de nossos contratos de defesa — disse ele suavemente. — Imagino que Washington e o Pentágono automaticamente se interessem pela morte violenta de um homem importante.

— O senhor acha que a morte do sr. Skeps foi muito violenta?

— Bem, hã... eu não sei exatamente. Presume-se que um assassinato seja violento por definição.

— Quando o sr. Kelly chegou?

— Ontem, ao meio-dia. Ele é grotesco, não?

ASSASSINATOS DEMAIS

— Não, sr. Smith, ele não é grotesco, o que implicaria um elemento desagradável. O agente especial Kelly é um espécime masculino particularmente superior. O que ele fez depois que chegou?

— Pediu para ver a cobertura e os escritórios de Desmond. Naturalmente, cooperamos de forma plena.

— Não ocorreu a ninguém telefonar para o comissário Silvestri e notificá-lo da presença de alguém do FBI na cena de um crime local?

— Não.

— É uma pena.

— Não vejo por quê. Vocês estão do mesmo lado.

— Estamos? É reconfortante saber disso. No entanto, se o sr. Kelly levou alguma coisa de um desses lugares, a polícia de Holloman deveria ter sido avisada, e não fomos. Se o senhor pessoalmente tem conhecimento de que alguma coisa está faltando, sugiro que me diga imediatamente.

— Bem... além do armário com o arquivo pessoal de Desmond, nada — disse Smith, constrangido. — Ele o guardava num cofre em que se entra, mas o sr. Kelly tinha a chave e a combinação. Não há nada que interessasse a polícia de Holloman, é esotérico demais. Os arquivos são todos os aspectos delicados de nossos contratos de defesa. O senhor não teria as credenciais de acesso necessárias, capitão Delmonico.

— O senhor poderia ficar surpreso, sr. Smith.

Smith riu de forma irônica. — Ora, convenhamos, capitão! O senhor é um peixe grande numa poça muito pequena. Não deixe isso lhe subir à cabeça.

— Muito obrigado pela lembrança. Nesse meio-tempo, eu ficaria agradecido se o senhor expedisse uma ordem da diretoria para toda a equipe da Cornucopia Central cooperar comigo e com o meu pessoal. — Carmine se levantou. — Obrigado pelo café. — Ele se dirigiu à janela que descortinava o estreito de Long Island e olhou sua casa, franzindo a testa. — Agora, se o senhor se sentar à sua escrivaninha, poderemos tratar do nosso verdadeiro assunto.

Smith obedeceu, parecendo pouco à vontade; a suavidade desaparecera.

— Diga-me o que sabe sobre Desmond Skeps.

— Ele era detestável — respondeu Smith, as duas mãos sobre a escrivaninha, com as palmas viradas para baixo. — Duvido que o senhor consiga uma opinião diferente de qualquer pessoa que o conheça... conhecia. Embora a Cornucopia esteja na bolsa de ações, Desmond possuía a nítida maioria das ações, portanto podia fazer o que quisesse. E fazia.

— Pode me dar um exemplo disso?

— Certamente. Cornucopia Research. Todos nós nos opusemos que ele instituísse um laboratório próprio de pesquisas, sobretudo porque nossas companhias abrangem uma ampla variedade de indústrias, mas ele insistiu. Seria necessária uma instalação enorme com um custo na casa das centenas de bilhões de dólares. Ele tinha razão num ponto: não precisamos recorrer humildemente a laboratórios externos. A pesquisa permanece aqui em Holloman conosco. Quando ele roubou Duncan MacDougall da PetroBrit, a Cornucopia Research ficou completa. MacDougall é um dos três homens em todo o mundo que conseguem administrar uma unidade desse tamanho. Por que estou me queixando? Porque nunca recuperaremos o investimento. Os dividendos despencaram.

— O senhor lidava pessoalmente com o sr. Skeps?

— Naturalmente! Muito mais, no entanto, quando ele estava casado com Philomena. Ela era a esposa ideal para um magnata! Bem-educada, bonita, charmosa, modesta como as mulheres deveriam ser, mas raramente são. Hoje em dia elas são prostitutas, todas elas. Desmond era obcecado por Philomena, especialmente depois que Desmond III nasceu, mas ele não conseguia superar seu ciúme absolutamente infundado.

ASSASSINATOS DEMAIS

O tratador da piscina era seu amante, o jardineiro, o técnico do telefone, até mesmo o entregador de jornais. No fim, nenhum homem que quisesse manter seu emprego se aproximava dela, e a pobre mulher teve uma depressão nervosa. Quando se recuperou, abandonou Desmond para sempre, embora não tivesse um tostão. Eu a respeitava, capitão, eu a respeitava de verdade.

Carmine passou os olhos rapidamente em seus papéis. — Aqui consta que a sra. Skeps mora em Orleans, Massachusetts. Mas não indica que ela esteja a pão e água. O senhor terá que me explicar por que ela não tinha um tostão.

— Desmond passou dos limites quando ela pediu o divórcio — disse Philip Smith. Ele a perseguiu, contratou detetives particulares para segui-la, até sequestrou Desmond III, embora ela não impedisse seu acesso à criança. Quando o caso chegou ao tribunal, ela tinha um advogado que vale seu peso em ouro, Anthony Bera. Em breves palavras: foi-lhe concedida uma pensão astronômica e a custódia total de Desmond III. Ela comprou uma propriedade em Orleans e mandou o menino para a Trinity Grey School no ano passado. Embora o sr. Bera permaneça cuidando de seus interesses, ela não é uma mulher vingativa, capitão. Desmond continuou a ter acesso ao menino, que não foi envenenado contra o pai.

— Entendo. Há quanto tempo foi concedido o divórcio?

— Fez cinco anos em novembro passado.

— E o sr. Skeps teve relações íntimas com outras mulheres desde então? Ele tinha uma amante? Namoradas?

Philip Smith parecia irritado. — Como eu vou saber?

— O senhor tinha muito contato com ele.

— Não em relação às mulheres com quem ele tinha casos, capitão! Todos sabem que desaprovo esse tipo de conduta. — Ele respirou fundo. — Vá perguntar à Erica Davenport!

A namorada de Myron! — Por quê? Ela é a provável amante?

COLLEEN McCULLOUGH

— Não, absolutamente. Essa mulher é um *iceberg*. Mas ela pode conhecer os aspectos sexuais da vida de Desmond.

— Dê-me informações sobre o *iceberg*, sr. Smith.

— Isso me faz parecer o fofoqueiro da turma!

— Faça fofocas, sr. Smith.

— Erica é a chefe da Cornucopia Legal, que supervisiona as atividades, contratuais e outras, de toda a Cornucopia.

— Defina "outras".

— Ah, como eu poderia? Coisas como indiscrições verbais, calúnias e difamações potenciais, qualquer conduta comprometedora do pessoal mais graduado.

— Uau! O sr. Skeps mantinha a rédea curta.

— Ele precisava. Tínhamos muitos negócios com o Pentágono.

— Então seria justo dizer que a srta. Davenport chefia a KGB particular da Cornucopia?

— Ah, seria *cruel*! Ela é doutora, na verdade. Dra. Erica Davenport. Está conosco há dez anos. Sua formação inicial foi na Smith, em economia, depois ela foi para a faculdade de direito de Harvard. E fez o aprendizado enfadonho costumeiro de todo advogado numa firma em Boston. Quando veio para a Cornucopia, nós financiamos seu doutorado em legislação empresarial na Chubb. Uma mulher espantosamente inteligente! Ela assumiu a Cornucopia Legal em substituição a Walter Symonds, há dez anos. Os anos em Boston não foram desperdiçados, capitão. Ganhamos uma pedra preciosa completamente lapidada.

— Os antecedentes familiares dela, sr. Smith?

— Brancos, anglo-saxônicos e protestantes* de Massachusetts, uma família de bastante dinheiro. — Smith examinou as unhas bem-tratadas.

---

* WASP (White, Anglo-Saxonic, Protestant). (N.T.)

ASSASSINATOS DEMAIS

— Ela conhece as pessoas certas; dizem que era a debutante mais bela do seu ano.

Onde ela se encaixava nisso tudo?, pensou Carmine. Debutantes em geral não acabam trabalhando em escritórios enfadonhos de advocacia em Boston.

— Obrigado por seu tempo, sr. Smith. Por favor, lembre-se de que, não importa qual seja o interesse federal na Cornucopia, isso é antes de tudo e principalmente uma investigação de assassinato. — A caminho da porta, ele parou. — Onde fica a Cornucopia Legal?

— Bem aqui embaixo.

A hierarquia de novo! A dra. Davenport obviamente valia um conjunto de duas janelas com vistas. A não ser, claro, que o tamanho de seu escritório fosse bem menor.

Não era. Aqui havia sinais claros de ocupação feminina: vasos de flores primaveris, papel de parede de cor pastel delicada nas duas paredes sólidas, lambris pintados de verde pálido para combinar com o estofamento de couro das poltronas, um tapete oriental de tons rosados no chão de madeira dourada. Um aposento que transmitia a impressão de ser ocupado por uma pessoa suave, agradável e intensamente feminina. Conversa fiada, pensou Carmine. A mulher que Philip Smith descrevera deveria estar ostentando couro preto e correntes. Mulheres simplesmente não ascendiam à chefia de um departamento da Cornucopia sem uma boa dose de esperteza, dureza e falta de coração. A dra. Davenport só choraria por si mesma. Coitado de Myron!

Ela veio a seu encontro, o que lhe deu uma boa oportunidade para avaliá-la. Sim, a princesa da escola particular plenamente desabrochada. Ele sabia que ela nascera em 15 de fevereiro de 1927, o que lhe dava quarenta anos, mas passaria por trinta. De altura mediana para alta, ela se movimentava muito graciosamente e tinha um corpo esguio sobre pernas extremamente bem-torneadas. Impossível encontrar um defeito em seu traje, do vestido azul-cobalto com uma minissaia meio longa e esvoaçante aos sapatos franceses de saltos muito altos. Os brincos eram diamantes de dois quilates e o diamante solitário num cordão no pescoço somava mais quatro quilates. O cabelo louro com mechas era cortado quase tão curto quanto o de um homem e penteado para a frente, a fim de emoldurar um rosto de ossos esculpidos sob pele espessa e bronzeada; a boca era de lábios cheios e vermelhos, o nariz tinha uma leve curva aquilina e os olhos, grandes e abertos, eram um reflexo azul-cobalto do vestido. Ali estava a abelha-rainha; como Desmond Skeps conseguira dominá-la?

Ele estendeu a mão. — Capitão Carmine Delmonico, polícia de Holloman — disse. À primeira vista, ele começara a rever sua opinião de como ela havia ascendido à chefia da Cornucopia Legal: uma mulher tão bonita poderia fazer isso deitada de costas. Então ele encontrou seus olhos e descartou a ideia da promoção horizontal. A dureza, esperteza e falta de coração estavam todas ali, e bem usadas. Ela desprezaria artifícios femininos, enfrentaria os adversários com as armas deles.

O aperto de mão era como o de um homem, mas breve; ela lhe indicou a cadeira dos clientes e se sentou à sua escrivaninha. Erica Davenport nunca se colocaria conscientemente em uma situação onde tivesse de abrir mão de um centímetro de sua autoridade conquistada com esforço.

— Creio que temos um amigo em comum.

— Myron Mandelbaum? Sim. Pena que eu esteja impedida de encontrá-lo em seu próprio território, mas naturalmente eu entendo. Quem haveria de prever a morte de Desmond?

— Quem, de fato? Não a senhora, imagino, dra. Davenport.

— Não. Foi um choque terrível.

— A senhora acha que a morte está relacionada às atividades comerciais dele?

— Não faço ideia, sinceramente.

— O que vai acontecer agora, quero dizer, na área dos negócios?

ASSASSINATOS DEMAIS

— Vamos esperar para ver o que o testamento de Desmond contém, pois ele era o maior acionista e o verdadeiro dono da Cornucopia. — Como Smith, ela estudou as unhas, que eram longas e pintadas de rosa pálido. Provavelmente não é lésbica, pensou ele.

— Quanto tempo levará para o testamento ser lido?

— Isso depende de seus advogados pessoais, que estão em Nova York. Acredito que alguém chegará amanhã com todos os papéis relativos ao testamento. Seu filho deve herdar, e quem quer que seja nomeado o tutor legal do pequeno Des não estará em condições de alterar as disposições de Desmond.

— Mesmo assim, eu gostaria de ter uma cópia do testamento assim que for lido — disse Carmine. Ele mudou a linha de ação. — Alguma coisa parecia diferente nos últimos dias, dra. Davenport? O humor dele, por exemplo?

Ela franziu a testa, concentrando-se. — Não, acho que não.

— A senhora tem alguma ideia de quem seja a mulher com quem ele se relacionava?

Uma risada. — Ah, isso! Que eu saiba, não havia mulher nenhuma.

— A senhora é muito bonita. Não seria a senhora?

— Não, certamente não era eu — disse ela em tom normal. — Ele não gostava de louras, como o senhor constatará quando conhecer a sra. Skeps.

— Nenhum dos dois se casou novamente.

— Não. Nem olhou para outra pessoa, essa é a minha teoria.

— Por que o FBI está aqui?

— Imagino que seja por causa de nossos contratos com o Pentágono.

— Isso causou apreensão na Cornucopia Legal?

Suas sobrancelhas finas, depiladas, se elevaram. — Por que haveria de causar? A Cornucopia não fez nada de errado. Estou segura de que a presença do FBI faz parte da rotina.

— A senhora não me parece uma pessoa crédula.

Ela se enrijeceu. — O que o senhor quer dizer?

— Só uma intuição. A senhora tem mais alguma coisa para me contar?

— Não — disse ela rispidamente, depois mobilizou um sorriso atraente que sugeria que ela havia lembrado que Myron, de quem gostava muito, era ligado a Carmine Delmonico por laços afetivos.

— Eu a deixarei com seu trabalho.

No saguão, ele encontrou Abe e Corey.

— Vocês conseguiram levá-lo até lá em segurança?

— Como um bebê, Carmine. Deixamos Delia encarregada dele.

— Ótimo.

— Quem é a beldade?

— Dra. Erica Davenport. Bonita, mas letal.

— Não é a nova namorada de Myron?

— Sim, infelizmente.

— Ora, Carmine, Myron não é impressionável — disse Abe.

— Eu não me preocuparia se ela fosse mais uma cavadora de ouro desmiolada, mas não é. Seu rosto pode não ter o poder de mobilizar mil navios,* mas sua posição combinada com sua inteligência talvez sim. Ainda assim, não é da minha conta. Como está o agente especial Kelly?

Corey e Abe riram. — Não ficou contente quando descobriu que o armário de arquivos estava em território intocável sem aquele mandado e ele terá que ir a Hartford para encontrar um juiz federal. Então nós o mandamos procurar o cético Doug Thwaites.

---

* Expressão inglesa que se refere a Helena (cujo rapto por Páris, filho de Príamo, rei de Troia, provocou a união de vários reis gregos que organizaram uma frota para atacar a cidade) e cuja origem é um poema de Christopher Marlowe, poeta e dramaturgo inglês (1564-1593) ("Was this the face that launch'd a thousand ships/ And burnt the topless towers of Ilium?"). (N.T.)

ASSASSINATOS DEMAIS

Carmine se juntou à alegria deles. — Brilhante! Ele vai demorar horas.

Carmine, Corey e Abe decidiram comer na lanchonete da Cornucopia, onde, para surpresa, de Abe e Corey, Carmine os conduziu para a ampla mesa em que Michael Donald Sykes almoçava sozinho. A presa de Carmine, pois claramente era isso que ele era, pareceu pouco à vontade a princípio, depois mostrou certa satisfação.

— O senhor não tem um cartão para o restaurante dos executivos? — perguntou Carmine, colocando sobre a mesa seu ensopado de mariscos da Nova Inglaterra, frango com arroz e gelatina de limão com pera e creme.

— Se eu o desejar — disse Sykes, na defensiva.

— A comida não é de um padrão superior a este?

— Esse é o problema, ela é. Também é mais cara. Eu gosto de comida simples. Além do mais, vocês conheceram Philip Smith: gostariam de ouvi-lo discutir que vinho tomar com seus escalopes de vitela? Como o cara é chato!

— O senhor não é um aficionado de vinho, sr. Sykes?

— Não sou um aficionado de nada no que diz respeito a comida ou bebida — disse o sr. Sykes. — Com soldadinhos de chumbo, é diferente!

— A batalha de Shiloh* armada no porão, hã? — perguntou Abe.

Sykes fez uma expressão de desprezo. — Não! Eu sou um homem da era napoleônica! Austerlitz e Marengo.

---

* Uma localidade no sudoeste do Tennessee, a leste da cidade de Memphis. A batalha de Shiloh, da Guerra Civil Americana (6 e 7 de abril de 1862), terminou com a retirada das tropas confederadas (sulistas), mas custou mais de 10 mil baixas a ambos os lados. (N.T.)

— E Waterloo? — perguntou Carmine.

— Waterloo é como a Guerra Civil: comum.

— E a riqueza entre os executivos da Cornucopia é comum? — perguntou Carmine, pensando se os jogos de guerra do sr. Sykes se estendiam a tomadas militares de gigantes industriais. Isso certamente elevaria suas atividades do porão para além das coisas comuns.

— Exceto eu e Erica Davenport, todos são ricos como Creso. — Michael Donald Sykes cortou cuidadosamente sua gelatina em cubinhos e colocou um pouco de creme sobre cada um. — É uma rede de ex-alunos, todos de famílias do *Mayflower*, escolas preparatórias exclusivas, Universidade Chubb. Não me surpreenderia se todos fossem parentes. O pai de Desmond Skeps era bem-provido de dinheiro, você sabe; de outro modo, ele nunca teria reunido capital suficiente para fundar a Cornucopia. Até 1938 ele fabricava peças para automóveis, mas isso era dinheiro miúdo, não conseguiria financiar a Cornucopia. Porém, ele teve a capacidade de reunir empréstimos particulares suficientes entre seus amigos e disciplina para realizar o projeto. Mas ele era muito inteligente para dividir as ações. Assim que começou a haver dinheiro em abundância, na Segunda Guerra Mundial, ele pagou os empréstimos com juros e sentou em cima da empresa como um cachorro sobre um osso de dinossauro.

Bem, bem, pensou Carmine, inclinando-se para trás na cadeira. O sr. Sykes pode habitar um limbo entre a administração superior e a intermediária, mas certamente sabe de toda a sujeira. Coisa maravilhosa, a alma de um fofoqueiro.

— Então, onde Philip Smith se encaixa? — perguntou ele.

— Ele tem alguma relação com Skeps, por sangue ou por casamento, certamente. *Imensamente* rico! Você sempre sabe o quanto eles são ricos pelo tamanho dos salários e dos bônus que recebem. Como se uma vasta fortuna lhes desse o direito de receber mais. Vejam Gus Purvey, diretor administrativo da Landmark Machines, uma expressão

ASSASSINATOS DEMAIS

educada para armas de campo e navais. Não é uma das maiores ou mais lucrativas subsidiárias, mas Gus Purvey ganha quase tanto quanto Phil Smith. Está em igualdade de condições com Fred Collins, da Polycorn Plastics, e Wallace Grierson, da Dormus, motores de turbina. O pagamento que eles levam para casa o atordoaria, capitão. Atordoaria o presidente dos Estados Unidos também. Qualquer que seja a razão pela qual eles trabalham, não é pelo dinheiro. Até o último deles poderia ter uma vida de playboy até a morte e, ainda assim, não gastaria um pedacinho do que possui.

— A ética puritana do trabalho? — sugeriu Abe.

— Ou a ambição de ganhar ainda mais? — perguntou Corey.

— Humm... — Michael Donald Sykes chupou o último cubinho de gelatina. — Eu não acredito que seja nenhuma dessas razões. Acho que a vida de playboy os entediaria, mas eles não aguentam ficar em casa o dia inteiro com suas mulheres. Eles evitam suas mulheres sem o remorso de ficar por aí com amantes. Quero dizer, vocês conseguem imaginar *Philip Smith* suando numa trepada? Não! Não aconteceria nunca.

— Sykes é um tolo — disse Corey quando saíram.

— Talvez, mas agora sabemos mais sobre os homens do topo da Cornucopia — disse Carmine, muito satisfeito. — Philip Smith, Gus Purvey, Fred Collins e Wallace Grierson. Bons nomes brancos, anglo-saxônicos e protestantes, aparentemente acompanhados por fortunas do tipo da do Tio Patinhas. Sei que tenho que estudar com afinco o conteúdo do armário de arquivos do agente especial Kelly, mas também tenho que pesquisar esses quatro senhores, todos possuidores de dinheiro para contratar matadores.

— Falando do diabo — disse Carmine menos de um minuto depois, quando o agente especial Kelly saiu do elevador. — Como vão as coisas? — perguntou amavelmente. — Conseguiu o seu mandado?

— Diga-me uma coisa, capitão, todo mundo neste estado minúsculo é um completo excêntrico? Meus chefes estão convencidos de que o comissário Silvestri está pronto para os enfermeiros do hospício, e o juiz que finalmente me expediu um mandado parece com alguém saído de Longfellow!

— Longfellow é um poeta — respondeu Carmine — que não fazia versos sobre pessoas excêntricas. Mas estou feliz que tenha conseguido seu mandado.

— Sim, e o meu armário de arquivos — disse Kelly, triunfante. — Cedo demais para você invadi-lo, sorte a sua. Mas me diga uma coisa: como Delia Carstairs acabou aqui com você? Quando o diretor ouviu dizer que ela finalmente havia saído do Departamento de Polícia de Nova York, tentou contratá-la, mas ela havia desaparecido em algum buraco.

— Um buraco chamado Holloman. Ela é uma completa excêntrica, você sabe — falou Carmine, sério. Ele indicou com a cabeça uma mesa vaga na lanchonete que se esvaziava rapidamente. — Aqui, agente especial, só que é a última vez que eu o chamo desse nome tão esquisito. Daqui em diante, será Ted. Eu sou Carmine, sem nenhum diminutivo. Corey e Abe vão voltar aos escritórios de Desmond Skeps enquanto você e eu temos uma conversinha.

Eles se sentaram.

— Muito bem, espionagem — disse Carmine. — Para mim, essa palavra significa a venda de segredos oficiais para uma potência ou nação inimigas, e ouso dizer que poderíamos extrapolar para incluir indivíduos inimigos. Se a Cornucopia está envolvida, então presumo que a espionagem não é sobre um lugar: planos, rotinas, locais. Eu suporia que os segredos são tangíveis: melhorias em reatores atômicos, equipamentos de análise, plásticos, um monte de coisas. Estou certo?

Kelly o olhava, espantado. — Como você chegou a essa conclusão? — perguntou.

ASSASSINATOS DEMAIS

— Pensei que fosse óbvio para qualquer pessoa com meio cérebro, Ted. Eu o conheço, melhor dizendo, sei sobre você. Era uma questão de tempo até eu lembrar que você é um agente de espionagem. E por que outra razão o FBI estaria aqui? Um assassinato? Não, a importância da vítima não conta. A natureza delicada dos contratos da Cornucopia? Não, a não ser que a empresa estivesse sob investigação e o assassinato de Skeps confirmasse as suspeitas federais. Estou certo, não?

— Sim — respondeu Kelly com seriedade. — Alguém daqui há dois anos vem passando segredos aos comunistas.

— Como você descobriu?

— Quando um regulador de combustível de um míssil ultrassecreto foi roubado dos russos com grande dificuldade e perda de vidas. Descobriu-se que o regulador era nosso, inventado na Cornucopia Research. Os vermelhos nem se deram o trabalho de modificá-lo.

— Alguém da Cornucopia Research é o vilão?

— Se é, não achamos uma pista dele. Não é Duncan MacDougall. Ele tinha o mesmo tipo de cargo na PetroBrit e eles nunca deram falta sequer de um projeto de apontador de lápis. O problema é o mesmo que sempre temos com a indústria privada: tendo status, as pessoas vêm e vão para onde quiserem. Segurança? É um pedaço de papel que você coloca num cofre.

— Você está falando dos gatos gordos que estão no topo?

— Claro.

— Por que eles roubariam para os comunistas? Eles não precisam de dinheiro e é difícil duvidar do patriotismo deles.

— É difícil duvidar do patriotismo de qualquer um, Carmine, mas traições acontecem. Trata-se de ideologia quando o dinheiro não é o objetivo do jogo. Eu digo "jogo" porque já conheci dois espiões que faziam isso para demonstrar como eram inteligentes.

— Mas eles cometeram erros no final. O que mais desapareceu?

— É difícil saber, mas, uma vez que se tenha um vazamento, procura-se qualquer equipamento russo ou chinês que teve um súbito avanço. Outras empresas perderam segredos também, mas em projetos que partilham com a Cornucopia.

— Estou surpreso que vocês continuem trabalhando com a Cornucopia.

— Ora, capitão, o senhor não é tolo! As indústrias que fabricam artigos esotéricos não são muitas! E quem quer que seja o traidor, e o nosso codinome para ele é Ulisses, toma muito cuidado em restringir seus roubos a equipamentos ou peças que o Departamento de Defesa não consegue obter em outro lugar. Há também o ônus da prova. A Cornucopia Legal argumentou de forma muito persuasiva que vazamentos em Washington ocorrem em outros lugares que não no Pentágono, como entre os consultores, e isso é difícil de refutar. O ponto que mais pesa contra a Cornucopia é que a empresa pode estar relacionada a tudo o que sabemos ou suspeitamos que tenha sido roubado.

— E você acha que os arquivos do armário de Desmond Skeps revelarão as respostas, Ted?

— Não, não acho. O assassinato de Skeps me sugere que ele descobriu quem é Ulisses.

— Bem, em circunstâncias normais, eu lhe diria para ficar por perto e observar um especialista em homicídios em ação, mas provavelmente você sabe que Holloman está soterrada em assassinatos e você tem o trabalho definido de achar um espião. Não estou desesperado, mas Skeps é apenas um de onze cadáveres e eu não tenho certeza de que qualquer uma das mortes esteja relacionada a Ulisses. Inclusive a de Skeps.

— Pode ficar com seus assassinatos — disse Ted Kelly com um sorriso. — Que tal nos encontrarmos aqui de novo para um café, amanhã, lá pelas dez?

— Para mim, está bem — disse Carmine.

Sete andares para baixo, até Polycorn Plastics e seu diretor administrativo, Frederick H. Collins.

ASSASSINATOS DEMAIS

Que se parecia com Philip Smith, mas era diferente. O terno era de lã de Savile Row;* a gravata, do mesmo lote de seda da Chubb; as abotoaduras nos punhos de sua camisa eram réplicas em platina e esmalte do brasão da faculdade onde tinha estudado; os sapatos, feitos sob medida em Londres. Ele também parecia cinquentão, impecavelmente barbeado e manicurado, mas não tinha o ar de aristocrata enfastiado de Smith. Na verdade, pensou Carmine, seu rosto parecia mais o de um açougueiro, e seus olhos negros tinham dificuldade de fixar, não porque procurassem um espelho, mas porque tinham o que esconder.

— Terrível, assustador! — disse, retorcendo-se na cadeira.

— O senhor e o sr. Skeps eram amigos?

— Ah, sim. Muito próximos. Todos nós da diretoria somos próximos. Somos um pouco mais velhos que Des; ele não estabeleceu uma ligação estreita com ninguém de sua turma de formandos.

— Por que o senhor acha que isso não aconteceu?

— Eu não tenho ideia, embora tenha ouvido dizer que seus colegas não gostavam dele. Naquele tempo, ele bebia muito e, quando estava bêbado, ele podia ser, hã... cáustico. Desmond Skeps Sênior morreu uma semana depois de Des se formar, e então Des pisou na Cornucopia como presidente da diretoria e proprietário da maioria das ações. Sem nenhuma experiência! Três de nós já trabalhávamos aqui como executivos juniores: Gus Purvey, Wal Grierson e eu. Todos da Chubb! Phil Smith foi empurrado para nós por Des, como seu primo. Acho que ele apreciava a aparência e o modo de falar de Phil. Já que a palavra "trabalhar" é desconhecida para Phil, do mesmo modo que a palavra "trepar", nos acostumamos a tê-lo por perto como um objeto decorativo. Ele tem no mínimo sessenta anos, portanto conhecia bem o pai de Des, Chubb, mas antes de nós.

---

* Rua tradicional de alfaiatarias em Londres. (N.T.)

— Sr. Collins, quantos são os diretores?

— Phil Smith, Gus Purvey, Wal Grierson, Erica Davenport e este seu criado, com Des como presidente e Phil como seu vice.

— É uma diretoria bem pequena, não é?

— Não há lei que regulamente o tamanho de uma diretoria, capitão.

— E quanto aos acionistas externos?

— Somos nós quatro e centenas de milhares de acionistas isolados. Erica os representa.

— Isso significa que ela está às turras com vocês?

Collins riu. — Por Deus, não! Pense em nós como a IBM: possuir vinte ações é ter uma pequena fortuna, mas ao mesmo tempo são migalhas.

— Vocês discutem algum projeto ultrassecreto?

— Todos eles — disse Frederick H. Collins, parecendo surpreso.

— O senhor está à frente da Polycorn Plastics. Onde vocês realizam seus projetos de vanguarda? Na fábrica?

O rosto de açougueiro se enrugou em outro acesso de riso. — Não, senhor! Tudo o que faço é fabricar plásticos testados e autênticos. A pesquisa está onde deve estar, na Cornucopia Research.

— Então o senhor não tem fórmulas ultrassecretas aqui?

— Não, não tenho! Quando eu tomo conhecimento de um novo plástico, ele já foi cuidadosamente testado e para nós da Polycorn não parece diferente de outro qualquer. Eu não apregoo progressos.

— O que torna um novo plástico tão desejado pelos comunistas?

— O senhor tem credenciais de acesso a material confidencial, capitão? — perguntou Collins.

Carmine tirou o conteúdo datilografado de uma carteira e lhe entregou.

Depois de uma inspeção cuidadosa, Collins deu de ombros. — Plásticos super-resistentes que se mostrem adequados à fabricação de armas de mão e de ombro — respondeu ele. — Também plásticos diferentes super-resistentes para blindagem e blocos de motores. É o bastante?

— Obrigado, mais que suficiente. Alguma de suas pesquisas vazou para os comunistas?

Collins respirou forte, pressionou as mãos contra os olhos. — Jesus! Não que eu saiba. O primeiro novo projeto desde que soubemos da existência de Ulisses foi realizado há não muito mais que um mês e eu me recusei a receber as fórmulas. Na verdade, disse ao dr. MacDougall para guardá-lo, juntamente com o último vestígio das peças de teste, inclusive as sobras, em seu cofre e lacrá-lo. Os comunistas não são tolos, capitão, eles também fazem pesquisas. Mas eu não vou deixar que se aproveitem da *minha* pesquisa! Nenhum plástico novo entrará em produção até que Ulisses seja apanhado.

Muito bem, pensou Carmine, acredito que ele seja sincero. Não é um cara muito agradável, mas eu o considero um patriota genuíno.

— O que o agente especial Kelly diz? — perguntou.

— Nem uma maldita palavra — respondeu Frederick H. Collins com amargura.

Hora de alterar o rumo. – O senhor é casado?

— Sim — disse Collins, impassível.

— Há quanto tempo?

— Dois anos, agora. Tive três mulheres antes.

— Alguma delas durou mais de dois anos?

— A primeira, Aki. Ficamos casados por vinte e um anos.

— O senhor tem filhos?

— Dois rapazes com Aki, um garoto com Michelle, um com Debbie e outro com Candy, minha mulher atual.

— Muitas pensões.

— Tenho condições de pagá-las.

Ele se envolveu com mulheres vazias, pensou Carmine, imaginando o que o tirara dos trilhos depois de vinte e um anos. Cara, vai haver briga quando ele morrer, com todos esses meninos! Obviamente, ele tem dinheiro para contratar matadores profissionais, mas não seria a serviço dos herdeiros do tio Joseph Stalin. Com nada que sugerisse que a espionagem e o assassinato estivessem ligados, o nome de Frederick H. Collins continuaria na lista guardada na mente de Carmine.

Mais dois andares para baixo até os escritórios da Landmark Machines, cujo diretor administrativo era o sr. Augustus Barraclough Purvey. Diferente dos outros dois, Smith e Collins. Purvey usava artigos das lojas Brooks Brothers da cabeça aos pés, uma gravata borboleta de bolinhas e mocassins muito caros. Seu cabelo espesso e ondulado estava ficando grisalho, seu rosto de pele lisa era atraente e seus olhos azulescuros olhavam diretamente para os que os buscavam. Carmine simpatizou muito mais com ele do que com Smith ou Collins.

A única alteração ultrassecreta que os comunistas haviam roubado da Landmark era uma nova mira para armas, disse Purvey.

— Nosso real objetivo — continuou ele — ainda levará anos para ser realizado, ou seja, fazer a ligação do fogo de artilharia a computadores capazes de calcular o alvo com precisão. É extremamente complicado e necessitará que mandemos satélites ao espaço cuja função será mapear o planeta. Portanto, não depende exclusivamente da Cornucopia. De fato, temos apenas um pequeno segmento do projeto. Todos estão envolvidos, da Nasa para baixo.

— Que efeito o conhecimento real do projeto teria nos planos de defesa dos russos e dos chineses? — perguntou Carmine.

— Um efeito sério, muito sério. Eles desconfiam de alguma coisa, mas há muitas variáveis na mesa.

— E se Ulisses souber?

— Souber o quê? O projeto que acabei de delinear para o senhor, capitão, é tão especulativo e... e... *efêmero* que eu mesmo não tenho fé em nossa capacidade de realizá-lo.

ASSASSINATOS DEMAIS

— Agradeço por sua franqueza, sr. Purvey. Vamos, então, a outras perguntas. O senhor é casado?

— Eu já fui, mas há dez anos não sou mais. — Purvey sorriu. — Na minha opinião, as mulheres não valem a pena. Eu gostava de uma refeição tranquila em casa, ela gostava de ir a festas e recepções, de ter sua foto estampada nas páginas sociais. Culpa minha! Eu deveria ter casado com alguém do meu tipo. Em vez disso, me casei com uma garçonete que servia coquetéis. Quero dizer, uma festa ou uma recepção não me incomodam, mas não toda maldita noite!

— Filhos?

— Não. Eles a teriam obrigado a diminuir o ritmo.

— O senhor sai com alguém?

— Ah, claro.

— Alguém que eu conheça?

— Erica Davenport. Ela é minha companhia habitual. Socialmente aceitável, um bom disfarce para alguém que ainda é um bobão quando encontra garçonetes que servem coquetéis. Erica é uma boa pessoa.

— Em que o senhor gasta seu dinheiro, sr. Purvey?

— Barcos a motor Donzi. Tenho uma cabana no lago Moosehead, no Maine; os lagos de Connecticut estão lotados.

— Como vai até o Maine para um fim de semana?

— No meu helicóptero Sikorski; sou fiel aos fabricantes locais.

— O senhor viaja regularmente para algum outro lugar?

— Nova York. Tenho um apartamento na East Seventy-Eigth.

— O senhor tem uma garçonete favorita?

— Não! Aprendi a lição. Hoje em dia eu circulo por aí.

— Obrigado, sr. Purvey.

Carmine desceu mais seis andares até a Dormus, aparentemente tão bem-sucedida que ocupava três andares.

Lá encontrou jeans, botas, uma camisa desbotada e nenhuma gravata. O sr. Wallace Grierson se vestia como um engenheiro de turbinas, e era convincente nesse papel. Ele não era muito diferente de Ted Kelly em compleição — muito alto e musculoso —, mas tinha pele clara e sardenta, uma massa de cachos ruivos e olhos cinzentos argutos. Carmine gostou dele à primeira vista.

— Eu só estou aqui, capitão, porque me mandaram estar aqui — anunciou ele, atrás do comprimento de suas botas sobre a escrivaninha. — O correto era eu estar na minha fábrica.

— Lamento, sr. Grierson — disse Carmine, sentando-se. — Não pensei que houvesse um executivo que acompanhasse pessoalmente a produção, pelo menos no nível da diretoria. O que faz a Dormus ser tão diferente?

— Nada. Eu sou a diferença. Ao contrário daqueles manequins de alfaiates, eu realmente sou um engenheiro qualificado e ninguém mais vai dirigir a Dormus, inclusive no próprio setor de fabricação.

— Algum produto ultrassecreto foi desviado para os comunistas?

A pergunta não o desconcertou nem um pouco. — Em duas divisões distintas, capitão. A primeira, a do desenvolvimento do estatorreator, que propulsiona aviões de asas-padrão além da velocidade Mach 2. A segunda, nossa divisão de foguetes, em que os vazamentos foram sérios e pesados. Foi a descoberta do meu regulador de fluxo de combustível num foguete russo que destampou essa lata de vermes, e eu estou uma fera com isso! Se Ulisses não for posto fora de ação logo, a Cornucopia está acabada.

— Os contratos de defesa são assim tão vitais para a Cornucopia?

— Ah, sim! Des Skeps queria que fossem, ele tinha um prazer especial em construir a defesa dos Estados Unidos. Ainda que nos dediquemos a novas áreas fora da defesa, capitão, estaremos vulneráveis da mesma forma aos espiões. A espionagem industrial é, na realidade, mais séria que a espionagem de traição para qualquer fabricante que explore uma área nova. É um mundo de cobra comendo cobra, se é que o senhor ainda não percebeu.

ASSASSINATOS DEMAIS

— Mas a espionagem de traição beneficia os verdadeiros inimigos dos Estados Unidos. — Carmine mudou de assunto: — O senhor não parece um homem que possui milhões.

— Enquanto os manequins parecem. Eu poderia comprar e vender Phil Smith ou Fred Collins e estou ombro a ombro com Gus Purvey.

— O senhor é casado?

— Claro! Comemoramos nossas bodas de prata há cinco meses. Nós nos conhecemos no California Institute of Technology, ambos estudantes de engenharia.

— Interesses em comum, hein?

— Cercados pelos dois lados, capitão. Margaret também é linda.

— Filhos?

— Quatro. Duas moças e dois rapazes. Os dois mais velhos estão na Universidade Brown.

— Em que o senhor gasta seu dinheiro?

— Não em muita coisa. Temos uma boa casa no caminho do Sleeping Giant. Mas não é uma mansão. Já tentou ter uma mansão com quatro filhos? Temos uma cabana de caça no Maine, mas não caçamos. Nós fazemos caminhadas. Carros Mustang: os filhos todos dirigem, então temos uma frota deles. E um rancho no pé da Grand Teton, no Wyoming. Geralmente vamos para lá no verão.

— O que é mais importante na vida para o senhor, sr. Grierson?

— Minha família — respondeu ele sem hesitar.

— E depois dela?

— A Dormus. Se a Cornucopia falir, eu a comprarei e continuarei a fabricar turbinas para navios e aviões.

— Engraçado — disse Carmine, levantando-se —, eu sempre me esqueço de que os navios são movidos a turbinas hoje em dia.

— Desde 1906 e os encouraçados, capitão.

* * *

Restava apenas outra entrevista com Erica Davenport. A caminho da Cornucopia Legal, ele encontrou Phil Smith de saída.

— Um minuto, sr. Smith. O senhor é casado?

Smith pareceu ofendido. — Claro que sou!

— Uma vez? Duas? Três? Mais?

— Natalie é a minha única mulher há trinta e quatro anos. Não acredito em divórcio ou infidelidade, seu idiota impertinente! Nem ela! Agradaria à sua curiosidade lasciva ver nossos preparativos para dormir? Botar suas mãos ensebadas em nossas roupas de dormir?

— Isso não será necessário. Algum filho?

— Sim, três! Minha filha não cursou a universidade. Meus dois filhos estudaram em Harvard e no MIT.

— Não na Chubb, hein? Que interessante!

— O que você tem a ver com a escola em que meus filhos estudaram? Suas perguntas, capitão Delmonico, vão além dos limites da conduta aceitável! Pretendo denunciá-lo a todos que estejam em posição de discipliná-lo, entendido? — Ele começava a ficar incoerente. — O senhor é um... um... agente da Gestapo!

— Sr. Smith — falou Carmine gentilmente —, um policial que investiga um assassinato usa muitas técnicas para obter informações, porém, mais que isso, também as utiliza para saber, no pouco tempo que tem, que tipo de pessoa ele está interrogando. Durante nossa primeira entrevista, o senhor foi descortês e arrogante, o que me deixa à vontade para pisar nos seus calos, ainda que seus calos estejam dentro de sapatos feitos à mão. O senhor insinua que tem o poder de me fazer... hã... ser disciplinado, mas devo lhe dizer que nenhuma autoridade levará em conta suas reclamações, porque todos que têm autoridade me conhecem. Eu conquistei minha posição, não a comprei. Um assassinato significa que tudo da sua vida me diz respeito até que eu o retire da minha lista de suspeitos. Está claro?

ASSASSINATOS DEMAIS

Dois Philip Smith subitamente olharam através de um par de olhos. Um era o aristocrata arrogante; o outro, vigilante, cauteloso, duro e muito inteligente. Carmine fingiu não perceber.

Smith passou por ele sem responder. Carmine prosseguiu em direção à antessala de Erica Davenport, onde trabalhava, ficou intrigado ao ver, um jovem magro de aparência indefinível.

— A senhora tem um secretário — disse ele, dirigindo-se à janela.

— Achei que seria um conceito interessante para uma mulher executiva. Como posso ajudá-lo ainda, capitão?

— A senhora não me contou que está na diretoria da Cornucopia.

— É algo relevante? Se é, eu não consigo ver por quê.

— Tudo é relevante numa investigação de assassinato, dra. Davenport. Pensou realmente que eu não descobriria por que o FBI está tão interessado na Cornucopia? Tanto a senhora quanto o sr. Smith trataram o assunto como... irrelevante. Também soube que sua companhia habitual é o sr. Gus Purvey, cuja queda por garçonetes a senhora tem prazer em esconder dos colegas dele.

Os lábios dela se estreitaram. — Então é melhor que eu lhe diga, capitão, que as garçonetes do sr. Purvey são travestis. Ele gosta deles com dezoito ou dezenove anos, de cabelo comprido e corpo depilado.

— É bom ter nossas suspeitas confirmadas — disse ele, sorrindo. — Agora, e quanto ao sr. Kelly?

Uma mancha vermelha apareceu em cada bochecha e os lábios se tornaram uma linha reta. Ela respondeu de modo oblíquo. — Para duas pessoas que podem acabar se encontrando bastante, capitão, não estamos indo muito bem. Embora, por minha própria vontade, eu nunca o tivesse como amigo: o senhor é um grandessíssimo porco chauvinista.

Ele riu, compreendendo-a. — Faz muitos anos que não há um homem na posição de lhe fazer perguntas desconfortáveis fora de sua esfera legal, e, agora, aqui está ele, e a senhora não gosta disso. Ou dele. Não estamos num encontro social, dra. Davenport. A senhora está sendo entrevistada como possível suspeita de um assassinato. Quando finalmente nos encontrarmos socialmente, isso terá que ser esquecido, e não carregado como uma bagagem extra.

Os olhos azul-cobalto voaram na direção dos dele, espantados. Alguma luta interna aconteceu, depois ela suspirou e assentiu. — Sim, eu entendo, capitão. Peço desculpas. Sim, eu sou membro da diretoria, somente porque Desmond Skeps sentia que precisava de um representante do departamento legal lá. E meus encontros com Gus Purvey não são habituais. Eles se limitam a eventos que a diretoria considera obrigatórios. Quanto ao sr. Kelly, suponho que o senhor saiba que ele está aqui para investigar espionagem. No entanto, essa informação excede as suas necessidades, sem dúvida. O senhor é um homem insaciavelmente curioso, capitão Delmonico, um desses caras irritantes que não suportam não saber de cada detalhe picante da vida de todo mundo.

— Que ótima leitura de minha personalidade! Insaciavelmente curioso! Bem no alvo, dra. Davenport. No entanto, a curiosidade insaciável é responsável por minha capacidade de obter soluções.

— O governador nos afirma que o senhor é formidável.

Carmine se afastou da janela com a resolução de que, enquanto durasse aquela investigação, todas as venezianas de sua casa ficariam fechadas. Havia bárbaros demais.

— Eu a verei amanhã, senhora.

E saiu, deixando sua presa ainda de pé em frente à escrivaninha dela, os lábios carnudos apertados.

O armário de arquivos continha todos os dados da Cornucopia referentes a cada projeto que Desmond Skeps tinha alguma razão para achar que haviam sido realmente ou possivelmente passados para os comunistas.

Delia, cujas credenciais de acesso a dados confidenciais eram tão amplas quanto as de Carmine, já havia se atracado com disposição aos documentos. Quando Carmine se reuniu a ela, eram quatro da tarde e a mulher havia tratado das duas gavetas de cima, os roubos confirmados.

— Jesus! — exclamou ele. — O tio Sam ainda tem segredos?

— Anime-se, Carmine, não é tão ruim quanto parece — disse ela. — O que você está vendo é a papelada relativa a oito itens, do regulador de combustível de foguete à mira de arma. Além disso, há dois melhoramentos distintos e separados relativos a algo chamado estatorreator, outra peça de foguete, as plantas de um canhão experimental para aviação, um novo analisador da atmosfera e a fórmula de um tipo de aço, este último, parece, altamente experimental. É bem ruim, mas inicialmente achei que seria muito pior. O sr. Skeps enfiou tudo nas gavetas, inclusive cartas e memorandos. Acho que ele pretendia examinar cada folha pessoalmente; talvez já tivesse examinado, se seu assassinato está relacionado à espionagem.

— Pode estar e pode não estar. O que tem nas duas gavetas de baixo? — perguntou Carmine.

— Coisas que o sr. Skeps pode ter considerado mais aterrorizantes que os roubos confirmados. Relacionam-se a itens que entraram em produção de dez anos para cá.

Carmine assoviou. — Isso é assustador! Se Skeps estava certo, significa que Ulisses está ativo na Cornucopia há uma década.

Ao se sentar num banco de rodinhas, Delia deu um impulso involuntário que o fez sair deslizando até que Carmine o segurou; os dois acharam graça, mas logo pararam de rir. — Se o FBI não sabe, eles saberão assim que abrirem as gavetas de baixo. Todas as empresas envolvidas em atividades de defesa perderam alguma coisa. — disse Delia.

— A parte mais enlouquecedora é que eu não preciso do trabalho extra de procurar o espião da Cornucopia. Estou tentado a considerar Ulisses uma falsa pista, exceto que ela é do tamanho de uma baleia-azul e eu não tenho informação suficiente para ter certeza de que o assassinato de Skeps não tem nada a ver com Ulisses. Sinto que estou atolado até o pescoço em areia movediça, Delia.

— Eu acho que, nos filmes, na verdade a areia movediça é apenas uma banheira de água com serragem na superfície — disse Delia, que era uma inveterada frequentadora de cinema. — Talvez isso seja a mesma coisa.

— Então a banheira é funda demais para meus pés alcançarem o fundo.

— E por que eles precisam tocar no fundo? Caminhe na água, Carmine, e cuspa a serragem.

— Você está certa! Kelly é o especialista em espionagem, não eu. Vou perseguir o assassino e, se por acaso ele for o espião, será lucro. — Ele sorriu. — Ou serragem.

Quando abriu a porta da frente de casa pouco depois das sete daquela noite, Carmine esperava ouvir os sons alegres que sempre acompanhavam Myron Mendel Mandelbaum. Pelo contrário, seus ouvidos só encontraram silêncio. Quando ele entrou na pequena sala de estar onde em geral se reuniam antes do jantar, três das cinco pessoas que mais amava no mundo estavam lá, mudas. O rosto de Desdemona estava abatido, o de Sophia, manchado de lágrimas, e o de Myron era uma mistura de frustração e aflição.

— Carmine, diga-lhes que eu não as estou magoando deliberadamente! — gritou Myron, ficando de pé.

— Eu diria, se soubesse do que você está falando.

— Papai, ele vai embora! — disse Sophia, voltando a chorar.

— Vai embora? — perguntou Carmine, espantado. — Você acabou de chegar, Myron!

— Ele não vai embora de Holloman — explicou Desdemona, levantando-se para servir uma bebida para Carmine. — Ele está se mudando para o Hotel Cleveland.

ASSASSINATOS DEMAIS

— Você está brincando!

— Não, Carmine, não estou brincando. A questão é que quero estar disponível para ver Erica, para ela ir e vir quando quiser e quando eu quiser. Entendo por que você não pode convidá-la para a sua casa, realmente entendo, mas, por mais que eu ame Sophia, ela não é a razão desta minha viagem para o leste. Eu vim para ficar com Erica, que está passando por maus momentos... — Myron ficou sem palavras e olhou impotente para Carmine, de homem para homem.

Meu Deus, ele deve estar completamente apaixonado por essa mulher, pensou Carmine. Myron, tão desequilibrado que feria Sophia com palavras infelizes? Deve ter sido a primeira vez. E Sophia uivava como uma criança de cinco anos, Desdemona estava furiosa com tanta falta de tato, Myron tremia como se estivesse prestes a desmaiar — o que fazer? Uma coisa de cada vez, Carmine. Livre-se de Myron primeiro.

Ele pôs o braço sobre os ombros de Myron e empurrou-o para fora da sala. — Suas coisas estão arrumadas? — perguntou ele.

— Estão! — Um suspiro. — Carmine, lamento tanto! Não sabia como contar a elas, então estraguei tudo. Sophia, minha Sophia!

— Não se preocupe, ela o perdoará. Tem certeza de que quer mesmo fazer isso?

— Tenho.

— Então vou chamar um táxi. — Ele segurou o telefone do saguão. — Tire suas malas de casa, ponha-as na rua e espere pelo táxi lá fora. Vou ficar com Sophia e Desdemona.

— Obrigado, Carmine. Sou seu eterno devedor. Quando vocês conhecerem a Erica, vocês a amarão. Ela é... maravilhosa!

Ah, pensou Carmine, voltando à sala de estar. Sua Erica é sonsa, odeia os homens, é tudo o que você detesta numa mulher, só que você não consegue enxergar. Que magia ela tem e por que eu não a sinto?

Foi preciso muito tempo para acalmar Sophia, que estava arrasada. O que mais Myron teria lhe dito, entre sua chegada e agora, para causar o tipo de tristeza que parece ser o fim do mundo? Ele não fizera segredo de sua razão para vir e Sophia parecia ter recebido bem a notícia. Mas não agora, o rosto coberto de secreção nasal, uivos tão altos que os vizinhos deviam estar ouvindo apesar da grande distância. E ele sem conseguir se comunicar com ela, como se ela transferisse parte do crime de Myron para ele. Porque ele era outro homem ou porque era o outro pai? Carmine não sabia, mas a tristeza da filha o cortava como uma faca cega.

Ele também nunca tinha visto Desdemona tão contrariada, embora uma parte dele se regozijasse com isso; indicava que ela amava Sophia com o coração e a alma, e a defenderia em qualquer hipótese.

— Mas um hotel! — disse ela entredentes. — Como ele ousa? O Cleveland tem quase cem anos!

— Se ele não gostar da descarga, tem recursos para chamar um bombeiro. Além do mais, eles remodelaram as suítes no ano passado, e você conhece Myron: ele não vai ficar num quartinho de solteiro apertado com vista para os fundos da Macy's. Ele vai dormir com ela, Desdemona.

Finalmente, com Sophia na cama e Desdemona mais tranquila, ele conseguiu tomar seu drinque.

— Onde será que ele a conheceu? — perguntou Desdemona.

— Com o decurso do tempo, meu amor, descobriremos.

— Os políticos realmente usam essa expressão? É tão pomposa.

— Sou levado a crer que sim. Mas, vamos ao mais importante, como está Julian? Esse garoto poderia dormir durante o terremoto de São Francisco, pelo menos quanto ao barulho. Eu tinha esquecido como Sophia grita alto. Pobrezinha.

— Com ou sem Erica, Myron bem podia levar Sophia para almoçar fora e comprar aquele conjunto de joias de peridoto que ela está namorando há semanas.

— Não é algo valioso demais?

— Não, meu amor. Peridoto é uma pedra semipreciosa, cor de maçã verde, média na escala de Mohs, e engastada em ouro de catorze quilates.

— Myron pode realmente comprar a Sophia?

— Ah, não! Ela o perdoará, porque o ama como a um pai, mas ela precisa que ele entenda que o perdão tem um preço. Hoje ela atravessou uma ponte estreita sobre o abismo, e os últimos vestígios da infância se foram. Testemunhamos a tragédia da vida, de que mesmo os laços mais fortes se esgarçam. Myron é *dela* de uma maneira que você nunca foi, Carmine. No futuro, ela amará Myron tanto quanto antes, mas nunca com inteira confiança. Ele a traiu ao mostrar que essa nova mulher é mais importante para ele do que ela.

— Mas isso é como tentar ter um bolo e comê-lo ao mesmo tempo — protestou Carmine. — Se ela não tivesse vindo morar conosco, Myron não teria ficado tão solitário. Ele era uma presa fácil.

— Sim, nós dois sabemos disso, e ela também. Mas havia muito de criança nela ainda para achar que podia conservar seu bolo e comê-lo ao mesmo tempo. Agora, ela tem uma percepção diferente e parte de sua tristeza é porque ela o abandonou — disse Desdemona.

— Meus filhos têm muita sorte — disse ele, puxando-a para o sofá e a beijando ternamente. — Eles têm uma mãe sábia.

— Não, apenas uma mãe um tanto madura. — Ela lhe deu um beijo e ajeitou o corpo no colo de Carmine. — Nosso jantar está arruinado e não teremos coragem de pedir a Emilia que tome conta do bebê com a Sophia ligeiramente suicida — não, não, ela não fará nenhuma besteira, mas pensará nisso, e eu prefiro ficar aqui. Portanto, você pode escolher entre linguiça e queijo nos seus sanduíches. Ou os dois.

O assassinato de Desmond Skeps continuava a preocupar Carmine, que se encontrou com Ted Kelly num canto discreto da lanchonete da Cornucopia sem a companhia de Abe e Corey.

— O conteúdo dos arquivos foi decepcionante — disse ele, comendo torradas com ovos mexidos, uma dúzia de fatias finas de bacon crocante e uma mistura de *baked beans*;* sanduíche de mortadela não é propriamente jantar e Julian tinha resolvido ter cólicas na hora em que Desdemona pegou a frigideira.

— Como você sabe o que tinha dentro do armário de arquivos? – perguntou Kelly. — Eu o peguei de volta antes de você ter tempo de examiná-lo!

— Hum... fotocopiadoras?

Ele ficou de boca aberta. — Você não pode fotocopiar informação ultrassecreta! É um crime que pode levar à forca!

— Eu nunca soube direito as penas capitais federais: eles enforcam, fuzilam ou fritam a pessoa? Já faz tempo que um caso de traição não chega aos jornais. Mas, para rebater o que você disse, Ted, ninguém viu as fotocópias depois que saíram da máquina de xerox a não ser Delia Carstairs e eu, e nós temos credenciais. Além do mais, você consegue

---

* *Boston baked beans* é uma receita de feijão-branco ou jalo que leva açúcar mascavo, mostarda e molho de tomate, e que se come com pão no café da manhã. (N.T.)

ASSASSINATOS DEMAIS

imaginar Ulisses se esgueirando até o edifício dos Serviços Municipais de Holloman em busca de segredos? Nossas cópias estão trancadas na sala de provas, onde há desde machados ensanguentados até matrizes de notas falsificadas e alguns quilos de heroína. É um departamento pequeno, o que significa que os sargentos da sala de provas conhecem o rosto de cada policial que atravessa a porta. O fato é que a segurança do Departamento de Polícia de Holloman é infinitamente superior à segurança da Cornucopia, e você sabe bem disso. Aqueles tolos que você carimbou como pessoal de segurança da Cornucopia não conseguiriam encontrar, com as duas mãos, a própria bunda dentro da cueca. A essência de uma boa segurança é conhecer os rostos que atravessam a porta e cadastrar cada um deles num registro. Se isso tivesse acontecido, vocês saberiam quem é Ulisses, mesmo que fosse o próprio Desmond Skeps, porque nem toda visita teria um motivo genuíno. As pessoas são *preguiçosas*, Ted! Elas fazem as coisas da maneira mais fácil. E, infelizmente, empregadores como a Cornucopia reservam os bons salários para os membros da diretoria. Mas, se você paga pouco, tem incompetentes. Se há livros de registro, com que frequência eles são usados? Sim, sim, sei que a segurança não está sob seu controle direto, mas você deveria estar. Você tem a compleição de um Hércules, mas esses estábulos do rei Áugias se enchem de merda mais rápido do que você consegue limpar.

Ele comia enquanto falava e Ted Kelly olhava, fascinado; qualquer um pensaria que o cara não tinha jantado! Mas, sendo apenas um servidor da Justiça, ele assentiu.

— Eu admito todos os seus argumentos, Carmine. Precisamos de leis e penas mais rígidas e, nesse sentido, Ulisses é uma boa coisa. — Ele sorriu, pesaroso. — E fico contente de você ter examinado os arquivos. Ao menos agora eu sei que eles são decepcionantes.

— Por quê? Onde estão os arquivos?

— Sob guarda armada, a caminho de Washington. Quando chegarem lá, levará semanas até que as informações sobre o conteúdo voltem para mim.

— Bem, o FBI é como o resto da nossa capital federal: cheia de empurradores de papel que precisam justificar sua existência.

O prato estava completamente limpo. Carmine tomou o café e olhou satisfeito para Ted Kelly. — Quero saber o que você surrupiou da cobertura de Desmond Skeps.

— Eu não peguei nada!

— Pois sim! Você pegou e antes que o médico-legista e sua equipe chegassem à cena do crime.

— Você não tem base para afirmar isso.

— Tenho. Do contrário, meu amigo, você não teria alterado a cena do crime antes do legista. Você conhece as regras tanto quanto eu e sabe quem tem jurisdição sobre um assassinato que não atravessa as fronteiras do estado e não tem ligação concreta com coisas picantes como espionagem. Havia alguma coisa na cobertura de Skeps que você não queria que nós, provincianos, víssemos, e eu pretendo descobrir o que era.

— Eu não peguei nem um clipe! Eu apenas dei uma olhada no corpo e andei por lá.

— Você tocou no corpo?

— Não!

— Descreva-o.

— Depois de mais de vinte e quatro horas? Dá um tempo!

— Merda! Você é um observador treinado. Descreva-o.

O agente especial Ted Kelly fechou os olhos. — Skeps estava deitado de costas sobre a mesa de massagem, com a marca de uma agulha intravenosa no braço. Tinha escorrido uma pequena gota de um fluido rosa-claro, nenhum sangue. Sim, eu usei um cotonete para pegar uma amostra, o que secou a gota. Skeps estava nu. Alguém tinha raspado

ASSASSINATOS DEMAIS

grosseiramente os pelos do corpo até a base do pênis, mas não além, e seu nome foi escrito com um instrumento que queima. Havia outras queimaduras também. Os mamilos foram cortados com um instrumento cego e pesado. Havia marcas de amarras em seus pulsos e tornozelos. É tudo.

— Deus, você é um mentiroso, Kelly! Não tocou no corpo, hein?

— Eu não toquei! O cotonete tocou!

— Quanto tempo se passou entre a sua saída da cobertura e a chegada do dr. O'Donnell?

— Meia hora.

— Você permaneceu por perto?

— Não, eu desci para os escritórios de Skeps.

— E você se recusa a me dizer o que pegou?

— Eu não peguei nada.

— Bem, no que me diz respeito, Ted, espionagem é um maldito inconveniente. Se você não tivesse mexido em nada, compartilharíamos informações com você. É uma pena que o pêndulo só se mova para um lado. Eu não vou lhe fazer nenhuma cortesia profissional, fique avisado.

— Skeps foi assassinado por Ulisses, este é um caso federal.

— Dê-me alguma evidência concreta.

— Não posso.

— Ou não quer, o que é mais provável.

— Francamente, Carmine, estou de mãos atadas!

— Felizmente, as minhas não estão. — Carmine se levantou. — É reconfortante saber que todo café de lanchonete é ruim, não? Se você quiser uma boa refeição e um bom café enquanto estiver neste estado minúsculo cheio de excêntricos, Ted, coma no restaurante Malvolio's. Fica bem ao lado do edifício dos Serviços Municipais. — Ele parou. — Você é casado?

— Parecia ser uma pergunta a que todos detestavam responder.

— Eu era — disse Kelly, parecendo triste. — Ela odiava o fato de eu ficar tanto fora de casa, pensava que eu tinha outra mulher.

— Alguma vez eles lhe deram trabalho sob disfarce?

— Com o meu tamanho?

Carmine riu e continuou a andar em direção à saída. — É bom saber que alguém no FBI tem cérebro. Vejo você por aí.

— O ferimento da agulha não deveria ter nenhum tipo de gota — disse Patsy quando Carmine lhe contou o que Ted Kelly tinha feito. — Sei que chegamos tarde, mas, quando Skeps foi encontrado, já estava morto havia tempo demais para estar exsudando algum fluido que pudesse ser absorvido por Kelly com um cotonete. A propósito, isso indica que ele chegou trazendo frascos para amostras, tubos, cotonetes, toda essa parafernália. Ele deve ter tirado amostras de todos os orifícios, colocado luz forte sobre o que podia ver do corpo. Aposto que ninguém notou se ele tinha algum equipamento.

— Vou intimar o FBI para que revele os resultados das análises, especialmente da gota — disse Carmine. — O juiz Thwaites vai adorar! Um excêntrico de Longfellow, pois sim! Kelly nem sabia que Longfellow era um poeta, o merdinha ignorante. Embora às vezes eu fique pensando quanto de sua atitude é encenação.

— Eu ainda estou cismado com a fluidez.

— Heparina?

— Por que razão, por Deus? Skeps estava imobilizado. Se a agulha saísse, havia outras veias. A não ser que o nosso assassino não seja um pegador de veias habilidoso. Talvez ele tenha tido sorte com a primeira veia e resolveu não arriscar errar depois. Daí a heparina. Vou colher uma amostra da área. — Ele pareceu descontente. — O que isso me mostra, sem sombra de dúvida, é que preciso voltar a examinar o corpo de Skeps. Não fui suficientemente meticuloso.

— Patsy, Skeps era um entre doze casos.

ASSASSINATOS DEMAIS

— Eu sei e é isso que me dá medo. Quantos deles receberam meu melhor empenho? O bebê e a mãe... Vou voltar a nove dos onze casos, Carmine, e dessa vez até o último deles terá toda a minha atenção.

Não adiantava argumentar; Patrick estava decidido. — Então comece com Evan Pugh — disse Carmine.

— Será Evan Pugh. Por falar nisso — falou Patsy casualmente demais —, ouvi dizer que Myron se mudou de East Circle.

— Como diabos as notícias correm!

— A rede de fofocas de East Holloman, que tem um tentáculo especialmente desenvolvido em torno dos policiais. Tia Emilia está passada.

Como a tia Emilia era a mãe de Carmine, ele deu de ombros de um modo bem italiano. — Então você sabe tanto quanto eu.

— Mais, provavelmente. Ele alugou todo o último andar do Hotel Cleveland e planeja apresentar sua querida Erica a todas as pessoas importantes de Holloman.

— Uau! Ele está levando isso a sério.

— Espero que ela esteja.

— Minha esperança é que ela não esteja envolvida nestes assassinatos.

— Ela está no alto de sua lista?

— Não. Está mais ou menos no meio.

Carmine deixou Patsy reunindo forças para um novo ataque a Evan Pugh e foi para seu escritório, onde uma pequena pilha de folhas soltas de papel o aguardava. A maioria era de memorandos e algumas cartas mais formais que haviam chamado a atenção de Delia porque estavam datilografadas com capricho, não estavam assinadas nem identificadas com iniciais e não davam pistas de sua origem.

"Senhor", dizia a que estava em cima, um memorando, "esta é para lembrá-lo que concordou em se encontrar comigo para discutir os melhoramentos sugeridos em nosso reator atômico. No lugar e hora de sempre, por favor."

Todas as quinze — quatro cartas e onze memorandos — tinham o mesmo tom suspeito, segundo Delia.

— Parece que todas foram datilografadas na mesma máquina, mas isso é muito mais difícil de afirmar quando a empresa usa máquinas IBM com esferas cujos tipos não se gastaram ou adulteraram, e me parece que todas as secretárias executivas têm máquinas novas ou quase novas. A fita de carbono é usada uma vez e não há erros, o que sugere uma datilógrafa muito boa. Detesto dizer isto, Carmine, mas acho que o sr. Kelly deveria voltar a atenção para as secretárias executivas, e não para os executivos. Eu não conheço um gerente que seja capaz de datilografar.

— E quanto a uma executiva mulher? — perguntou Carmine.

— A não ser que ela tenha iniciado a carreira como secretária, eu diria que o mesmo se aplica a ela. E a dra. Davenport nunca foi secretária. Na faculdade, ela pagava uma datilógrafa para passar a limpo seus artigos e teses.

— Suponho que isso seja um alívio. — Carmine pensou em Myron.

— Você já recebeu o seu convite?

— Convite para quê?

— O sr. Mandelbaum vai fazer uma recepção e um jantar com bufê no Hotel Cleveland sábado à noite. O tio John foi convidado, Danny e eu também — disse Delia.

— Então imagino que Desdemona, Sophia e eu encontraremos você lá. Nesse meio-tempo, há alguma coisa no armário de arquivos que eu devesse examinar ou posso deixar tudo com você?

— Acho que posso queimar com segurança o resto do conteúdo.

— Então não vamos fazer o trabalho de Ted Kelly para ele, o mentiroso filho da puta. Vamos voltar aos nossos assassinatos. Hoje é quinta-feira, mas está muito tarde para dirigir até Orleans e voltar até a hora do

ASSASSINATOS DEMAIS

jantar, então a sra. Skeps pode esperar até amanhã. Avise-a de que eu irei lá, sim? Onde estão Abe e Corey?

— No arquivo morto de jornais, lendo. Quer que eu ligue para eles?

— Não precisa. Eu os pego quando passar por lá.

As dependências da biblioteca pública ficavam mais adiante na Cedar Street, mas o arquivo morto de jornais era no interior do edifício dos Serviços Municipais, onde estava mais à mão para todos, da polícia aos bombeiros. O público também o usava e havia vários pesquisadores habituais presentes, que, com ar sonhador, viravam as amplas páginas de antigas cópias do *Holloman Post*, sempre recheadas de notícias locais interessantes. Estavam sendo convertidas pouco a pouco em microfichas e Carmine se perguntava se os pesquisadores gostariam de olhar para uma tela, preto no branco. Eles vão odiar, concluiu, mexendo as sobrancelhas para Abe e Corey.

— O progresso — disse ele a propósito de nada para seus ajudantes confusos enquanto saíam — pode acabar com muitas coisas interessantes.

— E, quando deixaram o edifício: — Encontraram alguma coisa?

— Bastante coisa sobre os Denbigh, que participavam de boas causas. A dra. Denbigh é fanática por alfabetização. O reitor participava de qualquer coisa que tratasse da Renascença. Ambos apoiavam trabalhos filantrópicos relacionados a doenças infantis. A dra. Denbigh também é uma feminista prestigiada. Desmond Skeps aparecia muito na imprensa, nós já esperávamos por isso. Tomamos nota de artigos que o mencionavam e fotocopiamos aqueles em que ele era o destaque. Não havia muita coisa sobre o divórcio, o que é um pouco estranho.

— Bem, foi fora do estado, e a Cornucopia tentaria mesmo abafar. — Carmine sorriu para Corey, que preparava o relatório, mas fez questão de incluir Abe; o cargo de tenente era um problema, quando ele quis sair da comissão avaliadora, Silvestri mandou-o ficar.

— Para onde vamos? — perguntou Abe enquanto subiam a South Green Street em direção à Maple Street.

— Ao Hotel Cleveland, onde temos que encontrar os Pugh. Eles estão aqui para identificar o corpo, e só pretendem voltar para casa quando o puderem levar. O advogado está com eles.

— Algum problema, Carmine?

— Não creio. Danny Marciano foi quem falou com eles ao telefone e disse que pareciam boas pessoas.

Os Pugh haviam sido alojados em uma suíte no penúltimo andar, com vista para o afloramento de rocha vermelha North Rock. Com as folhas começando a brotar nas árvores, a floresta que se espalhava em torno de Holloman dava a impressão de que haviam jogado sobre ela um véu verde amarelado fino e translúcido, mas Carmine sabia que David e Enid Pugh não notariam isso.

Eles tinham quarenta e poucos anos, estavam queimados de sol e em boa forma física, vestidos com as cores vivas que traíam o clima de onde moravam, e eram muito mais bonitos que seu filho. Se jamais houve evidência de um mutante, foi na forma de Evan Pugh, tão vaidoso, autocentrado e amoral. Os pais de Pugh não eram nada assim, cinco minutos na companhia deles deixaram isso claro, e o advogado estava presente apenas para ajudá-los com quaisquer formalidades legais com que pudessem deparar. Sua tristeza era particular, fechada e, no entanto, inequívoca. Como haviam produzido Evan? Eles insistiram em saber toda a história do assassinato, uma tarefa dolorosa para Carmine, que detestava despedaçar as ilusões deles.

Entretanto, a sra. Pugh disse tristemente: — Sim, ele faria isso. Evan gostava de arrancar as asas das borboletas. Nós tentamos todos os recursos conhecidos, capitão Delmonico, mas nada pudemos fazer para humanizá-lo. Os psiquiatras o qualificaram como psicopata e disseram que não havia tratamento. Davy e eu tínhamos esperança e rezávamos para que, quando se tornasse adulto, ele se humanizasse. Ele era tão brilhante! Pontuação máxima no teste de aptidão escolar... Quando escolheu a Chubb, tivemos que deixá-lo vir; nós o queríamos mais perto, mas ele estava decidido. O melhor curso pré-médico e a melhor faculdade de medicina. Medicina era a sua única escolha. — Ela suspirou. — Davy e eu esperávamos há muito tempo que alguma coisa assim acontecesse.

— Lamento muito, sra. Pugh, sr. Pugh — disse Carmine.

Não falou mais até ele e seus sargentos estarem em segurança no elevador. — Suponho que alguns deles devem ter pais-modelo.

— Os Pugh são os primeiros que eu conheci — disse Corey.

— E eu também — disse Abe.

Então, quando encontraram Myron acompanhando Erica Davenport no saguão do Hotel Cleveland, Carmine se sentiu capturado. A dra. Davenport estava vestindo um conjunto roxo que tornava seus olhos lilases e, ele se divertiu ao notar, usava sapatos com saltos mais baixos; Myron não era alto. Espere até ela conhecer Desdemona, pensou ele, fazendo um gesto com a cabeça para que seus homens fossem na frente.

— Como está Sophia? — foi a primeira coisa que Myron disse.

— Desdemona acha que se você a levar para almoçar, sozinha, e comprar os peridotos que ela tanto deseja, tem chance de voltar a figurar no caderninho dela — disse Carmine.

— Farei isso amanhã, que não tem aula.

— Isso é outra coisa, Myron. Apesar do que você lhe disse sobre Erica, Sophia enfiou na cabeça que, na verdade, você veio para dar atenção a ela enquanto eu estava trabalhando num caso difícil. Ela adora o irmãozinho, mas ele ocupa a maior parte do tempo de Desdemona.

Myron gemeu. — Oh, Carmine, lamento muitíssimo!

— Diga isso a ela, não a mim.

— Vou comprar diamantes para ela!

— Não vai! Desdemona acha que os peridotos são apropriados para uma moça de dezesseis anos e eu confio cem por cento no julgamento dela.

Com um gesto de cabeça, ele cumprimentou novamente Erica Davenport, que não havia mencionado nenhuma palavra, e saiu do hotel atrás de Abe e Corey.

— Quem é Desdemona? — soou a voz clara e nítida de Erica.

O que quer que Myron tenha respondido se perdeu, mas Carmine tinha clara a ideia de que ele riria, faria mistério e lhe diria que esperasse para ver.

— Estão todos falando sobre Erica e Myron — disse Abe.

— Não admira que ela esteja usando diamantes — disse Corey.

Sim, não era de admirar, pensou Carmine. Há quanto tempo Myron a conhecia e como podemos continuar amigos se eu detesto essa mulher? Ela é uma harpia, se banqueteando de homens vivos.

O resto do dia foi infrutífero, e, quando a sexta-feira amanheceu brilhante e clara, Carmine deu um suspiro de alívio. Ele precisava de um descanso da rotina. Ao volante, pegou a I-95 em direção a Cape Cod, um destino difícil por causa dos grandes pedaços de litoral que algum monstro geofísico havia abocanhado, e a baía de Buzzard era o maior deles. Por qualquer rota que ele seguisse, o caminho era longo; portanto, enquanto estava em Connecticut, ligou a luz do teto do Fairlane e usou a sirene para andar em velocidade bem superior ao limite de cento e dez quilômetros por hora.

Orleans ocupa a primeira parte do antebraço de Cape, depois do cotovelo de Chatham, e, em geral, é considerada a mais bonita de muitas cidadezinhas bonitas, embora, nessa época do ano, a maior parte dos condomínios e chalés estivesse vazia. Cape Cod é um lugar de veraneio. As casas geralmente são feitas de tábuas de cedro e placas de madeira sem pintura que o mar envelhece em tom prateado, e, em julho, ficam enfeitadas de rosas brancas ou cor-de-rosa. A península, em forma do braço dobrado de um homem que exibe seus bíceps, abraça as águas plácidas da baía de Cape Cod, lisa como vidro no verão, enquanto na

ASSASSINATOS DEMAIS

borda externa sente toda a força do Atlântico e, no antebraço, há uma massa de dunas batidas pelas ondas e saturadas da espuma.

Carmine amava Cape Cod e, se tinha um desejo insatisfeito, era o de possuir um chalé de veraneio em qualquer lugar de lá entre Hyannis e Provincetown, o primeiro lugar que os peregrinos do *Mayflower* avistaram.

A casa de Philomena Skeps ficava no fim de uma travessa cujas cercas de madeira estariam cobertas de rosas em julho. Era uma casa colonial tradicional de Cape Cod em cedro prateado, com grande quantidade de treliças para roseiras e bastante terreno, o que fazia dela uma propriedade extremamente valiosa. Estendia-se até as águas plácidas do lado protegido da baía e tinha cais próprio e casa de barcos; alguém gostava de barcos. Na parede lateral da casa, perto da frente, havia uma saída para óleo combustível que indicava que o morador morava ali o ano todo. Olhando em volta com prazer, Carmine seguiu por um caminho coberto de seixos até a porta da frente.

A sra. Skeps atendeu à porta pessoalmente. Sua beleza era morena, com cabelos pretos espessos e ondulados, pele morena, sobrancelhas e cílios pretos, e olhos em tom verde-escuro.

— Entre, capitão — disse ela, conduzindo-o por um longo saguão até os fundos da casa, onde havia sido construída uma estufa em estilo inglês, toda em vidro sustentado por graciosos suportes de ferro *art nouveau* pintados de branco. Estava cheia de plantas, algumas alcançando o teto transparente, mas havia bastante espaço para uma mesa e cadeiras pintadas de branco, e, em outro ponto, para dois pequenos sofás estofados de branco. Os vasos, ele notou, eram todos pintados de branco: a sra. Skeps era uma perfeccionista. O verde seria a cor do que é importante no ambiente, mas todo o resto seria branco.

Ela o esperava com bolinhos. Como não havia parado na estrada para tomar café, ele acabou rapidamente com os doces deliciosos acompanhados de várias xícaras (não eram canecas!) de café. Somente depois de ter acabado, ele desviou a conversa das amenidades.

— A senhora não se casou novamente? — perguntou.

— Não. Desmond foi o único homem que eu amei — respondeu ela, chamando Skeps pelo primeiro nome sem abreviá-lo, como se nunca tivesse feito diferente. Depois ela soltou a bomba, em voz tranquila: — Nós estávamos nos reconciliando.

Os olhos espantados de Carmine se fixaram no rosto dela, que permaneceu suave e impassível. — Estavam? Depois de tanto tempo?

— Sim, por causa do nosso filho. Eu entrei em contato com Desmond há mais de quatro meses e tivemos uma série de conversas desde então. Existe outra mulher, o senhor sabe.

— Se existe, sra. Skeps, não achamos sinal dela.

— É Erica Davenport, claro.

— Ela negou isso enfaticamente.

— Naturalmente! Não era um grande caso de amor, sem dúvida. De parte a parte. No entanto, capitão, uma de minhas condições era a de que ele a deixasse.

— E ele a deixou?

— Sim, pouco depois de eu ter entrado em contato com ele pela primeira vez.

— Ele lhe deu como presente de despedida brincos e um pingente de diamante? — perguntou Carmine, curioso. Bem, de acordo com a própria Erica Davenport, a curiosidade *era* o grande pecado dele.

A sra. Skeps riu, achando realmente divertido. — Quem, Desmond? Não! Ele pode ser um dos homens mais ricos da América, mas é pão-duro. — Seus olhos se encheram de lágrimas. — Ah, é tão difícil falar ou pensar em Desmond no passado. Não, o que Desmond deu a Erica era infinitamente mais valioso que diamantes, embora não tenha custado nada para ele.

— Um assento na diretoria, entre outras coisas.

ASSASSINATOS DEMAIS

— Sim. Eu não me importava com ela absolutamente. Enquanto ela estava com Desmond, ele não me atazanava.

— A senhora tem uma boa instrução.

— Sim, principalmente com a leitura.

— Um diploma é bom, mas é a leitura extracurricular que realmente educa. Mas por que, sra. Skeps, a senhora fez um movimento de reconciliação? O ciúme de seu marido arruinou seu casamento.

— Eu lhe disse, foi por causa do jovem Desmond.

— Ele não está melhor sem os horrores que o pai costumava fazer a senhora passar? Tive que ler todo o processo de divórcio, portanto eu sei.

— Eu o fiz dar sua palavra de honra de que não repetiria aquele tipo de conduta — disse a sra. Skeps. — Para Desmond, sua palavra era sagrada. O senhor sabe, meu filho está chegando à adolescência e um menino nessa idade precisa de um pai, independente de esse pai ser adequado ou não. Eu morreria por meu filho, capitão! Também acredito que, já que dera sua palavra, Desmond a manteria.

— E agora todos os seus planos desmoronaram.

— Sim, mas pelo menos eu tentei e meu filho sabe disso. Com o pai morto, meus irmãos podem entrar em cena; eles não ousavam aparecer enquanto Desmond era vivo. Ele os ameaçava com matadores de aluguel, e ele era sério quanto à ameaça. Ele dizia que qualquer um pode contratar um matador se souber onde procurar.

Eu me pergunto quem mais sabe onde encontrar um assassino de aluguel. Dra. Erica Davenport, talvez? Philip Smith? Frederick Collins? Gus Purvey, mesmo que eu goste dele?, pensou Carmine. Em voz alta, perguntou: — Como está seu filho?

— Recuperando-se lentamente. Ele teve uma complicação terrível de uma doença infantil à qual eu nunca dei atenção, achando que era benigna, a catapora. Ele teve feridas dentro da garganta, em todo lugar! O pior é que vai ter que repetir o ano escolar.

— Não se a senhora contratar professores particulares e se ele frequentar as aulas de verão — disse Carmine, cuja saúde sempre havia sido vigorosa.

— Só se ele se sentir em condições — disse Philomena, em tom frio.

Ô, ô! Uma mãe superprotetora!, Carmine mudou de assunto. — Fale-me de Erica Davenport, sra. Skeps.

— Eu a detesto como pessoa, mas ela merecia um assento na diretoria, o que é mais do que posso dizer daqueles outros preguiçosos. Ah, não Wally Grierson! Aquele homem é um tesouro. Quando o velho Walter Symonds chefiava a divisão legal, era patético. A Cornucopia estava sempre cometendo erros contratuais e fazendo acordos onerosos nos tribunais em processos de perdas e danos. Mas, depois que Erica ficou no controle, tudo isso gradualmente foi acabando. Desmond a adorava porque ela economizou muito dinheiro para a empresa.

Naquele momento alguém gritou na frente da casa, e foi respondido pela voz rouca e fina de um garoto. Houve uma conversa rápida, mas, quando o recém-chegado entrou, Desmond Skeps III não estava com ele. O homem poderia se passar por irmão de Carmine, forjado no mesmo molde alto e musculoso, com a mesma pele morena, ossos largos no rosto e olhos extremamente inteligentes. A diferença estava nos cabelos, que ele usava longos, como estava moda, e na cor dos olhos — no caso do recém-chegado, castanho-escuros. Ele vestia calças jeans boca de sino, um suéter branco e uma jaqueta jeans, mas conseguia fazer com que as roupas parecessem formais e ostentava um ar de proprietário, que não passou despercebido a Carmine.

— Tony Bera — disse ele, estendendo a mão.

— Carmine Delmonico.

— Você está bem, Philomena? — perguntou Bera à sra. Skeps.

— Perfeitamente, obrigada. — Ela se virou para Carmine. — Tony acha que o mundo inteiro está me perseguindo.

ASSASSINATOS DEMAIS

— Não desdenhe um bom cão de guarda, sra. Skeps. Eu não a estaria visitando se não houvesse um assassino à solta. Não que eu ache que a senhora esteja em perigo; eu não acho. Mas, de qualquer modo, fico feliz em ver o sr. Bera. O senhor mora aqui por perto?

— Sim, mais abaixo na rua.

— Bom. De acordo com o testamento de Desmond Skeps, Desmond Skeps III herda tudo. Eu deveria receber uma cópia completa do documento, mas por enquanto ela não se materializou. A dra. Davenport ligou para o capitão Marciano e disse que seu filho é o herdeiro universal, mas não deu mais detalhes. Talvez o senhor possa me informar, sr. Bera?

— Gostaria de poder — disse o advogado, franzindo a testa —, mas, até agora, não sabíamos nem disso.

— Pensei que fosse necessária uma leitura do testamento, especialmente na presença do herdeiro — disse Carmine.

— Não necessariamente. Tudo depende do que o próprio testamento indica que seja feito. Os advogados do sr. Skeps em Nova York sabem o conteúdo. Se o jovem Desmond é o herdeiro, tenho o direito de ver o testamento completo porque represento a mãe e, portanto, o herdeiro.

— Isso é certo?

— Bem, não, mas ela será a tutora dele!

— Sim, sem dúvida. — Carmine olhou para Philomena Skeps. — Ainda há algumas coisas que preciso saber. Pode me dizer a data precisa do primeiro contato com seu ex-marido sobre a possibilidade de reconciliação?

— Nós nos falamos por telefone na segunda-feira da terceira semana de novembro passado.

— E quando o sr. Skeps terminou o caso com a dra. Davenport?

— Logo depois. Na mesma semana, certamente.

Então, Erica Davenport tinha sabido da reconciliação havia quatro meses, alguns dias a mais ou a menos. Não haveria muito motivo para um assassinato agora. Uma mulher desprezada, pensando em assassinato, não esperaria tanto tempo. Parecia mais provável que, tendo o peixe Skeps escapado de seu anzol, ela tivesse colocado nova isca e fisgado Myron. Os diamantes eram presente de Myron, o mais generoso dos homens. Dado que eles totalizavam cerca de oito quilates, a etiqueta de preço devia estar entre um quarto e meio milhão de dólares. Nada de goles de Coca-Cola para Myron Mendel Mandelbaum! E ele estava agindo *a sério*! A última vez que saiu distribuindo pedras preciosas como aquelas fora com a mãe de Sophia.

— Agora me fale sobre os... hã... preguiçosos, sra. Skeps.

Ela fez uma careta de desprezo, expressão que não condizia com seu rosto. — Ah, eles! Desmond os chamava de seus "homens que dizem sim", com boas razões. Phil Smith admite isso abertamente, ele nem quer se amolar dirigindo uma empresa específica, o que eu acredito que quer dizer que está muito bem, como sempre. Ele vai ficar no lugar de Desmond, vai presidir a diretoria e tudo o mais. Hipócrita! Qualquer um pensaria que ele faz parte da realeza.

— E quanto ao passado comum deles? Atividades ilícitas? Negócios ilícitos? Mulheres ilícitas?

— Não que eu saiba, com exceção de Gus Purvey, que finge ser um homem com H maiúsculo e é, mas na única acepção a que homens com H maiúsculo não aspiram. Ou seja, ele é um homossexual com queda para jovens travestis.

Carmine olhou para Anthony Bera. — Alguma coisa a acrescentar?

— Não. Eu não faço parte do mundo da Cornucopia.

Talvez não, pensou Carmine, levantando-se, mas vou investigar seu paradeiro em 3 de abril, senhor advogado rico e poderoso. Uma casa

ASSASSINATOS DEMAIS

preparada para o inverno em Orleans indica que sua atividade profissional deve lhe trazer uma saudável receita. Você está apaixonado pela sra. Skeps, mas ela nem o enxerga, a não ser como amigo. É uma situação muito frustrante.

Ele repetiu o truque com a luz e a sirene de polícia na volta para casa; de Providence até Holloman era um trajeto que conhecia bem. Talvez a visita a Orleans tivesse feito bem à sua alma, mas não tinha avançado a investigação. Hora de endurecer. Se a cópia do testamento não tivesse aparecido no edifício dos Serviços Municipais, ele tinha a intenção de invadir o refúgio de Erica Davenport e exigir uma cópia imediatamente. Mas o documento o esperava. Acostumado ao jargão legal, ele leu as muitas páginas rapidamente, depois se recostou na cadeira, sem fôlego. Alguém tinha vazado que ele iria visitar Philomena Skeps hoje e Erica Davenport tinha, deliberadamente, mantido as informações sobre o testamento fora de seu conhecimento e do de Philomena Skeps até que o encontro terminasse. Não era de admirar! Pelos teriam voado como se gatos selvagens se atracassem em combate mortal. Que golpe para Philomena Skeps e Anthony Bera! O que eles teriam dito nos espasmos de raiva?

Desmond Skeps III era realmente o único herdeiro, mas Erica Davenport seria a tutora. Não no sentido maternal: Philomena ainda teria a liberdade de abrigá-lo, alimentá-lo, vesti-lo, criá-lo. Ser sua mãe em sua casa. Mas estava despojada de qualquer capacidade de controlar o destino dele, a fortuna, o destino da Cornucopia. No que se referia a poder e dinheiro, Erica Davenport estava *in loco parentis*. E, até que o menino completasse vinte e um anos, Erica Davenport seria a presidente da Cornucopia. Carmine não conseguia ver como Anthony Bera poderia reverter o testamento no tribunal. Philomena Skeps não tinha experiência em negócios, nada a oferecer a uma comissão de juízes. Não, a única forma pela qual Philomena Skeps poderia ganhar alguma coisa seria ficando do lado da dra. Erica Davenport, a presidente da Cornucopia. A quem ela detestava.

Coitado do Myron! Aquela bomba significava que Erica não precisava mais de um marido rico, se isso fora o motivo de seu assédio à afeição do amigo de Carmine. Ela poderia determinar o próprio salário e benefícios, com ninguém para contradizê-la — Van Cleef,* aqui vou eu! Não, pensou Carmine, a imagem de cavadora de ouro parecia errada. Aquela mulher buscava poder, e não dinheiro, o que sugeria uma faceta de Myron da qual ele não suspeitara. Myron entrara na vida de Carmine há quase quinze anos e fora tomado por um produtor de filmes muito rico; não havia ocorrido a Carmine investigar os negócios de seu querido amigo. Agora, muito tarde para que isso tivesse importância, ele começava a achar que deveria ter investigado.

E quanto à mulher que fora deixada por Desmond Skeps há quatro meses? Ela provavelmente interpretara a ação de seu amante como o começo do fim. Em vez disso, ela o sucedeu como a soberana do reino da Cornucopia. Então a grande questão era: Erica Davenport conhecia o conteúdo do testamento de Desmond Skeps? Era um motivo colossal para assassinato se ela conhecesse. Mas como poderia ter descoberto o que estava num documento mantido num cofre em Nova York, vigiado por uma firma que ela nem conhecia? O único modo seria Skeps ter lhe contado, mas ele faria isso? Não, ele não faria, era a conclusão instintiva de Carmine: ele não era esse tipo de homem. Ao contrário, ele se deleitaria atormentando-a à medida que as semanas e depois os meses se passassem; sob as diferenças óbvias, ele guardava semelhanças com Evan Pugh. Eu aposto que ambos arrancavam asas de borboletas, pensou Carmine.

Quando fora feito o testamento? Carmine olhou novamente, apenas para ter certeza de que não errara a data. Não, ele não estava errado.

---

* La Maison Van Cleef & Arpels é uma empresa francesa tradicional (fundada em 1896), fabricante de joias e perfumes sofisticados e luxuosos. (N.T.)

ASSASSINATOS DEMAIS

Fora feito havia dois meses, bem depois de Skeps haver dispensado os serviços de Erica como amante. Isso significava que ele havia avaliado friamente seus méritos para a tarefa e os aprovara.

Ele olhou o relógio: ainda havia tempo para fazer uma visita à dra. Davenport antes que os escritórios da Cornucopia encerrassem o expediente do dia. Ele também não telefonou para se certificar se ela estava lá; com esse novo encargo sobre seus ombros, ela estaria lá.

Carmine foi até os escritórios de Skeps inutilmente; ele encontrou Erica Davenport na cobertura — onde, Abe descobrira, havia uma pequena escada interna escondida dentro de um banheiro de visitas. A parede dos fundos se abria para dentro quando a segunda de uma fila de maçanetas decorativas era pressionada, revelando uma escada em espiral de ferro muito estreita. Portanto, Carmine a usou e emergiu como se tivesse usado o banheiro. Sua aparição não a assustou, apenas a aborreceu.

Ela estava vestindo vermelho opaco e os olhos que o fitaram tinham se tornado cáqui. Olhos de camaleão, pensou ele. Eles refletem as cores à sua volta, mas não conseguem ficar vermelhos. O pigmento necessário não existe neles.

— Eu devo ser sua principal suspeita agora — disse ela.

— Não, quando muito você desceu algumas posições. A não ser que Desmond Skeps lhe tenha revelado o que estava no testamento.

— Desmond Skeps, tão indiscreto? A única coisa que afrouxava a língua dele era o álcool e, quando o conheci, ele havia limitado severamente o seu consumo. Um uísque de puro malte por dia e ele nunca, nunca se desviava disso. Ele comandava uma das maiores empresas do país e sabia o dano que a língua solta poderia causar. Logo que assumiu a empresa, expôs um orçamento da Cornucopia para um dos primeiros reatores atômicos, o que permitiu a uma companhia concorrente dar um preço menor usando o projeto da própria Cornucopia. Isso quase o matou. Grierson foi quem o tirou dessa situação; se Des amava alguém, era Wal Grierson. Sua diretoria era nova então. Ele deveria ter despedido todos menos Grierson, mas decidiu que quem diz amém tem sua utilidade; contanto, é claro, que o chefe não fique bêbado.

— Obviamente, a senhora se permitiu conversas íntimas, dra. Davenport.

— Ah, ela lhe contou, não? Claro que ela ia contar!

— O sr. Skeps gostava de mulheres? Dava-se bem com elas?

— Ah, capitão, o senhor sabe perfeitamente que ele detestava mulheres! Por isso esse testamento realmente me desconcertou. Nunca me ocorreu que Des valorizasse minha habilidade para negócios. Agora, olhe para mim! Sou a presidente da diretoria e tenho controle completo das ações, interesses e dinheiro do jovem Des. — Ela deu um riso entrecortado. — Eu, Erica Davenport, cantando de galo!

— Então você vai esfregar isso no nariz da sra. Skeps.

— De modo nenhum. — Os olhos estavam tão sinceros que lutavam para ficar azuis. — Não tenho intenção de interferir nos deveres de mãe de Philomena Skeps.

— Tenho outra pergunta para a senhora, dra. Davenport. O que aconteceria se Desmond Skeps III morresse?

A pele dela ficou sem cor. — Não! Ah, não!

— A senhora é advogada, essa eventualidade deve ter lhe ocorrido. Então, o que acontece?

— Há outros membros da família Skeps. Eu diria que o parente mais próximo pelo lado paterno herdaria.

O coração de Carmine se apertou. — O sr. Philip Smith?

— Não, definitivamente não. O sr. Smith *afirma* ter parentesco de sangue, mas nunca foi investigado qual o grau. Há um sobrinho e um primo em primeiro grau. Eles viriam em primeiro lugar, com o primo na frente. O sobrinho é filho da irmã de Desmond Skeps. O primo é filho do irmão mais novo de Desmond Skeps Sênior. No entanto, o testamento foi redigido de acordo com a lei do estado de Nova York, na qual não sou especialista.

— Além do mais, isso é irrelevante, já que o jovem Des está muito vivo. Obrigado. — Ele olhou em volta — A senhora planeja morar aqui?

— Não vejo por que não, embora eu tenha que desmontar o lugar. O coitado do Desmond não tinha bom gosto.

— A senhora tem?

— Eu diria que meu gosto é muito, muito diferente. Eu vou comprar quadros como parte de meu plano de aposentadoria e vou pendurá-los aqui. Também vou me livrar dessa monstruosidade. — Ela agitou a mão em direção ao telescópio. — Ele adorava brincar de *voyeur*.

— Isso, eu percebi; ele tinha uma câmera fotográfica ligada ao telescópio?

Ela levou um susto. — Sim, ele tinha! Tinha! Mas não está lá agora.

— Não estava aqui quando o corpo dele ainda estava na mesa de massagem — disse Carmine, sério. — Bem, ao menos eu sei o que Ted Kelly levou daqui.

— Ou talvez o assassino tenha levado — disse ela.

— Possivelmente.

Ele se dirigiu ao elevador.

— Capitão? O senhor e sua família estarão na festa de Myron amanhã?

— Se formos convidados, estaremos.

— Que bom! Estou ansiosa para conhecer sua mulher.

— Por que, especialmente?

— Ela é corajosa. Myron me contou. É uma qualidade que não está associada geralmente às mulheres.

— Tolice! — exclamou Carmine, irritado. — As mulheres são incrivelmente corajosas, todos os dias de suas vidas. Para um policial como eu, elas são vítimas. Sempre há alguém à espreita, assediando, bisbilhotando, e ninguém sabe que mulher será o alvo. Embora não fosse isso que eu ia dizer. As mulheres são corajosas porque geram bebês e mantêm o lar unido — e, cara, isso pode ser difícil!

— O senhor é um romântico! — disse ela, mostrando surpresa, mas distanciamento.

— Não, eu sou realista. Boa-noite, dra. Davenport.

E o que você sabe sobre mulheres de verdade, sua princesa de uma sociedade enfraquecida que vive num mundo de banheiros executivos? Ele fervia, pensando nas milhares de mulheres que encontrara no decorrer de seu trabalho, pequenas memórias acendendo e apagando em sua raiva, vendo-se apenas como testemunha dos problemas, dores, terríveis dificuldades delas. Acalmando-se, começou a pensar no lado positivo e pôde ir para casa com as piores memórias de volta ao subconsciente.

— Então você também é um romântico — disse Desdemona, entregando-lhe seu bourbon com água gasosa.

De fato, conseguira chegar a tempo de encontrar Julian bem acordado: o menino ficou pulando no colo do pai, já que não tinha idade ainda para fazer muito mais que isso. Quando abertos, seus olhos revelavam uma cor de claro topázio com um contorno preto e fino; os cílios eram espessos, pretos e tão longos que se curvavam e ele tinha uma quantidade de cachos negros no alto da grande cabeça que honraria qualquer menina. Apesar disso, ninguém confundiria seu sexo: havia muito de Carmine nele, determinado, teimoso.

Sua gênese era uma fonte perpétua de admiração para Carmine, que nunca havia se imaginado pai de um filho e não podia conceber formas suficientes de demonstrar a Desdemona o presente que ela lhe dera tão tardiamente em sua vida.

— Aperte a mão do papai — mandou ele.

ASSASSINATOS DEMAIS

Julian apertou; Carmine fez uma representação histriônica de sons e movimentos que levaram o bebê a guinchar de prazer. Depois disso, pai e filho se entregaram a uma orgia de beijos que só terminou quando Desdemona arrebatou a criança e a levou embora.

— Ele nunca tenta lutar — disse Carmine quando ela voltou e se sentou para bebericar seu gim com tônica. — Eu sempre espero que ele tente uma reação ou ao menos comece a gritar. Nós estávamos nos divertindo de verdade e aí, pronto, vem a mamãe e acaba com o divertimento.

— Ele já é bastante inteligente para saber que não há como escapar da hora fatal de ir para a cama. Julian guarda suas energias para objetivos mais fáceis de serem alcançados — disse ela, sorrindo e levantando o copo para um brinde.

— Onde está Sophia?

— Jantando no Cleveland com Myron e Erica.

— Você está brincando!

— Sem brincadeira. Myron a levou para almoçar e lhe deu o conjunto de peridotos, embora, naturalmente, não seria Myron se não exagerasse na encomenda. Ela também ganhou um conjunto muito bonitinho de granadas.

— Suponho que a ruptura tenha sido superada?

— Ah, sim. Então a danadinha se insinuou junto ao Myron até que ele concordou com esse jantar com a Erica. Eu a deixei ir porque, se ela se voltar contra a Erica, é melhor que seja em particular, não na frente de um milhão de pessoas nessa infeliz comemoração que ele vai promover amanhã à noite. Eu aceitei em nosso nome, naturalmente. — Ela deu uma olhada no relógio. — Imagino que ela já teria voltado para casa a esta hora se as coisas não estivessem indo bem.

— Erica Davenport é um enigma, Desdemona.

— E uma assassina?

— Não creio, embora a morte de Skeps lhe tenha conferido muito poder. De acordo com o testamento dele, ela é o chefe máximo.

— Meu Deus! Uma grande vitória para as mulheres — disse Desdemona, olhando para Carmine com olhos de amor total. Foi bom ser uma mulher independente que não devia satisfações a ninguém; tinha sido assim até os trinta e tantos anos, e talvez fosse melhor excluir cedo a ânsia de independência do organismo. Mas não havia dúvida de que a vida com Carmine, no centro de uma grande família ítalo-americana, era infinitamente preferível.

— Qual é o jantar?

— Espaguete e almôndegas à Emilia Delmonico.

Que noite! Ele abraçara Julian acordado, seu desejo de jantar fora atendido, talvez mais tarde ele e Desdemona fizessem um irmão ou uma irmã para seu filho. Embora ele achasse cedo demais, Desdemona não achava.

Ele terminou a bebida. — Então vamos comer — disse. — Amanhã à noite teremos que comer todas as coisas que dão indigestão: lagosta, siri, caviar iraniano, isso e aquilo cru. Myron está importando o chef, ouvi dizer.

Carmine talvez não estivesse esperando com ansiedade a festa de Myron, mas parecia ser o único. Depois da promoção de Erica, a festa havia mudado de traje passeio para a rigor, se por um capricho de Myron ou de Erica ninguém sabia, o que fez com que as convidadas tivessem crises de faniquito — o que usar?

Para alívio do pai, Sophia resolveu não ir. Não apresentou nenhuma razão, mas Desdemona suspeitava que a garota estivesse completamente intimidada com a nova namorada de Myron. Era formidável demais tanta beleza aristocrática, sofisticação, inteligência e distanciamento em uma mesma pessoa. Sophia se sentia em xeque-mate.

ASSASSINATOS DEMAIS

Como, por seu tamanho, Desdemona não podia comprar roupas prontas, Carmine foi poupado do dilema de "o que usar". Apesar de não ser amplo, sua mulher tinha um guarda-roupa que atendia a qualquer emergência. Particularmente, ele a achou estonteante no vestido azul-claro que ela própria havia bordado, imitando um dos que Audrey Hepburn usava no filme *Sabrina*. No tempo em que administrava o Hug, Desdemona ganhara muito dinheiro com seus bordados, tão perfeitos que tinha feito até vestes para padres católicos. E, Carmine ficou satisfeito em perceber, ela não havia minimizado a altura. Sua sandália prateada, tamanho quarenta e dois (era tão conveniente existirem travestis em Nova York!), tinha saltos sete e meio.

O primeiro casal que Carmine e Desdemona encontraram, no elevador, foi Mawson MacIntosh e sua esvoaçante mulher, Angela. Ela deixava a política da Chubb para o marido enquanto explorava outros planos da existência, de ioga a astrologia. A parceria deles era boa, pois, por baixo da leveza, Angela tinha uma memória que nunca esquecia um rosto, um nome ou uma conversa. Muito conveniente para um presidente da Chubb! Carmine há muito desistira de imaginar como Myron, nascido, criado, educado e domiciliado na Costa Oeste, conhecia tantas pessoas influentes da Costa Leste; mas ele conhecia.

— Então hoje conheceremos a nova presidente da Cornucopia — disse M.M.

— Sim, é verdade — disse Carmine, evitando contar a M.M. que ela era um de seus suspeitos. De qualquer modo, M.M. provavelmente sabia.

— Querido, nós já a encontramos — disse Angela. — Certamente você se lembra. Num banquete de caridade há quatro meses. Ela estava com Gus Purvey. Eu me lembro dela porque é tão bonita, uma aquariana com ascendente em Escorpião e Júpiter em Capricórnio.

— Hum! — M.M. grunhiu e se afastou para as senhoras saírem primeiro. — Você está encantadora, Desdemona.

Eles mergulharam diretamente na confusão, comandada por Myron e Erica. A anfitriã vestia tafetá cinza prateado e gaze prateada, o que tornava seus olhos de cor cinza mais claros; os saltos tinham menos de cinco centímetros, Carmine notou. Qualquer que fosse o tipo de feminista em que se enquadrava — e certamente ela era feminista —, sua técnica era sutil, não incluía intimidação do macho em qualquer nível tangível. Myron estava tão orgulhoso dela, tão ansioso para apresentá-la a todas as pessoas influentes, aparentemente esquecido do fato de que ela era uma importante participante do jogo do poder por seus próprios méritos. E, quando eles se defrontassem numa sala de diretoria, o que inevitavelmente aconteceria? Ou ela teria previsto isso também?

Myron apresentou-a a Desdemona e Carmine ficou observando. Como Erica era obrigada a inclinar bastante a cabeça para trás para olhar para o rosto de Desdemona, só podia vê-lo de baixo, que não era o seu ângulo mais favorável. Então os olhos dela, buscando um nível mais confortável, se fixaram nos anéis de Desdemona.

— Lindos — disse ela, forçando um sorriso. Como uma mulher grotescamente alta podia se sentir à vontade com sua aparência grotesca? Usar saltos altos! Carmine Delmonico era um homem alto, mas ela o diminuía e ele parecia não se importar! Como classificá-los?

— O anel de diamante é meu anel de noivado — Desdemona estava dizendo — e o de safira comemora o nascimento de nosso filho.

— Você é inglesa?

— Sim, mas agora sou cidadã americana.

Desdemona sorriu e se afastou; crescia o ajuntamento de pessoas.

— O que você achou da rainha da neve? — perguntou Carmine.

— Neve, não, querido. A neve é macia e cede. Rainha do gelo.

— Bom argumento. A idade dela é visível?

— Para mim, é. Ela é muito dura, de um modo que ninguém consegue ser aos vinte ou mesmo aos trinta. Imagino que, em breve, ela deverá

ASSASSINATOS DEMAIS

apelar para uma cirurgia plástica facial: os sulcos entre as asas do nariz e os cantos da boca estão começando a aparecer.

— Ela é capaz de assassinato?

— Assassinato corporativo, sem dúvida. Mas como um tubarão. Ela o cortaria ao meio com uma mordida antes de você nem sequer notar que estava por perto. Mas não consigo vê-la se colocando numa situação que requeresse dela uma morte física. A não ser, claro, que algo a levasse a cometer um terrível erro.

— Quando você estava perto, ela a achou esquisita, mas, agora que você se afastou e está a uma boa distância, ela não consegue tirar os olhos de você.

— Não, eu acho que ela está mais interessada em você, Carmine. Tinha expectativas de seduzi-lo, eu acho, mas depois de me ver elas sumiram. Ela não consegue lidar com pessoas que estejam para além da sua experiência, que, na verdade, é bem limitada. Para ela, os homens são pobres criaturas tão inseguras que não suportam ser ultrapassados em altura, por exemplo. Agora, ela não sabe o que pensar.

— Isso foi o que li no rosto dela, mas não a sedução. O que significa isso, meu oráculo?

— Que ela se sente atraída por você, bobo!

Delia apareceu, extraordinária em babados cor-de-rosa; Carmine deixou a mulher e a secretária conversando e começou a vagar pelo salão. Pelo que podia perceber, ninguém havia faltado.

Ele parou junto ao sr. Philip Smith, cuja mulher não estava a seu lado.

— Como o senhor conheceu Myron, sr. Smith? — perguntou ele.

O felino apareceu imediatamente. — É Phil em eventos sociais, Carmine. Myron é presidente de um banco de Nova York, o Hardinge's, com o qual fazemos muitos negócios. Um banco de investimentos apenas, não há correntistas como no First National.

Chato condescendente! — Foi assim que Myron conheceu a dra. Davenport?

— Erica, Carmine, Erica! Sim, claro. Ela é a Cornucopia Legal, sempre envolvida em nossos negócios bancários.

— Quando eles se conheceram?

Smith deu de ombros. — Não faço ideia. Pergunte a eles. De fato, se você é tão íntimo de Myron, estou absolutamente admirado que não saiba. Ou a intimidade é apenas um exagero de Myron? Às vezes ele é terrivelmente brincalhão.

— Pergunte a ele — disse Carmine afavelmente.

E coma merda, seu manequim arrogante!, disse Carmine a si mesmo enquanto se afastava. Sua conversa é empertigada como suas costas.

A seguir, ele encontrou a dra. Pauline Denbigh e o reitor em exercício da Faculdade Dante, dr. Marcus Ceruski. Eles estavam muito ocupados devorando bolinhos de lagosta, os rostos em êxtase.

— Não está de luto, dra. Denbigh? — perguntou Carmine, as zombarias insidiosas de Smith ainda o espetavam.

Ela bufou, mas não ficou desconcertada. — Eu pareço um caso terminal de cirrose quando uso preto, capitão; portanto, não uso luto. Além do mais, eu estava morrendo de vontade de conhecer a nova presidente da Cornucopia. Que vitória para as mulheres!

— Sim, principalmente porque a decisão foi baseada somente em mérito. Por que a senhora não concorre à reitoria de Dante? Seria uma vitória igualmente expressiva.

— Antes a Chubb daria o cargo a alguém de Marte, *se* ele tiver um pênis e for ex-aluno da Chubb. Vou tentar a Lysistrata quando estiver pronta.

— Não é estranho construir uma faculdade só para mulheres quando as faculdades só para homens estão sendo consideradas discriminatórias?

— Claro. Nós teremos nossa parcela de estudantes homens, tenho certeza. A verdadeira vitória será uma administração predominantemente feminina. A Chubb nos deve ao menos isso — disse a dra. Denbigh.

ASSASSINATOS DEMAIS

— E se seu marido não tivesse sido assassinado? Ou, talvez eu devesse dizer, o que aconteceria se seu marido estivesse vivo quando a Lysistrata estiver pronta? — perguntou Carmine.

— Ainda assim eu me candidataria à reitoria. Se John se recusasse a ir comigo, eu me divorciaria dele. Certamente a Lysistrata não será conservadora quanto à exigência de um casal casado. Quanta tolice!

— Dr. Ceruski, o que o senhor acha do esfacelamento de práticas e costumes consagrados?

Ele enrubesceu, parecendo confuso. — Ah... na verdade, não é da minha conta, capitão. Principalmente porque é hipotético.

Sorrindo para eles, Carmine seguiu adiante. Será que ela o teria assassinado? Uma ideia se agitava em sua cabeça, mas teria de esperar até segunda-feira... E isso não é uma brincadeira de mau gosto, sua mente inquieta lhe dizia enquanto seus olhos transmitiam informações. Graças a Deus que minha mulher pode se cuidar e sabe exatamente por que eu estou aqui. Meu Pai, uma mulher de *chapéu*!

O próximo peixe que ele pegou em sua rede eram, na verdade, dois peixes, de acordo com a mulher astrologicamente versada de M.M.: ligados pelo quadril, um nadando rio acima, o outro rio abaixo. O reitor Robert e a sra. Nancy Highman. Ela era encantadora e da mesma faixa etária que o reitor. Seus filhos eram adultos e já haviam abandonado o ninho, o que tornava ideal a residência na faculdade de Paracelsus.

— Espero que o senhor descubra quem matou aquele pobre rapaz — a sra. Highman disse, bebendo uma taça de vinho branco. — Eu convidei seus pais para almoçar. Que pessoas agradáveis! O que pode ser feito para aliviar a dor deles? Tente liberar logo o corpo, capitão! Quanto a Bob, ele simplesmente não está em seu estado normal. Também, como poderia ser de outro modo? Não sei como as notícias correm, mas os pais de todos os alunos da faculdade sabem sobre a armadilha de ursos. O esforço para convencer as pessoas de que nenhum outro rapaz está em perigo toma tanto tempo de Bob! Imagino que o senhor não vai nos permitir contar aos pais sobre a chantagem de Evan?

Quem tinha contado isso aos Highman? Os Pugh? — Lamento que não, sra. Highman — disse ele gentilmente. — Isso é o que chamamos de prova sigilosa. Se ela se tornar do conhecimento geral, vai atrapalhar a investigação.

Ela suspirou. — Sim, eu entendo. — Então ela se animou. — Bem, eu tenho uma informação que pode ajudar — disse.

— O quê? — perguntou ele desanimado, sem saber até onde ela iria para aliviar o peso dos ombros do reitor Highman.

— Naquela tarde eu estava na faculdade. Em geral, não estou, tenho uma aula de desenho com modelo vivo no Instituto Taft. Mas nosso instrutor estava doente e a aula foi cancelada. Eu desci tarde para o almoço, mais ou menos à uma e quinze. O saguão estava deserto, mas havia um homem de uniforme marrom subindo as escadas dos alunos do segundo ano. Eu só me lembrei dele hoje à noite, depois de chegar aqui, por causa daquela mulher ali de colete marrom e túnica de tapeçaria brilhante por baixo... está vendo? O senhor a está vendo? Com aquele enorme chapéu marrom que parece uma panqueca! O homem carregava alguma coisa na cabeça, marrom e circular: o tecido marrom me fez lembrar a capa de um instrumento. Era muito maior que o chapéu, mas o chapéu despertou minha memória. Ela não está um horror? Por que está usando chapéu numa ocasião formal? O homem de marrom tinha um cinto com ferramentas e uma bolsa como a de um carpinteiro, e por isso nunca me ocorreu prestar atenção nele.

Reprimindo uma irritação que achava desculpável, Carmine se aproximou um pouco do rosto de Nancy Highman. — A senhora foi interrogada duas vezes. Nas duas vezes, a senhora jurou não ter visto ninguém. Na verdade, a senhora nem disse aos meus homens que estava na faculdade na segunda-feira passada!

ASSASSINATOS DEMAIS

— Ah, meu Deus! *Por favor,* não fique aborrecido, capitão! Simplesmente eu não sou uma pessoa que se lembra das coisas, a não ser que algo me estimule, é verdade! Como aquele chapéu. É tão feio! E então... pronto! Havia um operário de roupa marrom, com uma panqueca marrom na cabeça. Ele... ele veio à tona!

— Ele era grande?

— Não, era bem pequeno, como uma criança. Magro... e mancava, embora eu não me lembre de que perna. Se as botas dele tivessem sujado o chão de mármore, eu o teria chamado e advertido, mas elas não tinham aquelas solas grudentas de borracha que deixam Bob maluco. Portanto, entrei no refeitório e o esqueci.

— A senhora viu o rosto dele?

— Não, eu o vi de costas.

— O cabelo?

— Escondido pela panqueca marrom.

— E quanto às mãos? Ele era branco ou negro?

— Acho que usava luvas de trabalhador.

Jesus, o cara tinha coragem! E nós supondo que ele tivesse escolhido uma hora em que a faculdade estava deserta, quando ele estava lá o tempo todo enquanto o almoço era servido no refeitório. A qualquer momento, um aluno do segundo ano podia ter cismado de ir ao quarto lá em cima e esbarrado nesse assassino manco e miúdo. Que teria... feito o quê? Nada além do que seria esperado em relação a um carpinteiro, mesmo que o jovem que o encontrasse fosse Evan Pugh. Mas isso não acontecera. O assassino tinha uma fé sublime na sua sorte, aparentemente fundamentada. Quantas outras surpresas a recepção de Myron traria? E, perguntou-se Carmine, quem será a mulher do chapéu de panqueca marrom?

Gus Purvey, Wallace Grierson e Fred Collins tinham se fechado em círculo, mas Carmine não teve dificuldade em desfazer a formação. Agora, ele estava com Desdemona e eles se submeteram, levados pela imponência. Purvey, privado de Erica, tinha vindo sozinho. Collins estava acompanhado de sua mulher de vinte anos, Candy. A mulher de Grierson, Margaret, outra mulher alta, parecia indescritivelmente entediada quando os Delmonico chegaram e se apoderou de Desdemona com alegria. Elas se afastaram um pouco e engrenaram numa conversa animada.

— Sua mulher tem muita classe — disse Grierson a Carmine. — Ela era, ou ainda é, talvez, detetive?

— Não, ela era administradora de hospital, daquelas de um novo tipo, que não conseguem castrar um gato — disse Carmine. — Os hospitais são administrados como negócios hoje em dia, mais preocupados com a contabilidade que com a qualidade da enfermagem.

— Isso é uma pena. A saúde não é uma mercadoria, é uma condição de vida.

— Teremos que pôr você na diretoria do Hospital Chubb-Holloman.

— Isso não me incomodaria.

— Eu invejo as mulheres que têm uma carreira — disse Candy com um suspiro.

— Então vá em busca de uma carreira, Candy — disse Grierson, não sem gentileza.

— Você tem sua carreira! — Collins disse abruptamente. — Esposa e mãe.

Purvey riu. — Você está chateado por ter sido derrotado por pouco por uma velha égua cinzenta — disse entre as risadas. — É uma cor que cai bem em nossa Erica, o cinza. Mas alegre-se, Fred! Talvez a corrida ainda não tenha acabado.

— Para mim, acabou. E para você. E para Phil. Não para o velho e bom Wallace aqui, claro. Ele sobreviverá — disse Collins.

— O senhor quer dizer que todos podem ficar ao relento? Na neve fria? — perguntou Carmine.

— Devemos ficar.

ASSASSINATOS DEMAIS

— Imagino que tenha sido um grande choque — foi o próximo comentário de Carmine.

— O quê? — perguntou Collins.

— O testamento.

— Foi um insulto! Revoltante! — sibilou Collins.

— Algum dos senhores esperava isso?

Grierson resolveu responder: — Nem mesmo Phil Smith, e ele era o mais próximo de Desmond. Eu diria que era uma falsificação, se Tombs, Hillyard, Spender e Hunter não o tivessem redigido, guardado, visto Desmond assiná-lo e depois colocado no cofre deles. O testamento foi trazido para Holloman numa pasta de documentos ultrassecretos acorrentada ao braço do mensageiro e Bernard Spender a abriu em nossa presença. É o documento genuíno, sem dúvida. Eu esperava que, em algum trecho, explicasse por que Desmond se decidiu por Erica, mas não explica. Não há nenhuma referência pessoal, nenhuma nota de rodapé. Apenas páginas e páginas projetadas para frustrar Anthony Bera se ele abrir um processo no interesse de Philomena.

— O senhor acha que a dra. Davenport será uma boa presidente?

— Acho que ela vai arrasar a Cornucopia. É por isso que vou conseguir um acordo com ela para ter a preferência sobre a Dormus quando o desastre acontecer — disse Grierson.

— Quantos dos senhores sabiam que a dra. Davenport era amante do sr. Skeps? — perguntou Carmine.

Isso os deixou estupefatos; não havia dúvida quanto à reação deles. Nenhum deles sabia. E aqui estou eu, Carmine, o mexeriqueiro, enfiando a farpa em suas peles, mais um veneno. — Ora, vamos! — disse ele, caçoando. — Os senhores devem ter imaginado isso no momento em que ouviram os termos do testamento, mesmo que antes não acreditassem que houvesse alguma ligação amorosa entre eles.

— De minha parte, realmente acreditei que Desmond a escolheu por sua capacidade — disse Grierson. — Na verdade, não vejo por que o fato

175

de serem amantes muda isso. Desmond não era o tipo de homem que se deixasse influenciar por emoções. Ele estava errado em julgá-la tão capaz, mas não foi um julgamento que fez porque ela era sua amante.

— Obrigado, sr. Grierson. Na verdade, o sr. Skeps rompeu sua ligação com a dra. Davenport há quatro meses, e só fez o testamento dois meses depois. Quaisquer que fossem seus sentimentos, claramente não pesaram em sua decisão, exatamente como o senhor argumenta. O que me fascina é que o senhor vai contra a opinião geral ao dizer que a dra. Davenport não está à altura do cargo. O senhor tem algum motivo?

— Meu instinto — disse Wallace Grierson. — Erica é toda fumaça e espelhos, uma comerciante enganadora. O senhor é um homem inteligente, capitão Delmonico, e também muito experiente. Sempre há um estudante no topo da turma com notas quase perfeitas e um futuro brilhante. Mas sempre há outro estudante que fica na vizinhança do topo sem nunca chegar lá porque o seu trabalho, vamos usar o feminino, o trabalho dela é muito pessoal, muito pouco ortodoxo. E adivinhe! Na reunião de vinte e um anos de formatura, é ela que tem uma carreira brilhante. Erica é a garota perfeita com as notas perfeitas. Mas ela nunca esteve à frente de nada a não ser da Cornucopia Legal, portanto ela tem uma visão estreita e uma calculadora no lugar da mente. Ela se apoiava muito em Desmond, que não percebia isso. — Ele franziu a testa. — Meu instinto também me diz que o coração dela não está na administração de um império de negócios. Ela anseia por alguma outra coisa, mas o que é, isso eu não sei.

— O instinto, sr. Grierson, é uma coisa maravilhosa — disse Carmine solenemente, afastando-se sem chamar Desdemona.

Festas, pensou ele, podem ser melhores fontes de informação que interrogatórios formais da polícia. Se Myron não tivesse promovido esta festa, a mulher de chapéu de panqueca não teria sacudido a memória da sra. Highman e a velha diretoria da Cornucopia não teria bebido.

ASSASSINATOS DEMAIS

E nossa anfitriã está fatigada, ele percebeu quando caminhava em sua direção. Claro que ela está fatigada, porque não é uma pessoa festeira. Ao passo que Myron, produto da Costa Oeste até o âmago, é completamente fascinado por festas — não Carmine, diga isso de outra maneira! Ele precisa estar perpetuamente cercado de brilho e agitação, de pessoas bonitas pavoneando os próprios atributos, do tilintar de lantejoulas, da conversa das pessoas fazendo transações em torno dele. As festas são apenas um aspecto disso. Igualmente importantes são coisas como o almoço no Polo Lounge e o jantar em qualquer restaurante que esteja na moda naquela semana. Quando Myron nos visita, está fazendo penitência. Não, judeus não fazem penitência. Ele é como um daqueles caras que são açoitados com um feixe de varas antes de mergulhar na água gelada ou entrar no vapor ou coisa parecida. Nós somos o feixe de varas de Myron para que ele possa apreciar a delícia do seu próprio mundo. Por que eu o amo? Porque é um completo cavalheiro, o verdadeiro pai de Sophia, a bondade e a generosidade personificadas e um grande cara sob todos os aspectos. O que me mata é meu sentimento instintivo de que Myron está prestes a fazer um passeio espinhoso pelo túnel do amor. Primeiro foi Sandra, agora é Erica. Ele escolhe mal.

— Chega de festa? — perguntou à Erica ao alcançá-la.

Ela pareceu espantada. — É visível?

— Não exatamente. Mas a senhora não tem talento para conversa fiada e não está motivada para adquiri-lo.

— O senhor está sugerindo que eu encontre a motivação?

— Depende. Se está seriamente interessada em Myron, então, sim. Ele vive num mundo de conversa fiada, caçoadas, frases de duplo sentido e do jargão de negociações em busca de vantagens. Onde vocês se conheceram?

— Em Nova York, numa reunião de diretoria do banco Hardinge's. Achei Myron extremamente atraente.

— A senhora e metade do universo feminino. Sem dúvida ele lhe contou que é casado com minha ex-mulher?

— Sim. Confesso que não entendo como ele e o senhor puderam se interessar pela mesma mulher.

— Ah, é porque a senhora nunca saberá como Sandra era aos vinte anos! Muito ao seu estilo, mas sem o seu cérebro. Tinha uma adorável carência que fazia com que um homem quisesse abrigá-la de qualquer vento que soprasse. Sophia se parece muito com ela fisicamente, mas a inteligência mascara essa semelhança.

— Ainda bem, em minha opinião. Odeio mulheres burras! — disse Erica asperamente.

— Burrice certamente não impede que uma mulher seja amada.

— Para mim, impede.

— Então lhe agrada que Sophia seja inteligente.

— Sim. Ela não desdenha seu rosto, mas não vai permitir que ele decida o seu destino.

— A senhora pensa na beleza de Sophia do mesmo modo que pensa na sua, como uma ferramenta para quando estiver contra a parede, mas, de outro modo, um inconveniente. No entanto, Sophia é muito diferente. Ela pensa em seu rosto como parte integrante do que está por trás. Sophia não vive em compartimentos.

— O senhor sempre vê algo de errado em mim! — disse ela abruptamente, virou-se e localizou dois recém-chegados. — Philomena, Tony!

Carmine se afastou para um bom ponto de observação e ficou espiando Erica levar Philomena Skeps e Anthony Bera para conhecer Myron, que, sempre feliz em ver rostos novos, os recebeu com toda a verve de um anfitrião que dá boas-vindas aos primeiros convidados, não aos últimos.

Philomena, Carmine concluiu, era, provavelmente, pelo menos cinco anos mais nova que Erica e deixou a rainha do gelo completamente na sombra. Como Delia, ela usava um vestido de cintura justa

ASSASSINATOS DEMAIS

com babados cor-de-rosa, mas a comparação parava por aí. A despeito do que contara a Carmine sobre a tendência mesquinha de Skeps, ela usava um conjunto de admiráveis diamantes rosados. De par com Bera, parecia completa.

Philomena e Erica conversaram um pouco, depois Myron levou Bera para conhecer o prefeito enquanto Philomena e Erica continuavam sua discussão. A atitude delas parecia agradável, seus sorrisos pareciam genuínos, mas Carmine ainda sentia que, o que quer que estivessem falando, nem tudo era gentil e suave. Uma taça de champanhe foi recusada, mas uma de vinho tinto chileno foi aceita; Erica borboleteava em torno da ex-mulher de Desmond Skeps como uma noiva nervosa às voltas com uma sogra feroz. Lagosta? Não? *Vol-au-vent* de frango? Não? Esta maravilhosa sopa camponesa? Ah, ótimo!

Por fim, Bera se livrou das garras de Myron e resgatou Philomena: acompanhou-a até uma cadeira, pegou uma mesinha, entregou-lhe, então, a taça de vinho chileno e colocou na mesa um prato com comida, de onde ela podia se servir. Depois de acomodá-la, postou-se atrás dela e deixou seu olhar acompanhar Erica Davenport por onde ela fosse. Havia correntes subliminares ali, mas Carmine não tinha certeza de que origem ou natureza. Phil Smith se aproximou com sua mulher, que — oh, Senhor! — estava cumprimentando Philomena em toda a glória de seu chapéu de panqueca marrom.

A conversa de Smith com Philomena foi breve. Sua mulher, pobrezinha, ficou descontente de ser arrastada contra a vontade e tentou permanecer, mas Smith a empurrou como se tivesse medo do que ela poderia falar. Reconhecendo uma pessoa com parentesco no estilo do figurino, Delia a arrancou do domínio do marido e as duas mulheres mais malvestidas do salão saíram juntas. Gus Purvey e Fred Collins prestaram homenagem a Philomena a seguir, Collins sem Candy. Anthony Bera os saudou friamente, depois ficou em silêncio ouvindo Philomena falar. Quando Collins, bêbado o suficiente para cambalear, começou a ficar agitado, Bera logo se pôs na frente da cadeira de Philomena e obviamente disse a Purvey para levar Collins embora. Purvey obedeceu, mas menos de um minuto depois Philomena deu ordens a Bera para deixá-la sozinha. Ele protestou, mas ela levantou o queixo num gesto tão imperioso que intrigou Carmine. Mordendo o lábio, Bera se afastou, deixando Philomena sozinha em sua cadeira. Com quem ela queria conversar?

Então Myron foi falar com ela e isso significava que o excelente anfitrião tinha acabado de arruinar os planos da senhora. Exatamente como se livrou dele o vigilante Carmine não pôde saber, mas ela conseguiu, e de uma forma tão encantadora que Myron a brindou com um sorriso de adoração ao se retirar. Philomena Skeps estava sozinha novamente.

Várias outras pessoas se aproximaram e foram dispensadas da mesma maneira encantadora com que ela dispensara Myron: a dra. Pauline Denbigh (interessante!) e Mawson e Angela MacIntosh. Carmine chegou um pouquinho mais perto, desejando que o salão não estivesse começando a se esvaziar; ele nunca conseguiria ouvir o que Philomena Skeps dizia.

E, finalmente, chegou quem ela desejava: a linguagem corporal era inequívoca. Erica Davenport.

Um garçom passou; Philomena o deteve e a mesinha foi esvaziada imediatamente. Erica sentou-se nela, virando-se de lado para ver a ex-mulher de Skeps, que também girou para o lado. Frustrado, Carmine olhou para seus perfis enquanto conversavam; ele podia fazer leitura labial se as palavras fossem bem-enunciadas e as pessoas estivessem de frente, mas de lado era impossível.

Elas conversavam com tal determinação de isolamento que várias pessoas que se dirigiam para lá se afastaram. Possivelmente, a notícia de que Erica era a tutora do filho de Skeps se espalhara por toda a festa e ninguém desejava ser o inadvertido destruidor de um pacto. Certamente parecia que algumas negociações estavam em curso, e isso esclarecia o enigma de por que Philomena Skeps teria vindo à festa. Era um campo neutro. Onde mais ela poderia defender sua causa sem que o espectro da Cornucopia pairasse? Em Orleans? Erica nunca iria lá.

Anthony Bera espiava as duas mulheres com intensidade dolorosa, respondendo distraidamente às perguntas que Wallace Grierson lhe lançava. Então chegaram Phil Smith e a panqueca marrom e bloquearam a visão de Bera da cadeira de Philomena, e ele desistiu.

As negociações do tratado devem ter durado uma boa meia hora, ao final do que Erica Davenport pareceu muito cansada e Philomena Skeps, mais linda que nunca. Então Erica bateu com as palmas das mãos nos joelhos e se levantou. Ela se inclinou, deu um beijo na testa de Philomena e saiu em direção a Myron.

— Estou muito cansada — disse Desdemona, tirando as sandálias assim que entrou no carro.

— Eu também, minha adorável dama. Você estava fantástica esta noite.

— Estava?

— Sim, estava. Seu corpo é tão bonito quanto o de qualquer estrela de filme de Hollywood e este vestido o realça bem.

— Não é engraçado? As mulheres estão sempre se lamentando de que os bebês estragam sua boa forma, mas Julian fez todo o bem do mundo ao meu corpo.

— Como você acha que Myron está se sentindo neste momento?

Ela franziu o rosto. — Boa pergunta. Ele está profundamente apaixonado. Você notou a pulseira de diamantes? Mas deve estar se dando conta agora de que sua querida Erica não gosta de festas. Sandra estaria mais adequada, eu imagino.

— Eu descobri que ele ainda não deu entrada nos papéis de divórcio.

COLLEEN McCULLOUGH

Desdemona se endireitou no banco enquanto o Fairlane entrava na South Green Street deserta. — Ah! Ele não retirou a última proteção.

— É como eu interpreto isso.

Ela deslizou no amplo banco e se aninhou ao lado de Carmine. — Você viu aquela mulher com um chapéu marrom horrível?

O juiz Douglas Wilfred Thwaites presidia o tribunal do distrito de Holloman e era uma lenda. Ele havia feito todo o curso de direito na Chubb; e era um chubber até a raiz dos cabelos. Não tendo ambição de se mudar para uma jurisdição maior, era um ianque* de Connecticut que não conceberia viver ou exercer a profissão em qualquer outro lugar. Possuía uma casa encantadora em Busquash Point, de onde podia sair para passear de barco, uma esposa dedicada que o considerava delirantemente engraçado e dois filhos de vinte e poucos anos que haviam escapado de sua tirania indo fazer a faculdade na Costa Oeste, lugar que ele equiparava ao planeta Mercúrio.

Foi provavelmente alguma lembrança fantasiosa da infância em Ichabod Crane que levou o agente especial Ted Kelly, do FBI, a chamá-lo de excêntrico, termo que não era adequado nem para Washington Irving** nem para Doug Thwaites. Sua Excelência se orgulhava de sua imparcialidade, que era de fato uma característica sua frequente — isto é, contanto que ele não tivesse tirado previamente suas próprias

---

* Um natural ou habitante da Nova Inglaterra (nordeste dos EUA constituído pelos estados de Maine, New Hampshire, Vermont, Massachusetts, Rhode Island e Connecticut). (N.T.)

** Washington Irving (1783-1859) é um escritor norte-americano, ensaísta, biógrafo e historiador do começo do século XIX. Ele é mais conhecido por seus contos, como "Rip van Winkle." (N.T.)

conclusões a respeito de uma pessoa. Embora Carmine soubesse de tudo isso — além de outro tanto — sobre o juiz, estava preparado para uma disputa ferrenha quando apareceu no tribunal às dez horas daquela manhã de segunda-feira, 10 de abril. Precisava de uma autorização para revistar as acomodações da dra. Pauline Denbigh antes que a Faculdade Dante solicitasse educadamente que ela desocupasse o apartamento do reitor, e estava certo de que o juiz se oporia a isso.

— Concedida! — bradou o juiz na metade do preâmbulo de Carmine. — Aquela mulher é capaz de qualquer coisa!

Ah! A festa de Myron! Claro, o juiz e a sra. Thwaites estavam lá, do mesmo modo que a dra. Pauline Denbigh. Seus caminhos devem ter se cruzado. Como ela poderia imaginar que Doug detestava apaixonadamente as feministas? Ele acreditava ardentemente em corrigir as injustiças contra as mulheres, mas não nas extravagâncias do segmento visível, vociferante do movimento. Queimas de sutiãs e invasão de espaços consagrados ao sexo masculino, para não mencionar a emasculação psíquica, eram anátemas. Para ele, tratava-se de uma batalha legislativa, e esses estratagemas a degradavam.

Carmine foi embora com a cabeça rodando, inconformado por não ter sido testemunha do choque entre aquele par de titãs. Precisava telefonar para Dorothy Thwaites para saber dos detalhes escabrosos. Enquanto isso, tinha a sua autorização.

Levou quatro policiais uniformizados para manter afastados os bisbilhoteiros e bateu à porta do gabinete da dra. Denbigh.

— Entre — sua lânguida voz respondeu.

— Dra. Pauline Denbigh? — perguntou, com o papel na mão.

— O senhor sabe muito bem que sou eu — respondeu ela asperamente.

— Por favor, libere imediatamente esta sala e o apartamento do reitor. Eu tenho uma autorização judicial para revistar ambos.

ASSASSINATOS DEMAIS

As cores abandonaram seu rosto instantaneamente, deixando-o amarelo como um velho pergaminho. Ela se levantou e aprumou o corpo. — Isso é um insulto — disse, sussurrando. — Eu questiono a sua autorização.

— A senhora tem toda a liberdade de fazer isso, mas terá que ser depois da revista. A senhora tem algum lugar para ficar, dra. Denbigh?

— A saleta comum. Quero meus cigarros, meu isqueiro, meus papéis, livro e caneta.

— Contanto que nos permita examiná-los antes, claro.

— Porcos! — bradou, recuperando rapidamente as cores.

Inspecionados os objetos, ela foi escoltada até a saleta comum e acomodada lá sob as vistas de um policial, enquanto Carmine, Corey e Abe se ocupavam do gabinete dela.

Cada livro foi aberto e suas folhas foram sacudidas, uma tarefa por si só trabalhosa. As paredes por trás das estantes foram percutidas, enquanto Abe, que tinha um instinto especial para portas secretas, examinou cada centímetro do lambri escuro e bateu nas tábuas do assoalho, procurando uma que soasse oca. O cômodo não rendeu nada; duas horas mais tarde, Carmine declarou-o liberado.

— Mas ela está escondendo alguma coisa — disse ele ao se encaminharem para o apartamento do reitor —, então deve estar aqui.

Um armário do quarto guardava uma pequena máquina de costura elétrica. — Está esquentando — disse Carmine, sorrindo. — Onde estará o cesto de costura?

Conveniente ter uma mulher bordadeira!

Mas o costureiro, quando encontrado, mostrou-se inocente: peças cortadas para uma blusa, uma saia com pences. Dra. Denbigh gostava de costurar e fazia algumas de suas roupas.

Abe encontrou o armário numa parte livre da parede da cozinha. Ele abria por um mecanismo de mola que respondia à pressão da palma da mão sobre a porta. Dentro, havia um cano grosso com uma curva em U e uma saída de caixa de gordura na base.

— Dante é bem antiga e o encanamento já deve ter sido refeito — disse Abe. — Eu não creio que este cano esteja conectado.

Corey pegou a câmera e começou a tirar fotografias, enquanto Carmine procurava o dr. Marcus Ceruski.

— O senhor é a nossa testemunha — disse Carmine.

— Eu não sei nada a respeito disso! — protestou Ceruski.

— A ideia é esta: o senhor está aqui para nos ver remover o que quer que esteja dentro deste armário secreto, certo?

Na curva do cano, havia uma bolsa preta fechada por uma cordinha que passava dentro de uma bainha na borda, que foi bastante fotografada. Com luvas, Carmine retirou-a e pousou-a na bancada, onde a câmera registrou seu volume angular antes de Carmine afrouxar a abertura e, com um movimento rápido, virá-la do avesso. Abe e Corey se posicionaram para o caso de algum item rolar, mas nada aconteceu; até o carretel de linha que se ajustava à máquina de costura ficou onde caiu. Os flashes azuis continuaram por algum tempo, enquanto Carmine mexia no conteúdo da bolsa.

— Se as impressões digitais dela estiverem em qualquer desses objetos, ela está perdida — disse Corey, rindo.

— Elas estarão — disse Carmine tranquilamente. — Vá buscar os saquinhos de provas, Corey.

Havia uma caixa do chá de jasmim da loja especial do reitor Denbigh, um rolo de papel cor-de-rosa brilhante impresso em preto com letras e detalhes *art nouveau*, um rolo de gaze fina do tipo que se usa para fazer saquinhos de chá, uma boa quantidade de cordões finos, todos com um rótulo de chá de jasmim na extremidade, o carretel de linha e um frasco de vidro de cianureto de potássio com rótulo comercial.

— Nem uma palavra, dr. Ceruski — disse Carmine, conduzindo-o para fora. — Se a defesa alegar que esta prova foi plantada pela polícia de Holloman, o senhor será chamado para depor, e em nenhuma outra circunstância.

ASSASSINATOS DEMAIS

— Ela fazia seus próprios saquinhos de chá e os invólucros de papel que envolvem os saquinhos — disse Corey em tom de admiração. — Onde será que arranjou o papel cor-de-rosa impresso e a gaze? E os cordões com os rótulos?

— Com o fornecedor — respondeu Abe. — Está no rótulo, no Queens.

— Onde mais? Abe, descubra com o fornecedor se ela conseguiu essas miudezas abertamente ou por meio de roubo. Estou achando que ela roubou. Não seria difícil, só seria necessária uma viagem ao Queens tarde da noite. A segurança não deve passar de um vigia noturno. O cianureto deve ter sido mais difícil.

— Ela é uma mulher de recursos — disse Abe. — Num laboratório químico?

— De jeito nenhum! O cianureto, em qualquer laboratório, é registrado como veneno e tem que ser mantido num cofre, você sabe disso — disse Carmine.

— Humm... — resmungou Corey — nerds são nerds, Carmine. Eles são meio tontos, largam o cofre aberto, provavelmente o usam para proteger seu pé de coelho da sorte das mãos leves.

— Isso é preconceito! Eu conheço nerds muito vivos!

Eles estão felizes, pensou Carmine, ouvindo pela metade o que diziam. Acabamos de resolver mais um, baixamos para dez casos não solucionados.

E, admitiu para si mesmo, ele também estava feliz. E Doug Thwaites não ficará feliz? Que faro para vilões!

Carmine só a viu novamente quando entrou numa sala de interrogatório no final daquela tarde.

— A senhora está ciente de seus direitos constitucionais?

— Sim, perfeitamente. — Ela parecia composta e mais bem-arrumada; uma das três policiais havia encontrado as roupas que ela queria e as trouxera juntamente com uma seleção completa de artigos de maquiagem. De modo que o glorioso cabelo vermelho dourado contornava seu rosto com mais volume e leveza, e os olhos amarelos de leão tinham sido realçados com rímel e lápis. Seu vestido tinha um corte austero, mas o tom alaranjado a favorecia, dispensando enfeites. Carmine sabia que ela era frígida porque ela mesma lhe contara, mas nenhum homem acreditaria nisso olhando para ela.

— A senhora gostaria de ter um advogado presente? — perguntou ele, sinalizando para que a policial afastasse sua cadeira para o canto mais distante.

— Ainda não — respondeu ela e então fez um gesto irritado na direção da policial. — Esta pobre garota precisa ficar aqui? Eu preferiria falar com o senhor em particular.

— Sinto muito, mas ela tem que ficar. Ela é uma testemunha, é a garantia de que não vou fazer nada de impróprio.

— O senhor me deixa perplexa, capitão. Uma hora tem um linguajar cheio de coloquialismos e noutra fala como um homem bem-educado.

— Mas os coloquialismos não são maravilhosos, dra. Denbigh? Eles provam que o inglês é uma língua viva, sempre evoluindo. — Ele se sentou e ligou o gravador, registrando nele os dados iniciais.

— Nós encontramos seu esconderijo dentro de um armário escondido na cozinha do apartamento do reitor, dra. Denbigh.

Os olhos amarelos cresceram. — Esconderijo? Armário? Eu não sei nada a respeito disso.

— Suas impressões digitais dizem outra coisa. Elas estão espalhadas sobre todos os itens da bolsa, bem como no cano e na porta. Nós a pegamos, dra. Denbigh.

Ela não parou de lutar; ao contrário, mudou de tática. — Depois de ouvir minha versão, capitão, não creio que exista júri na face da Terra que vá condenar o que eu fiz.

ASSASSINATOS DEMAIS

— A senhora quer um julgamento com júri? Isso implica se declarar não culpada, mas a senhora praticamente confessou. Confissão implica não haver julgamento com júri.

— Eu não confessei *um assassinato*! Eu agi em legítima defesa.

Carmine inclinou-se para a frente. — Dra. Denbigh, foi um crime premeditado! Cuidadosamente planejado e executado. A premeditação anula a legítima defesa.

— Absurdo! — disse ela com ar de desprezo pela estupidez dele. — O temor pela própria vida, senhor, gera diferentes reações nas pessoas porque elas são diferentes. Se eu fosse uma dona de casa maltratada, teria usado um martelo ou um machado. Mas sou uma professora da Universidade Chubb, e meu marido, e fonte do meu terror, era um reitor da mesma instituição. Naturalmente, eu esperava que a minha participação na morte dele não fosse descoberta, mas o mero fato de ter sido não faz de mim uma assassina a sangue frio. Eu vivia todos os meus dias temendo por minha vida porque era a única pessoa que sabia das atividades sexuais de John. Eu estava planejando salvar a minha vida, capitão, e ele estava planejando acabar com ela! A história que eu lhe contei logo depois da morte de John é verdadeira, mas ela apenas toca os picos de montanhas de detalhes sórdidos, e seis — sim! —, seis vezes o meu marido tentou me matar. Uma batida de carro, um acidente de esqui, três tentativas com comida envenenada e um acidente com disparo de arma de fogo quando estávamos no Maine. John gostava de atirar em cervos indefesos e depois *comê-los*!

Carmine a olhava, magnetizado, agradecendo a Deus por não existirem muitos assassinos assim tão espertos e bonitos. Aos trinta e dois anos de idade, ela estava no auge. — Espero que a senhora tenha como provar esses atentados contra a sua vida — disse ele.

— Testemunhas, certamente — disse ela friamente.

— O que a fez decidir salvar a sua vida com uma dose de cianureto num saquinho de chá?

— Na verdade, foi o cianureto. Eu o encontrei numa prateleira da sala dos calouros. Tinha ido até lá buscar um livro meu que eu sabia que um calouro havia levado emprestado, o que é totalmente fora do regulamento! Ele não pediu a minha permissão, claro, mas eu desconfiei dele porque há poucos interessados em Rilke no primeiro ano. Eu tirei o cianureto de lá, claro, é muito perigoso! E então me ocorreu que eu havia encontrado o meio ideal para afastar John da minha vida para sempre, contanto que descobrisse um modo de administrá-lo que não pusesse em risco outras pessoas. E isso levou ao chá de jasmim de suas sessões idiotas nas segundas-feiras a cada duas semanas. Depois disso — ela deu de ombros —, foi fácil. A loja fica em Manhattan, mas o lugar onde os saquinhos de chá são feitos fica no Queens.

— A senhora não apresentou alegações convincentes contra o reitor, dra. Denbigh — disse Carmine.

— Aqui? Agora? Por que haveria de me preocupar com isso? Eu apresentarei o meu caso no tribunal. O sr. Anthony Bera vai fazer a minha defesa — disse a leoa, saboreando a novidade. — E isso é tudo o que eu tenho a dizer antes de o sr. Bera chegar. Acho que já foi muito leal de minha parte... hã... como se diz... mostrar as minhas cartas. O senhor sabe o que vou argumentar e qual será a minha defesa.

Carmine parou a gravação. — Agradeço a sua franqueza, dra. Denbigh, mas fique avisada de que a acusação vai provar que houve assassinato e vai pedir a pena máxima.

— Quer apostar como ela escapa da rede? — perguntou ele a Silvestri alguns minutos depois. — Trata-se de uma mulher espertíssima, senhor.

— Depende do quanto Bera conseguir envolver o júri — respondeu Silvestri, com o charuto rolando de um lado ao outro da boca. — Ele vai apelar para que o caso seja julgado em outra jurisdição, e então tudo pode acontecer. Mas é sempre difícil conseguir uma condenação quando a acusada é uma mulher bonita. Pode-se imaginar que as juradas ficariam

ASSASSINATOS DEMAIS

contra ela, mas isso não acontece, e os homens são fáceis de manipular. Portanto, você pode estar certo sim, Carmine. — Seu rosto macio de gato mostrava uma expressão de contentamento apesar do desfecho incerto do julgamento de Pauline Denbigh. — Se você perguntar se eu me importo, eu diria que não muito. O importante é que o assassinato do reitor Denbigh está cem por cento solucionado.

— Eu acho que os outros dez não vão ser tão fáceis.

— Você ainda está com a ideia de que há um único assassino?

— Mais do que nunca. Não há mais ninguém fora do padrão, chefe — respondeu Carmine. Ele franziu a testa. — Maldita mulher! Ela me tirou do sério de uma tal maneira com essa alegação absurda de legítima defesa que eu não fiz a única pergunta que realmente queria fazer.

— Então volte e pergunte.

— Com Bera presente? Ele vai orientá-la a não responder.

— A audiência sobre a fiança está marcada para daqui a uma hora, capitão, por isso a dra. Denbigh não dispõe de muito tempo para o senhor — disse Bera na manhã seguinte.

— Estou ciente disso, sr. Bera. — Carmine sentou-se e ligou o gravador. — Como vai a senhora, dra. Denbigh?

— Bem, obrigada — respondeu ela, sem saber que o juiz Thwaites, que estaria presidindo a audiência, a considerava capaz de qualquer coisa.

— Há uma pergunta que eu gostaria que a senhora respondesse. Ela não diz respeito diretamente ao seu caso ou à sua defesa, mas é muito importante para a investigação de dez outros assassinatos.

— Minha cliente não praticou assassinato.

— Dez assassinatos — emendou Carmine, engolindo a irritação.

— Faça a sua pergunta, capitão Delmonico — disse Bera.

— Houve alguma razão que a levasse a preservar a sua vida tirando a vida de seu marido na segunda-feira, 3 de abril?

Com a cabeça inclinada para um lado, Bera considerava as implicações, enquanto Pauline Denbigh estava sentada de lado, olhando para ele.

— A dra. Denbigh tinha uma razão — respondeu Bera.

Exasperado, Carmine balançou a cabeça. — Esse não é o tipo de resposta que eu quero — disse ele. — Preciso de detalhes.

— Você não vai obtê-los, capitão.

— Deixe-me tentar novamente. Qualquer razão que tenha tido, dra. Denbigh, estaria de alguma maneira ligada a... digamos, um rumor que a senhora teria ouvido de que outras mortes pudessem acontecer?

— Besteira — disse Bera, desdenhoso.

— Teve a ver com algum pacto, ou acordo, de que outras pessoas deveriam morrer? Ou foi uma total coincidência que a sua decisão de agir na segunda-feira, 3 de abril, tenha sido tomada no mesmo dia em que onze assassinatos aconteceram em Holloman?

— Ahhh! — exclamou ela, ignorando as caretas veementes de Bera. — Percebo o que o senhor quer dizer. A minha razão para escolher aquele dia vai ser esclarecida em juízo, capitão, mas não teve nada a ver com dez... ou onze assassinatos. É uma total coincidência.

O suspiro de alívio de Carmine foi audível. — Muito obrigado! Eu não posso fazer nada para ajudá-la, mas a senhora acaba de me ajudar. — Ele decidiu forçar a sorte. — Quem sabia que a senhora estava com medo do seu marido? Que a senhora temia por sua vida?

— Se a senhora responder a essa pergunta, dra. Denbigh, eu não poderei ajudá-la — disse Bera, ameaçador.

Ela levantou os ombros e sorriu para Carmine, como se lamentasse. — Estou nas mãos do sr. Bera, capitão. Responder ao senhor vai prejudicar a minha defesa, eu mesma percebo isso.

O que era, Carmine refletiu enquanto saía, um modo brilhante de dizer que sim, que havia confiado em pelo menos outra mulher. Agora ele precisava descobrir quem era a sua melhor amiga.

ASSASSINATOS DEMAIS

Erica Davenport? Philomena Skeps? Ou uma desconhecida, ainda não considerada, defensora do movimento de libertação das mulheres?

Ele permaneceu do lado de fora da sala de audiências até Anthony Bera sair, e o abordou. — O senhor não deverá ter maiores problemas para absolvê-la.

— Eu também acho.

— Como ela consegue pagar os seus honorários, sr. Bera? A Chubb não é famosa por pagar grandes salários ao quadro feminino de suas faculdades.

— Estou trabalhando de graça — disse Bera brevemente.

Estará mesmo? Carmine pensou consigo mesmo. E por quê? Acho que terei de voltar a Cape Cod e falar com Philomena Skeps novamente. Ela parecia cada vez mais ser a aranha no centro da teia.

Ele convocou uma pequena conferência em seu escritório: Abe e Corey, Delia e Patrick.

— Pois bem, caímos para dez — disse, sem tentar esconder sua satisfação. — Podemos esquecer os três disparos, isso é certo. Estou considerando que os resolveremos assim que pegarmos nossa mente mestra, porque não há dúvida de que foram mortes contratadas. Isso nos deixa com seis casos: Beatrice Egmont, Bianca Tolano, Peter Norton, Cathy Cartwright, Evan Pugh e Desmond Skeps. Por ora, vamos colocar Batrice Egmont de lado como insolúvel. Certo? Temos então cinco pessoas mortas e daí começamos. Vamos colocar todas as fichas no estupro com morte nos moldes clássicos de Bianca Tolano. Contratado sim, mas com um pouco de raciocínio, cheguei à conclusão de que não se compra um assassino sexual. Dinheiro não interessa a ele. Portanto, é uma pessoa daqui. Nossa mente mestra descobriu suas fantasias, pegou-o pela mão e o instruiu. Se não o pegarmos, ele matará de novo, agora que provou o gosto do negócio. Se o Fantasma me ensinou alguma coisa, foi que os assassinos sexuais não conseguem parar.

— Como vamos saber o que procurar? — perguntou Patrick. — Este foi o nosso problema com o Fantasma: o anonimato. O que o caso atual tem de diferente nesse aspecto? — ele olhou para Carmine com espanto. — Pensei que você não quisesse chamar o assassino de mente mestra.

— Sim, odeio chamá-lo assim — explicou Carmine com paciência —, mas é correto e conveniente. A menos que a gente faça como o FBI e dê ao cara um codinome. Que tal Einstein ou Pauling? Moriarty? Não? Vamos ficar só com o que conseguimos. Quanto ao que este caso tem de diferente, Patsy, é que outra pessoa, a mente mestra, despejou o assassino da fantasia onde ele vivia e o nosso caranguejo-ermitão ainda não se sente à vontade em sua nova concha. Andar de lado ainda o assusta e ele não é um Fantasma. Eu tenho uma ideia de onde o procurar — o Fantasma foi um treinamento fantástico. Relembre para nós o caso da Bianca, Patsy, por favor.

— Ela foi encontrada nua — começou Patsy —, pulsos e tornozelos amarrados com arame de aço. Esteve consciente todo o tempo, exceto por breves períodos de asfixia induzida por uma meia-calça enrolada no pescoço. Queimada com cigarro em vinte e nove lugares, cortada em dezessete por algo semelhante a uma faca Olfa. Atenção especial dada aos seios e ao púbis. Houve estupro múltiplo, mas não foi encontrado sêmen em qualquer orifício. A morte foi causada por uma garrafa quebrada enfiada na vagina; ela se esvaiu em sangue. Há um caso exatamente como esse num livro sobre desvios sexuais que é bastante manuseado por estudantes de psicologia.

— Esse livro é de que época?

— Foi publicado uns dez anos atrás e houve muitos protestos. Foi considerado acessível demais a pessoas que buscam emoções fortes — ele fez uma careta. — Diferente de folhear o Krafft-Ebing* e ficar ima-

---

* Baron Richard von Krafft-Ebing (1840-1902). Psiquiatra alemão conhecido por seu livro *Psychopathia Sexualis* (1886), uma coleção de estudos de casos de desvios sexuais. (N.T.)

ginando o que seria bolinagem; os dicionários não davam a definição de palavras como essa no meu tempo. Acho que o autor era alemão e o livro foi traduzido dessa língua. Foram os alemães do tempo do *kaiser* que inventaram a linguagem sexual.

— Obrigada, Patsy — disse Carmine com firmeza. — Nós conhecemos o sujeito. Com isso, quero dizer que é provável que tenhamos visto seu rosto dezenas de vezes, talvez até o tenhamos entrevistado. É pequeno e nada atraente, mas não tenho certeza de qual seja a sua faixa etária.

— Vamos à Cornucopia — disse Abe no mesmo instante — e comecemos pelo secretário da dra. Davenport.

— Qual o motivo? — perguntou Corey, parecendo ciumento e frustrado. A vaga de tenente de Larry Pisano ocupava sempre o primeiro lugar em sua mente.

— Eu me lembro do secretário — respondeu Abe. — Ele se encaixa no tipo.

— Quando você disse que não tem certeza sobre a faixa etária, Carmine — perguntou Delia —, você quis dizer que ele pode ser muito jovem, jovem ou um jovem adulto?

— Não, Delia, quis dizer jovem, de meia idade ou velho.

— E quanto ao trabalho dele? — prosseguiu ela, não tendo estado presente durante os dias turbulentos do Fantasma.

— Com criminosos sexuais, isso é um mistério, mas, neste caso, eu diria que ele está mais acostumado a receber do que a dar ordens. De outra maneira, a mente mestra não teria conseguido fazer uma lavagem cerebral nele.

— É uma escolha interessante essa expressão — comentou Patsy. — Acho que tem a ver com conversão ideológica, não?

— Lavagem cerebral? Não se esqueça de que o FBI está farejando espionagem na periferia deste caso — disse Carmine. — Mas, para falar a verdade, acho que o termo pode ser aplicado a qualquer tipo de processo de conversão que mergulhe fundo no psiquismo.

— Especialmente — completou Abe — se já houver uma tendência.

Voltaram à Cornucopia e começaram por Richard Oakes, secretário da dra. Erica Davenport, presidente da diretoria e agora diretora administrativa da Cornucopia Central. Ela ficou revoltada, mas não pôde evitar que Abe e Corey submetessem o jovem a um interrogatório que durou duas horas. Quando saiu, ele estava em prantos, tremendo incontrolavelmente, sentindo um início de aura de enxaqueca que fez com que sua chefe o colocasse numa ambulância e o despachasse para o Hospital Chubb-Holloman.

— Eu o processarei por isso! — gritou ela para Carmine.

— Bobagem! — respondeu ele com desdém. — Ele estava nervoso como uma potranca antes do páreo, só isso. Não importa quem o interrogasse sobre um delito do qual fosse suspeito, ele reagiria do mesmo modo. O importante para mim é que podemos considerá-lo inocente da morte de Bianca Tolano.

— Que base tinha o senhor para supor que ele fosse culpado? — perguntou ela, cheia de raiva.

— Não é da sua conta, dra. Davenport, mas lhe comunico que vou interrogar outros homens na Cornucopia e também em outros lugares nas redondezas de Holloman, incluindo a Chubb.

Ela deu um gritinho de frustração e entrou em sua sala.

Humm, pensou Carmine. Começo a perceber por que Wallace Grierson acha que ela vai encalhar o navio da Cornucopia.

Como se estivesse determinado a reagir de maneira oposta à de Richard Oakes, Michael Donald Sykes entrou para o seu interrogatório com exuberância, autoconfiança e perfeito bom humor. Estava extasiado com a ideia de que alguém pudesse suspeitar que ele tivesse cometido um assassinato sexual, e transformou o interrogatório num aborrecimento para Abe e Corey.

ASSASSINATOS DEMAIS

— Eu acho que vocês se fixaram em mim — disse solenemente — pelo fato de eu não ter armado a batalha de Gettysburg no meu porão. Como eu, um americano, posso preferir Austerlitz? E o que, vocês se perguntam, é Marengo, se não uma receita de frango? Napoleão Bonaparte, senhores, como gênio militar, põe Sherman, Grant e Lee no chinelo! De sangue, ele era italiano e não francês, e o velho gênio italiano desabrochou nele novamente.

— Fique quieto, sr. Sykes — pediu Corey.

— Sim, sr. Sykes, cale a boca — disse Abe.

Mas, claro, ele não se calou. No final, eles o expulsaram da sala requisitada para os interrogatórios, e ele pulou fora muito satisfeito consigo mesmo. Passando por Carmine, ele parou.

— Há um camarada na Contabilidade que vocês deviam interrogar — disse ele, entre sorrisos. — Foi tão revigorante! E pensar que quando o senhor apareceu por aqui há mais ou menos uma semana eu fiquei totalmente apavorado. Mas não estou mais, não estou mais! Seus dedicados ajudantes são uns cavalheiros e aceitaram a minha rejeição dos generais da Guerra Civil como se a ouvissem todos os dias. Muito gentil da parte deles!

— Quem na Contabilidade? — perguntou Carmine, incisivo.

— Acho que nunca me disseram o nome dele, mas não é possível confundi-lo, capitão. Não mais que um metro e meio de altura, muito magro e bastante manco — respondeu o sr. Sykes.

Merda! Carmine agarrou Abe com uma das mãos e Corey com a outra, arrastando-os para o elevador. — Em que andares funciona a Contabilidade da Cornucopia Geral? — perguntou ele.

— Décimo nono, vigésimo e vigésimo primeiro — respondeu Corey.

Qual, qual, qual? — Vigésimo primeiro — disse ele, mergulhando no elevador. — A gente vai descendo.

— Jesus! — exclamou Abe ao saltarem no vigésimo primeiro andar. — O carpinteiro da sra. Highman!

Mas ele não estava lá, e as poucas pessoas que encontraram sabiam que o haviam visto, mas não tinham ideia de onde.

— Idiotas convencidos! — exclamou Corey enquanto desciam um andar. — Subalternos não são dignos de atenção.

Por que alguma coisa me diz que é bom demais para ser verdade?, Carmine se perguntava quando depararam com uma cena de pânico controlado. Dois paramédicos de uma ambulância saíram de outro elevador empurrando uma maca, foram parados por meia dúzia de pessoas ansiosas e levados para uma enorme sala dividida em espaços menores por divisórias de meia altura. Usando seus distintivos, Carmine e sua equipe os seguiram.

Tarde demais, claro. O corpo pequeno e frágil estava caído sobre uma mesa, imóvel, morto. Carmine procurou sinais de vida, Abe e Corey mantiveram todos afastados.

— Podem ir, rapazes — disse Carmine aos paramédicos, enquanto pegava um telefone. — Ele vai para o médico-legista.

Dentro de minutos a área estava cercada por cordas. Patrick O'Donnell e sua equipe chegaram pouco depois. O rosto claro de Patrick estava fechado, e ele não disse nada até concluir o exame preliminar do corpo.

— Cianureto, aposto — disse, então, para Carmine. — Parece ser o veneno predileto, não é mesmo? Imagino quantas mãos passaram por aquele frasco que você encontrou na bolsa da dra. Denbigh. Ou quanto veneno ele continha. A dose letal é muito pequena.

— É possível que ele seja o operário que a sra. Highman viu?

— Sem dúvida, a menos que haja duas coisinhas de nada com um metro e meio de altura e a perna esquerda oito centímetros mais curta que a direita em Holloman — disse Patsy. — A bota que ele usava no pé esquerdo compensava a diferença, mas a pessoa nunca deixa totalmente de mancar. Os joelhos ficam dessincronizados e o mesmo ocorre com os tornozelos. A bota corrigida mantém o nível dos quadris e ajuda a aliviar a dor lombar. Só depois de colocá-lo na minha mesa é que vou saber se o problema é congênito ou adquirido.

— Bem — disse Abe enquanto retornavam ao edifício dos Serviços Municipais —, eu tenho a impressão de que Erica Davenport é a nossa mente mestra.

— Eu concordo — respondeu Corey, com convicção.

— Não necessariamente — disse Carmine, desanimado, do banco de trás. — Quando começamos a interrogar homens de estatura baixa e sem atrativos, a notícia pode ter se espalhado mais depressa que fogo na madeira. A sra. Highman é um amor, mas discreta ela não é. Muito menos Dotty Thwaites; Simonetta Marciano, então, nem se fala; ou Angela MacIntosh. Vocês já repararam como este caso é cheio de mulheres? Eu já, claro. Suspeitas, vítimas, espectadoras, testemunhas — mulheres, mulheres, mulheres! Detesto casos assim! Estão além das minhas forças! Conheço duas mulheres com zíper na boca: uma é a minha mulher e a outra, a minha secretária. Grrr!

Os dois do banco da frente entenderam a indireta e não falaram mais nada.

Nos Serviços Municipais, eles se separaram. Munidos dos detalhes fornecidos pelo contador-chefe, horrorizado diante da violência no mundo dos números, Abe e Corey foram para o apartamento do homem morto. Carmine, com uma expressão feroz no rosto, encaminhou-se para a sala de autópsia, sem perceber que as pessoas se afastavam ao vê-lo.

— Joshua Butler, solteiro, trinta e cinco anos — disse Patsy, com o corpo despido já sobre sua mesa. — Ele era uma dessas pobres criaturas com síndrome pituitária congênita que impede a maturidade hormonal. Seus testículos não desceram, não tem pelos no corpo, e o pênis é de um menino pré-pubescente. Duvido que ele conseguisse sustentar uma ereção, quanto mais ejacular. Portanto, se é ele o assassino de Bianca Tolano, o estupro foi todo realizado com um objeto, provavelmente a garrafa antes de ser quebrada. Ele não agiu em frenesi, como você pode lembrar, ele limpou tudo muito bem. A perna curta é consequência de uma fratura pessimamente tratada em alguma época da infância. Duvido que ele tenha ao menos sido levado a um médico. Vou achar o que estou procurando dentro do crânio, quando examinar a base do cérebro e a pituitária. A histologia será muito importante. Ele talvez seja um *situs inversus* também: coração do lado direito, alguns outros órgãos invertidos também. A causa da morte? Eu não mudei de opinião. É cianureto.

Carmine suspirou. — Ele jamais poderia ter instalado aquela armadilha de urso no *closet* de Evan Pugh — disse. — Sei que a força nem sempre está relacionada com o tamanho ou mesmo com a musculatura, mas este cara é, definitivamente, um fracote de quarenta quilos. Estou certo ou não?

— Sim — respondeu Patsy, louco para prosseguir o exame. Não era todo dia que tinha um corpo como aquele.

Portanto, em algum lugar, pensou Carmine, deixando Patsy entregue ao trabalho, existe um trapaceiro extremamente engenhoso capaz de personificar um anão como Joshua Butler. E capaz de incendiar Joshua Butler por dentro a ponto de levá-lo a cometer um crime.

Não se passaram cinco minutos, e Patsy o chamou.

— Carmine, a causa da morte foi realmente cianureto, mas eu não acredito que tenha sido assassinato. Encontrei uma cápsula feita de um plástico muito fino dentro de sua boca, e fragmentos de plástico entre os dentes. Ele cometeu suicídio.

— Isso faz sentido — disse Carmine, além do espanto. — Exatamente como o dr. Goebbels, só que não podia ter filhos.

— Alegre o seu coração — disse Delia, tentando reconfortá-lo. — Pelo menos, um por um, os casos estão sendo resolvidos. O de Bianca Tolano já foi.

ASSASSINATOS DEMAIS

— Humm... — resmungou Carmine. — Isso tudo vem mostrar que quando você revolve muitas pedras acaba sempre achando alguma coisa terrível. Caímos para os quatro que têm as verdadeiras respostas às nossas perguntas.

— Vá para casa — disse Delia com firmeza. — Você precisa de uma dose de Julian.

Uma dose de Julian realmente ajudou, mas então Myron acabou com a tranquilidade de Carmine ao surgir zangado e com disposição de briga em sua porta. Carmine deu uma espiada e teve um acesso de riso.

— Myron, seu bobo! — disse ele, passando o braço sobre o ombro do amigo e o puxando para dentro. — Você parece um whippet enfrentando um dinamarquês.

A zanga de Myron durou mais alguns segundos, depois ele se rendeu.
— Pelo menos você me chamou de whippet — disse então. — Acho que posso considerar uma sorte você não ter me chamado de chihuahua.

— Não — respondeu Carmine, olhando para Desdemona —, você não é um cãozinho ladrador. Por outro lado, não é grande o bastante para ser um greyhound, embora tenha muita raça. Beba alguma coisa e me diga o que o está aborrecendo.

— Sua... sua perseguição à Erica, é isso o que está me aborrecendo! Por que você anda pegando tanto no pé dela?

— Não estou pegando no pé dela, Myron. — Que mulher!, pensou consigo mesmo. Por que há certas mulheres que estão sempre fazendo a cabeça de uns pobres idiotas inocentes para brigar no lugar delas? — Ela não pode ter o bolo e comê-lo ao mesmo tempo. A Cornucopia está cheia de problemas e agora ela é *el supremo*, ou *la suprema*. Você é um homem de negócios, sabe que esse tipo de poder tem um preço. Se Erica não aguenta o calor, é melhor sair da cozinha.

O mau humor havia desaparecido por completo; Myron não conseguia ficar com raiva de um amigo querido por muito tempo, especialmente quando sua posição era indefensável. — Oh, Carmine — lamentou ele —, por que fui me meter nisso? Eu a amo e detesto vê-la chateada, e ela me fez prometer que eu tentaria convencê-lo a pegar mais leve com ela. — Ele parecia desolado. — Mas não dá, não é? Você não é um dinamarquês, é um buldogue.

— Esta conversa está ficando canina demais. — Carmine lhe entregou um copo de uísque. — Já lhe ocorreu que Erica possa estar petrificada diante da ideia de a Cornucopia ter sido entregue em suas mãos? Acho que ela não esperava por isso, e também acho que está com medo de não dar conta do recado.

O uísque descia suavemente. Carmine tinha sempre boa bebida, embora não se bebesse demais em sua casa. — Existe esse aspecto — admitiu Myron.

— Mais depressa ela vai acreditar em você que em mim, então por que você não lhe diz para agir com mais calma? A minha experiência é que grandes empreendimentos, como empresas e governos, tendem a se gerir sozinhos. O problema começa quando as pessoas interferem no seu curso natural, você deve saber disso. Cornucopia tem fluído ao longo de anos e anos, como o rio da canção.* Ela devia apenas deixá-la seguir seu curso.

— Você a administraria melhor que qualquer um de nós — disse Myron.

---

* A canção é "Old Man River", de Jerome Kern e Oscar Hammerstein II, do musical *Show Boat*, que compara o rio Mississippi ao negro americano e que diz "But I keeps laffin'/ Instead of cryin'/ I must keep fightin'/ Until I'm dyin'/ And Ol' Man River, He'll just keep rollin' along" (Mas eu continuo rindo/ em vez de chorar/ eu preciso continuar lutando/ até morrer/ e o Velho Rio/ vai continuar correndo). (N.T.)

ASSASSINATOS DEMAIS

— Eu? Não! Segundo a mulher que você ama, eu sou um curioso insaciável, e ela está certa. Eu ficaria o tempo todo me metendo onde não devia.

— Você janta conosco, Myron? — perguntou Desdemona. — É costeleta assada, e tem bastante.

Ele suspirou. — Quem me dera eu pudesse, mas tenho que voltar para junto da Erica. — Tomou o resto do uísque. Levantou-se e olhou para eles um tanto desolado. — Espero que as coisas possam voltar a ser como antes — disse melancolicamente —, mas não dá, não é mesmo?

— É a vida — disse Desdemona e sorriu. — Não se deixe abater, querido Myron. As coisas vão se acomodar.

— Não, não vão — disse ela para Carmine mais tarde, quando parte da costeleta já tinha sido devorada. — Se ao menos eu pudesse gostar dela! Não consigo, sabe? Ela é tão irritadiça, embora eu consiga lidar com pessoas assim, mas também é fria. Vai acabar ferindo os sentimentos de Myron.

— Talvez não — respondeu Carmine, com o otimismo que acompanha um estômago cheio de boa comida. — Eu acho que ele está fascinado por todas as coisas de que nós não gostamos nela. Ele está com cinquenta anos, minha querida, e pronto para uma víbora. Erica é uma fase.

— Você acha? De verdade?

— Sim, eu acho.

— Que tal eu fazer uma torta de carneiro com as sobras do assado? — perguntou ela. — Eu comprei um pedaço grande porque Sophia disse que viria para o jantar, e com duas amigas que dormiriam aqui.

A irritação reacendeu. O semblante de Carmine ficou carregado. — Está mais do que na hora de eu ter uma conversa com a minha filha — disse ele.

— Não, Carmine, não faça isso! Deve haver uma boa razão, tenho certeza — disse Desdemona.

Como se as palavras dela fossem a deixa, Sophia irrompeu pela porta da frente, pálida e com os olhos arregalados. — Papai! — gritou ela, indo direto ao seu encontro. — Alguém me trancou no *closet* do laboratório de física!

Está vendo, o que foi que eu disse?, diziam os olhos de Desdemona; Carmine segurou Sophia longe de si e examinou-a bem. Ela estava um pouco despenteada e seu temor era genuíno. — Você tem ideia de como isso aconteceu, meu bem? — perguntou ele.

— Não, aí é que está! Não era para ele ter sido trancado! Ninguém nunca tranca aquele *closet*! — ela tremia e, encolhida, se aconchegou a ele. — Eu ouvi alguém do outro lado andando para cima e para baixo, e alguma coisa pesada batendo no chão. Papai, não sei por que, mas tive certeza de que ele estava atrás *de mim*! Eu estava encarregada da arrumação, todo mundo me viu entrando e saindo do *closet*. No princípio, eu pensei que era uma brincadeira, mas então eu ouvi alguém andando e me apavorei!

— Ele foi embora? — perguntou Carmine, consciente de uma contração na barriga. — Quanto tempo você ficou lá dentro?

— Uns cinco minutos. Eu *sabia* que ele ia abrir a porta e me atacar assim que diminuísse o movimento na escola, então saí por uma abertura no teto. Ela dá para o duto principal de exaustão de vapores, eu me arrastei por séculos e saí na câmara de vapores, na outra extremidade do laboratório. As luzes estavam apagadas, mas ainda era dia do lado de fora e eu pude vê-lo: um homenzinho que mancava. Tentei não fazer barulho e dei um jeito de me esgueirar para fora da câmara e pular no chão. Aí engatinhei até a porta do lado onde eu estava, esperei que ele caminhasse para o lado oposto, abri uma fresta e saí. Então eu me levantei e corri!

Surpreendente, pensou Carmine. Ela é minha filha, não resta a menor dúvida. Faz um bom relato mesmo estando morta de medo. — Então você correu para o carro e dirigiu até em casa — disse ele.

Ela o olhou, com desdém. — *Papai!* Se eu tivesse feito isso, estaria em casa há séculos! Não, ele deve ter aberto a porta do *closet* e visto que não tinha mais ninguém lá dentro. Eu corri e mergulhei entre as forsítias

ASSASSINATOS DEMAIS

bem a tempo: ele estava indo para o meu carro. Por isso é que eu sei que ele estava atrás de mim, e não de qualquer outra pessoa, *de mim*! Então me abaixei e esperei até escurecer, e me arrastei até a estrada 133, onde peguei um táxi. Mas não entrei no carro antes de olhar bem o motorista. Ele era negro, então vi que estava segura. Agora ele está lá em cima, no Circle, papai. Eu estava sem a minha bolsa, e a corrida foi um absurdo de cara!

Desdemona saiu com a bolsa na mão, enquanto Carmine levava a filha valente até a sala e lhe servia um *spritzer** de vinho tinto.

— Repetindo a frase do prefeito de New Britain: Você foi grande, garota!** — disse ele, explodindo de orgulho.

Aquilo e mais a gratidão a qualquer poder sobrenatural que tivesse olhado por Sophia sustentaram-no enquanto lhe servia o jantar — ela estava morrendo de fome — e a colocava na cama, sedada com uma das "bombas" de Desdemona. Quando a euforia de haver escapado por seu próprio esforço cedesse, ela teria uma noite de pesadelos, a menos que seu cérebro ocupado e esperto estivesse dopado.

Então a reação começou. Ele sentou e ficou torcendo as mãos e tremendo como se estivesse febril.

— Degenerado! Degenerado filho da mãe! — desabafou com Desdemona, os dentes trincados. — Por que ele não veio atrás de mim? Por que uma garota inocente de dezesseis anos? Por Jesus Cristo! A garota mais doce, mais amável, a melhor que se possa imaginar! Eu arranco a cabeça dele do pescoço!

Ela o abraçou e acariciou seu rosto. — Não era isso que você queria dizer, Carmine. Você queria dizer prisão perpétua sem atenuantes. Você tem certeza de que ele é o seu assassino?

---

* O *spritzer* tradicional é uma mistura de vinho com água gasosa, ou soda, mas pode ser feito também com suco de frutas ou refrigerante. (N.T.)

** Em inglês: "You done good, kid!" (N.T.)

— Um homenzinho que manca? Só pode ser. Mas por que Sophia? Ele a escolheu deliberadamente, tentou pegá-la na escola, tinha tudo planejado nos mínimos detalhes. Provavelmente o corpo dela seria encontrado amanhã dentro do *closet* do laboratório de física, talvez espancado até a morte se o que ele estava batendo no chão fosse um taco de beisebol. O melhor porrete que já se inventou. O que ele não contava era com a presença de espírito de Sophia numa crise.

— E com o fato de ela ter herdado seu instinto, coração. Numa situação em que qualquer outra vítima teria suposto estar trancada por engano, Sophia percebeu quase de imediato que estava em perigo. E então se concentrou em escapar em vez de ficar esperando que abrissem a porta para ela sair.

Ele conseguiu esboçar um sorriso. — Cheia de recursos, não?

— Sim, muito. Eu acho que você não precisa se preocupar que Sophia venha a ser uma vítima da vida — disse Desdemona. — Ela vai se levantar, sacudir a poeira e dar a volta por cima.

Ele se levantou se sentindo um velho. — Acho que hoje à noite não vai dar para fazer um irmãozinho ou uma irmãzinha para Julian, Desdemona.

— Há sempre uma noite seguinte — respondeu ela, animada. — Agora vamos quebrar as regras e tomar uma bebida antes de ir para a cama. Eu posso sedar Sophia e ficar com ela em casa amanhã, mas não posso fazer isso com você. Um conhaque extravelho é a solução para o papai.

— Tenho que colocar um policial na Dormer para ficar de olho na nossa filha — disse ele, pegando a bebida e a esquentando entre as mãos. — Vigilância disfarçada, mas Seth Gaylord vai ter que saber, caso o sargento de serviço coloque um idiota na guarda. E amanhã você tem que conversar com Sophia e convencê-la a não contar o incidente a ninguém, nem mesmo a Myron.

Desdemona o olhou com espanto. — Nem mesmo a Myron?

ASSASSINATOS DEMAIS

— Não podemos confiar na língua dele agora, porque eu não sei o quanto a namorada dele é discreta. Diga à Sophia que não é uma boa ideia ficar sozinha na escola ou em qualquer outro lugar no momento. Ela deve ficar em grupo e sair da escola com todo mundo. E aquela porcaria daquele Mercedes vermelho que Myron lhe deu vai para a garagem! Ela fica usando o Mercury velho da minha mãe.

Desdemona estremeceu. — Parece o Fantasma — disse.

— Sim. É por isso que estou convencido de que a nossa melhor arma é a inteligência de Sophia. Se a gente falar com ela com franqueza, sem esconder nada, ela não vai se opor.

As notícias sobre Sophia abalaram John Silvestri mais que qualquer outra pessoa; sua filha Maria fora brutalmente espancada alguns anos atrás. Tinha sido uma vingança dirigida a Silvestri, que ficou arrasado. Mas Maria se recuperou, fez um bom casamento e seguiu em frente; o criminoso recebeu uma pena de trinta anos, vinte antes de ter direito a liberdade condicional. Sabendo de tudo isso, Carmine contou-lhe em particular sobre o atentado a Sophia; ver Silvestri chorar era uma provação e não era para outros olhos.

— Terrível, simplesmente terrível! — disse o comissário, enxugando o rosto. — Temos que pegar esse canalha, Carmine. Tudo o que você precisar, terá. Uma menina tão bonita!

— Sei que não parece — disse Carmine, sentando-se —, mas, de certa maneira, sinto que o estamos incomodando. Faz nove dias que ocorreram os doze assassinatos, e nós conseguimos de fato solucionar alguns deles: Jimmy Cartwright, o reitor Denbigh, Bianca Tolano. E classificamos o assassinato dos três negros como encomendados. Houve uma décima terceira morte: o suicídio do assassino de Bianca Tolano.

— É impressionante — disse Silvestri, novamente composto. — Para onde vamos agora?

— Peter Norton, o gerente de banco que bebeu estricnina no suco de laranja. Uma morte agonizante.

— Do mesmo modo que a morte por cianureto — ponderou Silvestri.

— Sim, mas o cianureto é rápido. Assim que uma quantidade suficiente da hemoglobina do sangue fica sem oxigênio, sobrevém a morte. Por outro lado, John, a estricnina leva vinte, trinta minutos, dependendo da dose. Havia uma dose muito grande no suco de laranja de Norton, mas ele bebeu só metade. Ele ia morrer, mas sobreviveu por algum tempo. Vomitando, evacuando, tendo fortes convulsões, eu não sei que nível de consciência lhe restou, mas a mulher e as duas crianças pequenas testemunharam a morte dele. Foi terrível.

— Você está sugerindo que o criminoso queria isso?

— Eu não sei, talvez sim — disse Carmine, parecendo surpreso.

— Se a escolha de um método que torturasse a mulher e os filhos de Norton fazia parte do crime, isso abre um novo campo, Carmine — disse o comissário, pensativo. — Deveríamos, talvez, prestar mais atenção às famílias das vítimas.

— Cada pedra será virada novamente — prometeu Carmine.

A sra. Barbara Norton tivera mais de uma semana para se restabelecer de sua histeria, embora Carmine suspeitasse que seu médico a estivesse mantendo sob tranquilizantes poderosos. Seu olhar estava vazio e ela andava como se abrisse caminho através de um mar de melado.

No entanto, ela falava com coerência. — Foi algum maluco a quem ele recusou um empréstimo — disse, servindo-lhe uma xícara de café. — O senhor não faz ideia, capitão! As pessoas parecem esperar que o banco lhes empreste dinheiro sem a menor garantia! A maioria das pessoas acaba desistindo, mas os malucos nunca desistem. Eu me lembro de pelo menos uma meia dúzia de doidos: encheram nossa caixa de correio de cocô de cachorro, colocaram soda cáustica na nossa piscina, até

ASSASSINATOS DEMAIS

fizeram xixi no nosso leite! Peter deu queixa de todos eles na polícia de North Holloman. Basta procurar os nomes lá.

Ela era bem gorda, Carmine reparou, mas suas formas redondas poderiam ser sedutoras para alguns homens, e ela era bonita de rosto: covinhas, bochechas rosadas, pele lisa. Quando as crianças entraram, ele abafou uma exclamação nessa segunda vez em que os via: aquela era uma família gorda, os genes predispunham à obesidade. Peter Norton, ele se lembrava da autópsia, estava bastante acima do peso, como uma pessoa que sempre fora assim: braços e pernas gordos, mãos e pés roliços, a adiposidade compactada dos ombros aos quadris em vez de somente na área da barriga. De acordo com relatos policiais obtidos na vizinhança, a sra. Norton havia tentado limitar a ingestão de comida da família, mas seu marido não queria saber disso. Ele sempre levava as crianças para comer doces e tomar milk-shakes no Friendly's.

— Seus amigos também eram amigos do seu marido, sra. Norton? — perguntou Carmine.

— Sim. Nós fazíamos tudo juntos. Peter gostava que eu tivesse os mesmos amigos que ele.

— Que tipo de coisas vocês faziam?

— Jogávamos boliche nas terças à noite. Nas noites de quinta, jogávamos canastra na casa de alguém. Nas de sábado, saíamos para jantar fora e depois íamos a um cinema ou a uma peça de teatro.

— A senhora chamava uma *baby-sitter*?

— Sim, sempre a mesma garota, Imelda Gonzalez. Peter a buscava e depois levava para casa de carro.

— A senhora nunca saía sozinha?

— Não!

— Quem são seus amigos?

— Grace e Chuck Simmons, Hetty e Hank Sugarman, Mary e Ernie Tripodi. Chuck trabalha no Holloman National, Hank é contador especializado em impostos, e Ernie tem uma loja de cama e mesa. Nenhuma de nós, mulheres, trabalha fora.

Tipos de gestão intermediária, pensou Carmine, bebericando o café, que era aromatizado com cardamomo, coisa que ele detestava. Em sua opinião, café era café e não devia ser adulterado com sabores estranhos.

— Vocês iam a algum outro lugar, sra. Norton?

Os cachos brilhantes balançaram em sincronia com os movimentos da cabeça, parecendo um robô. — Claro! Eventos de caridade, em sua maioria, mas eles não têm regularidade. Aos eventos da Cornucopia, eu e Peter íamos sozinhos; a Cornucopia é dona do Fourth National. Aos outros, íamos os oito. — Seu rosto murchou, o queixo tremeu. — Claro que, de agora em diante, eu não poderei ir a muitos lugares. Nossos amigos são muito amáveis, mas, sem Peter, eu sou um peso. Ele era brincalhão, cheio de novidades!

— As coisas vão se resolvendo por si mesmas, sra. Norton — reconfortou-a Carmine. — A senhora vai fazer uma porção de novos amigos.

Especialmente, pensou consigo mesmo, com o tamanho da pensão de Peter Norton e o pagamento dos seguros. Por baixo da dona de casa dominada havia alguém determinada a se salvar. Quem sabe ela faria um cruzeiro à procura de alguém que pudesse dominar. Não fosse por aquela data fatal, 3 de abril, ele poderia suspeitar que ela havia colocado um ponto final na dominação de uma pessoa de quem poucos pareciam gostar. A despeito do horror da morte dele, certo tipo de envenenador poderia ter apreciado testemunhar o seu sofrimento. Mas a sra. Norton não gostou. Ela teve uma crise histérica tão forte que os vizinhos escutaram e vieram correndo. Quando ele, Carmine, chegou, as crianças estavam se recobrando do choque, mas a sra. Norton havia precisado de dois paramédicos, seu médico particular e uma injeção tão potente que a fizera dormir horas.

ASSASSINATOS DEMAIS

Ele se voltou para as crianças, procurando ter uma ideia de que tipo de família eles eram. A menina, Marlene, era agressiva e inteligente, provavelmente não era popular na escola, pensou ele. O menino, Tommy, aparentemente vivia para comer; quando ele agarrou alguns dos biscoitinhos oferecidos a Carmine, a mãe o repreendeu com um tapa forte na mão e uma expressão no rosto que o fez recuar.

— A senhora tem algum interesse fora de casa? — perguntou Carmine.

— Não, nenhum. Tommy, deixe os biscoitos *em paz*!

Ele arriscou, sem nenhuma base: — Movimento de Libertação das Mulheres?

— De jeito nenhum! — respondeu, ofendida. — De todas as coisas estúpidas, desconcertantes... O senhor sabe que elas realmente tentaram me atrair? Eu não lembro o nome da mulher, mas a verdade é que a mandei embora com uma resposta malcriada.

— Quando foi isso?

— Eu não lembro — respondeu a sra. Norton, lutando com os remédios e perdendo. — Num evento ou noutro, faz muito tempo.

— Como era a aparência da mulher?

— Aí é que está! Ela parecia normal! Raspava as pernas, usava maquiagem e se vestia bem. Por algum tempo eu fiquei bastante envolvida, então ela... ela se apresentou com todas as suas malditas armas! Eu aprendi aquilo na escola e a coisa se encaixava, capitão, se encaixava. Quando eu lhe disse o que pensava das feministas, capitão, ela ficou malcriada, e eu revidei, também fiquei malcriada! Ela deve ter se assustado comigo, porque desistiu e foi embora.

— Ela era loura? Morena? Ruiva?

— Eu não lembro — disse a sra. Norton, bocejando. — Estou exausta.

* * *

— Eu falei pra vocês — disse Carmine a Abe e Corey. — Este caso está cheio de mulheres. Agora, onde é que o feminismo entra nele? Porque acredito que ele entre, pelo menos na morte de Peter Norton. Alguém ou alguma coisa influenciou nosso criminoso a punir a sra. Norton fazendo-a assistir à morte dele. Funcionou: ela ainda está sob forte sedação. Mas ela teve um momento de lucidez quando me contou sobre a feminista que parecia "normal". Eu gostaria de saber mais sobre os Norton! Alguma coisa está me escapando, mas não tenho ideia do que seja. Talvez seja não saber exatamente que tipo de mulher é a sra. Norton. Como um psiquiatra que herda um paciente tão dopado que não dá para enquadrá-lo num diagnóstico.

— Você não conseguiu tirar mais nada dela? — perguntou Corey.

Carmine olhou-o com simpatia; a mulher de Corey não o deixava sossegado, o importunava sem parar. — Ela só se lembra do que lhe convém — respondeu ele. — Corey, você está com os antecedentes do caso Norton. Quero saber nome e data de todos os eventos a que a sra. Norton compareceu, bem... vejamos... nos últimos cinco anos. — Carmine virou-se para Abe. — Abe, você fica com o ângulo feminista. Tome a bondosa dra. Denbigh como ponto de partida. Ela está no cerne do movimento e se encaixa na descrição da sra. Norton: nossa Pauline não tem pernas nem axilas cabeludas. Por falar nisso, ela me disse que é frígida, mas eu duvido muito. Sei que a pegamos pelo assassinato do reitor, mas seu passado ainda requer investigação. Qual teria sido a razão para ela escolher 3 de abril para agir, hein?

— Você não acreditou que isso não tenha a ver com os outros assassinatos, não é? — perguntou Corey, temendo não estar marcando pontos suficientes.

— Ela é uma mentirosa congênita. Quando fala a verdade, é de um modo oblíquo.

Ele os esperou sair do escritório e apoiou o queixo nas mãos, preparando-se para uma sessão de reflexão.

ASSASSINATOS DEMAIS

— Carmine?

Ele levantou a cabeça, surpreso; não era próprio de Delia interromper o chefe quando ele estava pensando. — O quê?

— Eu tive uma ideia — disse ela, sem se sentar.

— Vindo de você, é algo encorajador. Diga.

— O arquivamento está em dia e, nos últimos tempos, você não tem propriamente me atolado de cartas — ela começou com delicadeza, fixando nele os olhos que sempre lhe lembravam os de uma boneca *kewpie:** grandes, ingênuos, inacreditavelmente pintados.

— É verdade, Delia, sou o primeiro a admitir isso.

— Bem... hã... você se importaria se eu seguisse uma intuição minha? É essa a palavra certa, não é?

— Para um sentimento que vem das entranhas, é. Sente-se, Delia, por favor! Não suporto ver uma mulher de pé quando estou sentado sobre o meu traseiro.

Ela se sentou, ruborizada de prazer. — Pois é, a maioria dessas mortes deve está relacionada, não é? Você sempre sentiu isso, mas nada veio à tona para sustentar essa ideia. O que estou imaginando é: onde eles poderiam ter estado presentes, todos ao mesmo tempo? A única resposta, creio, é uma reunião aberta ao público ou algum tipo de evento. Você entende o que quero dizer? Você se senta numa fila esperando séculos para uma cortina se abrir, ou coisa parecida, e começa a falar com as pessoas que estão em volta. Ou você se senta a uma mesa com estranhos, ou você se esforça para criar uma camaradagem, ou passa uma

---

* As bonecas *kewpie* (de *cupid*; "cupido") foram muito populares no início dos anos 1900. Baseadas nas ilustrações de Rose O'Neill para o *Ladies' Home Journal* em 1909, foram inicialmente produzidas em porcelana fosca e depois em celulose na pequena cidade de Ohrdruf, Alemanha, famosa por seus fabricantes de brinquedos. Em 1949, a fábrica de bonecas norte-americana Effanbee fez as primeiras versões em plástico duro. (N.T.)

noite terrível. A maioria das pessoas é naturalmente gregária e consegue se entrosar. Você entende o que eu quero dizer, não?

— Eu adoro o costume da língua inglesa de terminar todas as frases com uma pergunta — disse Carmine, sorrindo. — Mas sim, Delia, eu entendo.

— Então, se for possível, eu gostaria de usar o meu tempo vago para descobrir quantas reuniões públicas e eventos foram realizados na cidade de Holloman durante os últimos seis meses.

— Só seis meses?

— Acredito que sim. Com um período mais longo, eu acho que a crise do assassino não teria ocorrido. Alguma coisa aconteceu que não foi vista como ameaça na época, mas, em 3 de abril, já representava uma ameaça. Se eu conseguir descobrir um evento ao qual todos os nossos mortos compareceram, então teremos um dos lados da equação.

— Delia, é uma tarefa enorme — disse Carmine. — Mais cedo ou mais tarde talvez tivesse que ser feita de qualquer maneira, mas eu a estava guardando para Corey e Abe num período de inércia total da investigação.

— Estou ciente disso, e não pretendo reivindicá-la como uma ideia minha — disse ela com dignidade.

— Oh, Delia, não fique chateada comigo! — disse ele, sentindo-se culpado. — Eu não tinha intenção de roubar sua ideia, sinceramente!

Ela amoleceu de imediato. — Bem, eu sei disso, caro Carmine. Mas posso fazer o que lhe pedi?

Ele balançou a cabeça, derrotado. — Você não ouve quando eu a aconselho. O que mais posso dizer senão que vá em frente?

Ela se levantou com um pulo, radiante. — Muito obrigada, muito obrigada! Eu já preparei um esquema — tagarelou ela enquanto se dirigia à porta. — Pretendo me concentrar primeiro nos próprios eventos. Depois, se eu encontrar um ou mais que se encaixem, passo para a segunda fase.

— Até logo, Delia!

ASSASSINATOS DEMAIS

Uma olhada no relógio da estação ferroviária alertou-o de que já era quase meio-dia. Pegou o telefone e, depois de várias ligações incompletas, conseguiu finalmente falar com o agente especial Ted Kelly, do FBI.

— Você já almoçou? — perguntou Carmine.

— Não.

— Eu o espero no Malvolio's daqui a quinze minutos.

Embora Kelly tivesse de pegar o carro, dirigir e procurar vaga no estacionamento subterrâneo dos Serviços Municipais, já estava sentado, guardando o lugar, quando Carmine chegou.

— Eu podia jurar que eles sabem quem eu sou — disse quando Carmine se sentou à sua frente — e, no entanto, não tem um só tira aqui que eu já tenha visto antes.

Carmine riu. — Eles sentem o seu cheiro, Ted. Agora falando sério, o que você podia esperar de um lugar do tamanho de Holloman? O departamento inteiro sabe que tem um gigante do FBI na cidade. — Ele consultou o cardápio como se já não soubesse o que ia pedir. — Uma salada Luigi Special com molho Thousand Island. Aí eu não preciso guardar espaço para as verduras de noite.

A garçonete, Merele, havia colocado café nas canecas e esperava. Kelly pediu um sanduíche quente de rosbife e depois se recostou com um suspiro. — Você tem razão sobre o Malvolio's — ele comentou. — É a melhor coisa que existe nesta maldita cidade.

Kelly falava com sinceridade, a sério. Carmine se remoeu de raiva diante de tamanha grosseria. Sente em cima dela, Carmine, não diga nada! — Como vai indo a busca por aquele espião arisco, o Ulisses?

— Nada ainda. Fale-me sobre Joshua Butler.

Carmine mostrou-se surpreso. — Eu mandei meu relatório para você, Ted, mas, se você prefere verbalmente, tudo bem. Ele estuprou e matou Bianca Tolano, depois mastigou uma cápsula de cianureto para não ser preso. Faltou espontaneidade ao crime; com isso, quero dizer que Butler praticou o estupro de acordo com um texto de livro, ao pé da letra.

O homem do FBI soltou um grito animado, típico do Bronx. — Não seja estúpido, Delmonico! Eu quero saber dos outros detalhes — disse, com um olhar malicioso. — Um passarinho me contou que ele tinha amendoins em vez de colhões.

— Que passarinho? — perguntou Carmine, olhando Kelly através de uma névoa espessa e vermelha.

— Você não precisa saber — respondeu Kelly, cheio de si.

— Para de sacanear, seu puto do FBI!

De queixo caído, o homem do FBI olhou para Carmine sem acreditar. Então, a ofensa suplantou o espanto e ele se empertigou na cadeira. — Suas palavras são de quem quer briga — respondeu, e não estava brincando.

— Então vamos lá fora.

O restaurante ficou absolutamente silencioso. Luigi estalou os dedos para Merele e Minnie, que correram para trás do balcão, e trinta tiras dos mais variados tipos ficaram como enfeitiçados.

— Você está falando sério? Você realmente está falando sério?

— Estou de saco cheio de ser sacaneado por um federal! — Com a raiva reverberando nos ouvidos, rosnou Carmine: — Vamos lá fora.

— Você devia se retratar! Se a gente briga, vão comentar de Portland, Oregon, a Portland, Maine!

— Você continua bancando o espertinho, seu filho da puta sabichão da cidade grande! Você cagou pra minha cidade, cagou pro meu departamento. Vai comer bosta!

— Vamos lá fora — disse Kelly, levantando.

Foi tudo muito rápido. Os dois homens se colocaram frente a frente, punhos fechados, e Kelly desferiu um golpe violento que não atingiu

ASSASSINATOS DEMAIS

Carmine. No minuto seguinte, ele estava sentado no chão se perguntando se seria capaz de respirar novamente. Tudo o que viu quando olhou para cima foram os rostos dos policiais nas janelas do Malvolio's e a mão de Carmine estendida.

— Eu não vi isso vindo — disse ele depois que retomou a respiração, uma função dolorida. — Mas me recuso a ser chamado de filho da puta. Esqueça o almoço.

— Recuse-se a comer comigo porque eu joguei você de bunda no chão e os comentários vão se transformar num verdadeiro terremoto — disse Carmine, recuperando o bom humor. — Já era tempo de caras como você aprenderem que não podem cagar pras pessoas do lugar.

Eles entraram e se sentaram novamente.

— Obrigado por não ter me causado nenhum dano visível — disse Kelly, com amargura.

— Ah, não consegui alcançar o seu rosto, então teve que ser no estômago — disse Carmine, ainda saboreando a doce vitória. — E agora, quem lhe contou a respeito dos predicados testiculares de Joshua Butler?

— Lancelot Sterling, o chefe da seção de Butler.

— Que amor de patrão! Não deixe que eu me esqueça de nunca me candidatar a um emprego na Cornucopia. Por que eu não podia saber disso?

— Por nada, sinceramente! Eu estava... estava somente querendo ser esperto. Mas nunca pensei que você ia defender um merdinha como o Joshua Butler.

Foi a vez de Carmine não acreditar no que ouvia. — Meu Deus, sr. Kelly, como o senhor é obtuso! É verdade que eu abomino esse tipo de conduta na aplicação da lei que eleva a fofoca gratuita ao status de informação necessária, mas eu não acertei você por causa de Joshua Butler.

Eu fiz isso por mim e, cara, me fez sentir bem! Um tipo de Tea Party* de Holloman de um homem só.

Mas Kelly não acreditava naquilo. Na verdade, Carmine se perguntou se ele próprio saberia, mesmo agora, qual o motivo real da briga.

— Você está evitando o assunto — disse ele. — Você defendeu Joshua Butler, Delmonico.

— Se essa vai ser a razão que você vai colocar por escrito no seu relatório para J. Edgar ou quem quer que seja, provavelmente ela lhe poupará uma repreensão, mas, felizmente para mim, a minha palavra é suficiente para o meu chefe. — Carmine empurrou sua tigela vazia. — Essa salada estava ótima. Meu Deus, sr. Kelly, o senhor mal tocou no almoço. Barriguinha dodói, hein?

— Você é um hipócrita desprezível! — rosnou o homem do FBI.

Carmine riu. — Já que vou ser mesmo enforcado, será que eu poderia ter acesso ao arquivo do FBI sobre Erica Davenport?

Ted Kelly se mostrou desconfiado, mas, depois de alguma reflexão, deu de ombros. — Não vejo por que não. Ela é um de seus suspeitos da morte de Desmond Skeps, e isso nos convém. Quanto mais mãos trabalhando nas bombas, melhor.

— Se você entendesse de barcos, saberia que a melhor de todas as bombas é um homem amedrontado com um balde — disse Carmine.

— Eu vou lhe mandar o arquivo — disse Kelly, sentindo o diafragma.

— Diga-me uma coisa — arriscou Carmine em tom de conversa —, os seus informantes na Cornucopia, ou talvez eu devesse chamá-los de

---

* Boston Tea Party (Festa do Chá de Boston), em 1773, episódio da revolta contra o aumento de impostos sobre a comercialização do chá, em que um grupo de colonos lançou a carga de chá de três navios ao mar, no início da guerra pela independência das treze colônias inglesas na América. (N.T.)

ASSASSINATOS DEMAIS

fofoqueiros, mencionaram alguma coisa sobre um atentado contra a vida da minha filha?

Kelly fixou-o, perplexo. — Não — gaguejou.

— Nem Erica Davenport?

— Não. — Kelly se recobrou do susto e parecia genuinamente preocupado. — Jesus, Carmine! Quando foi isso?

— Não interessa — respondeu Carmine, lacônico. — Eu posso cuidar da Sophia, e, mais importante, ela pode cuidar de si mesma. Bom! Não vazou uma palavra sobre isso, e eu não quero que vaze por você, entendeu? Perguntei porque precisava saber e você é a única pessoa ligada à Cornucopia cuja discrição é ao menos remotamente confiável. Não me leve a concluir que depositei a minha confiança na pessoa errada, sr. Kelly.

Ele estava intrigado demais para se sentir ofendido. — Intimidação?

— Eu diria que sim, mas ele não estava para brincadeira. Era para eu ter encontrado minha filha morta, e, se ela fosse uma garota comum, estaria morta. Felizmente para mim e infelizmente para ele, ela está longe de ser uma garota comum. Ela escapou. Eu não soube de nada até estar tudo terminado.

— Ela deve estar uma pilha de nervos!

— Sophia? Não! Ela faltou um dia de aula, mas até onde eu e minha mulher pudemos nos certificar, ela não ficou com nenhuma sequela psicológica. O fato de ter escapado sozinha ajuda. Ela se sente vitoriosa, e não vítima.

— Vou ficar com os ouvidos atentos.

— Bom, contanto que você mantenha a boca fechada.

O arquivo de Erica Davenport não era muito grosso e consistia principalmente em uma série de depoimentos de pessoas que a haviam conhecido em determinados momentos ao longo de seus quarenta anos.

Phil Smith havia sugerido?... dito?... que ela provinha de uma família rica de Massachusetts, mas nada de sua história inicial dava a entender isso. Se os Davenport tiveram um antepassado peregrino do *Mayflower*, o conhecimento desse fato havia desaparecido por ocasião do nascimento de Erica em 1927. Seu pai era contramestre de uma fábrica de sapatos, e a família vivia num bairro misto, onde moravam funcionários administrativos e operários. Suas notas altas haviam sido obtidas em escolas públicas, onde, Carmine interessou-se em saber, ela nunca fora líder de torcida. A Grande Depressão provocou uma devastação na família: o pai perdeu o emprego quando a fábrica de sapatos fechou e, como a economia, entrou em depressão. Ele não bebia ou dissipava de outra maneira o dinheiro que tinham, mas também não ajudava. A mãe trabalhava limpando casas, o que recebia eram esmolas, e meteu a cabeça dentro do forno a gás quando Erica tinha sete anos. Os cuidados com Erica e dois irmãos menores recaíram sobre uma irmã mais velha, que preferiu servir aos homens a limpar casas.

Sórdido, pensou Carmine, fixando o vazio; entretanto, era uma história típica dos anos trinta, uma década de horror para pessoas de todas as classes sociais e profissões. Até então, os homens encontravam um trabalho, um comércio ou uma profissão na adolescência, e tinham a expectativa de exercê-lo até a aposentadoria. Os anos trinta destruíram a estabilidade, para os Davenport e milhões de outras pessoas.

Como diabos ela chegou ao Smith? A resposta a essa pergunta estava no depoimento da viúva do diretor do último curso médio que Erica frequentou. Era espinhoso, amargo e parcial, sim, mas também soava verdadeiro. Lawrence Shawcross tinha enxergado além do corpo magro, castigado e imaturo de Erica Davenport, além dos traços toscos de seu rosto, além da inexperiência e limitação de sua mente, e havia tomado pela mão aquela criança, promessa de um futuro brilhante, para ver se conseguia soprar vida dentro dela. Embora Marjorie tenha lutado contra a vinda dela com unhas e dentes, Erica Davenport mudou-se para a casa dos Shawcross em setembro de 1942, quando tinha quinze anos. A batalha travada foi secreta, porque, se tivessem conhecimento de que a esposa de Shawcross participava contra a vontade daquilo, ele perderia o trabalho, a reputação e a pensão. Então, a sra. Shawcross, enredada, fingiu que estava encantada em fazer o que pudesse por aquela criança que era uma promessa de futuro brilhante. Erica ganhou roupas novas, aprendeu a cuidar de si, a comer com elegância, a usar guardanapo e talheres, a falar com boa dicção, e todas as outras coisas que Lawrence Shawcross considerava vitais para que a sua Erica deixasse a merecida marca no mundo.

Professor e aluna se tornaram amantes em 1944, quando Erica estava com dezessete anos, segundo Marjorie Shawcross. Franzindo a testa, Carmine ponderou sobre aquilo e concluiu que, embora fosse provável que Erica tivesse encontrado um amante, este não deve ter sido Lawrence Shawcross. Uma das coisas que aquele suposto professor Higgins* lhe teria ensinado era nunca "fazer cocô no próprio ninho". E ela, que tomava tudo o que ele dizia como palavra divina, deve ter percebido imediatamente o bom-senso daquele conselho.

Suas notas altas tornaram-se altíssimas, mas, com o final da guerra e milhões de combatentes voltando para casa, Erica não tinha chance de conseguir vaga em uma boa universidade; teria de ser uma faculdade para mulheres. Apesar de uma bolsa parcial para a Smith, as coisas pareciam sombrias para Erica; estudantes extremamente bem-dotados eram a coisa mais comum em 1945. Então, de maneira inesperada, Lawrence Shawcross morreu. A causa da morte foi diagnosticada como falência cerebral pelo médico que o tratava de hipertensão arterial.

---

* Personagem da peça *Pigmalião*, de Bernard Shaw, adaptada para o cinema como *My Fair Lady*: o professor Higgins é um foneticista de renome que enfrenta o desafio de transformar Eliza Doolittle, uma moça rude, suja, inculta, de uma das zonas mais pobres da cidade de Londres, em uma mulher requintada. (N.T.)

As alegações da sra. Shawcross de que Erica o havia assassinado foram descartadas como desvario de uma mulher afetada pela dor, embora o testamento dele lhe desse alguma base — só que não suficiente. O grosso de seus bens foi para a viúva, mas uma soma de cinquenta mil dólares foi para Erica Davenport, para sua educação e despesas concomitantes.

Erica foi para a Smith e escolheu economia como especialização, tirando notas altas em matemática, literatura inglesa e... *russo*? A Smith ensinava até russo?

Ele voltou para a infância dela, maldizendo a si mesmo por haver lido muito por alto alguns depoimentos. Mas não, não conseguia encontrar nada. Davenport nunca fora Davenski, isso parecia certo. Prosseguiu com dificuldade pelas várias escolas que ela frequentou; não teve sorte lá também. Que tal o misterioso amante durante seu último ano de curso médio? Os papéis começaram a voar. Então, ele se lembrou de Delia e a chamou.

— Você tem um olho melhor que eu para a palavra escrita — disse ele, entregando para Delia os anos que Erica tinha vivido com os Shawcross. — Veja se consegue encontrar alguma referência a um russo ou à língua russa.

Ela saiu saltitando, e Carmine ficou lá sentado, com a cabeça zumbindo. O FBI sabia que essa suspeita em particular havia aprendido russo, o que certamente a colocava no topo da lista dos que poderiam ser Ulisses. E então por que eles não lhe contaram isso? — Porque — ele murmurou para o quarto vazio — você é uma nulidade provinciana, um tira carcamano e estúpido de um lugar pequeno e cheio de excêntricos! Da outra vez eu vou socar o cara sem piedade, nem que tenha que criar asas!

— Não, não — disse Delia ao retornar —, você está fazendo uma injustiça com o homem. Ele lhe deu o arquivo.

— Ele acha que eu sou burro demais para ler.

— Então, azar o dele, não é? — Depois de arrumar a bagunça da mesa de Carmine, ela se sentou e lhe entregou os papéis que ele lhe

ASSASSINATOS DEMAIS

dera. — Há apenas uma ligeira referência, por — ela deu uma risadinha — quem mais?, o leiteiro. Agora, ele é burro de verdade, e eu tenho certeza de que você ficou com a impressão de que ele estava apaixonado pela Erica. Entre suas divagações sobre os namorados..., devo abrir parênteses para dizer que elas parecem sem base, o que deve explicar ninguém ter colocado uma nota ao lado da referência. Por que será que riscaram algumas palavras e frases? Qualquer um pode preenchê-las usando a imaginação.

— Vá em frente com isso, Delia!

— Ah, sim, claro! Um de seus namorados falava de maneira muito confusa e ela respondia do mesmo modo. Aqui está, vou ler o que está escrito: "Ele tagarela com ela como faz com os amigos, muito depressa." Pode significar que ele falava rápido demais, mas, se ele se dirigia à Erica, ela devia entendê-lo e, extrapolando, devia responder do mesmo modo tagarela.

— Um namorado russo em 1944, hein? Um imigrante?

— Por que não? Do que eu sei e tenho visto da dra. Davenport, ela gosta de segredos. Conversar em língua estrangeira seria bem coisa dela.

— Segundo o leiteiro, ele tinha amigos.

— Isso é comum, Carmine. Imigrantes com pouco conhecimento de inglês tendem a se agrupar. Onde fica esse lugar?

— Um subúrbio nos arredores de Boston.

— Então é de se supor que houvesse trabalho lá.

— Em 1944? Aos montes.

Tudo bem, então ela falava russo, concluiu Carmine, voltando aos anos na Smith. O dinheiro de Shawcross realmente veio a calhar. O programa de intercâmbio formal ainda não havia se consolidado, mas os estudantes eram encorajados a ampliar sua experiência e educação indo para outro lugar por dois semestres, no outono e na primavera, no penúltimo ano. Em 1947, Erica, então com vinte anos de idade, pediu para cursar a London School of Economics, sob a condição de que os cursos feitos lá fossem aproveitados para sua graduação. E, assim, ela partiu para Londres. Nunca faltaram brilhantismo e dedicação nos anos em que esteve na LSE; enquanto outros estudantes estranhavam rotinas, atitudes e costumes diferentes, e tropeçavam, Erica Davenport se adaptou perfeitamente ao novo ambiente. Conseguiu fazer alguns amigos, ir a festas e até ter vários casos amorosos com homens que, em geral, eram considerados inacessíveis.

Tendo concluído seus estudos no final do ano acadêmico, ela passou o verão de 1948 explorando o continente: seu passaporte vencido mostrava carimbos de entrada e saída da França, Holanda, Escandinávia, Espanha, Portugal, Itália e Grécia. Ela viajou de segunda classe e desacompanhada, explicando a quem perguntasse que a solidão fazia bem à sua alma. Quando voltava à base em Londres, entre as viagens, ela promovia apresentações de slides coloridos para seu círculo de amizades na LSE, um dos amigos tendo reclamado que o cenário era belíssimo, mas onde estavam as pessoas?

— Eu não sou tão insensível a ponto de fotografar as pessoas em sua vida normal como se fossem aberrações — teria respondido ela, aborrecida. — Se os trajes delas são estranhos para nós, para elas é o que todo mundo usa.

— Então pague para que a deixem tirar fotografias delas — disse alguém. — Você é uma americana rica, pode pagar em dólar.

— Quê? E fazê-las descer ao nosso nível? É lamentável!

Muito bom, muito bom! Carmine manuseou aquele depoimento como se o papel fosse coberto de ouro. Houve uma época em que você tinha paixões, Erica! Paixões fortes e arraigadas. Ideais também.

A graduação em direito por Harvard e o doutorado pela Chubb não acrescentaram nada de novo; a única qualidade dos outros vinte anos de Erica Davenport que ele achava intrigante era como eles haviam sido imóveis. Depois da orgia de três meses experimentando os encantos da

Europa, ela nunca voltou lá, e isso era estranho. A experiência dele é que as pessoas sempre tentam reviver as alegrias e os arroubos da juventude, especialmente quando ligados a passeios pela Europa. Ela não tinha ido à Alemanha Ocidental e se mantivera a distância de Chipre e Trieste; tinha ido de barco de Brindisi a Patras, evitando, portanto, qualquer chance de passar pela Iugoslávia. Será que a situação dos vistos era tão ruim em 1948, antes de a Guerra Fria esquentar?

— Delia! — gritou ele. — Estou indo à Cornucopia!

— O seu russo é bom? — perguntou ele abruptamente à dra. Davenport.
— O namorado russo a deixou afiada na gramática também?

— Ah, o senhor é um rapaz diligente! — respondeu ela, batendo com a ponta de um lápis dourado na mesa.

— Não é nenhum segredo. Está no seu arquivo do FBI.

— Devo deduzir que o senhor acha que não sou mais suspeita na investigação de espionagem do FBI? — perguntou ela tranquilamente.

— O FBI é o FBI, uma lei em si. A meu ver isso não a isenta de ser considerada suspeita — disse Carmine.

— Eu admito que tive um namorado russo na adolescência, e acontece que tenho muita facilidade para aprender línguas. Um professor da Smith me deu um curso especial de gramática e literatura russas pelo simples prazer de encontrar alguém interessado. Eu também brinquei com a ideia de entrar para o Departamento de Estado como diplomata. Satisfeito?

— O que o FBI sabe a respeito disso?

— Seu esperto! O senhor sabe que eu não mencionei o namorado, no entanto o senhor ficou sabendo dele. Alguém no FBI deixou vazar.

— Quanto maior a organização, maiores as chances de vazamento.
— Ele inclinou a cabeça para observá-la. — O que aconteceu com a paixão?

— Perdão?

— A paixão. Aos vinte anos, a senhora era cheia de paixão.

O sorriso dela foi mais um esgar. — Eu não acho.

— Mas eu acho e a senhora jamais vai me convencer do contrário. Aspirações em prol da humanidade queimavam seu cérebro como atiçadores em brasa. A senhora ia mudar o mundo. Em vez disso, juntou-se a ele.

O rosto dela ficou murcho e pálido. — Eu creio... — disse ela bem devagar — creio que encontrei outras saídas para a minha paixão, se o senhor está se referindo aos sonhos da juventude. Descobri que as mulheres não estão preparadas para mudar o mundo, porque o poder está com os homens. Eles o afirmam física e psiquicamente. Em primeiro lugar o que vem primeiro, capitão. Nós temos que adquirir poder, esse é o nosso objetivo principal agora.

— Nós? Nosso?

— O monstruoso regimento das mulheres.

— Knox* odiava as mulheres e era também um velho sujo.

— Mas pense no poder que tinha! E agora cite uma mulher com um poder equivalente. O senhor não vai achar. Os velhos podem deflorar garotas impunemente quando controlam e dirigem o pensamento dos outros.

— A senhora está ligada à dra. Pauline Denbigh e às feministas?

— Não.

---

* John Knox (1514-1572) foi um padre da Igreja católica que se converteu ao calvinismo em 1545 e se tornou o mais importante reformador da Igreja da Escócia. Escreveu *The First Blast of the Trumpet against the Monstrous Regiment of Women* (O Primeiro Soar da Trombeta contra o Monstruoso Regimento das Mulheres). Mal-interpretado, *regiment* significaria simplesmente "lei" e *monstrous*, "em desacordo com a natureza". Vivendo na época de Maria I da Escócia (Maria Tudor) e Elizabeth I, da Inglaterra, Knox se opunha a que as mulheres fossem rainhas. (N.T.)

ASSASSINATOS DEMAIS

— E Philomena Skeps, está?

Ela riu. — Não.

Carmine se levantou. — Eu gostaria de conversar com o dr. Duncan MacDougall.

— Por quê? Para atormentá-lo como fez com o meu secretário?

— Dificilmente eu pensaria nisso. Ele é o diretor da Cornucopia Research.

— Entendo. Novamente o poder. Subalternos podem ser atormentados, chefes são sacrossantos. — Ela pegou uma pasta. — Faça o pior que puder — disse ela, parecendo entediada. — Ele marca seus próprios compromissos.

O pior aspecto de manter uma conversa com o dr. Duncan MacDougall não era a falta de cooperação, mas de compreensão do que ele falava. Carmine teve uma amostra disso no estacionamento, o local marcado para o encontro. Ele viu o homenzinho magro e musculoso que vinha a seu encontro parar, olhar para o conjunto de chaminés que se destacava no enorme telhado como o de um hangar e, então, concluir sua aproximação correndo, com uma expressão apavorada no rosto.

— Vamos, a lâmpada está fumegando! — gritou ele num inglês difícil e puxou Carmine como faz um professor com um aluno lento.

Pelo menos foi o que Carmine pensou que ele havia dito. Já do lado de dentro, o diretor vociferou ao telefone e depois se mostrou aliviado.

— A lâmpada não devia estar fumegando — explicou ele a Carmine.

— Perdão?

— Havia fumaça saindo da chaminé de Peabody.

E, assim, a conversa prosseguiu, embora Carmine tenha conseguido traduzir a maior parte do que o dr. MacDougall dizia para um inglês normal. Era impossível encontrar uma falha em suas medidas de segurança ou pensar em como ele poderia melhorá-las. Dentro de sua caixa-forte com hora marcada para abrir, havia vários cofres menores cujo tamanho dependia do que se precisava guardar neles: os projetos ficavam em cofres grandes, achatados, com gavetas, e os papéis, em depósitos mais comuns. Havia guardas competentes e bem-treinados, e retirar um documento da caixa-forte era uma tarefa a que todos assistiam.

— Eu não acredito que os ladrões ajam aqui, dr. MacDougall — disse Carmine ao final de uma explicação sobre os procedimentos bastante abrangente. — Por exemplo, as novas fórmulas para a Polycorn Plastics e todos os seus resíduos de experiências nunca saíram desta caixa-forte, uma vez que o sr. Collins se recusou a recebê-los. E eu aposto até o meu último dólar que Ulisses não sentiu nem o cheiro deles. Eu tenho algumas críticas sérias a fazer sobre a segurança na sede da Cornucopia, mas não incluo estas dependências, senhor. Conserve-as assim e sua reputação estará sempre preservada.

— Sim, mas isso não é o suficiente! — disse MacDougall, zangado. — São muitos os trabalhos importantes que saem da Cornucopia Research e ninguém daqui tolera sequer imaginar que suas ideias, energia e obras acabem em Moscou ou Pequim.

— Então nós temos que pegar o Ulisses. O senhor pode fazer a sua parte mantendo um registro cuidadoso de exatamente quem lida com o material de segurança nacional depois que ele sai daqui. O senhor deve ter alguma noção de quem são essas pessoas em cada divisão e também na Cornucopia Central. Eu realmente gostaria de ver os nomes que o senhor porá na lista.

— Independentemente do FBI?

— Claro — respondeu Carmine. — Eles não compartilham muita coisa.

— Tudo bem, sim, o senhor os terá! — disse o diretor. Ou, de qualquer modo, algo parecido com isso.

* * *

ASSASSINATOS DEMAIS

— Só um escocês entende outro escocês — disse Desdemona, arrumando um prato de escalopes de vitela com molho de creme e vinho branco feito com cogumelos; ela estava se tornando gastronomicamente muito ousada agora que Julian estava se tornando um ser humano.

— Era como se ele falasse uma língua estrangeira — Carmine olhava o seu prato com um prazer quase lascivo. Arroz, ideal para absorver o molho, e aspargos. Essa era definitivamente uma daquelas ocasiões em que ele agradecia à sua estrela da sorte por ter amnésia de estômago: depois de duas horas ele esquecia o que tinha comido, de modo que a salada do Luigi não era mais nem uma lembrança.

Ele não falou até todo o *scallopini* ter acabado. Aí, agarrou a mão da mulher e a beijou com reverência.

— Soberbo! — disse. — De longe melhor que o da minha mãe. Melhor até que o da minha avó Cerutti, e olha que isso não é pouca coisa. Como você conseguiu que a vitela ficasse tão macia?

— Mantendo a carne longe das chamas — respondeu Desdemona, encantada. — Eu não sou uma velha senhora da Sicília com um metro e cinquenta e pouquíssimos centímetros de altura, Carmine, sou uma Boudica* de um metro e noventa. Eu alcanço a boca de trás do fogão sem me esticar.

— Sophia perdeu um banquete, bem feito para ela. Mais uma vez, pizza!

— Ela está recebendo amigos lá na torre, meu amor. Por mais que eu goste dela, é bom ter você só para mim de vez em quando.

— Concordo. Só que alguém deveria estar aqui para testemunhar suas habilidades.

---

* Boudica foi uma rainha celta que liderou os icenos e outras tribos contra as forças romanas que ocupavam a Grã-Bretanha, em 60 ou 61 d.C., durante o reinado de Nero. Boudica era alta, tinha voz possante e presença intimidadora. (N.T.)

— Chega de falar das minhas habilidades. Daqui a pouco, não vou conseguir mais passar pela porta. Você parece estar satisfeito com algo além de mera comida hoje à noite, portanto, é favor me esclarecer.

— Eu chamei o federal Kelly de um nome totalmente impublicável, ele insistiu em ir lá fora resolver o assunto. Estávamos no Malvolio's e tivemos uma briga.

— Oh, querido — disse ela, suspirando. — Ele ainda está vivo?

— Andando mal. Não foi bem uma briga; ele não é um boxeador. Um Primo Carnera,* tropeça nos próprios pés, que são grandes demais. Eu me diverti. Fui ver os suspeitos de sempre. Fiquei com pena do coitado do Corey, com a mulher no pé dele o tempo todo. Agitei um ou dois vespeiros e coloquei Delia, que é um *bloodhound* humano, numa nova pista. Eu gostaria de poder dar a ela o lugar de tenente!

Ele se consome mais com essa promoção infeliz do que com seus assassinatos, pensou Desdemona, olhando para ele. Um deles iria perder. Eu seria capaz de matar John Silvestri por ter conservado Carmine na comissão avaliadora! É uma espécie de sentença de morte, e Carmine sabe disso. O que perder vai buscar promoção em outro departamento de polícia, e o velho time vai se desfazer para sempre. Quem sabe a lei estadual não aumenta a idade para a aposentadoria e a crise desaparece? Não, isso não vai acontecer. Se mudar, a idade de aposentadoria vai abaixar e não aumentar. Eu o amo tanto, e sei que ele me ama do mesmo modo. Temos uma vida juntos, mesmo quando estamos separados. Temos necessidade um do outro.

— Coitada da Erica Davenport! — disse ela de repente.

— O quê?

---

* Primo Carnera (1906-1967) foi um pugilista italiano; foi o segundo mais alto e o mais pesado dos campeões mundiais de pesos-pesados até 2005, quando Nikolay Valuev venceu o mundial. (N.T.)

— O cérebro, a beleza, o saldo bancário. A vida dela é terrivelmente vazia!

— Ela não pensa assim — disse Carmine, rindo. — Na verdade, ela me fez um sermão sobre isso esta tarde. Poder, essa é a razão da sua existência.

— Bah! Poder sobre o quê? Sobre o trabalho das pessoas? Sobre a vida das pessoas? É uma ilusão, tem a mesma realidade que as peças de xadrez sobre o tabuleiro: homens muito brilhantes jogam o jogo com peças inanimadas. Só uma coisa garante poder genuíno: a perda da liberdade pessoal. A certeza terrível de que, se os papéis não estão carimbados da maneira certa ou se estamos num lugar onde não deveríamos estar, seremos colocados contra uma parede e executados. Que podemos ser mandados para um campo de concentração sem uma palavra de explicação, e que não há recurso. Que o lugar onde moramos, trabalhamos ou até mesmo onde vamos passar o feriado é decidido por alguém sem rosto sem que sejamos consultados. O poder transforma os seres humanos em bestas. Diga *isso* à sua querida dra. Davenport da próxima vez em que a encontrar!

Seja lá o que for que Desdemona ainda pudesse ter para falar sobre o assunto não foi mencionado. Quando deu por si, estava deitada de costas no chão da sala de jantar, olhando para um par de olhos ferozes acima dos seus.

— Carmine! Não faça isso! E se a Sophia...?

— Então você tem dez segundos para chegar ao quarto.

—Até onde o braço comprido da coincidência pode ir? — perguntou Carmine a Abe e Corey na manhã seguinte bem cedo. Nenhum deles tinha ideia do que ele queria dizer com aquilo, mas ambos hesitavam em admitir; seria algum tipo de teste?

Corey engoliu em seco. — O que você está querendo dizer, chefe?

— Três de abril. Jimmy Cartwright foi coincidência. E, até onde somos levados a acreditar, o reitor Denbigh também foi. O negócio é o seguinte: teria sido coincidência também a morte do nosso gordo gerente de banco em 3 de abril?

— Já seria esticar demais — disse Corey, aliviado por ter sido franco. Com Carmine, nunca se sabia que caminhos seu raciocínio tomava. Na noite anterior, Corey tivera uma briga violenta com Maureen, mas que fez a atmosfera melhorar, e naquela manhã ele sentiu que talvez ela parasse com as reclamações. Ela sorriu e preparou o café da manhã para ele, e não disse uma palavra a respeito de promoção.

— O que o levou a pensar nisso? — perguntou Abe.

— Aquela janela aberta. Ela é tão... conveniente. Eu teria gasto mais tempo com a sra. Norton, não fosse a data. Três de abril! Como poderia ser ela?

— Há mais alguma coisa significativa a respeito de 3 de abril? — perguntou Corey. — Era uma segunda-feira. O primeiro dia útil do mês, que é o último mês de alguns exercícios fiscais...

ASSASSINATOS DEMAIS

— Foi frustrante porque o Dia da Mentira caiu num sábado — disse Abe, rindo. — Nada de brincadeiras este ano.

— A fonte da estricnina não foi descoberta — disse Carmine.

— Não — respondeu a equipe em coro.

— Vamos olhar as coisas de um modo diferente, mesmo que isso nos faça parecer macabros.

Carmine não gostava de usar quadro-negro, mas de vez em quando era necessário organizar dados em tabelas, e por isso havia um quadro à mão.

— Há mortes suaves e mortes agonizantes. — Ele traçou uma linha no centro do quadro-negro, formando duas colunas. — Do lado suave estão Beatrice Egmont, Cathy Cartwright e as três vítimas negras. Eu as chamo de suaves porque nenhum deles viu a morte chegar e todos morreram depressa. Tudo bem, cinco suaves.

Ele passou para o lado esquerdo do quadro. — Entre as agonizantes, teríamos de incluir o reitor Denbigh, mas o excluiremos por estar fora do nosso escopo. O que nos deixa com cinco mortes agonizantes: Peter Norton, Dee-Dee Hall, Bianca Tolano, Evan Pugh e Desmond Skeps. Quero, porém, colocá-las em ordem de grandeza: da mais leve para a pior. Qual é a mais leve?

— Peter Norton — disse Corey. — Gente, ele estava voando hoje!

— Por quê?

— Porque provavelmente perdeu a consciência no momento em que as convulsões começaram. Eu sei que não se pode ter certeza disso, mas aposto que Patrick diria que convulsões generalizadas interrompem os caminhos da consciência no cérebro.

— Concordo, Corey. Vamos, então, colocar Peter Norton como o que teve a morte mais leve. Qual o próximo desta lista terrível?

— Dee-Dee Hall — disse Abe. — Ela não lutou. Simplesmente ficou lá se esvaindo em sangue. Um sangramento lento de ambas as jugulares mas lento é relativo: o sangue saiu como qualquer líquido sob pressão de

233

uma bomba, e o coração é uma perfeita bomba. Seu sofrimento deve ter sido tanto físico quanto mental, só que ela não moveu um músculo para se defender ou para fugir. Isso pode sugerir que Dee-Dee não lamentou o fim de sua vida.

Carmine escreveu o nome dela no quadro-negro. — Então a igualaremos mais ou menos a Peter Norton.

— Depois vem Evan Pugh — disse Abe.

— Você acha, Abe?

— Eu também acho — disse Corey. — Ele morreu de trauma da medula espinhal e de órgãos internos. Foi lento, mas *limpo*. O pior é o que deve ter se passado dentro da cabeça dele, mas, sobre isso, não dá para especular. Cada pessoa é diferente.

— Evan Pugh — disse Carmine, escrevendo. — O penúltimo?

— Desmond Skeps — disse Abe. — Sua morte foi diabólica, porém a maior parte das torturas não foi tão terrível, na minha opinião pelo menos, quanto as que Bianca Tolano teve de aguentar.

— Abe está certo, Carmine — disse Corey com firmeza. — Skeps era um homem conhecido, sabia que tinha muitos inimigos e devia saber também que sempre havia uma chance de que um deles o odiasse o suficiente para matá-lo. Sua tortura foi superficial, até mesmo o corte dos mamilos. Por outro lado, Bianca Tolano era uma inocente que sofreu uma degradação extrema. Skeps somente poderia ser igualado a ela se tivesse sido estuprado, mas não foi. Seu assassino... hum...

— Preservou sua integridade de homem — concluiu Carmine.

— Sim, isso é importante. Nenhuma das vítimas masculinas foi molestada sexualmente e apenas uma das femininas foi: Bianca Tolano.

Ele escreveu o nome dela no final da coluna à sua direita e deu uma olhada no quadro. — Temos de presumir que o assassino conhecia todos; então, o que havia em cada um que levou à sua morte particular?

— Beatrice Egmont era realmente uma senhora muito boa — disse Abe.

ASSASSINATOS DEMAIS

— Cathy Cartwright era uma ótima pessoa que estava passando um mau pedaço com sua família e com Jimmy — continuou Abe.

— E as três vítimas negras eram totalmente inofensivas — acrescentou Carmine. — E quanto aos que tiveram mortes agonizantes?

— O gerente de banco era um tirano que às vezes abusava do seu poder — disse Abe. — E Dee-Dee era uma prostituta, o que, por si só, já é um crime para algumas pessoas.

— Evan Pugh era um chantagista que escolheu a vítima errada — disse Corey —, e Skeps provavelmente foi responsável pela ruína de dezenas de milhares de vidas, de um modo ou de outro.

— No entanto, a pior morte de todas foi reservada para uma inocente. — A expressão de Carmine se fechou. — Que característica dela fez com que o matador a odiasse de maneira tão intensa? — Ele olhou para Corey por baixo das sobrancelhas franzidas. — Você fez o trabalho preliminar, Corey. Alguma coisa veio à tona que sugerisse que Bianca não era assim tão inocente?

— Não, absolutamente nada — disse Corey com firmeza. — Ela era exatamente o que parecia ser, posso apostar minha vida nisso. — Ele ficou vermelho. — Eu estava atento, mesmo passando por alguns problemas pessoais.

— Nunca duvidei de sua atenção. — Carmine se sentou e fez sinal com a mão para que eles se sentassem. — Então, nós temos aqui um assassino de nove ou dez pessoas que é capaz de ter pena de algumas das vítimas que tinha intenção de matar e, ao mesmo tempo, é capaz de um ódio implacável por outras. Num único caso apenas, o ódio passou de gelado a ardente: Bianca Tolano. Uma moça de vinte e dois anos, formada em economia e planejando fazer um MBA em Harvard. Muito bonita, um belo corpo, mas do tipo tímido. Não era louca por homens. Numa segunda autópsia, Patsy concluiu que, provavelmente, ela era virgem.

— Ela me faz lembrar Erica Davenport — disse Abe, pensativo.

— O quê?

— Sim, elas se parecem! — Abe se preparou para defender uma posição indefensável. — Eu posso ver a dra. Davenport com essa idade, graduada com louvor e com o mundo inteiro diante de si. Hoje ela é uma pedra de gelo, mas aposto que naquela época não era. Aposto que ela também não vivia atrás de homens. Ambiciosa demais. Do mesmo modo que Bianca Tolano.

— Como não pensei nisso antes? — perguntou Carmine devagar. — Eu passei metade da tarde de ontem examinando o arquivo do FBI sobre Erica Davenport e não percebi isso. Bianca era uma substituta de Erica.

— Jesus, a cada minuto este caso fica mais enrolado! — gritou Abe.

— Pense nisso! — continuou Carmine, ansiosamente. — Se Bianca é uma substituta de Erica, isso coloca seu assassinato em perspectiva. O elemento aleatório está desaparecendo. Eles estão todos relacionados de alguma maneira! Nós podemos excluir Erica Davenport. A pergunta principal que faço sobre ela agora é se o assassinato de Bianca a deixa fora de perigo.

— Não houve nenhum outro assassinato — disse Corey.

— Para onde iremos a partir daqui? — perguntou Abe.

— Vocês, rapazes, vão se concentrar em Peter Norton — disse Carmine em tom animado. — Eu estou achando cada vez mais difícil acreditar nesse negócio da janela aberta como uma oportunidade para o assassino entrar. E se a sra. Norton já tivesse há algum tempo a intenção de matar o marido e foi manipulada para concretizar o ato em 3 de abril? Se ela é culpada, então teve que conseguir a estricnina em algum lugar e talvez seja essa a conexão com a nossa mente mestra. Eu quero vocês dois levantando as pedras sob as quais está enterrado o passado da sra. Norton. Um namorado? Eu duvido, mas tem de ser excluído. Ela tem alguma dívida? Joias? Peles? Roupas? Jogo? Estava entediada com a vida de mulher de gerente de banco de cidade pequena? Ela é gorducha, mas tem atrativos. Olhem atrás de cada folhinha de grama, rapazes. Eu quero saber de onde veio esse assassino.

Isso lhe deu tempo para almoçar no Malvolio's com Myron, que parecia preocupado.

— Ela está se escorando muito em você? — perguntou Carmine, sentando-se à mesa, o sorriso neutralizando o lado invasivo da pergunta.

— Nem tanto, desde que eu a aconselhei a deixar o S.S. Cornucopia e navegar por conta própria. Eu devia ter percebido isso por mim mesmo.

— Você é o presunto do sanduíche. — Carmine virou-se para a garçonete. — Vou querer uma salada de alface, tomate, pepino e aipo, com molho de azeite e vinagre, Minnie, e *crackers* para acompanhar. — Ele olhou de Minnie para Myron, desconfiado. — E então, qual o problema com o meu pedido?

Minnie desapareceu; Myron deu de ombros. — Para você, Carmine, é um horror. O que aconteceu com o molho Thousand Island? Os pãezinhos? A manteiga?

— Se você estivesse jantando na minha casa, Myron, entenderia. — Carmine bebericou o café preto, sem açúcar. — Minha mulher se transformou num dos maiores *chefs* do mundo, então ou eu como comida de coelho no almoço ou não almoço. Senão eu vou virar um dirigível da Goodyear.

— Deus do céu! Como andam os assassinatos?

— Estamos fazendo progressos. O que Erica contou para você sobre a infância e a juventude dela?

— Mais do que contou para Desmond Skeps, creio. Ela enganou os executivos da Cornucopia para se preservar, mas foi franca comigo quando lhe perguntei. Os filhos da Depressão passaram um mau pedaço, Carmine.

— Não precisa me dizer, eu fui um deles. Meu pai teve sorte, não perdeu o emprego, mas seu salário era repartido por toda a família. East Holloman foi um dos primeiros distritos a melhorar: em 1935, as coisas pareciam estar bem novamente. O Colégio St. Bernard tinha poucos alunos. Os professores nos dedicavam bastante tempo.

— Eu nunca passei por nada disso — confessou Myron. — A indústria cinematográfica ia bem, e meu pai também.

— Foi uma década louca. — Carmine mastigava ruidosamente a salada, como se a saboreasse. — Como Erica se tornou a pessoa que ela é hoje?

— Não faço ideia, e ela não me contou.

— Alguma vez ela mencionou o que fez na Europa quando esteve viajando por lá, no verão de 1948?

— Eu nem sabia que ela tinha ido a outros lugares da Europa; só sabia sobre Londres.

— Está no seu arquivo do FBI, e pode explicar muita coisa.

— Eu não vou espionar para você, Carmine.

— Nem eu lhe pediria isso, mas espionagem já faz parte deste caso. Alguém da Cornucopia está vendendo segredos aos vermelhos e Erica é uma forte suspeita.

Myron ficou branco como giz. Seu garfo caiu, tinindo, sobre o prato.

— Meu Deus, isso é terrível!

— Isso também é informação confidencial. Você não pode contar a ninguém, Myron, embora possa contar para Erica. Ela sabe tudo a respeito de Ulisses.

— Ulisses é o espião?

— É o codinome que o FBI lhe deu. Eu não acredito que Erica seja Ulisses, mas acho que ela sabe quem é Ulisses. Sua credencial de segurança provavelmente é mais abrangente que a minha, portanto eu não tenho quaisquer escrúpulos em falar com você sobre isso. Se você não sabe, é porque seus negócios e seus associados não estão envolvidos. Mas pode ser que Erica receba um verdadeiro amigo de braços abertos.

ASSASSINATOS DEMAIS

Os grandes olhos cinzentos de Myron se encheram de lágrimas. Ele assentiu rapidamente, sem falar. Quando por fim falou, sua voz soou normal.

— Acho que perdi o apetite — disse ele. — Este maravilhoso bolo de carne está praticamente intocado. Será que...?

— Sinto muito, não, apenas comida de coelho.

— Meu Deus! Desdemona deve estar em pé de igualdade com Escoffier!

— Quanto a isso, não sei, mas com certeza ela está superando minha avó Cerutti, o que não é pouca coisa.

No dia seguinte ele enfrentou uma nova jornada para ver Philomena Skeps. Por que, perguntava a si mesmo, ela tinha de morar em Orleans? Uma viagem de três horas de carro mesmo com a sirene ligada em Connecticut, e dessa vez duvidava que ela lhe oferecesse um *brunch*. Não era um dia do tipo hospitaleiro: o céu estava carregado, o vento soprava forte e o Atlântico parecia querer demolir as dunas, ou talvez empilhá-las bem alto.

Carmine estava certo quanto ao *brunch*. A sra. Skeps veio recebê-lo na porta acompanhada de Anthony Bera, que o levou para uma saleta cuja luz fraca vinha de uma janela coberta irregularmente por galhos de roseira. O advogado estava vestido de maneira totalmente formal, com terno, colete e gravata de Harvard, e Philomena usava um vestido de lã verde-musgo que realçava sua silhueta voluptuosa. Por que uma mulher tão bonita desperdiçava sua fragrância na atmosfera salgada de Cape? Bera, ele conseguia entender. Bera era o mastim esperando que lhe atirassem um osso.

— A senhora tem algum contato com o movimento de libertação das mulheres, sra. Skeps? — perguntou ele.

— Não propriamente, capitão. Fiz pequenas doações para alguns projetos que me eram caros, mas não me considero feminista.

— Por acaso teria sido a dra. Pauline Denbigh quem lhe chamou a atenção para esses projetos?

— Eu a conheço muito superficialmente, mas ela nunca solicitou que eu me tornasse membro ou contribuísse com dinheiro.

— A senhora simpatiza com as causas feministas?

— O senhor não, capitão? — rebateu ela.

— Sim, claro.

— Então é isso...

— O que a senhora e a dra. Erica Davenport discutiam tão acaloradamente na festa do sr. Mandelbaum?

— Você não precisa responder a essa pergunta, Philomena — disse Bera. — Na verdade, eu a aconselho a não responder.

— Não, eu vou responder — disse ela naquela voz doce e paciente que nunca perdia a cadência. — Nós discutíamos o futuro do meu filho, uma vez que a dra. Davenport agora é o árbitro do destino dele. Eu fui à festa do sr. Mandelbaum só para ver Erica e não posso imaginar nenhuma outra razão para ela ter pedido a ele que me convidasse. Erica não é bem-vinda em minha casa. Eu não sou bem-vinda em nenhuma das dependências da Cornucopia. Portanto, escolhemos um território neutro.

— Eu suspeitava disso — disse Carmine. — Mas a senhora, na verdade, não respondeu à minha pergunta. Quais aspectos do futuro de seu filho vocês discutiram e qual foi o resultado de suas... negociações?

— Meu filho terá que suportar durante quase oito anos a autoridade da dra. Davenport, e os últimos três ou quatro anos desse período serão intoleráveis para ele. Ele não gosta dela, nunca gostou. O que eu esperava era conseguir persuadi-la a concordar em ter outra... uma segunda pessoa envolvida com o futuro dele. E me preocupa terrivelmente que essa mulher possa arruinar a herança dele. Não intencionalmente, mas por incompetência.

— Mas qualquer um que fique responsável durante a longa menoridade de um herdeiro pode arruinar um império econômico — objetou

ASSASSINATOS DEMAIS

Carmine. — Eu depreendo que a senhora não acredita numa mulher no leme da Cornucopia.

— Não, não se trata disso, é *ela*! Eu lhe pedi para colocar Tony, o sr. Bera, como essa segunda pessoa. Ela recusou. E esse foi o final da nossa conversa.

— A senhora deve ter sido muito próxima da dra. Davenport para vocês terem se desentendido dessa maneira — disse Carmine. — Por que seu filho não gosta dela? Onde e quando eles se conheceram?

A cabeça dela girou na direção de Anthony Bera. Socorro, socorro, me salve! O que digo? O que faço?

— Eu a aconselho a não responder, Philomena — disse o mastim, defendendo o seu osso.

Carmine se desvencilhou da cadeira extremamente desconfortável. — Obrigada pela atenção, sra. Skeps.

Eu me sinto como Michelangelo desbastando uma peça de mármore, pensou ele, começando o interminável caminho de volta para casa. Hoje esculpi o cotovelo, o antebraço e a mão. Da direita ou da esquerda? E onde será que Ulisses se encaixa?

Ao voltar, ele descobriu que Delia usurpara metade do seu escritório, onde agora havia uma mesa portátil e uma cadeira de rodinhas.

— Estou muito apertada — explicou ela. — Tio John realmente não foi justo com o espaço! O capitão dos detetives precisa de uma secretária, e a dita secretária precisa de um escritório adequado. Meu escritório é um armário.

— Então, por que você não vai reclamar com o tio John? Onde Abe e Corey vão colocar as cadeiras se eu os chamar para uma conferência? Por mais que eu goste de você, Delia, não preciso de seus ouvidos e de sua boca por aqui. Um espaço de trabalho é útil para uma pessoa. Como posso pensar se, toda vez que levanto os olhos, dou de cara com você?

Ela recebeu aquilo no espírito com que foi colocado, mas não tinha intenção de tirar a enorme quantidade de papéis que havia espalhado por toda parte, folhas grandes nas quais havia outras menores presas com clipes. Agora tenho de lutar as batalhas de Delia, pensou ele, dirigindo-se para a porta, silencioso como sempre. Qualquer outro homem, pensou Delia, teria saído pisando duro, mas não Carmine. Segunda-feira que vem, terei um escritório maior.

Ela esperou certo vazio invadir o ambiente, era sua maneira de avaliar se Carmine ainda estava no prédio. Ótimo, ele se fora!

— Você já planejou como vai fazer isso, tio John? — arrulhou ela, movimentando-se junto à porta do comissário.

— Não, Delia, não planejei. Eu pensei em ficar aqui sentado esperando que você viesse me dizer como fazer — respondeu Silvestri.

— Quanta perspicácia, tio John! O problema é Mickey McCosker. Ele tem o dobro do espaço de Carmine ou Larry, mas nunca está aqui. Eu proponho que você dê para Carmine as duas salas dele e o coloque onde Carmine está. Posso contar com o pessoal da infraestrutura para fazer isso amanhã?

Ele assentiu sem uma palavra. Por que será que ela sempre estava certa?

— Responda — pediu ele a Carmine no Malvolio's cinco minutos depois — e eu lhe dou o cargo de Danny. Ou o meu, se você quiser.

— À sua saúde, chefe! — disse Carmine, erguendo o copo. — Estou feliz como capitão dos detetives, principalmente se ficar com o escritório do Mickey. Ou você quer que eu me mude para a segunda sala dele?

— Não, você fica com o escritório. A segunda sala, Delia me informou, tem o dobro do tamanho do escritório. — De algum modo ele conseguiu transformar seu rosto numa imitação passável do rosto da sobrinha e disse num falsete estridente: — "A segunda sala é minha, tio John!" E eu disse que sim. É mais fácil, no longo prazo. — Ele ficou bebericando seu bourbon, pensativo.

— Se bem me lembro, a segunda sala do Mickey — disse Carmine —, mesmo no ritmo com que ela adquire arquivos, deverá calar a boca de Delia por uns dois ou três anos. — Ele riu. — Depois você terá que correr atrás do prefeito, John, para construir um novo edifício de Serviços Municipais para ela.

— Nem que a vaca tussa! — O comissário engoliu o que restava de sua bebida e fez um sinal pedindo outra. — O que Delia está fazendo?

— Um projeto maluco que só ela mesma consegue entender e tem vontade de fazer. É sobre encontros com muito público e eventos e é relevante para o caso, de modo que eu imagino que a estou usando como detetive. — Carmine fez sinal pedindo outro bourbon, depois se mostrou esperançoso. — Suponho que você não vá dar o lugar de tenente para ela...

— Não, eu não faria isso! Já basta eu estar aqui bebendo às quatro e meia da tarde por causa dela. Delia e suas caças a documentos!

Não houve caos; por volta do meio-dia de segunda-feira, Carmine estava bem-instalado no novo escritório, que ficava na parte de trás do edifício dos Serviços Municipais e, em consequência disso, quase não tinha ruído de tráfego. A luz entrava por uma série de janelas altas voltadas para os ventos dominantes de Holloman, proporcionando ocasionais lufadas de vento fresco durante os dias de canícula em agosto. A proximidade do escritório de Abe e Corey era um bônus adicional: ficava duas portas depois da dele descendo o corredor. O antigo escritório de Carmine estava dois lances de escadas acima, no mesmo andar que o do comissário.

— Precisamos de uma mão de tinta e mobília nova — disse Delia.

— Quando eu sair de férias — respondeu Carmine em um tom que não admitia discussão, enquanto inspecionava as dependências dela, onde havia papéis grandes espalhados por todo lado. — Que papéis são esses? Plantas?

— De certo modo. Com mais espaço no chão, posso dispô-los melhor. Na sexta-feira estarei pronta para lhe apresentar meu relatório.

Corey entrou. — Carmine, uma ocorrência no Hollow — disse ele. — Uma mulher espancada até a morte, o amante não foi encontrado em lugar nenhum.

E isso, disse Carmine a si mesmo quando ele saiu, significa que chegamos a um beco sem saída no que diz respeito à mente mestra. Por ora, é só rotina. Tem de haver uma linha solta em algum lugar. Eu não estou desistindo, não estou tirando esses nove arquivos da minha pilha de trabalho atual e engavetando-os em Caterby Street.

— Houve um desdobramento na casa dos Norton — sussurrou Abe na terça-feira de manhã. Ele parecia transtornado, aterrorizado.

Em segundos, Carmine se levantou e deu a volta na mesa. — O quê?

— O garotinho está morto.

Cambaleou. — Oh, Jesus! Como? Por quê?

— Disseram que ele comeu ou bebeu alguma coisa.

— Mas a estricnina nunca foi encontrada!

— Eu não sei se foi estricnina, Carmine.

— O que mais podia ser?

— Vamos esperar até termos certeza, tudo bem?

Carmine já estava andando bem novamente. Começou a se apressar e então se perguntou por quê. O coitadinho do Tommy estava morto. — Patsy está indo para lá?

— Eu falei primeiro com ele. Corey foi junto — a voz de Abe tremia.

— Qual é o nome do garotinho?

— Thomas Peter. Fez cinco anos há poucos dias, em abril; só iria para a escola em setembro. Agora não vai mais.

Entraram no Fairlane; Abe acendeu automaticamente a luz do teto. Carmine sentou no banco da frente, as mãos sobre o rosto. Um pesadelo, aquilo era um pesadelo! Estranhamente, o barulho da sirene era reconfortante: um som solitário, desolado. Eles já se aproximavam de North Holloman quando ele tirou as mãos do rosto.

— Ela confessou? Quem esteve com ela?

— Só Dave O'Brien. É o sargento que está de serviço esta semana em North Holloman. Ela o chamou na maior calma e a mais ninguém. Dave foi na mesma hora para a casa dela e de lá ele me chamou. É tudo o que eu sei.

— Como aquele médico idiota não percebeu o que ela estava escondendo? Ela estava tão dopada nas duas vezes que eu a vi que não tive chance de chegar a lugar nenhum! Eu devia tê-la pressionado mais, Abe, mas ela me enganou!

— Carmine, nenhum de nós poderia saber. Se ela realmente matou o marido, a realidade estava tão longe do que ela imaginava que ela surtou: a mulher não estava fingindo! Mas a gente ainda não sabe se foi ela que o matou, e esse é o único fato que importa.

— O que mais poderia ser além de estricnina?

— Eu não sei e você também não sabe. A merda aconteceu, Carmine, mas nós não sabemos que tipo de merda é; portanto, se acalme!

Havia um pequeno agrupamento de vizinhos, outros dois policiais de North Holloman tinham isolado com cordas o caminho que levava à casa e Patsy os esperava na varanda. Ele veio ao encontro deles.

— Não foi estricnina — resumiu em voz baixa. — Ele morreu sufocado com uma borracha em forma de morango.

O alívio inundou Carmine e Abe como se através de uma fenda na parede de uma represa, esmagador demais para não ser sentido antes que a vergonha de senti-lo o sucedesse. Não foi negligência deles! Mas poderia ter sido, poderia ter sido. O coitadinho do garoto continuava morto, embora um Deus misericordioso os tenha poupado daquele sofrimento extremo.

— Como está ela? — perguntou Carmine, consciente de que ele estava abatido.

— Sente-se, primo. Você também, Abe.

Eles se sentaram nos degraus que levavam à varanda.

— Ela está lá dentro — disse Patsy, parecendo furioso e sacudindo a cabeça na direção das janelas da sala de visitas. — Graças a Deus ele não está lá. Nunca mais quero pôr os olhos nessa mulher.

Carmine se levantou imediatamente, perplexo. — Patsy! O que foi que ela fez? Deu o negócio pra ele comer?

— Bem que poderia ter sido ela, mas ela vai lhe contar tudo. — Ele os acompanhou através da porta e pelas escadas até o quarto de Thomas Peter.

Abe e Carmine viram Patrick pegar o garoto carinhosamente e colocá-lo dentro de uma bolsa cuja cavidade era forrada de tecido atoalhado, depois levá-lo embora depressa no que pareceria aos curiosos uma maca plana e vazia: ela possuía uma depressão no fundo que não traía a presença de um corpo pequeno.

A sra. Barbara Norton estava sentada com Corey e o sargento Dave O'Brien. Sua calma era inabalável e somente à medida que foi desenrolando sua história é que foram se revelando níveis de insanidade cada vez mais profundos. Ela parecia não fazer ideia de que o filho estava morto, embora soubesse disso quando falou ao telefone com Dave O'Brien, tendo dito a ele que Tommy estava com o rosto preto e não respirava; e mais, ela dissera que o havia matado.

— Agora que Peter se foi — disse aos homens —, posso finalmente fazer o que quero. — Ela se inclinou para a frente e sussurrou: — Peter era um glutão. Ele insistia que tínhamos que comer tudo o que ele comia: as crianças incharam como balões! Eu nunca tentei discutir, não valia a pena. Apenas esperei a minha hora. — Ela balançou a cabeça com seriedade, então se recostou e sorriu. — A verdade é que ninguém gosta de gente gorda, vocês sabem — recomeçou ela. — Então, depois que Peter morreu, entramos todos em dieta. Marlene e Tommy bebem água, eu bebo café preto. Podemos comer verduras e legumes crus à vontade, mas nada de pão, biscoitos ou bolo, nada que tenha açúcar. Nada de leite, creme ou sobremesas. Eu deixo Marlene e Tommy comerem *crackers* no café da manhã e no almoço. Comemos frango sem pele ou peixe, grelhados, e legumes cozidos no vapor. Arroz. O peso simplesmente caiu! Quando chegar a hora de Tommy ir para o colégio, em setembro próximo, ele estará elegante como a nossa cerca viva bem-podada!

Num momento de silêncio, Carmine decidiu arriscar uma pergunta: — Como você faz para se manter tão em forma?

— Meto o dedo na garganta.

Estava explicado por que o coitado do menino sufocara tentando comer uma borracha, pensou Carmine, mas há quanto tempo a loucura já estaria ali presente? O que a teria feito aflorar? A morte de Peter Norton? Ou ele havia morrido em consequência dela? A morte de Tommy a fez ultrapassar os limites, mas eu tenho de tentar obter algumas respostas.

— O que você fez com a estricnina, Barbara?

— Joguei o vidro no Pequot.

— Você tirou a tampa antes?

Ela se mostrou indignada. — Claro que tirei! Eu não sou burra!

— Por que você escolheu o dia 3 de abril para colocar estricnina no suco de laranja do Peter?

— Seu bobo, você sabe por quê! — disse ela, arregalando os olhos.

— Eu esqueci. Diga novamente.

— Porque só daria certo no dia 3 de abril! Em qualquer outro dia, a poção perderia seus poderes mágicos. Ele foi muito claro quanto a isso.

— Quem?

— Bobo, você sabe quem!

— É a minha memória de novo. Eu esqueci o nome dele.

— Reuben.

— Esqueci o sobrenome dele também, Barbara.

— Como pôde esquecer o que ele não tem?

— Onde você conheceu o Reuben?

— No boliche, bobo!

— Que magia fazia a poção funcionar em 3 de abril?

Ela estava ficando entediada e cansada, ou talvez ambos, suas pálpebras caíam, então ela fez um esforço e as levantou. — A magia só dura um dia, foi o que Reuben me disse. — Ela começou a se mexer na cadeira e a agitação foi aumentando. — Ele mentiu! Ele mentiu! Ele disse que Peter só ia dormir! Eu não entendi errado! Três de abril era o dia!

— Sim, Barbara, você entendeu certo — disse Carmine. — Ele é que é mentiroso. Sente-se um pouco e pense em coisas alegres.

Os quatro homens ficaram em silêncio, com receio de se encarar, tentando não olhar para ela.

Ela falou: — Onde está Tommy?

Não Marlene, a menina. Só Tommy.

— Ele está dormindo — respondeu Carmine.

— Não acredito que ela vá a julgamento — disse ele mais tarde ao comissário Silvestri —, e o pobrezinho do garoto solucionou o caso; acredita numa coisa dessas, John? Uma dieta de fome imposta de um dia para o outro a um garoto gordo de cinco anos de idade que não parou de comer desde que começou a andar. A garota é três anos mais velha e é esperta. Ela roubava da bolsa da mãe para comprar comida, mas não conseguia roubar o suficiente para aplacar o próprio apetite, quanto mais o do irmão também. Ela morria de medo do dia em que a mãe contasse o troco, mas continuaria roubando até a mãe descobrir.

Silvestri balançou os cabelos pretos e brilhantes e piscou rapidamente. — A menina está bem? Há algum parente que queira tomar conta dela? O sistema a transformaria noutro mestre do crime.

ASSASSINATOS DEMAIS

— Os pais de Norton vão levá-la; eles moram em Cleveland. Ela é a única herdeira dos bens dele, que, imagino, ficarão sob tutela até a menina atingir a maioridade. — Carmine conseguiu dar um sorriso. — Talvez ela tenha mais chance dessa maneira. Pelo menos, temos que desejar que isso aconteça.

— Um morango de borracha! — exclamou Silvestri. — Será que parecia tanto assim com um morango de verdade?

— Só para um garotinho faminto e voraz — respondeu Carmine —, embora eu não tenha visto a borracha antes de ele tentar comê-la. Não era dele, era da garotinha, que é crescida o suficiente para saber o que era. Ele deve ter vasculhado a casa toda procurando alguma coisa comestível.

— Imagino que isso signifique que, se você não quer filhos gordos, tem que agir desde o começo da maneira certa — disse Silvestri. — Essa dieta burra transformou uma criança em ladra e matou a outra. — Seus olhos pretos brilharam na direção do descrente Carmine. — Espero que você providencie para que sejam rezadas missas pela alma do pequeno Tommy; a St. Bernard está precisando de um novo telhado. Caso contrário, a sra. Tesoriero verá o rosto de Nossa Senhora molhado da próxima vez que chover e dirá que é um milagre.

— Todos nós ficamos com os rostos molhados hoje, John. Pode deixar, vou providenciar dez missas e levantar o telhado para você.

— Acho que não tenho escolha — disse Desdemona naquela noite enquanto tomavam uma bebida antes do jantar.

— Escolha?

— Ao me casar, entrei para uma família católica; logo, meus filhos serão criados como católicos.

Carmine olhou-a surpreso. — Pensei que você não se importasse, Desdemona. Você nunca mencionou isso.

— Acho que é porque, antes de Julian nascer, eu não pensava que isso fosse importante para você. Você não é nem um pouco religioso.

— É verdade. É o meu trabalho, ele nos afasta de Deus. Mas quero uma educação católica para os meus filhos: minha antiga escola para os meninos e St. Mary para as meninas — disse Carmine, preparando-se para uma batalha. — Quero que sejam apresentados a um Deus cristão, e qual seria melhor que o original?

— Se nós estivéssemos na Inglaterra — disse a esposa, pensativa — eu votaria pela Igreja anglicana, mas realmente não existe algo equivalente aqui. Gosto da rede familiar coesa de East Holloman e não quero que nossos filhos fiquem de fora por discordância de seus pais. Eu é que entrei no círculo pelo casamento e as vantagens superam as desvantagens. Mas me recuso a me converter ou a frequentar a missa.

— Parece justo — disse ele, bastante aliviado por não ter havido batalha. — Eu só vou à missa no Natal e na Páscoa, mas irei nas de Tommy Norton. Fiz um pacto com Silvestri.

— Aquele homem é brilhante — disse ela, rindo.

— O que teremos para o jantar?

— Lombo de porco assado com torresmo.

— Estou em suas mãos, adorável dama. — Ele a olhou sobre a borda do copo. — Por que você não lutou com mais ímpeto? Eu esperava isso de você. Você insistiu num casamento civil.

— Eu estava grávida na época e sem ânimo para me envolver nesse negócio de ser noiva. Queria apenas me tornar a sra. Carmine Delmonico o mais depressa possível.

— Mas isso não explica a sua atitude de hoje à noite — insistiu ele.

— Muito simples — disse ela, tomando o restante da bebida. — Eu detesto educação mista, e as escolas católicas de East Holloman não são mistas. A última coisa que os adolescentes precisam quando passam pelo assalto furioso dos hormônios é da presença do sexo oposto numa sala de aulas. Ah, a maioria das crianças sobrevive a isso, mas o custo é

ASSASSINATOS DEMAIS

alto. Veja Sophia, se produzindo toda, todos os dias, só para ir à escola. Uma boa dose de uniformes faria bem a ela.

— Não há limites para as suas surpresas — disse ele, seguindo-a até a cozinha. — Você usava uniforme?

— Quase todo mundo usava. Eu estudava numa escola anglicana e usava uma túnica azul-marinho horrível com saia e gravata. Meu chapéu era preso debaixo do queixo com elástico para evitar que o vento o carregasse; chapéus eram muito caros. E eu acho — prosseguiu ela, pensativa, curvando-se para tirar o tabuleiro com o assado de dentro do forno — que, de todas as indignidades que o uniforme implicava, aquele elástico debaixo do queixo era a pior. — O assado foi posto sobre a bancada. — Agora ele tem que descansar. — Ela bateu de leve sobre a pele cheia de lindas bolhas. — Ah, perfeito! Escola só de meninos é muito importante para Julian.

— Por que para ele em especial?

— Porque ele vai ser alto, moreno e incrivelmente bonito. Se houver garotas na sala de aula e no pátio da escola, ele nunca vai ter paz. Vai ficar com o ego inflado também. As meninas do St. Mary que o adorem a distância.

— As meninas do St. Mary darão um jeito.

Desdemona ficou curiosa. — É a voz da experiência?

— O que mais seria?

— Quer dizer que eu me casei com um galã do curso médio?

— Não, você se casou com um quarentão com artrite.

— A morte de Peter Norton prova a existência de uma mente mestra — disse Carmine ao comissário, a Danny Marciano, a Patrick O'Donnell e aos seus homens. Delia, alegando trabalho, não apareceu.

"Agora temos quatro casos encerrados: Jimmy Cartwright, John Denbigh, Bianca Tolano e Peter Norton, e mais as três mortes a tiro já vistas. Embora suspeitássemos da existência de uma mente mestra, ela não havia mostrado a sua mão diretamente até Barbara Norton explicar por que escolheu 3 de abril para matar o marido. Não conseguimos que ela nos desse uma descrição e o nome Reuben é uma ficção. Minha aposta é que Pauline Denbigh foi persuadida com alguma tática altamente sofisticada; e, novamente, talvez a gente não chegue a lugar nenhum a interrogando. Ela está querendo a absolvição. Barbara Norton precisava que a assegurassem de que o marido iria apenas dormir, ao passo que a Pauline Denbigh não importava o que o marido sofresse, contanto que ela não tivesse que assistir. O cianureto como prova cessa na morte do reitor; nós temos o frasco. Se aparecerem mais mortes por cianureto, isso significará que os sais já haviam sido retirados do frasco. Quanto você calcula que foi retirado, Patsy?"

— Se o frasco estava cheio, cerca de sessenta gramas: duas colheres de sopa cheias.

— Você estava certo, Carmine — disse Silvestri. — Um único assassino.

— Um assassino esperto e engenhoso. Ele recorreu a quaisquer ferramentas disponíveis; em geral pessoas frustradas. Tanto Barbara Norton quanto Pauline Denbigh queriam se libertar de maridos dominadores sem a confusão de um divórcio e as perseguições previstas. Joshua Butler queria viver suas fantasias no mundo real, mas precisava que lhe mostrassem como fazer.

— E quanto ao resto, Carmine? — perguntou Corey.

— Ele foi mais direto, se por "resto" você se refere a Evan Pugh e Desmond Skeps. Podemos esquecer a solução dos casos de Beatrice Egmont, Cathy Cartwright e as três mortes a tiro. Uma companhia de seguros as chamaria de danos colaterais.

— Você não pensa assim a respeito de Dee-Dee Hall? — perguntou Marciano.

ASSASSINATOS DEMAIS

— Não. Eu acho que ele a matou pessoalmente; por quê, isso eu não sei.

— Muito bem, e a próxima fase? — perguntou Silvestri, posicionando o cinzeiro com seu charuto sob o nariz de Danny.

— Um reagrupamento geral — disse Carmine e suspirou. — Ah, como eu detesto a Cornucopia! Mas temos que voltar à luta, rapazes.

— Erica Davenport? — perguntou Corey, esperançoso.

— Ela está envolvida, mas não é a mente mestra. Eu a classificaria como... — Ele parou de repente, franzindo a testa. Não, ele não podia mencionar Ulisses. — Eu a classificaria como uma pista falsa.

— Não era bem aquilo que você queria dizer — disse Silvestri depois que todo mundo já havia saído do escritório.

— Bem, eu não podia dizer! É por isso que detesto a Cornucopia: segredos demais.

Myron o esperava em seu escritório, apreciando-o.

— Ele precisa de uma pintura e alguma mobília nova — foi seu comentário inicial. — Mas, com certeza, supera o anterior.

Seu amigo se tornara um velho praticamente da noite para o dia: os olhos apresentavam contornos vermelhos, as bochechas estavam murchas e a boca frouxa, e as costas eretas, que tornavam sua postura altiva, curvaram-se.

— Ninguém mexe nele até eu entrar de férias — disse Carmine, sentando atrás de sua mesa. — Uma caneca de café da polícia?

— Não, obrigado! Eu quero estar vivo para examinar o cardápio do almoço.

— O que posso fazer por você, Myron?

— Estou voando para o oeste esta tarde.

— Antes que seja tarde, eu diria nos velhos tempos. Agora.. — Carmine encolheu os ombros — isso é discutível. A Erica está sa · bendo?

— Sim.

— Você já a pediu em casamento?

— Não — disse Myron tristemente.

— Por que não, se você a ama?

— É isso aí... eu a amo! Mas acho que ela não me ama. Pelo menos, não da maneira como Desdemona o ama.

Carmine suspirou. — Myron, você precisa lembrar que Desdemona e eu somos um caso particular. Nós compartilhamos um perigo e isso tende a forjar uma ligação especial. Nós começamos não gostando um do outro. Jesus, você não pode olhar para nós e desejar uma relação igual! Isso é imaturidade.

Myron ficou vermelho, comprimiu os lábios. — Está bem, certo, admito isso. Mas como vencer as defesas de uma mulher que eu sei que não é a princesa branca, anglo-saxã, protestante e fria que ela finge ser?

— Eu não posso ajudá-lo — disse Carmine, perplexo. — O que o fez pensar que eu poderia?

— Porque, quando ela fala em você, ela demonstra sentimentos fortes! Se não fosse por você, eu realmente acreditaria que ela não tem sentimento algum. — Ele mexia as mãos de modo desordenado. — Não, ela não se sente sexualmente atraída por você, portanto não precisa procurar a saída de incêndio. Eu pensei que talvez você tivesse uma técnica policial... — ele se calou, infeliz.

— E não era isso o que você queria dizer — Carmine confortou-o. — O que você realmente queria dizer é que alguma coisa em mim vence as defesas dela, e você tinha esperanças que eu soubesse o que é. Mas eu não sei, Myron. E mesmo que soubesse não poderia passar isso adiante. Você consegue tocar as mulheres sem esforço. Você a tocou. E, na verdade, você venceu as defesas dela o suficiente para que ela confiasse em você. Ninguém na Cornucopia sabe que ela não é uma princesa branca, anglo-saxã, protestante e fria, e você sabe. Eu chamaria isso de um importante progresso.

ASSASSINATOS DEMAIS

— Uma ninharia — disse Myron, desanimado. — Ela me deixa fazer amor com ela, e foi ela, e não eu, quem começou da primeira vez, mas se refugia em algum outro lugar, Carmine. "Deite-se de costas e pense na Inglaterra"* parece ter sido criado pensando nela, só que não é na Inglaterra que ela pensa.

— O problema não é você, Myron. É ela — disse Carmine, morrendo de vontade de que a conversa terminasse. — Se eu fosse você, iria conversar com a Desdemona.

Myron sacudiu a cabeça enfaticamente. — Não, falar com você já foi difícil demais. — Ele se pôs de pé. — Transmita meu amor eterno à nossa filha.

— Você devia fazer isso pessoalmente.

— Não posso. Preciso ir embora daqui o mais depressa possível.

E se foi. Carmine ficou ouvindo o som de seus passos sumirem no corredor, e desejou que seu mais querido amigo tivesse a chance de encontrar um campo feminino mais verde em seu próprio ambiente.

— Mas eu acho que você pode ficar tranquila quanto à sua mãe — disse ele a Sophia naquela noite. — O divórcio não aparece nas cartas.

— Então eu o perdoo por ter ido embora — disse Sophia, magnânima. — Aquela víbora gelada o mataria.

---

* "Lie on your back and think of England", ditado inglês cujo equivalente em português seria, talvez, "Relaxa e goza". Diz-se para alguém que passa por uma situação difícil. Talvez tenha tido origem na época vitoriana, como conselho às noivas, que supostamente não apreciariam o ato sexual, para terem paciência com seus maridos, já que, por outro lado, a procriação era um dever patriótico. (N.T.)

uando Carmine entrou, naquela sexta-feira, 21 de abril, às oito da manhã, Delia o esperava. Era claramente uma ocasião memorável para ela; vestira sua roupa mais elegante, uma combinação de roxo e laranja que doía nos olhos a não ser que, como os de Carmine, eles já estivessem acostumados à sua paleta.

— Se você não se importa — disse ela, sentando-se numa cadeira em frente à escrivaninha de Carmine —, eu prefiro primeiro falar com você em particular. Você me permite?

— Claro. Adiante.

Uma folha de papel enrolada foi colocada reverentemente sobre a escrivaninha, junto com várias folhas de tamanho normal. Carmine as olhou e depois olhou para Delia, com as sobrancelhas erguidas.

— Eu descobri um evento em que todas as onze pessoas mortas estiveram presentes — disse ela, ocultando, com cuidado, o tom de triunfo de sua voz. — Foi no sábado, 3 de dezembro do ano passado, na prefeitura, e foi promovido pela Fundação Maxwell em apoio ao levantamento de fundos para pesquisa de transtornos de longo prazo em crianças. — Ela parou, exultante.

— Uau! — exclamou Carmine, sem conseguir encontrar um vocabulário mais adequado. — E *todos* estavam presentes? Inclusive as três vítimas negras?

— Sim. Era um jantar dançante para quinhentas pessoas, que se sentaram a mesas redondas para dez pessoas ou cinco casais. A maior parte das mesas foi "comprada" por uma empresa ou instituição de algum tipo; sem dúvida, você e Desdemona estariam lá na mesa do tio John se não tivessem acabado de ter um bebê. Cada jantar custava cem dólares, o que levantava mil dólares por mesa. A maior parte das empresas e instituições patrocinadoras doou outros mil dólares para cada uma de suas mesas. Cornucopia e suas subsidiárias patrocinaram vinte das cinquenta mesas. Chubb patrocinou dez, o prefeito uma, a polícia e os bombeiros acabaram dividindo uma, e assim por diante. — Ela fez outra pausa, os olhos brilhantes.

— Espantoso — disse Carmine lentamente, sentindo que um comentário seria adequado, mas sem ter ideia do quê, além de maravilhar-se.

— Estou pasma, Carmine, com a amplitude de planejamento que é necessário para um evento desse tipo — disse ela em tom estupefato. — Tudo é planejado como numa batalha, embora eu tenha fortes suspeitas de que, se a maioria das batalhas fosse planejada tão escrupulosamente, os resultados seriam diferentes. Onde uma mesa patrocinada por uma organização deveria ficar, sua relação com as outras mesas da mesma organização, a colocação de mesas à esquerda, direita, para cima, para baixo, dos lados; duvido que Lord Kitchener* tenha dedicado o mesmo tempo para planejar seus banhos de sangue! Quando o plano principal das mesas foi concluído, cada mesa recebeu um número. Depois veio a questão da colocação dos convidados! Foi preciso atenção especial aos grupos de cinco casais, ou aos que queriam sentar à mesa X ou Y, ou pediam para sentar com um, dois ou três outros casais. Também houve convidados que vieram sozinhos ou com um

---

* Sir Horatio Herbert Kitchener, 1º Conde Kitchener (1850-1916), foi um marechal de campo e procônsul inglês que ganhou fama por suas campanhas militares de conquistas para o império e, mais tarde, desempenhou papel relevante na parte inicial da Primeira Guerra Mundial. (N.T.)

acompanhante e que não tinham preferências, como Beatrice Egmont. Um pequeno grupo de voluntários da Maxwell lidou com essa logística e o fez magnificamente. Eles até evitaram aquele terrível aperto no saguão quando centenas de pessoas tentam ver seus nomes numa lista no quadro de avisos ao mesmo tempo. Seis voluntários com listas estavam sentados a uma mesa de recepção para dar a cada convidado o número de sua mesa. — Ela parou.

— Estou seguindo o seu raciocínio, Delia. Evite comentários, simplesmente vá em frente!

— Uma das muitas mesas da Cornucopia foi patrocinada pelo Fourth National Bank, sob a égide do sr. Peter Norton. Por causa dos caprichos do destino, estava mais vazia do que o sr. Norton esperava. Sua mulher, por exemplo, contraiu uma virose estomacal muito comum na época, eu mesma a tive, e estava doente demais para comparecer. A mulher do reitor Denbigh também teve essa virose e não apareceu. Beatrice Egmont veio com um convite único, sem acompanhante. O marido da sra. Cathy Cartwright estava em Beechmont com o chef temperamental. Bianca Tolano veio com um dos convites que o sr. Dorley, seu patrão, lhe dava quando ele e a mulher não podiam comparecer. Parece que Bianca não se esforçou para conseguir companhia e estava sozinha. Mas ela devia ser uma moça consciente, pois entregou o segundo convite na mesa de recepção. Como eu sei? O convite tinha um número e foi vendido na porta a um rapaz que não tinha convite: Evan Pugh. Portanto, de certa forma, ele e Bianca substituíram os Dorley, que, presume-se, tiveram a sorte de escapar. — Ela teve um arrepio, e passou para o drama. — Mas por que — perguntou retoricamente — o sr. Norton não completou a mesa com seus próprios amigos? Nenhum deles compareceu!

A experiência com Delia ensinara a Carmine que ela relataria seus feitos em seu próprio estilo inimitável, mas que o esforço de hoje era uma proeza que ela havia planejado tão meticulosamente quanto a

ASSASSINATOS DEMAIS

Fundação Maxwell havia planejado seu banquete. Ele tinha simplesmente de esperar.

— Em suma, o sr. Norton estava aterrorizado demais para convidar seus próprios amigos — continuou Delia, satisfeita por Carmine estar sentado na ponta da cadeira. — O lugar de honra na mesa do Fourth National Bank foi destinado ao sr. Desmond Skeps, que escolheu se sentar à mesa do sr. Norton entre todas as mesas que poderia escolher. Como sua acompanhante, ele trouxe Dee-Dee Hall.

— *O quê?*

— Seu nome está, preto no branco, na lista principal de convidados como acompanhante do sr. Desmond Skeps. Veja. — Delia lançou uma folha de papel para Carmine.

Ele a agarrou e a leu, incrédulo. — Que diabo ele estava armando? Alguma coisa perversa, aposto! Continue, continue!

— Isso me dá quatro mulheres: Cathy Cartwright, Bianca Tolano, Beatrice Egmont e Dee-Dee Hall. E quatro homens: Desmond Skeps, Peter Norton, Evan Pugh e o reitor John Denbigh. Oito pessoas, todas mortas agora. O que ainda deixava a mesa do Fourth National Bank um tanto vazia. Duas das dez cadeiras estavam desocupadas.

Carmine balançou a cabeça. — Não admira que eu não tenha visto sinal de você durante dias! Você não conseguiu tudo isso com uma lista.

— Bem, não — confessou ela. — Tive que falar com muitas pessoas por telefone e visitar a Fundação Maxwell várias vezes. Num determinado momento, temi que minhas preciosas listas tivessem sido jogadas fora ou queimadas, mas não precisava ter me preocupado. Até as organizações filantrópicas são infectadas por burocratas, e os burocratas não se desfazem de nada para não colocar em risco sua existência parasitária.

— Por que você detesta tanto os funcionários administrativos, Delia? Você é um deles — disse Carmine insidiosamente.

Ela mordeu a isca de imediato. — Não sou parasita! Meu trabalho gera frutos, eu sou um dente na máquina necessária da polícia! E me dê um exemplo de uma unidade de polícia que tenha ao menos o número necessário de burocratas! — disse ela indignada.

— Acalme-se, acalme-se! Estou implicando com você. E você examinou mais papéis com resultados positivos do que um departamento de governo inteiro — disse ele. — Desmond Skeps! O que ele estava fazendo de braços dados com uma prostituta de rua? Não que ela tivesse essa aparência. Dee-Dee poderia... poderia...

— Produzir-se? — sugeriu Delia.

— Pôr um belo vestido e se comportar no limite da respeitabilidade. Ela ainda teria mais a aparência da rua que de um lar de subúrbio, mas nos braços de Skeps muitas coisas lhe seriam perdoadas. As pessoas não suportam imaginar que um homem com a riqueza de Skeps poderia estar gozando com a cara delas. — Carmine franziu a testa. — Tudo bem, são oito de onze. E quanto às vítimas negras?

— Elas também estavam presentes — respondeu Delia. — A comida do evento foi fornecida pela Barnstaple Catering, uma nova fornecedora para eventos desse porte. É uma empresa que anteriormente se concentrava em eventos menores, mas há um contrato a ser assinado com a Chubb para servir seus banquetes, e o evento de Maxwell foi um teste para Barnstaple. Diante disso, ao menos de acordo com o administrador da Barnstaple, eles concordaram em receber menos do que cobrarão no futuro. Maxwell tinha algumas condições específicas, aparentemente por ter tido más experiências no passado. O jantar dançante de mil dólares por mesa era um novo tipo de empreendimento e eles queriam que o primeiro evento fosse memorável, pois têm a intenção de promover um por ano. Portanto, a Barnstaple tinha que providenciar uma equipe de três pessoas para servir cada mesa. Cedric Ballantine, Morris Brown e Ludovica Bereson serviram a mesa do Fourth National Bank. O sistema funcionou maravilhosamente — Delia continuou, a excitação abandonando sua voz agora que a última guloseima fora revelada. — As pessoas recebiam os pratos bem quentes e com rapidez, a bebida fluía sem interrupção e ninguém ficava olhando um prato sujo por mais de dois ou três minutos.

— Houve algum critério que designasse as três vítimas negras para aquela mesa?

— Não, além do fato de que todos trabalhavam para a Barnstaple em eventos de fim de semana e já faziam isso há algum tempo, incluindo Cedric Ballantine, que aumentou a idade para conseguir o trabalho. Eles não conferiam as idades com muito rigor e Cedric parecia mais velho do que era. Se fosse uma noite no meio da semana, os dois rapazes não poderiam trabalhar por causa da escola. A sra. Bereson provavelmente também não se interessaria, depois de um dia de faxina. Mas era um sábado à noite, portanto o dia ideal.

— Se eu não fosse um homem bem-casado, Delia, ficaria esperando em sua porta, determinado a pagá-la para mim — disse Carmine, sorrindo. — Também duvido que Abe, Corey e eu descobríssemos metade disso. Você é detalhista e, se algum trabalho precisava de alguém detalhista, era este. Não há agradecimentos suficientes.

— Não são necessários agradecimentos. Eu adorei cada minuto. — Ela se levantou, mas não fez um movimento para recolher seus papéis. — Estes papéis devem ficar com você. Agora, se me dá licença, vou me mandar.

Assim que ela desapareceu, Carmine ligou para Desdemona. — Que tipo de flores dou para Delia por um trabalho excepcional?

— Orquídeas de cores fortes — respondeu Desdemona imediatamente. — Num vaso, não para enfeitar o vestido. Catleias.

— A grande dúvida é: por que Desmond Skeps se sentara à mesa de Peter Norton? — perguntou Carmine a Corey e Abe.

— Acho que nunca saberemos — disse Corey, desanimado. — Todos ligados àquela mesa estão mortos.

— O que eu quero saber — disse Abe — é por que se passaram quatro meses entre esse banquete e os assassinatos.

— Não acredito que a gente consiga descobrir, então proponho que se engavete isso por ora — disse Carmine.

— Mas podemos achar os nomes de muitas pessoas que foram e não morreram — disse Corey. — Precisamos ter uma noção do tipo de evento que foi.

— Silvestri! — exclamou Carmine. — Ele estava lá e também Danny e Larry. — Ele já estava a meio caminho da porta em segundos. — Vou falar com ele. Por isso não digam nada aos outros. Por enquanto, vamos guardar segredo sobre isso.

John Silvestri escutou extasiado, extremamente orgulhoso da sobrinha, decidindo na hora escrever para o cunhado presunçoso de Oxford para lhe dizer que Delia deixaria uma marca maior que a de seu pai na história. Então a realidade pesou e ele se concentrou nas reais revelações de Delia. — Jesus Cristo! — disse ele ao final. — O que aquele bastardo trapaceiro estava fazendo? Não adianta me perguntar, Carmine, estou tão no escuro quanto você.

— Sim, John, mas você estava presente — disse Carmine. — Nós tínhamos acabado de ter Julian e não estávamos. Diga-me como foi o evento, o que aconteceu. Preciso de uma descrição.

Silvestri fechou os olhos, para recordar melhor. — Acho que ele ficou em minha lembrança mais do que esses eventos de caridade em geral porque, para usar uma frase de Stan Freberg,* tudo correu com rodas de *vison*. Suavemente! Recebemos três pratos em uma hora, portanto houve bastante tempo para dançar e conversar sem precisarmos

---

* Stanley Victor "Stan" Freberg (nascido em 1926) é um escritor americano, ator, comediante, personalidade radiofônica, marionetista e diretor de criação em publicidade.

ASSASSINATOS DEMAIS

ficar lá até depois de meia-noite. A comida era boa e foi servida sem incidentes em virtude do grande número de garçons e garçonetes. Assim que os pratos de sobremesa foram retirados, eles trouxeram, logo que pedimos, o café e as bebidas de depois da refeição. O café era bom e quente, havia chá para quem quisesse. Lembro-me de que todos concordaram que não havia do que reclamar.

Carmine escutava com atenção, depois se concentrou em uma palavra. — Você disse que havia tempo para conversas, John. O que você queria dizer?

— Se você frequentasse grandes eventos em vez de evitá-los, Carmine, você saberia — disse o comissário, habilmente inserindo uma pequena farpa de repreensão. — Aqui não é a cidade de Nova York. Várias pessoas que comparecem não se encontram frequentemente em outros lugares, de modo que, logo que o café chega à mesa, elas começam a pular de mesa em mesa para pôr a conversa em dia. Como o presbítero Jesse Bateman, de Busquash: eu quase não o encontro, então quando um casal de sua mesa se levantou e foi para outro lugar, minha mulher e eu fomos nos sentar perto dele. Era uma pista de dança grande e a orquestra estava tocando Glenn Miller,* mas nem todo mundo gosta de dançar. Pular de mesa em mesa provavelmente é mais popular que dançar.

— E havia duas cadeiras vagas na mesa do Fourth National — disse Carmine. — Isso significa que outras pessoas devem ter se juntado a Norton e seus convidados. — Ele suspirou ruidosamente. — Em algum lugar de Holloman há muitas pessoas que incluíram a mesa de Norton em seu troca-troca. Tudo o que tenho a fazer é encontrá-las.

---

* Glenn Miller (1909-1944). Regente americano de uma orquestra muito popular. O som do trombone de Miller era inconfundível. Durante a Segunda Guerra Mundial, foi diretor da banda da força aérea dos EUA na Europa. O avião em que voava da Inglaterra para a França desapareceu. (N.T.)

— Bem, não conte comigo — falou Silvestri depressa. — Vi Desmond Skeps sentado lá e dei uma volta bem grande para não passar perto da mesa do Fourth National. Muitos outros fizeram o mesmo, inclusive o prefeito e seus puxa-sacos.

— Por quê? — perguntou Carmine, espantado com a omissão do prefeito.

— Mesmo a grande distância, qualquer um podia ver que Skeps estava bêbado como um gambá.

— Uau! Lá se vai o mito da sobriedade. Milhões de agradecimentos. Você ajudou muitíssimo.

Ele voltou ao escritório muito pensativo, e encontrou Corey e Abe debruçados sobre a planta das cinquenta mesas redondas da Fundação Maxwell, cada uma identificada com seu patrocinador e seu número. A mesa do Fourth National tinha o número 17, com o 16 à esquerda e o 18 à direita. Havia dez filas de cinco mesas, o número 17 ficava próximo à extremidade norte do salão e bem longe de qualquer mesa importante da Cornucopia. A mesa de Phil Smith era a número 43, a de Wal Grierson, a 39 e a de Fred Collins, a 40. Em toda a volta do número 17 ficavam mesas de pessoas relativamente desimportantes. Então por que Desmond Skeps se sentou lá? Porque ele sabia que ia ficar bêbado? Ou porque, acompanhando Dee-Dee, ele tinha de atravessar todo o salão para chegar à mesa 17?

— E por que com Peter Norton? — perguntou Carmine de novo.

— E por que com Dee-Dee? — perguntou Corey mais uma vez.

— Erica Davenport seria sua escolha lógica — disse Abe.

— De modo algum! Ele acabara de dispensá-la como amante — disse Corey —, e ela estava com seu acompanhante habitual, Gus Purvey.

— Ele estava jogando areia nos olhos de alguém — afirmou Abe com convicção. — Com certeza ele se convidou para a mesa de Norton, que deve ter ficado nas nuvens por ser notado pelo Rei dos Reis.

— Que aparentemente estava cego de tão bêbado — disse Corey.

— Sim, mas Norton não poderia saber disso quando Skeps lhe pediu para reservar dois lugares na mesa — contra-argumentou Abe.

— Eu me pergunto — falou Carmine, sonhador — como mulheres como Bianca, Cathy e a velha senhora olharam para Dee-Dee? Especialmente com Skeps bêbado como um gambá. Mesmo que não tenham reconhecido Skeps, Norton ou Denbigh devem ter lhes dito quem ele era, mas duvido que tenham ficado impressionadas. Evan Pugh devia saber, mas não estava em sua personalidade ficar impressionado com ninguém além de si próprio. Portanto, eu diria que as cadeiras vazias ladeavam Dee-Dee e Skeps. Beatrice, Cathy e Bianca provavelmente ficaram nervosas: as mulheres tendem a achar que os bêbados vão vomitar em tudo.

— Deveríamos buscar algumas respostas com Gerald Cartwright — disse Corey. — Tenho certeza de que Cathy lhe contaria sobre Skeps bêbado.

— Quer apostar como ela não contou? — perguntou Abe. — Para qualquer lado que olhemos, é o mesmo muro cego. A mulher de Norton é louca, Cathy Cartwright estava esgotada de tanto trabalho com Jimmy, Bianca e a pobre senhora vieram sozinhas e moravam sozinhas, os negros viviam num mundo em que Skeps não tinha importância e eu duvido que Denbigh e a mulher dormissem juntos. Embora seja estranho que Marty Fane não tenha mencionado nada sobre o encontro marcado de Dee-Dee com Skeps. Ele estava disposto a fazer qualquer coisa para nos ajudar a descobrir o assassino dela.

— Não acredito que Marty tenha sabido — disse Carmine. — Dee-Dee era leal a ele a seu modo, se Skeps lhe desse algumas notas de valor alto, ela fecharia a boca. Ela pode ter fingido estar com a virose que grassava na época.

— Nunca conseguimos uma brecha — disse Corey.

— Sim, conseguimos! Delia nos apresentou o banquete da Fundação Maxwell e eu considero isso uma brecha. — Carmine pôs os cotovelos na escrivaninha e o queixo nas mãos. — Erica Davenport me disse que Skeps nunca tomava mais que um drinque por dia. Ela até me explicou a razão disso. Mas, quanto mais os conheço, mais acho difícil acreditar no que um membro da diretoria da Cornucopia diz. E junte a eles Philomena Skeps, Anthony Bera e Pauline Denbigh. A outra coisa que está me roendo é a certeza de que nossa mente mestra tem um assistente aqui em Holloman, provavelmente alguém que nem conhecemos. Definitivamente não é alguém que ronda o edifício dos Serviços Municipais ou o Malvolio's com as orelhas em pé para conseguir informações. Ele não precisa disso.

— O que faz você achar que há um assistente, e não vários mercenários? — perguntou Abe.

— Ah, houve mercenários, sim, mas todo mestre tem um aprendiz. — Carmine se endireitou e os olhou seriamente. — Uma coisa é certa. Aquelas onze pessoas morreram por causa de alguma coisa que aconteceu na mesa de Peter Norton. O que precisamos fazer é descobrir o que foi.

— Localizar alguém que saiu da mesa onde estava e se sentou lá? — perguntou Corey.

— Claro. Beatrice Egmont era popular, ela deve ter tido visitas. Abe, você tem uma lista dos amigos dela. Pergunte a todos eles o que houve na mesa de Norton. Alguns deles devem ter estado no banquete.

Carmine voltou sua atenção a Corey. — Você tem que apertar Gerald Cartwright. Se a esposa dele estava ocupada demais para lhe contar o que aconteceu, o fato de ele ter insistido que ela fosse desacompanhada indica que o cara sabia que haveria muitos amigos deles lá. Consiga os nomes e converse com eles e com Cartwright, Corey.

— Enquanto você ataca Erica Davenport — disse Abe.

* * *

ASSASSINATOS DEMAIS

Com a partida de Myron, a dra. Erica Davenport havia minguado, embora o cabelo, a maquiagem e as roupas estivessem irrepreensíveis. Hoje ela vestia um vestido levemente drapeado azul-lavanda, com os olhos combinando. Seu modo de andar perdera a arrogância e quando se sentou atrás da escrivaninha laqueada não conseguia manter as mãos paradas, tinha que mexer com a caneta, a pasta, com suas próprias unhas perfeitamente pintadas. Estava próxima de um colapso, mas Carmine não conseguia determinar de que tipo, pois sabia que ela não era a mente mestra, do mesmo modo que não era Ulisses. Era mais como se ela tivesse se dado conta subitamente de que era muito menos importante do que deveria ser e abrigasse um enorme sentimento de traição.

Por que haviam se passado quatro meses entre o evento da Fundação Maxwell e os assassinatos? Sentado de frente para a nominalmente Diretora Administrativa da Cornucopia Central, Carmine sentiu que, se alguém sabia a resposta para essa pergunta, era ela.

Carmine levou dez segundos para forçá-la a olhar para ele; quando ela cedeu e olhou, ele ficou atônito com o medo, a preocupação e o desespero doentio que havia em seus olhos. Jesus, o que ela sabia exatamente? Como ele poderia extrair isso dela? Ela estava perto de um colapso, sim, mas ele não era capaz de dar o golpe necessário para que ela desmoronasse. De repente, ele sentiu falta de Myron, ao perceber que este talvez fosse o único capaz. Se alguma mulher precisava de muita ternura para se abrir, essa mulher era Erica Davenport.

— Está com saudades de Myron? — perguntou Carmine.

— Muitas — respondeu ela. — Mas tenho certeza de que o senhor não está aqui para me confortar, capitão. O que deseja?

— Todas as onze pessoas cujos assassinatos estou investigando estavam estreitamente ligadas à mesa patrocinada pelo Fourth National Bank num evento ocorrido há mais de quatro meses — disse ele, observando-a tão atentamente que odiava ter que piscar. — No dia 3 de dezembro do ano passado, um sábado à noite. Foi um banquete promovido pela Fundação Maxwell.

— Sim, eu me lembro disso — disse ela, mais composta agora. — Eu fui com Gus Purvey e nos sentamos à mesa de Phil Smith.

— A senhora sabe onde Desmond Skeps estava sentado?

Sua testa lisa se franziu, as pálpebras baixaram. — Ele estava com um humor estranho, eu me lembro. Não que isso fosse inesperado. Eu havia sido informada de que meus serviços amorosos não eram mais desejados. A mesa dele ficava do outro lado do salão e as pessoas que estavam nela eram desconhecidas para mim.

— No entanto, a senhora visitou a mesa dele. — Diga que sim, Erica, diga que sim!

— Sim, de fato eu fui até lá. — Ela fez uma careta. — Foi desagradável, mas eu devia saber que seria.

— Desagradável como?

— Des estava bêbado.

— No entanto, de acordo com sua própria declaração, há anos que o sr. Skeps se limitava a um drinque por dia. Quando a senhora fez essa declaração, não mencionou a recaída dele no banquete da Fundação Maxwell.

— Aconteceu somente aquela vez, capitão.

— Por quê?

— Por que a recaída, o senhor quer dizer?

— Sim.

— Não tenho ideia, mas, se o senhor imagina que foi porque ele terminou comigo, está enganado, capitão. Não havia amor ou sentimento de perda entre nós. — Ela pensou por um momento, depois disse: — Nem mesmo gostávamos um do outro.

— E quanto à mulher que estava com ele à mesa?

Ela pareceu realmente perplexa. — Que mulher? Ele estava sozinho.

ASSASSINATOS DEMAIS

— Uma mulher de um metro e oitenta de altura, que pareceria alta mesmo sentada. A seus olhos, muito vulgar. Alguma ascendência negra, rosto bonito, cabelo pintado de louro, muita maquiagem, seios fartos. Eu acho que provavelmente ela usava um vestido justo acetinado de cor viva, verde-esmeralda ou rosa-shocking. Vermelho não. Poderia estar usando uma estola de *vison* branco, verdadeiro.

O rosto de Erica clareou. — Ah! Ela estava na mesa, mas estava sentada entre uma moça atraente e uma senhora idosa de cabelos brancos que tinha dificuldade de respirar. Ela não estava dando atenção a Des e ele a ignorava. Bem, ele estava bêbado demais para enxergar o outro lado da mesa, completamente bêbado. Eu não conseguia entender uma palavra do que dizia, portanto não fiquei muito tempo.

— Se a senhora se sentou ao lado de Desmond Skeps, viu se havia alguém do outro lado dele?

— Sim, um homem muito gordo que transbordava da cadeira.

— E além dele?

— Não consegui ver. O gordo bloqueava minha visão.

— Quem estava sentado a seu lado, além de Skeps?

— Um rapaz bastante repulsivo que tentou pôr a mão na minha perna. As mulheres estavam todas juntas, e eu achei que estavam certas. Até o reitor Denbigh estava desagradável.

Carmine continuou a interrogá-la durante um tempo, mas não descobriu nada de novo. Quando saiu, tinha um sentimento de fracasso.

Antes de o elevador chegar, o secretário dela, Richard Oakes, apareceu, na companhia de um homem pelo menos dez anos mais velho. Quando todos entraram no elevador e marcaram o primeiro andar, Oakes estremeceu e se afastou o máximo que pôde de Carmine.

— Quem é o seu companheiro, sr. Oakes? — perguntou Carmine.

Quando Oakes se mostrou petrificado demais para responder, o estranho falou. — Não sou companheiro do sr. Oakes — disse, apontando o queixo para a frente. — Sou Lancelot Sterling, da Contabilidade.

— Ah, o chefe encantador! Carrasco e fofoqueiro.

— Perdão?

— Esqueça — disse Carmine e ficou o resto da descida em silêncio. Sterling lhe lançou vários olhares agressivos, mas a expressão do rosto de Oakes indicava que uma agressão seria um erro. Ninguém na Cornucopia havia falado, muito menos o agente especial Ted Kelly, mas de algum modo a história da briga a socos do lado de fora do Malvolio's havia chegado até os andares executivos. Sem dúvida a Contabilidade seria a próxima, se a expressão de Oakes fosse uma indicação segura.

No primeiro andar, Oakes e Sterling, com as cabeças próximas, foram esperar um elevador para descer aos andares de garagem. Carmine saiu do edifício e se dirigiu a seu Fairlane, que nenhum guarda de trânsito sonharia em multar.

Passaram-se vários dias durante os quais Carmine, Abe, Corey e Delia se esforçaram para descobrir um participante do troca-troca de mesas que tivesse visitado a mesa 17.

Sem lograr êxito, Carmine voltou a procurar Silvestri.

— Preciso de um de seus boletins de notícias na televisão — disse ele ao comissário. — Alguma coisa que surta efeito para que quem tiver tido contato com o sr. Skeps no banquete da Fundação Maxwell há quatro meses se apresente, pois talvez informações vitais venham à tona.

— Graças a Deus não vazou que todos que estavam naquela mesa estão mortos. Não se preocupe, Carmine, farei com que pareça rotina e ao mesmo tempo importante — prometeu Silvestri.

Ele cumpriu a palavra, mas ninguém surgiu dos bastidores, conforme colocação sua.

— Frustrado — disse Delia.

— Bloqueado — disse Abe.

— Fodido — disse Corey.

ASSASSINATOS DEMAIS

* * *

Nada disso fez com que Carmine se tornasse uma pessoa mais fácil de conviver, Desdemona refletiu quando terminou a quarta semana de investigações. Ela tentava animá-lo com refeições deliciosas e o máximo de proximidade com Julian. Isso era facilitado pela inércia do caso, pois Carmine, frustrado, bloqueado e fodido, chegava em casa muito mais cedo que quando estava ocupado e produtivo.

Embora Julian ainda não tivesse seis meses, Desdemona queria outro bebê logo, pois acreditava que irmãos com idades mais próximas tinham maiores chances de se dar bem. Era um engano, sua sogra vivia dizendo, mas Desdemona podia ser muito teimosa e, nesse caso, ela era. Portanto, a chegada de sua menstruação a lançou num desânimo que exasperou Emilia Delmonico e a fez ter uma rara crise de descontrole.

— Pare de sentir pena de si mesma — disse Emilia. — Leve o bebê para passear e tomar um pouco de sol. Ele nasceu em novembro, nunca sentiu o calor do sol. É primavera e o dia está bonito lá fora. Aproveite!

— Mas eu quero fazer um molho *béarnaise* — protestou Desdemona.

— Carmine come bife sem molho. Agora vá!

— Estou com vontade de passar a tarde na cozinha.

— Você precisa sair da cozinha com mais frequência! O que você quer? Um Carmine gordo e com problemas cardíacos?

— Não, claro que não, mas...

— Nem mas nem meio mas! Ponha Julian no carrinho e vá dar um passeio, Desdemona.

— Ele ainda é novo demais para o carrinho.

— Tolice! Ele se senta e segura a cabeça com firmeza. É um bom exercício para vocês dois. Agora vá. Vá!

Como Carmine havia posto cintos de segurança no carrinho, Desdemona ficou sem argumentos. Certificando-se de que Julian poderia se deitar se sentisse sono, a mãe saiu para o passeio. Na verdade, ela reconhecia, o terreno deles era muito íngreme para o carrinho deitado, e Julian, sentado, olhava em volta, alerta e interessado.

Após uma volta por East Circle, seu desânimo começou a desaparecer; ela até se sentiu agradecida em relação à sua sogra sabichona. De fato, era um belo dia, com um céu sem nuvens e uma brisa suave; maio seria perfeito. No alto do caminho comprido e sinuoso que descia da rua até a casa, Desdemona resolveu que Julian deveria ter sua primeira visão consciente de uma extensão de água azul: o porto, que nunca tinha muito movimento e, por isso, não era cheio de detritos.

Sentindo os pulmões se expandirem, ela empurrou o carrinho além da casa em direção ao embarcadouro e à garagem de barcos, alegrando-se com a exuberância das folhagens à volta. A forsítia havia terminado de florir e agora formava densas sebes, substituídas ao longo da margem por arbustos que se desenvolviam bem perto da água salgada. A propriedade se situava num lugar protegido do vento e Connecticut, normalmente, não era uma região de furacões.

No lugar em que a mulher do antigo dono havia posto um banco, a vista do caminho até a água fora desimpedida. Desdemona se sentou e olhou o bebê para ver se ele estava bem. Ele absorvia tudo, os olhos bem abertos entre os cílios densos, testemunha silenciosa da sabedoria de Emilia. Sim, menos tempo na cozinha, mais passeios com Julian. Ela soltou o cinto de segurança do carrinho e o levantou para sentá-lo no colo, seu rosto contra os cachos dele, inalando seu cheiro limpo e doce. Meu bebê, meu Julian!

Ali o caminho era de areia e, como ocorre com muitas pessoas grandes, Desdemona tinha os passos leves. Mesmo depois de Julian e ela se sentarem, não fez nenhum barulho enquanto ele, uma criança quieta por natureza, absorvia aquela experiência nova e maravilhosa. Ele será um homem de poucas palavras, pensou ela.

Talvez dois minutos se tivessem passado antes de Desdemona se dar conta de que havia alguém mexendo na garagem de barcos; subitamente

ASSASSINATOS DEMAIS

a água se movimentou e fez barulho, como se tivesse sido fortemente agitada. Quando ela virou a cabeça para olhar, um homem saiu da garagem. Ele estava camuflado com elementos de vegetação e tinha na cabeça o que ela conhecia como balaclava, escondendo tudo menos os olhos e a boca debaixo da lã cáqui. Na mão direita ele segurava uma pistola automática, e sua atitude era a de quem não esperava ser descoberto, mas estava preparado para essa eventualidade.

Com o bebê, ela nunca chegaria ao alto do morro, que foi sua reação imediata. Assim que ela o viu, ele também a viu e a arma se levantou. Certo de que ela estava sob seu controle, o homem não se apressou; ele queria acertá-la com o primeiro tiro. Os grandes olhos de Desdemona buscavam as aberturas do capuz, seu olhar pedia por seu filho; ela até mesmo estendeu o bebê um pouco na direção dele, como se lhe mostrasse a enormidade do crime que ele estava prestes a cometer. O gesto não o desviou de seu propósito, mas, ao mover o bebê, ela estragou a mira dele. Ele apontou a arma novamente, decidindo-se agora por um tiro na cabeça. Aquilo revelou à mulher de policial tudo o que ela precisava saber: o homem era um perito atirador, não erraria.

No mesmo instante, Desdemona cobriu com uma de suas grandes mãos a boca e o nariz de Julian e alcançou a água a seis metros de distância com duas amplas passadas. Ela mergulhou segurando o bebê de lado, seus grandes pés usando a margem para empurrá-la para longe antes de mergulhar novamente tão fundo quanto ousaria tendo em vista o declive provocado pelas marés. Seu pensamento estava acelerado — para onde ir? Julian estava abraçado contra ela agora, mas lutava com mais força do que ela poderia esperar; ele não conseguia respirar, mas estava decidido a fazê-lo.

O mergulho a havia levado para o lado oposto ao embarcadouro, acompanhando a margem, e ela chegou ao lugar onde os arbustos de água salgada eram densos entre a água e o caminho. Quando sua mão soltou o rosto de Julian, ele inspirou profundamente o ar, preparando-se para gritar, mas ela apertou novamente a mão contra o rosto dele enquanto inspirava também e mergulhou mais uma vez.

A água estava gelada. Ela sabia que não tinha muito tempo antes que a baixa temperatura a tornasse lenta demais para voltar à superfície, mas Julian era seu bebê, dela e de Carmine, e ela não admitia deixá-lo morrer. Água gelada ou não, ela precisava sair do terreno deles e passar para o dos Silberfein. Esses vizinhos haviam construído a casa num lote estreito, perto demais da água, diziam os velhos conservadores. Mas, para Desdemona, era a salvação.

No quinto mergulho, Julian já estava pegando a manha do movimento, pelo menos foi o que a mãe achou: ele inspirava o ar, depois empurrava o corpo contra o dela sem tentar lutar. Mas sete mergulhos foram só o que ela pôde aguentar. Se o inimigo a estivesse esperando em terra firme, ela estaria acabada. Ela pôs o bebê na margem seca e engatinhou para junto dele, exausta. Se a maré não estivesse alta, a margem exposta seria bem mais larga, cheia de crustáceos, escorregadia. Não houve tiro. Ela abraçou Julian e se arrastou pelo quintal dos Silberfein, gritando por socorro. Tinha acabado!

Tendo se certificado de que sua mulher e seu filho estavam seguros e relativamente ilesos, Carmine afastou a terrível impotência, a noção aterrorizante de que Desdemona tivera de se salvar. O choque e o horror insistiam que ele deveria ter estado lá para defendê-la e a Julian, mas um repertório de experiências e o mero senso comum diziam que isso era impossível nove vezes em dez. Não era a primeira vez que Desdemona tivera de se salvar; ele rezava para que fosse a última. Por dentro, ele estaria trêmulo durante dias, choraria em noites insones, mas aquele Carmine não era o que ele podia mostrar ao mundo ou à sua mulher. Não era uma questão de machismo; era sua herança, sua natureza e seu dever. Talvez, pensou, eu tenha sido abençoado. Fui despedaçado até o cerne do meu ser pela noção de que hoje quase perdi minha família. Por fim, percebo o que eles realmente significam para mim. Literalmente, tudo.

Sua mãe estava em pior estado que Desdemona e Julian; ela se culpava por tê-los feito dar um passeio. A casa estava repleta de irmãs, tias e primas, portanto ele entregou Desdemona a elas e ao dr. Santini. Só o tempo e muitas discussões por fim a recuperariam. Julian havia passado por esta prova com seu psiquismo aparentemente sem sequelas; isso ao menos foi o que o dr. Santini concluiu depois que o bebê, de estômago cheio, dormiu em seu berço parecendo em nada diferente do Julian de sempre. Depois de um banho quente, enrolada num roupão espesso, Desdemona se sentou numa poltrona ao lado do berço de Julian e se recusou a arredar o pé dali.

Mais tarde, pensou Carmine, descendo o mesmo caminho para o embarcadouro. Nesse momento, ela mal me percebe e eu não vou impor minha presença de policial entre ela e a visão de Julian.

Patrick e sua equipe estavam do lado de fora da garagem de barcos, conversando com Abe e Corey. Perto deles, num trecho de terreno plano, havia um invólucro de lona.

O corpo retorcido de Erica Davenport fora tirado da água e estava nesse invólucro. A encosta era muito íngreme para uma maca; ela teria de ser levada numa padiola até a rua.

— Suas pernas e seus braços foram quebrados bem antes de ela morrer — disse Patrick a Carmine —, e em dois lugares: tíbia-fíbula e fêmur nas pernas e cúbito-rádio e úmero nos braços. A morte foi causada por estrangulamento pelo que suponho ter sido uma corda fina.

— Diferente de novo — disse Carmine.

— Como estão os seus? — perguntou Patsy.

— Ilesos, segundo o dr. Santini. Mamãe é que está em más condições. Ela se culpa.

— Você tem uma mulher em um bilhão.

— Eu sei. Estarei em Cedar Street em breve.

— Podemos cuidar disso — disse Abe.

— Essa não é a questão, nunca seria. O fato é que estou atrapalhando aqui, minha casa está tomada por duas dúzias de mulheres, todas dispostas a destroçar Holloman se não descobrirmos quem tentou matar uma mulher com um bebê no colo — disse Carmine, sério. — Eu sinto o mesmo, também. Primeiro minha filha, agora minha mulher e meu filho. Devemos estar mais perto do puto do que sabemos.

Todo o setor de polícia dos Serviços Municipais estava fervendo; quando Carmine entrou, os policiais o rodearam, oferecendo-se para fazer tudo o que pudessem. Carmine levou algum tempo para se desvencilhar da multidão, mas aquilo também alegrou seu coração. Apesar do abismo vazio que se abria dentro dele, subitamente ele soube que os dias da mente mestra estavam contados. O homem tinha perdido a frieza, tinha ficado arrogante demais. Claro que ele não tinha planejado matar Desdemona e o bebê, mas havia decidido mandar um aviso a Carmine ao deixar o corpo de Erica Davenport nas águas sob sua garagem de barcos. Em plena luz do dia! *Alguma coisa* tinha acontecido no banquete da Fundação Maxwell e, durante quatro meses, tudo parecera bem. Então Evan Pugh mandou a carta de chantagem e, em quatro dias, todas as testemunhas dessa *alguma coisa* estavam mortas. Portanto, em torno de 29 de março outra coisa havia acontecido — algo que o assassino receava que o expusesse perante o mundo.

— Precisamos de uma testemunha viva — disse ele a Abe e a Corey quando conseguiu chegar a seu escritório.

— Do que aconteceu na mesa de Peter Norton? — perguntou Corey.

— Sim, mas também precisamos de uma testemunha do incidente ou do evento que detonou a tentativa de chantagem de Evan Pugh. Acho

ASSASSINATOS DEMAIS

que Erica Davenport sabia e agora está morta. A vontade que eu tenho é de me chutar por não ter feito Myron desistir de ir embora para casa! Quando a encontrei, percebi que ela estava sob um peso que não conseguiria continuar carregando, e desejei que Myron estivesse presente. Se ele estivesse aqui, a preocupação de Erica poderia ter sido revelada. — Carmine passou a mão pelo rosto. — Agora tenho que lhe contar que ela está morta.

— Vamos deixá-lo sozinho — disse Abe.

Foi um telefonema longo. Embora chorasse, Myron não estava ferido no fundo da alma.

— Imagino que eu estava esperando algo assim — disse ele. — Talvez porque acho que ela estava esperando alguma coisa do tipo. Não digo a morte, mas definitivamente algo terrível. Ela ficou tão contente que eu partisse! Não porque estivesse cansada de me ver, era mais como se eu fosse outra preocupação. O problema é que não consegui fazer com que ela me contasse o que a estava amedrontando.

Carmine deixou-o divagar, detestava tornar seu sofrimento maior, mas tinha de lhe contar como ela havia morrido para o caso de algum tolo deixar aquilo escapar. Tolos como Phil Smith e Fred Collins, que Myron sempre encontrava em reuniões de diretorias em Nova York.

E, finalmente, depois de tudo isso, Carmine teve de lhe contar sobre Desdemona e Julian.

— Carmine, você tem que mandá-los embora daí! — gritou ele, com verdadeiro pavor na voz. — Ouça, eu estava pensando em pedir para ficar com a Sophia por um tempo; ela pode completar o ano escolar em Los Angeles, não vai atrasá-la...

— Você pode levá-la, Myron — disse Carmine. — Confesso que ficarei mais descansado se ela não estiver aqui.

— Ótimo, ótimo, isso é muito bom, mas não era isso que eu ia dizer! — Myron berrou tanto que Carmine teve de afastar o fone do ouvido. — Eu vou mandar um dinheiro para Desdemona e você vai levá-la e a Julian para Londres. E cale a boca, Carmine! Não quero não como resposta!

— A resposta tem que ser não, Myron. Em primeiro lugar, sou um servidor público e não posso receber dinheiro de milionários, nem minha mulher, está implícito. Em segundo lugar, estou no meio de um caso e não posso sair daqui — disse Carmine pacientemente, ignorando os gritos em seu ouvido. — E por que Londres, entre tantos lugares?

— Porque Desdemona queria morar lá antes de se casar com você e porque fica do lado oposto do Atlântico em relação a esse assassino — disse Myron.

— Eu agradeço o gesto além do que me é possível expressar, seu velho tolo, mas não dá. Esqueça isso, por favor.

Foi um telefonema longo. Quando Carmine desligou, estava cansado. Discussões estavam no topo da lista de coisas que ele detestava, enquanto, para Myron, eram o alimento de sua existência.

Abe e Corey não estavam no escritório. Carmine foi procurar Patrick, ansiando por um rosto amigo.

— Você contou a Myron?

— Sim. Ele recebeu bem a notícia, no final das contas. O melhor é que ele vai levar Sophia para ficar com ele uns tempos. Ela vai gostar muito de ir, eles vão se paparicar mutuamente e eu não vou precisar me preocupar com ela. Não acredito que esse assassino filho da mãe se dará ao trabalho de contratar alguém para matá-la em Los Angeles.

— Eu também não. E, se servir de consolo, não acredito que ele tentaria matar Desdemona se ela não o tivesse surpreendido na garagem de barcos. É uma pena que ela não seja de Montana ou do Novo México. Seria bom ter um lugar para onde mandá-la.

ASSASSINATOS DEMAIS

— Isso é o que Myron diz, só que a solução dele é que eu aceite uma grande soma de dinheiro e leve Desdemona e Julian para ficar em Londres enquanto a investigação durar.

Patrick riu, depois se voltou para a mesa de autópsia. Estava coberta com um lençol. Quando ele o retirou, Carmine foi forçado a olhar para o corpo nu de Erica Davenport, os braços e as pernas inchados, deformados e descoloridos, o rosto enegrecido e azulado, com a língua projetada, o tronco tão preservado e limpo que não parecia fazer um conjunto com as extremidades.

— Pobre mulher — disse Carmine.

— Realmente, pobre mulher — respondeu Patrick, com a voz séria.

— Por quê, Patsy?

— Em algum momento, no fim da adolescência ou em torno dos vinte anos, ela foi brutalmente estuprada, não sei quantas vezes, mas várias. Estupros anais e vaginais, com objetos e também com pênis. As cicatrizes devem ter impedido muitos divertimentos na cama, ela devia ficar aterrorizada com a possibilidade de que o amante percebesse. Skeps deve ter percebido, se o relacionamento deles teve uma duração longa, como Philomena Skeps diz. Eu descobri as cicatrizes quando a estava lavando.

Carmine se apoiou na parede de azulejos. — Isso explica muita coisa, Patsy.

— Achei que explicaria.

— Quando será a autópsia completa?

— Eu ia fazê-la agora, mas essa descoberta a tornará mais demorada, então será amanhã na primeira hora. — Os olhos azuis e vivos de Patrick haviam ficado turvos; ele odiava notificar vítimas de estupro. — Quem a enterrará, Carmine?

— Myron. Ele não ficou surpreso como poderia ter ficado porque ela lhe entregara seu testamento antes de ele viajar. Ele foi designado inventariante. Sua herança, cujo valor não faço ideia qual seja, vai para a organização Mulheres contra o Estupro. Digo ainda que ela enganou Myron, que não sabia que ela própria era uma vítima de estupro. Mais uma coisa que tenho que contar a ele! Quanto à Cornucopia, e à tutela de Desmond Skeps III, ela não mencionou nada. Ela devia saber que, se alguma coisa lhe acontecesse, a causa de Philomena Skeps quanto à custódia completa do filho se fortaleceria muito. A mente mestra devia saber disso também, o que sugere que, o que quer que pretenda, não é o controle da Cornucopia. Minha nossa, os cães devem estar rosnando por lá!

— Vá para casa, Carmine — foi a resposta de Patsy.

Carmine foi para casa.

Sua casa já estava sem as mulheres, inclusive sua mãe, mas havia policiais patrulhando o terreno com ares de urgência. A notícia do que acontecera tinha se espalhado por toda East Holloman com rapidez maior que de costume. Os Silberfein, os vizinhos mais próximos, tinham enfrentado a emergência de modo esplêndido a partir do momento em que Sam Silberfein encontrou Desdemona em seu quintal. Normalmente ele estaria em seu estabelecimento de lavagem a seco, mas Sylvia não se sentira bem naquela manhã e ele havia ficado em casa. Quando Carmine chegou, uma ambulância com um paramédico a bordo tinha atendido Julian, gelado até os ossos, mas sem nenhum dano além disso. O problema tinha sido Desdemona, que não largava Julian nem para tirar as roupas molhadas e estava azul de frio. Foi Carmine quem a persuadiu a ir para casa, junto com Julian e o paramédico, Carmine quem agradeceu aos Silberfein efusivamente, Carmine quem tirou as roupas de Desdemona e deu a Julian uma mamadeira de leite de peito das reservas con geladas da mãe enquanto ela se esquentava com um banho de água morna.

ASSASSINATOS DEMAIS

Quando ele entrou no quarto, ela ainda estava sentada perto do berço que normalmente ficava no quarto do bebê, ao lado. Ela havia sentado sobre os pés e estava encurvada, os olhos no bebê adormecido.

Carmine não tentou tirá-la dali. Pegou outra cadeira e a pôs no lado oposto ao que Desdemona estava, mas não onde a impedisse de ver Julian. Seu rosto estava seco, embora ele não pudesse saber se ela estava tremendo em virtude de sua postura curvada. Sua expressão era dura como granito, mas seu olhar era de amor absoluto.

— É hora de me dar alguns detalhes — disse ele trivialmente.

— Pergunte.

— Você pode descrever o cara?

— A altura, sim. Mediano: nem alto, nem baixo. Acho que está em boa forma. Seus reflexos eram rápidos. Sua pistola era automática, mas imagino que fosse uma vinte e dois. Não tinha silenciador, portanto os disparos fariam barulho. Tenho certeza de que não ouvi um tiro e suponho que ele atirou na pobre mulher na garagem de barcos, não?

— Não, ela foi estrangulada — sussurrou Carmine. — A arma devia ser para emergências. Você foi uma emergência.

— O que preciso organizar em minha mente, amor, é meu medo — disse ela firmemente. — Eu consigo fazer isso melhor quando estou vendo Julian. Não seria lógico ou sensato ficar escondida pelos próximos não sei quantos anos esperando que algo como isso aconteça novamente, mas é o que eu quero fazer. De alguma forma, tenho que deixar o dia de hoje para trás, e Julian me diz que vou conseguir fazer isso. Olhe para ele! Foi nadar pela primeira vez e mergulhou pela primeira vez, não tinha noção do que estava acontecendo com ele, mas tinha a sua mãe.

— Também ele não tem idade para se lembrar — disse seu pai.

— Ele não saberá até ver o porto novamente ou talvez quando for a uma piscina ou andar de pedalinho na praia de Busquash. Se houver lembranças submersas, elas aflorarão.

— Ninguém tem certeza disso. Olhe para ele, Desdemona! Nosso filho dorme em paz. Ele acordou aflito? Debateu-se no berço?

— Não — respondeu ela.

— Não estou preocupado com ele, metade dele sou eu — disse Carmine com um sorriso. — Você está fazendo como os ingleses, reprimindo tudo, usando a lógica para suprimir o medo. Você não seria humana se não tivesse cicatrizes do que aconteceu, e a maior delas é o medo de que isso possa acontecer novamente. Minha mãe, que se culpa terrivelmente, devo lhe dizer, certamente terá problemas durante meses. Se você realmente quer aquele irmãozinho ou aquela irmãzinha para Julian, não pode permitir que o dia de hoje governe a sua vida. Mas não faça ginásticas mentais, minha adorável dama. Simplesmente se mantenha ocupada e aproveite o que você tem, o que *nós* temos. Você não pode deixar que aquele filho da mãe nos arruíne, arruíne nossa família. Pare de pensar tanto em como esquecer o que houve. O tempo fará isso por você, como sempre faz. — Ele mostrou seu trunfo. — Afinal, Desdemona, você saiu vencedora! Não aconteceu com você e Julian nada além de um banho gelado. Você é uma heroína, do mesmo modo que naquele exercício de salto do lado de fora do edifício Nutmeg. O dia de hoje deveria reforçar sua autoconfiança, e não destruí-la.

Finalmente ela sorriu e voltou o olhar do filho para o marido. — Sim, eu entendo isso. — Ela se desenrolou, tremendo. — Ah, mas eu fiquei apavorada! Durante o que pareceu uma eternidade eu não sabia como escapar, então olhei para a água, olhei *para valer*, e vi que a maré estava alta. Ali há uma descida íngreme debaixo d'água, e eu sabia que era bastante fundo para que eu desaparecesse. Quando fiz meu plano, eu fiquei bem. Coitadinho do Julian! — Seus olhos se encheram de espanto. — Ah, Carmine, você percebe que, nas duas ocasiões, eu teria morrido se não fosse tão grande? Quando dei todos aqueles saltos no Nutmeg, eu estava em forma por causa das minhas caminhadas, mas

ASSASSINATOS DEMAIS

o que aconteceu hoje me fez perceber que tenho que retomar a minha boa forma. Tenho estado preguiçosa por mais de doze meses e isso ficou claro hoje. Foi sorte o homem ter desistido, porque eu estava acabada quando saí da água. Se o Sam não estivesse no jardim, poderíamos ter morrido.

— Caminhadas não são mais uma opção — disse ele, puxando-a para sua cadeira e sentando-a nos joelhos. — Que tal entrar numa academia? Num desses novos clubes com várias modalidades de atividades físicas?

— Não, eu farei exercícios em casa, muito obrigada. Sei que é tolice, mas quero que Julian fique comigo — respondeu.

— Contanto que você não o sufoque quando ele ficar um pouco mais velho. Mães superprotetoras não fazem nenhum bem aos filhos — disse Carmine.

— Prometo que não o sufocarei mais tarde. Veja, eu provavelmente não conseguiria — disse ela. — Metade dele *é* você. E obrigada por sua gentileza, querido. Sinto-me bem melhor. O que mais você precisa saber?

— Mais sobre a aparência do homem.

— Seu rosto estava escondido por uma balaclava cáqui.

— Uma balaclava?

— Uma coisa de tricô que se coloca na cabeça e tem dois buracos para os olhos e um para a boca. Não fiquei muito perto dele: eu estava no banco e ele saiu da porta pequena do lado da garagem de barcos. Que distância é essa, doze, quinze metros? Eu podia ver o brilho dos olhos dele, mas não a cor ou a forma, e as sobrancelhas estavam cobertas. Ele usava luvas.

— Uma máscara de esquiar — disse Carmine.

— Sim, exatamente! Ele usava camuflagem cáqui, verde, verde-oliva, verde-escura, em manchas como uma vaca holandesa, uma jaqueta fechada e calças frouxas enfiadas em botas do Exército. Enquanto fiquei aqui vigiando o Julian, cheguei à conclusão de que a sua roupa indicava

283

que ele veio pelo litoral. Seria difícil enxergá-lo se ele estivesse no meio dos arbustos.

— Quando você viu a arma?

— Imediatamente. Ele estava alerta, mas bastante relaxado, porém levantou a arma no momento em que me viu. De uma coisa eu sei, Carmine. Era um perito atirador. Quando eu estraguei sua mira ao me mexer, ele decidiu apontar para a minha cabeça. Naquela distância e com uma arma leve, ele não erraria. Vê? — perguntou Desdemona orgulhosa. — Sou casada com um policial, conheço bem o assunto.

— Ele deve ter observado nossa casa bastante tempo e pensava que conhecia bem os nossos movimentos. Aquele maldito telescópio na cobertura de Skeps! Estava focalizado na costa de East Holloman. Depois que o descobri, ele desapareceu. Mas alguém continuou a usá-lo. — Carmine abraçou Desdemona, beijou seu rosto. — Eu achava que era apenas um interesse lascivo, e, para Skeps, deve ter sido. Mas outra pessoa deve ter dado um uso mais prático ao telescópio.

— E quem quer que tenha sido — falou ela, excitada — nunca viu ninguém no nosso jardim da frente! Eu estava com a gravidez muito adiantada para descer aquele declive, depois tive Julian, e era inverno. Hoje foi meu primeiro passeio até a beira da água depois de muito tempo! — De repente, ela começou a tremer. — Carmine, e se Julian ainda estivesse preso ao carrinho pelo cinto? Nós teríamos morrido!

Ele a embalou; já tinha sofrido pensando naquela possibilidade. — Mas Julian não estava, Desdemona! Ele estava sentado no seu colo. Imagino que alguém lá em cima goste de você.

Um bom uivo e uma crise de tremores ajudaram-na a sair do choque. Quando o choque passou, ela começou a voltar ao mundo normal.

— Não tenho nada para o jantar! — disse ela.

— Eu trouxe pizza.

— Sophia! Como pude me esquecer da Sophia?

ASSASSINATOS DEMAIS

— Patsy a está levando ao aeroporto. Myron a quer com ele.

E então Julian acordou, com fome, mas como sempre.

Carmine se sentou e observou a mulher amamentar o filho, lutando para afastar os demônios. O problema, pensou, era que Desdemona se enganava quanto à sua importância no esquema de coisas referentes à polícia. Holloman era pequena o suficiente para que sua mulher tivesse uma presença própria, e ela atraía inimizade como um ímã atrai limalhas de ferro. Era o seu tamanho, a dignidade que o acompanhava, seu ar de invulnerabilidade. Se os inimigos o detestavam, eles também a detestavam, mas por ela mesma. Desdemona não era uma princesa: ela era soberana.

Maio de 1967

A morte de Erica Davenport foi o epicentro de um terremoto humano: sacudiu as pessoas e suas estruturas até as bases, dos executivos-chefe da Cornucopia, passando por Carmine Delmonico e família, até o FBI.

— Mas ela era Ulisses! — insistia Ted Kelly ao procurar Carmine em seu escritório nos Serviços Municipais. — Sabemos disso há dois anos!

— Então por que não a prenderam?

— Provas! Chamam-se provas, não? Aonde quer que fôssemos, o que quer que desenterrássemos, nunca conseguiríamos encontrar contra ela um fiapo de prova que se sustentasse no tribunal. Se a julgássemos, sairia livre e cercada de uma publicidade intensa que teria causado danos à nossa imagem e realçado a imagem dela.

— É porque ela não era Ulisses! — disse Carmine. — Já ouvi falar em provas, Ted, e não havia provas pela simples razão de que Erica não era Ulisses. Acho que ela sabia quem é Ulisses, mas isso é muito diferente de ser Ulisses. E sabe do que mais, agente especial Kelly? Não estou gostando da sua atitude hoje nem um pouco mais do que estava gostando naquele dia em que o empurrei de bunda no chão. Nunca vi ninguém tão bronco.

— Ela era Ulisses, garanto a você! — Frustrado, Kelly socava de cima a baixo suas coxas. — Tínhamos acabado de planejar a operação mais precisa e sigilosa da história da espionagem, ela não escaparia da isca; quando chegasse a seu local secreto, estaríamos à espera. Agora fodeu!

— Vocês descobriram onde era o esconderijo secreto dela? — perguntou Carmine, com expressão espantada e ingênua.

— Esse local — disse o agente especial Kelly, em tom provocante, depois embarcou numa preleção. — Os espiões possuem uma lista de locais secretos, eles nunca usam o mesmo duas vezes. A lista é em código e eles a seguem. Eles têm sinais para avisar o seu contato de que alguma coisa vai ser deixada no local, normalmente um lugar deserto como um bosque ou uma fábrica abandonada...

— Ou pastas idênticas, ou um pacote grudado debaixo de um banco de ônibus, ou o quarto tijolo da direita na décima sétima fileira a partir do topo. — Carmine terminou com um sorriso. — Vamos lá, Kelly! Tudo isso é tolice e você sabe muito bem. O maço de dinheiro, o espião que não pode dar o nome do seu contato porque nem sabe quem ele é. Que monte de merda! Em primeiro lugar, quem quer que esteja fazendo isso não é pelo dinheiro ou pelo estímulo intelectual. Ele é um ideólogo, está nisso para a glória da mãe Rússia, ou por Marx ou Lênin. Uma ideologia comunista, de qualquer forma. Em segundo lugar, o item roubado é passado abertamente, depois de um telefonema ou fax de um número de telefone que ninguém poderia conhecer. Vocês não podem grampear todos os telefones do país nem interceptar todos os telex. Mesmo que vigiem uma pessoa com todo fanatismo, se ele for esperto como Ulisses, transmitirá a informação bem debaixo dos seus narizes e vocês nunca verão ou sentirão o cheiro desse contato. Você não espera seriamente que eu acredite que você e o FBI não sabem como Ulisses é importante! Isso quer dizer que ele anda em limusines nas cidades grandes, usa banheiros privativos quando precisa, se hospeda em hotéis cinco estrelas, come em lugares em que eu e você não podemos pagar nem a tigela de água para lavar os dedos. Como estou me saindo, Ted?

— Ulisses era Erica Davenport — disse Kelly teimosamente.

— Ulisses está vivo e bem, e passou uma corda no pescoço daquela pobre moça — disse Carmine asperamente. — Não antes de quebrar seus braços e pernas em dois lugares para ter certeza do quanto ela sabia e a quem poderia ter contado o que sabia.

A máscara caiu por completo. Em um segundo, o agente do FBI desajeitado, um tanto obtuso e nitidamente de nível inferior desapareceu e foi substituído por um homem altamente treinado, profissional e inteligente.

— Eu entrego os pontos — disse Kelly, pesaroso. — Me avisaram que você era difícil de enganar, mas eu tinha que tentar. A última coisa de que preciso ou que quero é que alguém na Cornucopia pense que eu possa estar aliado a você farejando malfeitores. Quero que Ulisses ache que sou um agente burro de uma instituição burra, e assim também querem os meus chefes. Para você, não há problema, você está caçando um assassino. Você pode avançar abrindo sua cauda e pavoneando sua habilidade, mas minha caçada é diferente. Tenho que fingir que nem cheguei ao primeiro estágio mesmo quando já estou de volta com o assunto resolvido. Meu homem não erra.

— Atualmente ele anda cometendo erros — disse Carmine, inclinando-se para a frente na cadeira. — De repente, sr. Kelly, você e eu estamos caçando o mesmo predador. Sei há algum tempo que meu assassino é o seu Ulisses. Não, não é uma suposição. É um fato. — Ele olhou para o relógio da estação ferroviária. — Tem meia hora livre?

— Claro.

— Então vou pendurar os avisos de "Não perturbe".

Isso consistia em fechar as portas e direcionar todos os seus telefonemas para Delia. Então Carmine voltou à sua mesa e contou a Kelly por que ele sabia que Ulisses tinha assassinado onze pessoas que estiveram num banquete de caridade havia cinco meses.

— Portanto, como você vê — concluiu ele —, podemos acabar conseguindo provas consistentes de assassinato, mas não de espionagem. Isso será um problema para o FBI?

— Nada disso — disse o agente especial Ted Kelly. — Saber que há espiões na cidade é algo muito assustador para a população em geral.

Pode ficar com a glória. Voltarei discretamente para Washington, alegre, parecendo um bobo. E, desse modo, estarei em forma para o próximo traidor.

— Não estou atrás de glória! — retrucou Carmine.

— Eu sei, mas, se pegarmos o puto, alguém tem que brilhar e não posso ser eu. Tudo o que eu tenho a dizer é que, se você o pegar, ou melhor, quando você o pegar, ele nunca mais pode sair da prisão.

— Ele não terá feito nada que garanta um julgamento federal ou uma prisão federal — disse Carmine — e Connecticut é um estado liberal. Nenhum de nós pode prever o que uma futura e tola junta de liberdade condicional poderá decidir. Estão sempre repletas de idealistas.

Kelly pôs de pé seu tamanho imenso e esticou a mão para apertar efusivamente a de Carmine. — Eu não me preocuparia — disse alegremente. — Sua junta de condicional estará repleta de pessoas que acreditam em recidiva. Eu o perdoo por me ter chamado de filho da puta. Eu me comportei muito mal.

— Em público — disse Carmine, conduzindo-o para a porta de saída — continuamos nossa farsa: orelhas para trás, dentes arreganhados e rosnados toda vez que nos encontrarmos. Por falar nisso, o que continha o filme que você tirou da câmera do telescópio?

— Nada que valha a pena relatar — disse Kelly. — Apenas o litoral da baía de Holloman, desde o cais das barcas de Long Island até um ponto além de East Holloman. Maré alta, maré baixa. Chegamos à conclusão de que poderia se relacionar com um encontro ou um local para deixar algo.

Não havia ninguém no saguão; o agente especial Ted Kelly o atravessou em três grandes passadas e desapareceu na escadaria. Assim que ele se foi, Carmine foi falar com Delia.

— Nosso peru federal não é um peru — disse ele, sorrindo. — É uma águia, mas, se você visse a amplitude das asas dele quando está disfarçado de peru, se convenceria de que, na verdade, ele é um urubu.

ASSASSINATOS DEMAIS

— Um pássaro muito estranho — disse Delia solenemente.

— Alguma novidade? — perguntou ele.

— Nenhuma. Abe e Corey exauriram as listas de quem poderia ter se sentado à mesa de Peter Norton, sem resultados. Eu diria que as pessoas simplesmente se esquecem. Não, não vá! O comissário quer vê-lo. Agora, ele gritou. Receio que o tio John não esteja de bom humor.

Se a expressão no rosto do comissário Silvestri fosse uma indicação, "não estar de bom humor" seria um eufemismo. Carmine ficou de pé para receber sua dose de medicamento.

— O que o safado vai fazer a seguir? — perguntou Silvestri.

Uma pergunta inócua; ele tinha de ser evasivo. — Isso depende se era ele mesmo quem estava na minha garagem de barcos.

— Por quê?

— O assistente é de extrema valia, senhor, embora prescindível. Minha impressão é de que ele ficou na Bat Caverna e mandou Robin à minha garagem de barcos.

— Rato escorregadio! Como está Desdemona?

— Não está diferente do que da última vez que o senhor perguntou por ela. — Carmine olhou o relógio. — Isso foi há uma hora.

— E sua mãe? — perguntou Silvestri, remexendo-se na cadeira.

— Idem.

— Soube que Myron conseguiu retirar o corpo de Erica Davenport da custódia da polícia e o está levando para Los Angeles para enterrá-lo.

Carmine olhou seu chefe com curiosidade. — Onde o senhor ouviu isso?

Uma expressão de desconforto surgiu no rosto do comissário. — Eu... hã... eu estava conversando com ele.

— Ao telefone ou pessoalmente? — perguntou Carmine, desconfiado.

— Telefone. Sente-se, sente-se!

Cada vez mais desconfiado, Carmine se sentou. — Cuspa logo, John!

— Isso não são modos de falar com seu superior.

— Minha paciência tem limites, senhor.

— Imagino que você saiba como Myron é importante?

— Eu sei — disse Carmine, esperando pelo que viria.

— A questão é que ele está se mexendo em Hartford como uma vespa dentro de uma cueca.

— Zangado, abusado e cercado.

— Isso e mais uma porção de coisas. Ele quer que o assassino de Erica Davenport seja nossa prioridade número um e o governador acha que isso é apropriado, por causa da publicidade.

— O próprio Myron vazou a história — disse Carmine.

— Sim, bem, todos nós sabemos disso. Mas o governador quer que ele vá fazer agitação longe de Hartford. Essa ideia fixa dele é como uma abelha no boné...

— Vespas, e agora abelhas. Conte logo tudo!

— Vou mandar você para Londres para investigar a passagem da dra. Davenport por lá quando era estudante. — Silvestri tossiu. — Um doador anônimo forneceu fundos para sua mulher e seu bebê irem com você por causa do recente atentado à vida deles. Hartford liberou uma verba especial para a sua viagem — concluiu Silvestri, fechando os olhos diante da tempestade que se formava.

Havia duas formas de agir. Uma arruinaria o seu dia, a outra ao menos lhe permitiria expressar algum tipo de sentimento. Carmine escolheu a segunda e riu até chorar.

— Foda-se! — disse, ofegante, segurando o corpo. — Não posso ir a Londres, simplesmente não posso! No momento em que sair, os demônios estarão à solta. John, certamente você percebe isso, não?

— Claro que percebo! E eu disse isso! Mas eu poderia ter economizado minhas palavras. Esta investigação está sendo conduzida como um futebol político, graças a Myron Mandelbaum.

ASSASSINATOS DEMAIS

— Ele tem boas intenções, mas deveria ficar fora do que não entende. Seu problema é que tende a enxergar a vida como se fosse um filme: tudo acontece na velocidade da luz e ninguém dá uma parada para pensar. Uma odisseia a Londres não me ajudará a descobrir o assassino ou o espião e pode facilitar a fuga dele — gemeu Carmine.

— Eu sei, eu sei.

— Hartford impôs alguma condição? Como, por exemplo, quanto tempo devo ficar fora?

— Considerando o aperto no orçamento, eu acho que, quanto mais rápido você voltar, melhor. O doador anônimo não pode financiar um servidor público.

— Quer apostar?

— Como posso evitar?

— Tente interferir em Hartford a meu favor. Desdemona e Julian é que preocupam Myron; portanto, se eu voltar em dois dias, terei que deixá-los em Londres por mais algum tempo. Se, antes de sair de Holloman, eu conseguir descobrir o nome de alguém que possa me informar sobre a época que Erica passou lá, isso vai ajudar. Posso voltar assim que extrair tudo sobre o assunto — disse Carmine.

— Delia! Ponha Delia à procura desse nome, Carmine.

— Ela é que deveria ir à Inglaterra.

— Sim, sim, eu concordo, mas Myron não. No entanto — disse o comissário, como um conspirador —, poderíamos conseguir jogar areia nos olhos de todos. Não diga a ninguém para onde você vai, apenas deixe escapar que vai tirar sua família de Holloman por um tempo, e vá para o JFK como se fosse pegar um avião para Los Angeles. Vou conversar com Myron e instilar o terror do inferno católico em sua alma judia. Ele deverá dizer a todo mundo que Desdemona e Julian vão ficar com ele. Isso fará sentido, portanto duvido que você seja seguido até o aeroporto, pelo menos não até os portões de embarque. Desse modo, se você terminar o que tem a fazer em Londres em dois ou três dias, ninguém ousará muito durante a sua ausência.

295

* * *

No final, apenas Delia e John Silvestri sabiam para onde Carmine levou a mulher e o filho dois dias mais tarde. Depois de pensar um pouco, ele resolveu confiar em Ted Kelly também, que poderia andar pela Cornucopia contando a todos que encontrasse que Carmine tinha ido a Los Angeles e poderia voltar no próximo avião se as coisas saíssem de controle.

Desdemona estava aliviada e agitada, explicando a todas as mulheres da família de Carmine que estava ansiosa para voltar ao lugar onde passara a lua de mel: o Hampton Court Palace de Myron. A mão generosa desse cavalheiro estava em tudo, como Carmine descobriu; eles foram apanhados em casa por uma limusine que tinha em seu interior espaço suficiente para se fazer uma pequena festa, e que os levou celeremente ao 707 sem que tivessem de se juntar à multidão que esperava para embarcar. Embora Carmine insistisse em que seu bilhete era da classe econômica, mesmo que a esposa e o filho fossem viajar na primeira classe, foi colocado junto deles porque, a chefe das aeromoças disse com suavidade, ele havia sido promovido. Não escapou à sua observação que os outros passageiros da primeira classe tremeram ao ver um bebê e engoliram pílulas extras para garantir o sono mesmo com um bebê chorando. Não precisariam ter se incomodado, pensou Carmine com um sorriso interior: Julian gostou da experiência, piscando quando a subida e a descida alteraram a pressão em seus tímpanos, mas sem gritar. Deve ter sido fichinha para ele depois da baía de Holloman.

— Eu prefiro um trem — disse Desdemona, completamente entediada.

Myron os havia hospedado no Hilton, sendo bastante inteligente para saber que os hotéis luxuosos de Londres não eram dotados de elevadores grandes, pisos nivelados, portais altos e camas amplas; Desdemona precisava de espaço, em especial no elevador, com um carrinho de bebê. Portanto, o Hilton.

ASSASSINATOS DEMAIS

De maneira nenhuma aquela era a primeira visita de Carmine a Londres e Delia lhe havia sugerido um nome: professor Hugh Lefevre. Tinha até mesmo marcado um encontro para ele: onze da manhã do dia seguinte, na residência do professor em St. John's Wood. Aparentemente o professor não gostava de almoçar em restaurantes, mesmo num restaurante caro; Carmine podia tomar uma xícara de chá, ele disse a Delia.

Esperando certo grau de riqueza, Carmine caminhou por uma rua de casas geminadas, um tanto dilapidadas, longinquamente georgianas,* cada uma delas com seu lance de degraus sujos levando à porta da frente ao lado da qual ficava um painel com nomes escritos à mão. Ele achou a casa que procurava, subiu os degraus e descobriu que H. Lefevre morava no 105, no alto de uma escadaria sombria num saguão sombrio. Não havia campainha e, naturalmente, o apartamento 105 não ficava no andar térreo. Uma olhada no relógio o informou de que estava no horário, portanto ele subiu os degraus escuros até um patamar com cinco portas. A sua era a do fundo e daria vista para o que quer que se passasse por um quintal atrás do prédio. Ele bateu.

— Entre! — disse uma voz.

Naturalmente, a maçaneta girou e a porta se abriu. Carmine entrou num cômodo grande iluminado apenas por duas janelas e o favor de um dia muito nublado. Como todo o prédio, a sala estava em mau estado. O papel de parede estava desbotado e descascado, as cortinas grossas de veludo, manchadas e a mobília, uma mistura de estilos, estava gasta e lascada quando de madeira e com o forro rasgado e o enchimento aparente, quando estofada. Havia livros por toda a parte, inclusive numa parede com prateleiras. A escrivaninha tinha montes de papéis

---

* Arquitetura georgiana — Arquitetura britânica ou colonial britânica do período dos quatro reis George, especialmente a arquitetura do período anterior a 1800. (N.T.)

empilhados e uma pequena máquina de escrever manual estava sobre uma mesa baixa ao lado da cadeira da escrivaninha, que girava para ambos os móveis.

Um homem de pé junto a uma das janelas se virou para Carmine quando este avançou com a mão estendida em sua direção e a apertou.

— Professor Lefevre?

— Sou eu. Sente-se, capitão Delmonico.

— Onde, senhor?

— Pode ser ali. Onde a luz ilumine o seu rosto. Humm! As mulheres devem ficar loucas por você. É a cara do Novo Mundo. América, Austrália, África do Sul, não faz diferença. A cara do Velho Mundo é mais suave, menos flagrantemente masculina.

— Não percebi nenhuma mulher louca por mim — disse Carmine, sorrindo à vontade. Era uma boa técnica: bajulá-lo, deixando-o sem graça ao mesmo tempo. Bem, nós dois podemos jogar esse jogo, professor. Ele olhou em volta, parecendo intrigado. — Isso é o melhor que a Inglaterra pode proporcionar a um professor titular? — perguntou.

— Sou comunista, capitão. Não faz parte da minha ética mergulhar no conforto quando tantas pessoas não têm nenhum.

— Mas seu modo de vida particular não pode beneficiá-los, senhor.

— Não é o que está em questão! A questão é que eu escolhi viver de modo espartano para demonstrar minha ética a pessoas como você, que vivem no conforto. Suponho que sua casa tenha todos os luxos.

Carmine riu. — Não diria todos os luxos, apenas aqueles que permitam à minha mulher não se matar de trabalhar e ao meu filho não viver o horror da monotonia.

Ah, um golpe! O professor Lefevre se enrijeceu na cadeira, algo difícil para alguém devorado pela artrite. Vinte anos atrás, quando Erica Davenport fora sua aluna, ele devia exercer certa atração sobre as mulheres, pois era alto, provavelmente se movimentava com uma graça

ASSASSINATOS DEMAIS

lânguida e se deleitava com sua boa aparência, da qual faziam parte um nariz reto e fino, sobrancelhas e cílios negros, cabeleira farta, negra, de fios longos, e olhos azul-claros. Os vestígios disso ainda estavam lá, mas a dor e um grau desnecessário de dificuldades na vida o haviam desgastado, por fora e por dentro também. Aquecimento, comida decente e ajuda nos trabalhos domésticos teriam mantido afastadas as doenças. Mas não, pensou Carmine, ele tinha uma ética e agora, quando falei do "horror da monotonia", reagiu como um novilho diante de um aguilhão.

— O que o senhor faz com seu dinheiro? — perguntou Carmine, curioso.

— Eu o doo ao Partido Comunista.

— Onde, provavelmente, algum membro dedicado da boca para fora o usa para viver com conforto.

— Não é assim! Todos nós acreditamos na causa.

Hora de parar de amolá-lo. Carmine se inclinou para a frente. — Desculpe, professor, não pretendo denegrir seus ideais. Minha secretária deve ter lhe dito... e, por falar nisso, ainda bem que o senhor tem telefone... eu preciso de algumas informações sobre o passado de Erica Davenport, que, suponho, foi sua aluna.

— Ah, Erica! — o velho professor exclamou, sorrindo e revelando os maus dentes. — Por que eu deveria responder a suas perguntas? Há um novo McCarthy* no Senado? Ela está sendo perseguida por seu governo capitalista? O senhor perdeu a viagem, capitão.

---

* Joseph Raymond McCarthy (1908-1957) — Político americano, senador dos EUA pelo Estado de Wisconsin (1947-1957), presidiu o subcomitê permanente de investigações e promoveu audiências públicas nas quais acusava oficiais do Exército, membros dos meios de comunicação e figuras públicas de serem comunistas. Suas acusações nunca foram provadas e ele sofreu censura do Senado em 1954. (N.T.)

COLLEEN McCULLOUGH

— Erica Davenport está morta. Ela foi assassinada de uma forma especialmente brutal, depois de uma tortura que consistiu em quebrar todos os ossos dos braços e das pernas — informou Carmine firmemente. — Não sou um instrumento capitalista, sou apenas o detetive de homicídios destacado para investigar a morte dela. Suas ideias políticas não são da minha conta. Sua morte é.

Lefevre chorou um pouco, com a facilidade dos velhos; à medida que os anos passam, abrem-se muitas rachaduras na barreira emocional, pensou Carmine. O velho professor havia sentido alguma coisa por ela.

— Apenas me diga como era Erica há vinte anos.

— Como? — Os olhos azuis desbotados dilataram-se. — Como o sol, as estrelas! Ardente de vida e entusiasmo, impaciente para mudar o mundo. Todos nós éramos de esquerda na London School of Economics; na verdade, éramos conhecidos por isso. Ela já chegou até certo ponto doutrinada, portanto foi muito fácil terminar o processo. Quando descobri que ela falava russo fluentemente, entendi sua importância futura. Deixei que ela pensasse que havia me seduzido, depois comecei a trabalhar para... acho que a expressão é "convertê-la". Naturalmente que Moscou estava interessada, principalmente depois que percebi como ela era inteligente e capaz. A oportunidade de infiltrar um agente passivo* em alguma grande empresa americana era boa demais para se perder. Mas ela começou a temer... até mesmo a se opor.

— Por que ser tão franco, professor? O senhor está falando da sua traição e também da dela...

— Que traição? Eu nunca fiz nada — disse Lefevre, satisfeito consigo mesmo. — Não há nada na LSE que interessasse a Moscou além de

---

* *Sleeper agent* é um espião que é infiltrado num país ou organização-alvo não para realizar uma missão imediatamente, mas para permanecer como um recurso em potencial a ser eventualmente posto em ação. (N.T.)

ASSASSINATOS DEMAIS

pessoas. — Ele parou de repente e olhou para Carmine confuso. — Chá! Você está aqui para tomar uma xícara de chá! — disse.

— Obrigado. Não quero chá. Continue a falar de Erica.

— Meus superiores no partido acolheram a ideia e conseguiram que Erica fosse a Moscou e conhecesse todas as pessoas mais importantes. Essa viagem foi feita com um passaporte especial que a KGB preparou para ela, enquanto seu passaporte verdadeiro foi carimbado de modo que mostrasse uma peregrinação pelo mundo clássico, e lhe providenciaram lembranças desses lugares. Tendo em vista que a Guerra Fria estava apenas começando, Moscou foi muito cuidadosa com Erica, que talvez tivesse que esperar muito tempo antes de ser chamada a entrar em ação.

Lefevre se levantou e foi até a janela, olhou para um quintal com capim alto e pedaços de sucata enferrujados — velhos aquecedores a querosene, penicos, baús de lata. Aqui não há máquinas de lavar jogadas fora, pensou Carmine, olhando por cima do ombro do velho professor. Os inquilinos devem todos pertencer ao Partido Comunista.

— Então Erica foi para Moscou no verão de 1948?

— Sim. — Lefevre fez uma nova pausa, franzindo o rosto e puxando o lábio inferior. Suspirando, ele voltou para sua cadeira.

— O que aconteceu em Moscou?

— Na primeira viagem, de três semanas, tudo correu muito bem. Erica voltou nas alturas, muito feliz. Ela fora apresentada a todos os membros do Comitê Central e tinha apertado a mão de Joseph Stalin. Ele não estava muito bem, o senhor sabe. Depois ela teve que voltar a Moscou para o treinamento. Foi uma estadia de nove semanas. Para qualquer outra pessoa, teria sido mais longa, mas ela era uma aluna inteligente, zelosa. Também capaz de contribuir de forma significativa para sua própria história.

Ele parou de novo, claramente aflito. Se não fosse pela notícia da morte horrível de Erica, Carmine sabia, ele teria tentado em vão obter essas informações. Certamente os agentes do FBI e da CIA tinham descoberto Lefevre em suas investigações quando Ulisses apareceu em cena pela primeira vez e ele tinha se aferrado à "peregrinação" de Erica pelo mundo clássico. A sorte viaja com o arauto da morte, pensou Carmine. Ele é velho, solitário e ultrapassado. Agora pode falar sobre Erica sem colocá-la em perigo.

— O senhor já me contou que ela era uma traidora, professor. O que mais há para se saber?

Ele finalmente tomou a decisão. — Em sua última noite em Moscou, Erica foi estuprada. Pelo que ela me contou, foi num jantar com bebedeira a que compareceram oficiais do segundo escalão do partido e da KGB. Por que a escolheram eu não sei, o que sei é que ela havia sido muito protegida pelos superiores deles, era americana, muito bonita e não era sexualmente generosa.

— Foi um estupro terrível — disse Carmine suavemente. — Na autópsia, vinte anos depois, ela ainda tinha cicatrizes físicas. Como ela sobreviveu?

— Ela juntou os cacos e voltou para Londres conforme o combinado. Voltou para mim. Eu a mandei para o Guy's Hospital, onde tinha um amigo. Naqueles dias era enlouquecedor lutar contra as dificuldades iniciais do Serviço Nacional de Saúde. Nós conseguimos que seu prontuário se perdesse no sistema. Londres era um lugar muito diferente então. O país ainda tinha talões de racionamento de comida, era difícil obter roupas decentes... uma situação propícia para nós que lecionávamos em instituições de ensino superior. Alguns estudantes muito promissores caíram em nossas mãos como pêssegos maduros.

— E quanto a Erica? Ela deve ter voltado de Moscou daquela segunda vez completamente mudada — disse Carmine.

— Por um lado, sim. Por outro, não. O ardor havia acabado, e uma determinação fria o substituiu. Ela repudiou qualquer atividade sexual até que alguém com muita autoridade a fez entender que o sexo é o melhor instrumento de uma mulher bonita. Ela foi treinada na arte da felação. Uma grande quantidade de dinheiro

ASSASSINATOS DEMAIS

foi depositada em seu nome num banco de Boston e, tanto quanto eu sei, ela deu início à sua ascensão. Depois de algumas cartas insípidas, perdi contato com ela.

— Então o senhor não sabe que ela ascendeu ao mais alto cargo executivo de uma grande empresa americana que fabrica armas de guerra? — perguntou Carmine.

— Não; é verdade? — Hugh Lefevre parecia encantado. — Que maravilha!

— Mas ela não fez espionagem para Moscou.

— O senhor não pode ter certeza disso. Depois do treinamento, ela seria capaz de enganar qualquer um.

— Erica era fachada para outra pessoa. Ela deve ter tido um controlador, alguém que orientava suas ações e lhe dizia o que fazer. Ela nunca se comportou como um espião principal porque não era uma espiã de primeira linha. Era apenas uma fachada.

— Espero que o senhor esteja certo, capitão. Se estiver, então a empresa de Erica ainda se encontra invadida. Esplêndido, esplêndido!

Quando Carmine o deixou, fez todo o trajeto até o Hilton a pé, tanto quanto possível por dentro do Regent's Park, entre azaleias e rododendros, árvores em flor e ricos tapetes de grama de um verde inverossímil. Não era o Hyde Park, mas tinha seus encantos. Somente quando encontrou um quiosque com comida e bebida e tomou *aquela* xícara de chá, ele se livrou do resto do gosto amargo na boca deixado pelo professor Hugh Lefevre. Velho, aleijado e movido por uma ideologia. Havia muitas pessoas como ele — as ideologias eram diferentes, talvez, mas o resultado final era o mesmo.

Ele encontrou Desdemona e foram almoçar na cafeteria. Ela havia acabado de chegar de um longo passeio pelo Hyde Park empurrando Julian no carrinho que agora ela chamava pela palavra inglesa — em menos de um dia, as características britânicas de sua mulher voltaram com força total. Mas ela parecia relaxada, apesar da longa caminhada. Myron podia ser inconveniente, mas, de vez em quando, acertava.

Como dizer a Desdemona que ele ia voltar para casa? De forma direta, sem desculpas e sem subterfúgios.

— Extraí tudo o que precisava do professor Lefevre — disse ele, buscando a mão dela. — Isso significa que preciso voltar.

Apagou-se o brilho dos olhos de Desdemona, mas ela reuniu todos os seus recursos e conseguiu parecer apenas desapontada. — Eu sei que você ficaria se pudesse — disse com firmeza. — Portanto, deve ser muito urgente. Imagino que todas as mulheres de policiais passem por isso... a taxa de divórcios é tão alta. — Ela alongou a boca num sorriso. — Bem, capitão Delmonico, você não vai conseguir se livrar de mim tão facilmente! Sim, estou triste, mas, quando me casei com você, sabia que tipo de pessoa você era. E você realmente tem uma atração fatal por casos detestáveis! Isso logo me contaminou, portanto eu devo ter a mesma característica. Minha cama vai ficar fria, mas não tão fria quanto a sua: eu tenho Julian. Apenas me prometa que, quando tudo terminar, você vai me trazer novamente aqui. Não com o luxo de Myron! Um hotel fedorento na Gloucester Road serve, eu aguento o curry e o repolho. E, em vez do carrinho de deitar, vamos alugar um de sentar para Julian porque eu acho que ele prefere passear sentado. Ele herdou a sua curiosidade, amor, e gosta de ver por onde passa.

— Trato feito — disse Carmine, beijando sua mão. — Vou me preocupar de qualquer modo. Londres é uma cidade grande.

— Ah, mas não vamos ficar em Londres — disse Desdemona brandamente. — Eu combinei com Delia. Nós duas sabíamos que você voltaria logo, então Julian e eu vamos ficar com os pais de Delia em Cotswolds. Ninguém vai descobrir para onde fomos. A generosidade de Myron vai nos levar até lá, confesso que desanimo só de pensar em enfrentar um trem com bebê, carrinho e bagagem. Vamos viajar num Rolls Royce.

— Da próxima vez serão trens, ônibus e táxis — avisou ele.

— Sim, mas você estará aqui para me ajudar. Eu sou muito grande, Carmine, mas só tenho duas mãos.

ASSASSINATOS DEMAIS

A ficha caiu para Carmine. — Você está zangada comigo! Que alívio!

— Claro que estou zangada! — disse ela, com maus modos. — Fique sabendo que não é nada engraçado tentar ser uma esposa perfeita para um policial! Eu não esperava que você encontrasse tão depressa o que estava procurando. Pensei que Julian e eu o teríamos pelo menos por uns três dias. Nunca vi as joias da Coroa!

— Isso é bom, eu também não vi.

— Quanto tempo eu ainda tenho? — perguntou ela.

— Eu ia ver se tinha avião hoje à noite, mas posso tentar conseguir um amanhã de manhã. Tempo para uma festa de linchamento?

— Não, pelo menos vamos poder dormir abraçadinhos numa cama king-size hoje à noite. Vou ligar para a sra. Carstairs para avisar que estamos indo, amanhã de manhã saímos juntos do hotel no Rolls de Myron. Nosso trajeto é na direção oeste e o aeroporto de Heathrow também. Nós podemos deixá-lo lá — disse Desdemona.

— Isso é que é esperteza, adorável dama. Não acho que você corra perigo aqui, mas não faz mal nenhum agir de maneira encoberta, para usar a terminologia dos espiões. Ninguém sabe que os pais de Delia moram aqui.

— Isso é coisa de espião, não é?

— Meu interesse é puramente por assassinatos — disse Carmine.

Finalmente, pensou Carmine com complacência enquanto o carro o deixava na confusão do aeroporto de Heathrow, estou livre de Myron Mendel Mandelbaum! Posso usar meu bilhete da classe econômica e suportar as indignidades naturais de uma viagem aérea por nove horas. Mas Myron riu por último. Assim que Carmine embarcou no 707, a chefe das comissárias de bordo veio lá do fundo do avião e o promoveu à primeira classe. Aceitando um bourbon com soda num copo de cristal, Carmine se entregou às mordomias.

* * *

— Você teve muita sorte — disse Ted Kelly quando Carmine terminou sua história. — Interrogamos muitas vezes o professor Lefevre, mas ele jurava que Erica Davenport era apenas mais uma estudante americana inteligente se beneficiando do saber da LSE em economia. O velho bode mentiroso! Ele nos enganou, o tempo todo tagarelando sobre sua participação no Partido Comunista. A Inglaterra está repleta de comunistas declarados, enquanto os nossos comunistas realmente perigosos se esconderam debaixo da terra com a chegada de Joe McCarthy. Ele fez mais mal do que bem.

— Caças às bruxas sempre são assim — disse Carmine.

— Não avançamos mais no que se refere à Erica Davenport.

— Eu discordo. Ulisses perdeu sua fachada. Você descobriu quando exatamente a Cornucopia começou a perder segredos?

— Quando nossa fachada chegou, há dez anos. O roubo do projeto do controlador de combustível de foguetes, ocorrido há dois anos, expôs os roubos quando gente demais passou a ter conhecimento deles — disse Kelly.

— A Cornucopia teve alguma perda desde que Erica começou a sentir medo?

— Você acha que isso aconteceu depois do banquete da Fundação Maxwell, não?

— Claro.

— Nós não sabemos — disse Kelly com pessimismo. — Não tem havido quaisquer avanços notáveis nos projetos vermelhos, embora tenhamos feito progressos realmente grandes. Nossa rede de espionagem não consegue detectar nada.

— Bem, minha suposição é de que Ulisses está dando um tempo. Ele tem um conjunto de segredos escondidos, prontos para serem entregues, mas não tem certeza se a tempestade já passou. Com Erica silenciada, ele provavelmente relaxou, embora isso dependa do que ela falou quando foi torturada.

ASSASSINATOS DEMAIS

— O que ela poderia ter contado? — perguntou Kelly.

— O que quer que tenha se passado entre ela e Skeps durante o evento da Fundação Maxwell, em primeiro lugar — respondeu Carmine.

— Ulisses pode não ter estado lá naquela noite, mas mandou Erica questionar Skeps sobre alguma coisa, quem sabe sobre o que Skeps sabia sobre ele. Mas ela contornou a situação até a carta de Pugh com a chantagem. O que não sabemos é se a carta era endereçada a ela e ela a repassou para Ulisses ou se era endereçada diretamente a Ulisses.

— rosnou Carmine. — Goste ou não, e eu não gosto, tenho que fazer aquela viagem desagradável até Orleans para ver novamente Philomena Skeps. Agora que Erica está morta, a dama pode se abrir mais sobre sua relação com Erica.

— Por que você não vai de avião?

Carmine debochou. — Ah, claro! Não tem linha aérea e eu já estou vendo o comissário autorizar o aluguel de um avião.

— Jesus, Carmine, às vezes você é burro! Eu o levo e trago de volta num helicóptero do FBI.

— E é por isso — disse Carmine, impiedoso — que nós, policiais sem importância, odiamos o FBI! Dinheiro para queimar. O que não me impedirá de aceitar seu oferecimento.

— Amanhã?

— Quanto mais cedo, melhor.

— Como está sua família em Londres?

— Passeando por tudo quanto é lugar — disse Carmine, sem vontade de contar a esse novo aliado que Desdemona e Julian estavam, na verdade, numa casa nos arredores de duas vilas chamadas Upper Slaughter e Lower Slaughter.* De fato, ele se tornara tão paranoico que

---

* Matança de Cima e Matança de Baixo. (N.T.)

tinha equipado o telefone de casa com um misturador de frequências e conversava com Delia sobre sua família em sussurros. Em algum canto do cérebro, ele imaginava o que os Carstairs pensariam quando o telefone deles fosse equipado com um misturador de frequências, mas não se importava: ninguém pegaria Desdemona e Julian novamente se ele pudesse evitar.

— É pena que você não tenha podido ficar mais um pouco com eles.

— É, mas eles estão seguros, se divertindo bastante e vendo tudo o que há para se ver.

— Cheguei a uma conclusão — disse Ted Kelly lentamente — sobre para que serviriam as fotos tiradas com a câmera telescópica. Ulisses queria descobrir como chegar à sua casa se esgueirando pela margem. Não há acesso público, e todas as propriedades descem direto até o mar.

— Essa também é a minha interpretação, Ted. Embora ele tenha mandado o seu assistente, que está mais em forma e é mais jovem, ou as duas coisas. Se ele acha que não sabemos que ele tem um assistente, enviá-lo daria um álibi a Ulisses. — Carmine deu um sorriso irônico. — O estranho é que o corpo de Erica não foi o primeiro a aparecer naquele trecho de terreno. Uma pobre adolescente assassinada foi jogada ali na época do proprietário anterior. O corpo foi transportado num bote, enquanto o de Erica foi carregado ou arrastado ao longo da costa.

Kelly olhava, espantado. — Jesus! O raio cai duas vezes no mesmo lugar! — exclamou. — Foi o caso do Fantasma, não?

— Sim. A moça foi arrumada artisticamente na beira do caminho, e não ancorada debaixo d'água.

O agente do FBI se levantou. — Telefone quando você tiver marcado com Philomena Skeps. Terei um helicóptero esperando no que Holloman chama de aeroporto.

Carmine riu. — Nós, na verdade, temos voos nos dias de semana para Nova York e Boston — disse. — Você esqueceu que a Chubb tem

ASSASSINATOS DEMAIS

uma faculdade de direito e uma de medicina que formam especialistas como mato em terreno baldio? Sempre há um bando de especialistas da Chubb testemunhando em algum tribunal.

Que diferença que era ir de avião! Carmine aterrissou no pequeno aeroporto para aeronaves particulares em Chatham vinte e cinco minutos depois de levantarem voo precariamente em Holloman. Era uma sensação curiosa, em especial a de olhar a paisagem abaixo — em geral água — entre os pés; o helicóptero parecia uma tigela de vidro por dentro e um mosquito por fora. O piloto era um cara quieto que se concentrava em manter o inseto voando, embora tenha falado quando Carmine desembarcou.

— Ficarei esperando aqui — foi tudo o que disse.

Um carro semelhante a um Ford Fairlane estava estacionado junto à cerca, as chaves na ignição, mas não havia ninguém por perto. Bem, bem, pensou Carmine, o FBI quer que a sra. Skeps e o sr. Tony Bera pensem que eu dirigi até aqui no meu carro da polícia, que estou irritado e com a bunda doendo.

Entre a primeira visita e esta, as vilas de Cape Cod haviam ficado mais verdes e produzido algumas flores de maio; o dia estava bonito e o céu azul, o Atlântico placidamente calmo. Eu ainda quero uma casa de verão aqui, disse Carmine para si. Seria tão bom remar com meus filhos, ensiná-los a nadar, ajudá-los a construir castelos de areia, fazer piqueniques com manteiga de amendoim e geleia. A experiência de meu filho na baía de Holloman não o afetará. Julian não é tímido ou cauteloso; ele se parece demais com a mãe.

Ele pensava neles enquanto dirigia pela curta distância até a casa dos Skeps. Pessoas como a mulher de Corey julgavam que a felicidade pública da família de Carmine era pura fachada, mas Maureen era assim mesmo; ela nunca poderia acreditar que outras mulheres não fossem possuídas de um descontentamento como o dela. E, naturalmente, o que quase todos — até Patrick — não conseguiam levar em conta era o fator idade. A maior parte das pessoas já estava casada havia pelo menos dez anos quando ele e Desdemona se uniram, e os acontecimentos que os haviam aproximado foram perigosos e exaustivos. Desdemona nunca se casara e o primeiro casamento de Carmine tinha sido um fato breve, mais de atração do que de amor. A idade, pensou ele, traz sabedoria, mas também traz uma gratidão genuína pela felicidade de compartilhar a vida com alguém de quem se gosta tanto quanto se ama.

Philomena Skeps estava no jardim da frente esperando por ele, vestida com um jeans cortado, tênis e uma camiseta branca simples. Suas pernas lisas e morenas eram firmes e era evidente que seus seios não precisavam de um sutiã para realçá-los; seus cabelos negros estavam presos com displicência no alto da cabeça. Se ela pretendia obter uma aparência de garota travessa, no entanto, não tinha atingido o alvo; sua beleza combinava com um salão francês, não com uma feira de rua.

— Capitão — disse ela, apertando sua mão com firmeza. — Se sentarmos nos fundos da casa, podemos aproveitar o ar fresco sem sentir frio. Eu amo o ar fresco.

— Onde está o sr. Bera? — perguntou ele, seguindo-a pelo lado mais afastado da casa e dando a volta nos fundos até chegar a um pátio calçado com pedras.

— Ele estará aqui assim que puder — disse ela, indicando uma cadeira branca de vime trançado. — Limonada?

— Obrigado.

Ele deixou que ela se acomodasse, que tagarelasse sobre as alegrias da primavera e do ar fresco, observando-a enquanto tomava uma excelente bebida. Os olhos dela ao sol tinham a mesma cor esverdeada que a água cheia de algas em tiras, densa e mutável.

— A senhora não se sentiu tentada a ir a Los Angeles para o funeral de Erica? — perguntou ele, estendendo o copo para mais um pouco de limonada S.S. Pierce.

ASSASSINATOS DEMAIS

— Não, não fiquei. — Os olhos se encheram de lágrimas que se afastaram quando ela piscou. — Ninguém quis me dizer como ela morreu, capitão, além de que ela foi assassinada. — Agora os olhos se mostravam diretos, resolutos. — No entanto, eu o imagino um homem bom mas duro e lhe pergunto: como foi que ela morreu? Foi muito ruim?

— Sim, foi muito ruim. Primeiro ela foi torturada. Todos os ossos longos dos braços e pernas foram quebrados. Depois ela foi estrangulada com uma corda em laço.

— Foi um enforcamento?

— Não. Simples estrangulamento, se me permite falar assim. Provavelmente foi um alívio.

Agora não havia lágrimas, mas a criatura atrás dos olhos se retirara para algum lugar inalcançável. — Entendo — disse ela. — É uma estranha forma de tortura, não? Não houve um componente sexual.

— De acordo com minha experiência, não foi um assassinato sexual. Ela foi torturada para se obter informação, eu acho. Certamente, os livros técnicos diriam que não houve sexo envolvido, embora às vezes eu me pergunte quanto, ou quão pouco, sabemos sobre assassinatos sexuais. Já lhe havia ocorrido que ela pudesse estar em perigo?

— Não de ser assassinada. Eu poderia entender um estupro, porque ela era um convite a isso: tão fria, tão sem interesse em sexo. Há um tipo de homem que acha que uma mulher como Erica precisa baixar a crista, e qual o meio mais eficaz senão o estupro?

Deus, esta mulher é inteligente!, pensou ele. — A senhora sabia que ela foi estuprada por um grupo quando era jovem?

— Não, mas faz sentido.

— Ela não confiava na senhora?

— Eu lhe disse, capitão. Não tínhamos boas relações.

— Recentemente, mas, em alguma ocasião, no passado, vocês se deram bem. Não há por que negar isso, sra. Skeps.

— Sim, houve um tempo em que fomos boas amigas. Foi por minha causa que ela se tornou amante de Desmond: eu lhe implorei. Naturalmente isso mudou nossa amizade, embora permanecêssemos próximas ainda por um bom tempo. Se eu soubesse do estupro, nunca teria feito esse pedido. Eu fui muito egoísta, capitão. Enquanto Erica o mantinha sexualmente saciado, Desmond me deixava em paz. Fiquei surpresa quando ela me disse que eles só praticavam felação, mas, naturalmente, os homens adoram isso.

— Por que esse fato a surpreendeu? — perguntou Carmine.

— Porque ela não se interessava por sexo. Não era desinteresse, era indiferença. — Philomena Skeps bateu as mãos uma contra a outra. — Por favor! Vamos deixar de lado esse assunto sórdido!

— Por que foram tão amigas?

— Uma comunhão de mentes. Nossos intelectos se entrosavam perfeitamente. Nós gostávamos de ler, gostávamos de discutir o que tínhamos lido; toda a infinidade de atividades, fenômenos e criaturas do mundo nos fascinavam. Amávamos a beleza em todas as suas facetas: as antenas de uma mariposa, a iridescência da carapaça de um besouro, peixes. O que você citar, nós amávamos. Nenhuma de nós duas tinha encontrado uma amizade tão maravilhosa. Então, quando terminou, fiquei arrasada.

— Por que acabou? Como acabou?

— Até hoje, não sei. Erica terminou a amizade do nada. Em novembro de 1964, no dia de Ação de Graças. Ela viria almoçar aqui comigo, com Tony e o pequeno Desmond. Mas ela chegou muito cedo. Eu estava na cozinha — disse Philomena Skeps com uma voz desconsolada —, na bancada, preparando o recheio do peru. Erica entrou, ficou a uns dois metros de distância de mim e disse que nossa amizade estava acabada. Ela não gostava de mim, disse, e estava cansada de fingir o contrário. Desmond estava tornando a vida difícil para ela, disse. O pequeno Desmond a detestava, e ela estava cansada disso também. Havia

ASSASSINATOS DEMAIS

mais uma dúzia de razões, todas muito semelhantes. Eu estava muito espantada para discutir, apenas fiquei ali de pé, com as mãos cheias de pão, escutando. Depois ela se virou e foi embora. Assim! Depois disso, só estive com ela em eventos e encontros que não podíamos evitar.

— Deve ter sido triste para a senhora, sra. Skeps.

— Não, foi uma tragédia! Nunca mais a vida foi a mesma.

— Como a senhora lidou com o fato de que seu ex-marido deu a Erica o controle sobre a herança de seu filho?

— Fiquei arrasada, mas não surpresa. Desmond faria qualquer coisa para dificultar a minha vida. Causou um efeito pior em Tony. Ele não conseguiu encontrar nada no testamento que lhe permitisse contestá-lo legalmente. Claro que agora que Erica está morta as coisas serão diferentes. — Ela não conseguiu esconder a satisfação em sua voz.

— Por que seu filho detestava Erica? — perguntou Carmine.

O sorriso dela se contorceu. — Ciúme, naturalmente! Ele achava que Erica era mais importante para mim do que ele e, sob determinado aspecto, ele estava certo. Um intelecto anseia por uma companhia igual e, por maior que seja nosso amor, as crianças não podem competir no nível intelectual. Só uma criança sensata entenderia isso. O pequeno Desmond não é sensato. Portanto, ele detestava Erica, que me roubou dele. Quando a amizade terminou, meu filho ficou contente. Por falar nisso, tenho que parar de chamá-lo de "pequeno" Desmond. Agora ele é simplesmente Desmond.

Carmine nunca entendeu como conseguira manter o rosto sem expressão, mas, de algum modo, ele havia conseguido, enquanto aquela estranha mulher mostrava uma mistura de Édipo, Clitemnestra, Medeia e cerca de outra dúzia de gregos que foram se esgueirando para dentro dos livros didáticos de psicologia. Eu espero com todas as forças, pensou ele, estar aposentado e em segurança quando esse amálgama aterrorizante explodir. Jesus, que confusão!

— Mãe? — chamou uma voz.

Falando do diabo!

Com pai e mãe de cabelos escuros, ele não poderia deixar de ter cabelos escuros, embora de rosto e corpo fosse mais parecido com Philomena que com seu pai. Tendo chegado à puberdade, havia iniciado o primeiro estirão e agora estava mais alto que a mãe. Vestia somente um jeans cortado, revelando um físico de ombros largos e quadril estreito que terminava em belos pés e mãos. Quando movimentava as mãos, elas eram graciosas. O rosto era tanto feminino quanto masculino, do tipo que se chama de epiceno, e Carmine duvidava que essa aparência de duplo sexo desaparecesse com a idade. Feições esculpidas em molde europeu do norte e olhos grandes, verdes e brilhantes com cílios negros e espessos como um borrão. Também não teria acne: sua pele morena não tinha defeitos, era livre de espinhas.

Carmine sentiu os pelos do meio das costas se eriçarem. Aqui há *problemas.*

O rapaz se apoiou contra a mãe, de pé ao lado da cadeira dela, e ela virou a cabeça para beijar o braço do filho, sorrindo.

— Capitão Delmonico, este é meu filho, Desmond.

— Oi — disse Carmine, levantando-se e estendendo a mão.

O rapaz a apertou, mas de modo desdenhoso, com um leve muxoxo de aversão na boca de lábios vermelhos. — Oi — disse ele. Depois, para sua mãe: — É sobre a bruxa má da Cornucopia?

— É sobre Erica Davenport sim, querido. Quer limonada?

— Não. — Ele permaneceu de pé como uma estátua de Praxíteles, inconsciente do fato de que o pé do visitante se coçava de vontade de lhe dar um pontapé para ensinar boas maneiras ao arrogante merdinha que ele era. — Estou entediado — disse ele.

— Com todos os deveres de casa que ainda tem para fazer? — arriscou ela.

ASSASSINATOS DEMAIS

— Já que meu QI é 200, mãe, isso não é problema! — disse ele rudemente. — Preciso de uma biblioteca maior.

— Sim, ele precisa — disse ela a Carmine, com pesar. — Suponho que vamos ter que nos mudar para Boston. Cape me satisfaz, mas atrasa Desmond. — O rosto dela se voltou novamente para o filho. — Assim que as complicações legais forem resolvidas, amor, iremos para Boston. Só mais umas semanas, Tony disse.

— Estou vendo que você se recuperou totalmente da catapora — disse Carmine ao rapaz.

Ele não gostou da referência a uma prosaica doença de infância, e ignorou a pergunta. — Onde está Tony? — perguntou ele, irritado e impaciente.

— Aqui! — disse a voz de Anthony Bera, vindo da porta dos fundos.

A mudança no jovem Desmond foi súbita e teatral: ele se iluminou, correu para Bera e o abraçou. — Tony, graças a Deus! — gritou ele. — Vamos sair de barco, estou entediado.

— Boa ideia — disse Bera —, mas tenho que conversar com o capitão primeiro. Por que você não vai aprontando as coisas? Precisamos de iscas.

O rapaz saiu, mas não sem antes conversar um pouco com Bera. Carmine abafou um suspiro de tristeza e desgosto misturados. O jovem Desmond já havia sido iniciado sexualmente, mas não por uma mulher. Bera era seu mentor nesse campo também. Mais alguns gregos borboletearam no pensamento de Carmine.

— O jovem Desmond exagerou o seu QI? — perguntou Carmine assim que o rapaz saiu do campo de audição.

— Um pouco — disse Bera, rindo —, mas seu QI é bem alto, na faixa de gênio. — Ele franziu o rosto. — É um tanto limitado, no entanto. Seus talentos são matemáticos, não artísticos, e lhe falta curiosidade.

— Uma impressão imparcial a respeito de alguém tão apegado ao senhor, sem dúvida.

— Não há razão para ser diferente — disse Bera, sem se deixar perturbar pelo fato de que Carmine havia percebido o que se passava entre ele e o rapaz.

— O senhor pretende contestar o testamento agora? — perguntou Carmine.

— Não tenho certeza de que seja necessário. O testamento de Skeps não tem nenhuma disposição para o caso da morte de Erica. Se um conselho de curadores for designado e se ele satisfizer uma vara de menores do estado de Nova York, acho que as coisas podem ser resolvidas sem muita confusão legal — explicou Bera com facilidade. — A mãe do menino é uma boa guardiã que foi tratada injustamente por um ex-marido vingativo. O senhor concebe Phil Smith ou os outros membros da diretoria da Cornucopia dificultando a vida de Philomena agora? Contanto que estejam entre os curadores, tudo correrá bem.

Um resumo bem superficial para alguém que ele reputa um ignorante em matéria de lei, pensou Carmine, mas provavelmente assim sucederá ao final. E responde às minhas perguntas. A Cornucopia continuará sob a mesma administração por mais três ou quatro anos pelo menos. Depois disso, será entregue ao jovem Desmond — quem sabe? Ele provavelmente estará formado por Harvard e fará parte do jogo. A homossexualidade do rapaz não me preocupa. O que importa é seu patriotismo. Será que Ted Kelly tem certeza da lealdade de Anthony Bera nessa área? Sem dúvida, vou perguntar isso a ele!

Levantando-se, Carmine despediu-se. Philomena não o acompanhou até o Fairlane, Bera o fez e examinou o carro.

— O senhor viajou alguns quilômetros para vir aqui três vezes — disse ele, segurando a porta do motorista.

— Sim, merdas acontecem — disse Carmine, entrou no carro e partiu com um adeusinho.

ASSASSINATOS DEMAIS

Alguns minutos mais tarde e ele estava no ar, atravessando o estreito de Nantucket.

— Isso é Nantucket ou Martha's Vineyard? — perguntou ele quando a água deu lugar a um terreno que parecia uma colcha de retalhos.

— Martha's Vineyard — disse o piloto.

E assim, depois de voar seguindo a I-95 no litoral de Connecticut, ele chegou a Holloman, enquanto, de Fairlane, ainda estaria em Cape Cod. Abaixando-se ao sair do helicóptero, Carmine resolveu que compraria para o agente especial Ted Kelly uma garrafa da bebida favorita dele. Que diferença! Em casa novamente, a tempo de almoçar no Malvolio's. A viagem toda havia durado menos de três horas.

Na falta de coisa melhor para fazer, ele voltou a seu destino menos desejado, a Cornucopia, naquela tarde.

Phil Smith se mudara para os escritórios de Desmond Skeps, mas não aproveitara o secretário Richard Oakes, notou Carmine enquanto esperava que a idosa secretária de Smith, belamente produzida, o anunciasse.

A decoração de Erica ainda estava lá, mas sutilmente desfeminilizada: os vasos de flores haviam sido retirados, as fotos de caminhos campestres oníricos tinham sido substituídas por gravuras severas e sombrias de Hogarth, e a pelica vermelha tinha substituído a verde-clara nos estofados.

— O senhor precisa de algumas bandeiras com a suástica — disse Carmine.

— Desculpe?

— Muito preto, branco e vermelho aqui. Bem nazista.

— O senhor, capitão, gosta de fazer observações incendiárias, mas hoje não vou morder a isca — disse Smith. — Estou muito feliz.

— Não gostava de uma mulher como chefe, hein?

— Que homem realmente gosta? Eu poderia suportar seu sexo, porém. O que me embrulhava o estômago era a indecisão dela.

Talvez simulando luto, Smith estava vestido com um terno de seda preto e uma gravata preta com pontinhos brancos muito próximos uns dos outros; suas abotoaduras eram de ônix e ouro, seus sapatos da mais fina pelica preta. Uma maravilha da alfaiataria, pensou Carmine, sentando-se. De fato, Smith parecia remoçado, até mais bonito. Ser *el supremo* da Cornucopia obviamente lhe dava muito prazer, como ele havia dito.

— Onde está Richard Oakes? — perguntou Carmine.

Smith falou com desprezo. — Ele é um homossexual, capitão, e eu não gosto de homossexuais. Eu o bani para a Mongólia Exterior.

— E onde isso fica, na versão de globo terrestre da Cornucopia?

— Na Contabilidade.

— Seria minha Mongólia Exterior também, eu confesso. Os ermos árticos dos números... No entanto, não concordo com o senhor a respeito dos homossexuais. Para alguns homens, é uma maneira natural de ser, que não deve ser confundida com a de alguns criminosos sexuais com que deparo. — Pensou consigo mesmo quanto tempo fazia que Smith não via Desmond Skeps III e que choque seria para ele vê-lo.

A amabilidade fingida desapareceu; Phil Smith voltou ao seu tipo. — O que o senhor quer? — perguntou rudemente. — Sou um homem ocupado.

— Quero saber onde o senhor estava durante todo o dia em que o corpo de Erica Davenport foi colocado na minha garagem de barcos.

— Eu estive aqui das oito da manhã até as seis da tarde e posso apresentar testemunhas que confirmem isso — disse Smith. — Vá procurar em outro lugar, pelo amor de Deus! O único tipo de assassinato que eu cometo é a Mongólia Exterior. Na verdade, eu teria contas a ajustar com a dra. Erica Davenport, mas não acabando com sua vida. Que tipo de punição seria? Quando eu terminasse meu ajuste com ela, Erica estaria uma em camisa de força.

— Entendo, sr. Smith. Quando o senhor a chama de indecisa, o que quer dizer com isso?

— Exatamente o que a palavra sugere. Ter um homossexual como secretário era uma indicação, acredite-me. Uma das formas pelas quais a Cornucopia permanece no topo é absorvendo companhias independentes menores, especialmente se elas têm ideias inteligentes ou descobrem um nicho do mercado para um novo produto. As negociações para assumir o controle seguem uma fórmula e um limite de tempo que Erica ignorava. Nós perdemos o controle de quatro companhias em menos de quatro dias, graças a ela. Três pertenciam a Fred Collins e uma a mim. Nós vínhamos fazendo as aproximações rituais durante meses ou semanas, dependendo do caso. Mas ela teve medo, a tola míope, depois correu para Wallace Grierson.

— Vocês não poderiam passar por cima dela? — perguntou Carmine, curioso.

— Não do modo como Desmond estruturou o testamento; Erica tinha o sim e o não, na condição de representante de Desmond III, que é majoritário — disse Smith, amargurado.

— Hum... então havia vantagens em se livrar dela, mesmo que sua técnica não envolvesse assassinato.

— O senhor também é tolo, capitão? Eu já não falei sobre isso?

— Não, sr. Smith, eu não sou tolo — respondeu Carmine calmamente. — Apenas quero ter certeza absoluta. — Ele se levantou e andou até uma parede comprida onde as gravuras de Hogarth estavam penduradas com precisão matemática. Representações de Londres antiga, um lugar de sofrimento terrível, fome, dissipação, uma humanidade evidentemente indesejável. Smith o olhava, confuso.

— Essas gravuras são espantosas — disse Carmine, virando-se para olhar a figura sentada atrás da escrivaninha laqueada de preto. — A miséria humana em sua forma mais aguda e o artista passava por ela todos os dias. Não recomenda muito o governo daquela época, não?

— Não, não recomenda, suponho. — Smith deu de ombros. — Apesar de que eu não ando no meio dessa miséria. Por que o interesse?

— Nenhuma razão, na verdade. Apenas parece um tema estranho para o escritório do diretor de uma empresa, especialmente quando os produtos dela visam criar mais miséria humana.

— Ah, por favor! — exclamou Smith. — Não me culpe, culpe minha mulher! Eu deixei a decoração a cargo dela.

— Isso explica tudo — disse Carmine, sorriu e saiu.

De lá, ele foi visitar Gus Purvey, Fred Collins e Wal Grierson, nessa ordem.

Purvey estava realmente desgostoso e tinha ido a Los Angeles para o funeral. Como Phil Smith, seu álibi para o dia da morte de Erica era inquestionável.

— O sr. Smith diz que a dra. Davenport era indecisa — disse Carmine, imaginando se isso era algo novo ou velho para ele. Parecia velho.

— Eu não concordo — disse Purvey, secando os olhos. — Phil e Fred são um par de tubarões, eles comem tudo o que aparece pela frente sem parar para pensar se vai descer bem ou se vai lhes dar indigestão. Erica achava que as quatro companhias acabariam sendo um passivo em vez de uma vantagem.

Collins repetiu a visão de Smith, mas Grierson tomou o partido de Purvey.

— Erica tinha uma cautela natural — disse ele — que foi a razão de Desmond a ter escolhido para dirigir a Cornucopia. Mas eu sei que ela era a favor de Dormus comprar uma pequena companhia com boas ideias sobre energia solar. Isso ainda levará algum tempo, mas eu estou

ASSASSINATOS DEMAIS

interessado. Erica também estava. Quero deixar a empresa em paz, apenas colocar algum capital necessário em sua infraestrutura e colher os benefícios adiante. A mesma coisa quanto à destilação de água potável a partir da salgada. Deve-se examinar o universo das pequenas empresas, capitão, não devorá-las — disse Grierson, inconscientemente repetindo a metáfora dos tubarões de Purvey. — Nesse ponto, a indecisão de Erica era positiva. Infelizmente, na maioria dos aspectos era desastrosa.

— O que vai acontecer agora que a dra. Davenport está morta?

— Phil Smith deve assumir o controle. Isso é engraçado. Durante os últimos quinze anos, ele ficou inerte e de repente acorda e se comporta como um executivo-chefe. — Grierson franziu a testa. — O problema é que não tenho certeza se este surto de energia vai durar. Espero que sim. Eu não quero esse cargo de jeito nenhum.

— Como é a mulher de Smith? — perguntou Carmine, pensando no chapéu-panqueca marrom.

— Natalie? — Grierson riu. — Ela é da Lapônia; diz que é sami.* Difícil acreditar que ela seja esquimó, não? Estranhos olhos azuis, cabelos louros. Os samis são claros, me disseram. O inglês dela é terrível. Eu gosto dela, ela é... hã... jovial. Os filhos são muito bonitos, todos louros. Uma moça, depois dois rapazes. Nenhum deles quer seguir o pai e entrar na firma, é impressionante como isso acontece com frequência. Não importa o quanto os pais sejam ricos, os filhos seguem seu próprio caminho.

— Nenhum modelo profissional entre eles?

— Apenas bons trabalhadores, Natalie fez por onde garantir isso. Ela tem ideia fixa em sua terra natal. Portanto, assim que cada filho

---

* Membro de um povo nômade de tradição pastoril que habita a Lapônia.

terminava a faculdade, ela o mandava para a terra do sol da meia-noite. Eles não ficaram lá, claro. Estão espalhados pelo mundo.

— Os Smith parecem um casal estranho.

Isso é fascinante, pensava Carmine; eu nunca imaginei que Wal Grierson fosse capaz de fazer essas fofocas agradáveis. Ver para crer. Ele é o melhor amigo de uma mulher, sua mulher.

— Os Smith são absolutamente ortodoxos em comparação com o que os Collins eram quando a primeira mulher estava viva. Aki era turca, outra loura. Esplêndida de uma forma estranha. Era originária de algum lugar perto da Armênia ou do Cáucaso. Os filhos são rapazes muito bonitos, jovens adultos agora, naturalmente. Um é oficial dos fuzileiros navais estacionado na Alemanha Ocidental e o outro é cientista da Nasa, tentando levar o homem até a Lua.

— O que aconteceu com ela? Divórcio?

O rosto de Wal Grierson ficou sério. — Não. Ela morreu num acidente com arma de fogo na cabana deles no Maine. Algum maluco tarado por armas confundiu-a com um veado e estourou seu rosto. É por isso que aturamos as garotas tolas de Fred. Quando Aki estava viva, ele era diferente.

— Isso é uma tragédia — disse Carmine.

— Sim, coitado do velho Fred.

Figuras estranhas se formavam na mente de Carmine, mas elas oscilavam nas bordas dos pensamentos reais, como objetos em movimento que algum oftalmologista sádico mantivesse deliberadamente nas margens da visão periférica. Eles estavam lá, mas não estavam lá. Mexia a cabeça para focalizá-los e eles desapareciam — puf!

— Será que estou ficando maluco? — perguntou ele a Desdemona, o misturador de frequências ligado na linha telefônica.

— Não, querido, você está absolutamente são — disse ela. — Conheço esse sentimento. Ah, estou com saudades de você! — Ela fez uma pausa, depois acrescentou num golpe de mestre de astúcia: — Julian também. Ele está, Carmine! Toda vez que um homem com seu jeito de andar se aproxima, ele começa a pular. É adorável!

— Isso é uma coisa horrível de se dizer.

— Você tem ideia de quem seja, não? — perguntou ela.

— Não, é isso, não tenho. Deveria ter, mas não tenho.

— Anime-se, você vai descobrir. O tempo está bom?

Ele se recompôs. — Dias perfeitos de primavera em Connecticut.

— Adivinhe como está aqui.

— Chovendo. A cinquenta graus de latitude, Desdemona, com um clima tão ameno, tem que chover muito. É a corrente do Golfo.

uando Simonetta Marciano irrompeu em seu escritório, Carmine ficou surpreso com a invasão, mas não com o modo como ocorreu; Simonetta sempre irrompia, era de sua natureza. Ela nunca tinha se libertado dos anos 40, de guerra, que tinham assistido ao seu maior triunfo, a captura, para marido, do major Danny Marciano, que, até então, tinha escapado às armadilhas. Mal saída da adolescência, Simonetta não se interessava pelos recrutas de sua faixa etária. Ela queria um homem maduro que a pudesse manter em alto nível desde o começo do relacionamento. E, assim que pôs os olhos no major Marciano, bela e animada, Simonetta partiu atrás dele com todas as deliciosas manobras da juventude. Hoje ele estava a dois anos de se aposentar da polícia de Holloman e ela estava no início dos quarenta.

Hoje ela estava usando um modelo abotoado na frente de cima a baixo, cor-de-rosa com bolinhas de um rosa mais escuro, na altura dos joelhos, deixando à mostra as belas pernas vestidas com meias de costura atrás, e os sapatos eram de pelica rosa com saltos médios antiquados e laços na frente. O cabelo escuro estava enrolado atrás da cabeça numa salsicha contínua sobre a qual ela havia prendido um enorme laço de cetim rosa. A moda naquela ocasião era batom rosa ou puxando para marrom, mas Simonetta usava vermelho brilhante. Tudo isso poderia sugerir a estranhos que ela distribuía favores livremente, mas eles estariam enganados. Simonetta era apaixonada por Danny e totalmente dedicada a ele e aos quatro filhos; suas qualidades mais reprováveis eram as canalizadas

ASSASSINATOS DEMAIS

para a fofoca e não havia nada que ela não soubesse. Tinha informantes dentro dos escritórios do prefeito, em Chubb, nos departamentos que compunham os Serviços Municipais, na Câmara de Comércio, nos Cavaleiros de Colombo, no Rotary, nos Shriners* e em muitos outros lugares que pudessem render algum boato suculento. Ter Simonetta a seu lado, seu marido brincava, era como desfrutar de todos os benefícios da Biblioteca do Congresso sem a amolação de pedir emprestado.

— Oi — disse Carmine, levantando-se para lhe dar um beijinho na bochecha com rouge e lhe indicar uma cadeira. — Você está ótima, Netty.

Ela ficou envaidecida. — Vindo de você, é um elogio.

— Café?

— Não, obrigada, não posso demorar, estou a caminho de uma reunião de feministas na adega de vinho Buffo's. — Ela riu. — Almoço e um bom vinho tinto italiano, e também muita poeira.

— Eu não sabia que você era feminista, Netty.

— Não sou — disse ela e fez um muxoxo de desdém. — O que eu apoio é remuneração igual para trabalho igual.

— Como posso ajudar? — perguntou Carmine, verdadeiramente desconcertado.

— Ah, você não pode! Eu não estou aqui por causa *disso*. Estou aqui porque me lembrei de que ouvi Danny dizer que você e os seus detetives estavam procurando pessoas que compareceram ao banquete da Fundação Maxwell.

— Você mesma estava lá, Netty.

— Eu estava, na mesa de John. Nenhum de nós sabia nada sobre o que você estava procurando, eu me lembro disso. — Ela saiu por uma aparente tangente. — Você conhece a casa funerária Lovely Peace?

---

* Sociedade fraterna secreta americana que não é maçônica, mas que aceita apenas mestres maçons como membros. (N.T.)

— Quem não conhece? Bart deve ter enterrado metade de East Holloman.

— A metade que conta, pelo menos.

Ele estava intrigado; isso era típico de Simonetta, uma perfeccionista na arte da fofoca. Jogar migalhas na água e reunir todos os patos, depois mostrar a arma, assim era Simonetta.

— Ele não é o mesmo desde que Cora morreu — disse Netty.

— Eles eram um casal muito unido — disse Carmine, circunspecto.

— É uma pena que ele não tenha tido um filho para assumir o negócio! Filhas são uma boa coisa, mas nunca parecem querer seguir os passos do pai.

— Só que, se me lembro, Netty, o marido da mais velha é embalsamador e assumiu o negócio de Bart.

— Não deixe Bart ouvir você chamá-lo de embalsamador! Ele prefere o termo mais amplo, agente funerário.

Carmine já tinha aguentado demais. — Netty, aonde você quer chegar?

— Vou chegar lá, vou chegar lá! Há dezoito meses que Cora morreu e as filhas de Bart se preocupam com ele — disse Netty, decidida a seguir seu trajeto tortuoso. — Elas o deixaram em paz durante os primeiros seis meses, mas, quando ele não voltou a sair e a frequentar os lugares, elas começaram a forçá-lo. Ele era obrigado a ir ao Schumann quando havia espetáculo na cidade, à temporada de teatro da Chubb, aos filmes, aos eventos públicos. O coitado não teve mais sossego.

— Você está conduzindo a conversa à informação de que ele estava no banquete do Maxwell? — perguntou Carmine.

Ela pareceu desanimada. — Céus, Carmine, como você é impaciente! Mas, certo, as filhas de Bart o importunaram para que ele comprasse um lugar no banquete do Maxwell. — Ela se animou. — Eu estava conversando com a filha mais nova dele ontem e ela disse qualquer coisa sobre Bart ter estado no banquete. Parece que ele não se divertiu,

ASSASSINATOS DEMAIS

pelo menos quando se sentou a uma das mesas, que, como ele disse a Dolores, estava cheia de bêbados e esquisitões. Estávamos sentadas lado a lado no salão de beleza Gloria's e Dolores mencionou isso depois que eu perguntei como estava Bart. — Ela riu. — Eu obtive uma descrição passo a passo sobre o progresso dele e tivemos muito tempo, esperando que a loção do cabelo agisse. — Ela se levantou, pegou o suéter, as chaves do carro e a bolsa de plástico cor-de-rosa. — Tenho que ir, Carmine, tenho que ir! Vá visitar Bart. Talvez ele possa ajudar.

E ela se foi, quase colidindo com Delia na entrada do escritório.

— Céus! Quem é essa? — perguntou Delia.

— A mulher de Danny Marciano, Simonetta. Um dos recursos mais valiosos que o Departamento de Polícia de Holloman possui. De fato, se o FBI pudesse extrair o que há nela, os problemas deles acabariam.

— Carmine consultou seu relógio. — Quase hora do almoço. Você poderia me achar o número do telefone de Joseph Bartolomeo, por favor, Delia? E o endereço.

Carmine lembrou que o proprietário da casa funerária Lovely Peace havia morado numa casa muito boa ao lado de seu estabelecimento, ambos convenientemente situados a uma distância razoável a pé ou a uma viagem curta de carro funerário, da Igreja católica de St. Bernard. Mas, depois da morte da mulher, ele passara seu negócio para o genro e comprara um apartamento no condomínio em que Carmine morava anteriormente, o edifício Nutmeg Insurance, a poucos metros dos Serviços Municipais.

Depois de pensar um pouco, Carmine decidiu pedir a Delia que telefonasse convidando o agente funerário para almoçar no Malvolio's. Ele estava em casa e não hesitou em aceitar o convite.

Quando Carmine chegou ao Malvolio's, seu convidado estava instalado numa mesa com reservado no fundo do grande restaurante, bebendo uma caneca de café que Minnie já lhe havia servido. Embora seu nome fosse Joseph Bartolomeo, todos os seus conhecidos o chamavam de Bart e o nome combinava com ele, pois tinha poucas conotações de origem étnica ou tipo físico. O mundo estava cheio de Joes, de Stalin a McCarthy, refletiu Carmine, mas os Barts eram em muito menor número. Aproximando-se dos setenta, Bart parecia ter qualquer idade entre cinquenta e oitenta, pois tinha uma aparência anônima, do tipo da de Alec Guinness, que fazia com que as pessoas não se lembrassem de como ele era ou como se comportava. Seu físico era comum, seu rosto era comum, sua coloração era comum e seus modos também eram comuns. Isso tinha sido de grande valia para um agente funerário, aquela pessoa que não quer se destacar, que conscienciosamente se importa com o morto querido, organiza e supervisiona suas exéquias e não deixa para trás nenhum traço seu que possa afetar as últimas lembranças.

— Bart, como você está? — perguntou Carmine, ocupando o seu lado do reservado e estendendo a mão.

Sim, até o aperto de mão de Bart era comum: nem frouxo nem muito firme, nem seco nem úmido demais.

— Estou bem, Carmine — disse Bart com um sorriso.

Não era necessário lhe dar condolências com atraso de ano e meio; Carmine tinha comparecido ao funeral de Cora. — Vamos almoçar, depois conversamos — disse. — O que você prefere?

— Minnie disse que o especial está bom, é carne de peito. Acho que vou querer isso e arroz doce depois — respondeu Bart.

Carmine pediu uma salada Luigi especial com o molho Thousand Island. Sem Desdemona para fazer jantares pesados, ele podia voltar aos pratos de solteiro.

Eles comeram com prazer, passando o tempo como os antigos moradores de East Holloman faziam. Só depois de Minnie ter trazido as tigelas de arroz doce foi que Carmine ficou sério.

— Recebi uma visita de Netty Marciano hoje de manhã — disse — e ela me contou que você compareceu ao banquete da Fundação Maxwell. Está correto, Bart?

— Sim, eu comprei um lugar. Foi muito bem-organizado, mas não me diverti muito, pelo menos no início — respondeu Bart.

— Descreva-me como foi, eu preciso saber.

— Bem, eu deveria me sentar a uma mesa com amigos, mas quando cheguei lá descobri que eles haviam cancelado a ida por causa de um vírus estomacal. Então me acomodaram com quatro dentistas e suas mulheres, e mais uma dentista sem acompanhante que me virou as costas. Eu não conhecia nenhum deles. Eles se divertiam muito e eu não me divertia nada. — Bart suspirou. — Esse é o problema de ir aos lugares sozinho. E de ser agente funerário. Assim que as pessoas perguntam o que você faz para viver, começam a olhar para você como se fosse o Boris Karloff.

— Lamento — disse Carmine gentilmente.

— Quando tiraram os pratos de sobremesa, resolvi procurar um lugar melhor para me sentar — continuou Bart, com sua voz suave e nada comum. — Minha primeira tentativa falhou, o advogado Dubrowski e alguns colegas de fora da cidade. Todos conversavam sobre negócios, se os clientes aceitariam um aumento de honorários, esse tipo de coisa. Não fiquei depois de lhes ter dito que sou agente funerário e de ter recebido o tratamento Boris Karloff.

— Os advogados são os piores — disse Carmine com ênfase.

— Como se eu não soubesse! — Bart fez uma pausa, franzindo a testa já franzida.

— Para onde você foi depois?

— Para uma mesa estranha, muito, muito estranha! Quatro mulheres e quatro homens, mas era difícil acreditar que fossem amigos. Um cara era da Chubb e torcia o nariz para os outros, lembro que os chamava de filisteus. Outro cara era tão gordo que eu pensei que não demoraria muito para precisar de uma casa funerária. Pensei a mesma coisa de uma velha senhora que tinha problemas de respiração e um tom azul debaixo das unhas. Alguns deles estavam bêbados, realmente bêbados, principalmente um cara alto, magro, moreno, com o nariz dentro de um copo de bebida forte, bebendo sem parar. Havia uma moça bonita que parecia não saber lidar com a situação e uma mulher que parecia tão cansada que pensei que fosse dormir com a cabeça sobre a mesa. Acho que ela não estava bêbada, apenas cansada. Eu conhecia a quarta mulher porque todos a conhecem, era Dee-Dee, a prostituta. Não consigo imaginar o que ela fazia ali.

Carmine escutava encantado, pensando se deveria interromper o fluxo da narrativa de Bart ou segurar suas perguntas até que ele tivesse terminado. Não, deixe-o continuar, decidiu Carmine.

— O outro homem era muito jovem, tinha idade de estudante. Ele fazia lembrar o cara da Chubb, com a diferença de que tinha o rosto muito sem graça e o homem de Chubb era bonito. Eu me sentei entre o cara gordo e o homem da Chubb, numa das duas cadeiras vagas. A outra cadeira vaga ficava ao lado do sr. Bêbado, entre ele e o rapaz arrogante. Logo depois que eu me sentei, apareceu aquela mulher e se sentou entre o rapaz e o sr. Bêbado. Ela também estava bêbada, não muito firme das pernas, e parecia ter alguma discordância com o sr. Bêbado.

Hora de interromper. — Como é que, cinco meses depois, Bart, você se lembra de cada detalhe? — perguntou Carmine. Se ele não perguntasse, algum advogado de defesa esperto perguntaria, sem dúvida. Era melhor saber logo que resposta Bart daria.

— É da natureza de minha profissão lembrar cada pequeno detalhe — disse Bart com dignidade, um pouco magoado. — Quem está sentado onde, quem não está falando com quem, que cor a família Mascetti detesta ou que cor os Castelano detestam, a preparação de funerais é um trabalho muito delicado. E não posso esquecer tudo no dia seguinte também. A morte é difícil de contentar e ninguém pode ter certeza de quando as mesmas pessoas voltarão para enterrar mais um membro da família.

— Você está coberto de razão, Bart! Pode descrever a outra pessoa bêbada que chegou à mesa? — perguntou Carmine.

ASSASSINATOS DEMAIS

— Ah, claro. Ela era uma mulher muito bonita, com muito mais classe que as quatro outras da mesa. Loura, com cabelo muito curto. Roupas maravilhosas, azul muito claro. Quando o cara gordo tentou se comportar como anfitrião, ela o cortou. De fato, acho que ela nem notou os outros, tinha a atenção voltada para o sr. Bêbado. Imagino que ele era alguém importante, pelo modo como o cara gordo, o homem da Chubb e o rapaz o tratavam: era como se tivessem medo, mas precisassem dele. Não, o rapaz não. Ele era como Netty Marciano, as orelhas levantadas para captar todas as fofocas.

— Ele captou alguma? — perguntou Carmine.

— Bem, a bonitona e o sr. Bêbado eram amantes que tinham acabado de romper, era isso que a desgostava, se essa é a palavra apropriada. — Bart sorriu como se pedisse desculpas. — Agora não é mais necessário, mas passei toda a minha vida falando por eufemismos. Mas vou lhe dizer uma coisa, Carmine, ela estava enraivecida, mais que enraivecida! O sr. Bêbado mal notou, acho que estava muito fora do ar. Ela não compreendia isso.

— Você se lembra sobre o que conversaram? Era tudo sobre o fim do caso? Ela mencionou algum nome?

Bart franziu a expressão. — Ela mencionou, mas não me lembro de nenhum nome. Não eram nomes de pessoas que eu conheço. A não ser um que chamou minha atenção porque é o nome de uma santa, Philomena, e eu nunca ouvi falar de uma mulher que tivesse esse nome. As pessoas que serviam a mesa eram muito atenciosas, acho que graças à importância do sr. Bêbado. Seja como for, o fato é que o supervisor cochichava nos ouvidos deles e eles corriam para encher os copos, manter a mesa arrumada, distribuir cinzeiros limpos. Portanto, a bonitona ficou mais bêbada e começou a divagar. Coisas estranhas! Algo sobre a Rússia e ter segurado a mão de Stalin, e ter beijado a careca de Khrushchev, uma porção de coisas assim. Ela começou a falar no ouvido do sr. Bêbado que ele não sabia o que acontecia na empresa dele, e que alguém era seu inimigo. Ela continuou falando, numa espécie de silvo, soava muito perverso, vingativo. Ele estava quase desmaiado; acho que não ouviu nada daquilo. O gordo estava tentando persuadir os dois a tomarem café e os três garçons se agitavam em volta da mesa.

Pela primeira vez desde o caso do Fantasma, Carmine sentiu agulhadas na mandíbula. Ele olhou para Joseph Bartolomeo espantado, pensando na sua sorte. — O que aconteceu depois? — perguntou.

Bart sacudiu os ombros. — Não sei, Carmine. Vi uma mesa cheia de gente que eu conhecia bem perto da parede do fundo e saí de lá. Brrr! — Ele tremeu. — Nunca fiquei tão contente como quando me sentei entre amigos e comecei a apreciar a festa.

— Mais tarde, Bart, talvez você tenha que dar seu testemunho sobre isso num tribunal — disse Carmine. — Portanto, não se esqueça de nada.

Os olhos cinzentos indefiníveis se arregalaram. — E por que haveria de esquecer?

Carmine o acompanhou quarteirão abaixo, de volta ao edifício Nutmeg Insurance, apertou efusivamente sua mão e depois foi à procura de Abe e Corey.

Suas alusões ao elemento espionagem do caso haviam sido inadvertidas ou indispensáveis, limitadas somente porque sua equipe não tinha credenciais de acesso a material confidencial.

— Bem, foda-se isso — disse ele em seu novo escritório, muito mais silencioso. — Se algum de vocês disser uma palavra, mesmo para a mulher de vocês, eu estouro seus colhões, portanto garantam que não vão dizer nada. É minha carreira que está na mira, e também as de vocês. Eu confio nos dois e isso é mais do que posso dizer a Ted Kelly.

Ao final da narrativa de Carmine, Corey e Abe trocaram olhares de alívio misturado com triunfo; até que enfim estavam sabendo de todos os meandros daquele caso pavoroso e confuso.

ASSASSINATOS DEMAIS

— Assim que ficou sóbria — disse Carmine —, Erica confessou o que tinha feito para seu supervisor, que é Ulisses. Isso os surpreende? Vocês acham que foi uma coisa tola? Os católicos se confessam para o padre, certo? Erica era doutrinada como qualquer um é numa religião. Ela não peidava sem a permissão de Ulisses. Do modo como eu entendo, ela contou a Ulisses exatamente o que tinha acontecido e deu sua opinião de que ninguém havia notado, Skeps menos que todos. Ulisses sabia que ela estava falando a verdade. Ela era inteiramente dependente dele e ele a aterrorizava.

— Então, certo, Erica saiu da toca e Ulisses ficou sabendo do que aconteceu, digamos, no dia seguinte, 4 de dezembro — Corey disse, lutando com um comportamento que ele achava difícil de compreender. — Mas, Carmine, quatro meses se passaram! E *então* todos os que tiveram ligação com a mesa 17 são assassinados. Por que Ulisses levou tanto tempo?

— Pense sobre isso, Corey, pense! — respondeu Carmine pacientemente. — O assassinato de onze pessoas é um empreendimento enorme. Até Ulisses precisava de tempo para planejá-lo.

— E de tempo para que o mundo se esquecesse do banquete de caridade — disse Abe, compreendendo. — Ulisses é um cara esperto, bastante esperto para saber que assassinatos trazem consequências diferentes de espionagem. Não digo que espiões não matem, mas o fazem de modo encoberto. O assassinato de civis é a descoberto. Se o que ele planejava era um assassinato múltiplo, devia saber que haveria policiais por todo o lado, e que alguns deles poderiam ser caras espertos também. Policiais que investigam homicídios são carne de pescoço.

— Entendi! — disse Corey. — Ulisses não queria nenhum assassinato, mas, se tivesse que cometê-los, teria preferido matar as vítimas uma de cada vez, espaçadamente. Numa cidade grande, sem problemas. Em Holloman? Impossível. Algumas de suas vítimas eram bem importantes, suas mortes apareceriam no *Post*. Ele não podia ter certeza de que uma vítima em potencial não se daria conta do que estava acontecendo. *Eles* todos sabiam onde estavam reunidos numa determinada noite. Ele simplesmente não podia arriscar que tantas mortes se prolongassem. Se ele tinha que matá-los, tinha que matá-los todos de uma vez.

— Vocês dois estão certos — disse Carmine, sorrindo. — Se eles tinham que morrer, tinham que morrer de uma vez, até os garçons. Não logo em seguida ao evento, mas talvez dois ou três meses depois. Portanto, ele esperou por alguma consequência da indiscrição de Erica, e esperou em vão. Nada aconteceu, absolutamente nada. Eu imagino Ulisses relaxando com um suspiro de alívio quando o quarto mês acabou. Ele estava seguro, não precisaria atrair policiais que investigam homicídios para dentro de seu cantinho de mundo. Então ele recebeu a carta de Evan Pugh em 29 de março. De certa forma, a identidade de Evan foi um maná dos céus. Quem acordou era também um sacana que não valia nada.

— Pugh não mandou a carta para Erica? — perguntou Corey.

— Não. Suas divagações bêbadas realmente não importavam, até o lixo de ter segurado a mão de Joe Stalin e dado beijinhos no Comitê Central. Se alguém a tivesse acusado, ela teria rido na cara dele e respondido que aquilo era um conto de fadas. Deve ter sido alguma coisa que ela sibilou no ouvido de Desmond Skeps um pouco depois. Quando ela falou sobre um traidor dentro dos portões da Cornucopia. Acho que ela falou o nome dele — disse Carmine.

— Mas, se ela falou, por que Evan Pugh esperou quatro meses para agir? Eu consigo perceber a lógica de deixar o tempo passar — disse Abe —, mas não consigo entender a espera de quatro meses de Evan Pugh.

Na parede oposta à escrivaninha de Carmine, estava pendurada a única tentativa de Mickey McCosker em matéria de decoração: uma reprodução barata, em cartolina, de um copo-de-leite murcho num vaso. De repente, era demais para aguentar. Carmine se levantou, atravessou a sala, agarrou o quadro e o tirou da parede. Colocou-o em cima de uma cesta de lixo vazia e esfregou as mãos com satisfação.

ASSASSINATOS DEMAIS

— Eu detesto este quadro — disse à sua equipe espantada. — Mickey disse que ele o fazia lembrar sua mulher na noite de núpcias, embora nunca tenha esclarecido qual delas.

Sentou-se novamente. — Acredito que a resposta está no caráter de Evan Pugh — disse. — Porque era sádico, ele se deleitou com as más vibrações que pairavam no ar depois da chegada de Erica. Mas, no fim da noite, voltou à Paracelsus e embarcou em alguma outra de suas maldezas de arrepiar. Ele esqueceu os acontecimentos da mesa 17 até que eles lhe voltaram à lembrança por um desses caprichos do destino que não se pode prever. Uma edição da revista *News* do fim de março tinha como destaque um artigo especial sobre os líderes comunistas desde os grandes expurgos do fim da década de 30. Ela chegou às bancas por volta do dia 26 de março e Myron trouxe um exemplar quando veio a Holloman para nos apresentar sua namorada, Erica Davenport. Ele estava frenético com o artigo e me implorou para lê-lo. Eu não tive tempo de ler porque os doze assassinatos tinham acabado de acontecer.

— Meu Deus! — exclamou Corey. — Evan Pugh o leu!

— Sim, e o que quer que o jornalista tenha escrito sobre alguns membros do Comitê Central batia exatamente com o que Erica dissera. Depois disso, ele deve ter recordado as coisas que ela falou sibilando, uma palavra significativa vinda de Bart Bartolomeo. Muitos esses na fala dela, imagino. E pense em nossa sorte! Nós descobrimos Bart cinco meses depois do banquete da Maxwell e ele é a testemunha perfeita! Sua profissão o ensinou a notar e a lembrar as coisas.

— Erica disse a Skeps quem era Ulisses — disse Abe. — Uau!

— Sim, e Evan Pugh se lembrou.

— Pugh reconheceu o nome? — perguntou Corey.

— Duvido — disse Carmine. — Tudo o que ele precisava era do nome. Ele era um estudante do pré-médico que só tirava notas máximas, sabia fazer pesquisas. Depois que a revista *News* saiu, ele deve ter achado que todos os seus Natais haviam chegado de uma só vez. Uma oportunidade para provocar e atormentar alguém com muito mais a perder que simplesmente dinheiro. Ele próprio não precisava de dinheiro. Esse é um dos aspectos mais estranhos desse caso: ninguém precisa de dinheiro.

— Ele mandou a carta — prosseguiu Abe.

— E Ulisses foi obrigado a matar todas as pessoas ligadas à mesa 17 — acrescentou Corey.

— Responda-me isso, Carmine — disse Abe, franzindo a testa. — Por que Ulisses não alugou apenas um matador de fora do estado para matar todas elas? Por que todo aquele circo? Veneno, injeção, tiroteios, estupro, faca, travesseiros? Ele está debochando de nós?

— Não, acho que foi uma tentativa de fazer com que os assassinatos não parecessem relacionados — disse Carmine. — Sim, ele tem um ego do tamanho de Tóquio, mas esse ego não o domina. Esse cara provavelmente tem uma patente de coronel ou mesmo de general da KGB, ele é frio como gelo, não se comporta como um político. Tudo o que ele tem tentado fazer desde 3 de dezembro é consertar os erros de Erica Davenport. Temos que supor que ele mesmo nunca cometeu nenhum erro, e pode ser que Erica não tenha sido escolhida por ele; é mais provável que ela fosse a única agente passiva de que Moscou dispunha para fazer fachada para Ulisses. As mulheres têm uma fraqueza, caras. Elas se apaixonam de forma diferente dos homens, e isso torna difícil a situação para os homens, na hora de precisarem controlá-las.

— Portanto, Ulisses tentou variar seus assassinatos, na esperança de que ficaríamos confusos, assoberbados com tanto trabalho — disse Abe, pensativo.

— Exatamente.

Seguiu-se uma pausa; Corey a quebrou. — Tem outra coisa me intrigando, Carmine — disse.

— E o que é?

ASSASSINATOS DEMAIS

— Por que Bart não foi assassinado?

Carmine parecia não ter certeza. — A melhor explicação que eu encontro é que talvez Erica não tenha percebido que ele estava lá. Era um homem silencioso, atrás de um cara muito gordo, e estaria invisível caso ela não tenha prestado atenção na mesa na hora em que se sentou. Sabemos que ela não deve ter prestado atenção, porque estava bêbada e focava em Desmond Skeps. Se não se deu conta de que Bart estava lá, não poderia ter contado a Ulisses. A outra possibilidade é a de que ela o tenha notado ligeiramente, mas ele é um tipo tão anônimo que Erica o esqueceu no momento seguinte. De uma coisa eu sei, rapazes: se Bart ainda está vivo, ou Ulisses não sabe que ele existe, ou não conseguiu descobrir quem ele é.

— Temos que colocar alguém para vigiar Bart — disse Corey.

— E revelar sua importância? Foi por isso que almocei com ele abertamente, até o acompanhei de volta ao edifício Nutmeg Insurance. Não parecíamos um detetive e uma testemunha, parecíamos dois velhos amigos colocando a conversa em dia. Eu morava no Nutmeg Insurance e Ulisses deve saber disso. Então devo ter amigos lá, não?

— Sem vigia — disse Corey, diminuindo mentalmente pontos para sua nomeação a tenente.

— E quanto a Netty? — perguntou Abe soturnamente.

Eles se entreolharam desanimados. Então Carmine deu de ombros.

— Temos que torcer para que ela tenha sabido de alguma coisa realmente apetitosa na adega Buffo's. Há boas chances. Era um almoço de mulheres com muitas feministas presentes. Será que Pauline Denbigh estava no menu?

— Coisa que nós *nunca* fazemos — disse Corey. — E quem quer que veja Netty, nem ao menos cochiche o nome de Bart.

No dia seguinte, Carmine, Danny Marciano e John Silvestri deviam comparecer a um dos "cerimoniais" do prefeito, como o comissário os chamava. Ethan Winthrop era um verdadeiro ianque de Connecticut

por nascimento, mas possuía o temperamento de um P.T. Barnum.*
Sua mui amada gestão estava recheada de toda a pompa e circunstância
que conseguia convencer seus vereadores a tolerar, o que significava que
havia muita; os vereadores eram totalmente submissos e, na verdade,
não se importavam, contanto que pudessem desfrutar de privilégios de
conselheiros. As escolas de ensino médio Taft e Travis recebiam gordos
subsídios para suas bandas, um benefício para todos. A Taft ou a Travis
recebiam todos os prêmios de melhor banda, enquanto o prefeito enchia
o ar de Holloman com os sons dos brilhantes instrumentos de metal
durante seus cerimoniais.

Ter que comparecer a esses eventos aborrecia os chefes de polícia e
era uma das poucas desvantagens que Carmine tinha de suportar depois
de sua promoção a capitão — os tenentes não precisavam comparecer,
os capitães precisavam. Pior, precisava desencavar seu uniforme. Em
circunstâncias normais, apenas Danny Marciano andava de uniforme,
pois comandava os policiais fardados. Silvestri, que fazia sua própria
lei, em geral usava um terno preto e uma camisa preta de gola polo.
Carmine usava calças esporte de algodão, camisas sem gravata, um pa-
letó de *tweed* com uma gravata da Chubb dentro do bolso e mocassins.
Arrumado e confortável.

Já que o uniforme de gala dos oficiais superiores era cheio de ala-
mares e detalhes prateados, era azul-marinho em vez de preto, para
evitar qualquer relação com o da Gestapo. Mulheres como Delia
Carstairs, Desdemona Delmonico e Simonetta Marciano particularmente achavam que os três oficiais superiores ficavam magníficos de
uniforme de gala: tinham cintura estreita, ombros largos e eram bonitos.
Netty tinha uma parede cheia de fotografias de Danny com uniforme

---

* P.T. Barnum — Empresário de espetáculos americano que popularizou o circo
(1810-1891). (N.T.)

ASSASSINATOS DEMAIS

de gala completo, com algumas de Silvestri e de Carmine para complementar o conjunto. Essa opinião não era compartilhada pelos mártires enfiados nos uniformes, que tinham golas altas em estilo chinês que Carmine, por exemplo, jurava que haviam sido afiadas num esmeril.

No entanto, era necessário. Carmine, Danny e Silvestri chegaram ao Green quando as bandas das duas escolas tocavam e marchavam, e o prefeito fazia a sua parte juntamente com M.M., da Chubb, em toda a sua glória, de toga e chapéu de presidente. Era o tributo da Cidade à Academia no término do ano escolar. Por sorte, o dia estava bonito e calmo; o Green estava florido, a grama estava como na primavera e ainda pujante. Melhor que tudo eram as faias vermelhas, novamente com folhas, pairando sobre a celebração do prefeito Winthrop, de uma cordialidade que às vezes tinha seu lado frágil.

Eles estavam reunidos sobre e em torno de um palanque decorado em roxo e azul: roxo era a cor da Chubb; azul, a de Holloman. No palanque estavam as pessoas realmente importantes, com o prefeito e M.M. nos lugares de honra. Os três chefes da polícia estavam três degraus abaixo, suas cabeças com quepes na mesma altura dos joelhos dos dignitários no palanque; o comandante e o vice-comandante dos bombeiros, em uniformes azuis mais claros, os ladeavam.

— Típico de Ethan — disse Silvestri para quem estava ao lado, o comandante dos bombeiros Bede Murphy — nos fazer posar como flores de um arranjo.

Carmine não prestava muita atenção; seu colarinho ao mesmo tempo cortava e sufocava. Ele esticou o pescoço, mexeu a cabeça de um lado para o outro, depois levantou a ponta do queixo o máximo que conseguiu. Algo brilhou nos galhos altos da faia vermelha mais próxima. Ele parou de se mexer e fixou o olhar, o rosto subitamente sem expressão, um antigo reflexo que remontava a dias sem lei durante a guerra, quando soldados enlouqueceram e começaram a atirar em pessoas odiadas como oficiais e membros da polícia militar. Lá! Outro lampejo, alguém sobre um galho ajustava a arma; era a extremidade de vidro de uma mira telescópica brilhando ao sol.

— Para o chão! — gritou ele. — Todos deitados, deitados, deitados!

Sua mão direita havia tirado a trinta e oito de cano longo do coldre e, pelo canto do olho, ele viu John Silvestri fazer o mesmo, com Danny um pouco atrás. Os discursos haviam começado e as duas bandas estavam em silêncio, os adolescentes estavam sentados com decoro sobre a grama, como se nunca tivessem ouvido falar em fumar maconha ou roubar calotas de carro.

Não foram as palavras de Carmine que fizeram os dignitários se jogarem no chão numa agitação de mantos; foi a visão de três policiais fantasiados, armas em punho, correndo como atletas em direção à faia vermelha, Carmine à frente. Os adolescentes se dispersaram sem controle, as meninas guinchavam, os meninos berravam, enquanto a multidão espectadora desaparecia, com exceção da equipe de reportagem do Canal Seis, presenteada com a melhor sequência de imagens desde aquele dia memorável no ano anterior.

Danny Marciano caiu segurando o braço esquerdo, mas Carmine e Silvestri já estavam perto demais para a mira de um rifle longo, desajeitado a curta distância.

O atirador deu um último tiro, inútil, mas ninguém ouviu, abafado que foi pela detonação muito mais alta dos dois revólveres quando Carmine e Silvestri atiraram juntos, novamente e uma terceira vez. Galhos menores se mexeram e estalaram quando um corpo flácido se precipitou através deles, caindo e permanecendo imóvel no chão.

Sirenes gemeram, luzes piscantes apareceram sinistramente na South Green Street; alguém com rádio devia ter acionado as viaturas quase no mesmo instante em que Carmine se pôs em movimento.

— Ele está morto — disse Carmine. — É uma pena.

— Não podíamos colocar em risco os garotos — falou Silvestri, ofegante.

ASSASSINATOS DEMAIS

— Jesus, que audácia! — Carmine olhou para Silvestri de sua posição agachada. — Como está Danny? Precisamos isolar esta área, John, imediatamente, dê logo a ordem.

Carmine tirou a jaqueta incrustada de prata; jogou-a de lado e se ajoelhou para examinar a presa. Um completo estranho, o que era um desapontamento: quarenta e poucos anos, magro e em boa forma, vestido com roupa de ginástica marrom, o rosto riscado com uma maquiagem marrom que o teria tornado quase invisível no alto de uma árvore de folhas vermelhas.

Silvestri voltou. — Danny está bem; ferido no braço, mas a bala não atingiu nada vital. Quem é o canalha?

— Ninguém conhecido.

— Quem será que ele queria matar?

— Meu palpite é que seria M.M. antes do prefeito, mas provavelmente tantos quantos ele tivesse tempo de atingir no palanque. — Carmine pegou o rifle, preso por uma correia ao assassino, bastante versado em seu ofício para deixá-lo cair acidentalmente. — Uma Remington calibre trezentos e oito com cinco tiros no cilindro. É uma arma nova, eu nunca havia visto uma dessas.

— A marinha lançou-a este ano. — Silvestri acompanhava essas coisas. — Como ele teve coragem? — O comissário foi se enchendo de uma raiva assustadora, os lábios puxados para trás deixando os dentes à mostra. — Como alguém ousa fazer isso na minha cidade? *Minha* cidade! Nossos garotos bem ali; *nossos* garotos! Alguém está cagando pra gente, alguém que pode ter acesso a uma arma de último tipo!

— Alguém que temos que deter — disse Carmine. — Vou lhe dizer uma coisa, John: nunca mais vou reclamar desse uniforme. Meu colarinho estava me infernizando, por isso eu estava movimentando a minha cabeça. Um raio de sol passou pelas folhas e bateu na lente da mira dele no mesmo instante em que estiquei o pescoço. Eu vi um lampejo, depois outro. Lembrei-me de uma situação que vivi uma vez em Fort Bragg.

Sabe de uma coisa? Danny está sempre atrás de mim para eu trocar minha arma por uma automática, mas se eu não estivesse carregando um revólver de cano longo, e você também, nunca teríamos apanhado o filho da mãe.

— Sim, certo, Carmine — disse Silvestri, dando-lhe uma palmada nas costas que pareceu ao Canal Seis um gesto de congratulação. — Mas Danny está certo, excetuando os atiradores de elite, e não teremos mais atiradores de elite. É hora de mudar para uma automática. — Ele suspirou com pesar.

— Não há mais nada que possamos descobrir aqui — continuou o comissário. — Vamos verificar as aves desta caçada e nos certificar de que ninguém está ferido.

A dignidade havia sido severamente ferida, mas nada mais a não ser o boné de Henry Howard, que fora usado como recipiente para vômitos por muitos homens agradecidos. O provável alvo principal, Mawson MacIntosh, estava enraivecido demais para pensar em sua dignidade ou em sua pele. Ele andou até Silvestri e Carmine com uma expressão que fazia os membros de comissões do congresso tremerem bem antes que sua língua os deixasse em farrapos. A única pessoa de quem se sabia que ele temia era Deus.

— Aonde será que esse mundo vai parar, cavalheiros? — perguntou ele, os olhos brilhando de fúria. — Havia crianças aqui!

— Sei que você não deve estar com vontade de aceitar, M.M., mas jante comigo no Sea Foam e eu lhe contarei uma longa história — disse Silvestri. — Às sete horas, sem as mulheres, e eu não dou a mínima para credenciais de segurança!

O presidente da Chubb trocou a expressão furiosa por uma expressão triunfante. — Sei o suficiente para perceber que não sei praticamente nada — disse ele. — Estarei lá, John. E quero a história toda.

— Você a terá toda.

ASSASSINATOS DEMAIS

Carmine reprimiu um suspiro. Independente do que o agente especial Ted Kelly e vários chefes de vários departamentos de Washington pudessem dizer, uma vez que Holloman se sentisse invadida, as fileiras se cerravam contra todos os forasteiros. Até Hartford se inclinava a deixar Holloman em paz.

E o dia estava tão bonito, pensou ele ao voltar a pé até Cedar Street e os Serviços Municipais, onde a primeira coisa que teria de fazer seria entregar sua arma ao sargento de plantão. Foi melhor não ter sido um tiroteio prolongado; ele não carregava munição de reserva quando estava de uniforme de gala. Sob esse ponto de vista, também não tinha sido um caso grave. Sua mulher e seu filho haviam sido atacados, mas a ele ninguém havia tentado matar, nem mesmo no episódio do Green daquela manhã. Um alvo insignificante demais? Bem, sr. Ulisses, continue pensando assim.

— O comissário entregará o trinta e oito dele assim que chegar — disse ao sargento Tasco. — Não sabemos que bala acertou o atirador, portanto as duas armas terão que ir para o teste de balística.

— Certo, Carmine. — Tasco parecia um tanto espantado. — Depois de todos esses anos, o comissário finalmente usou seu velho trinta e oito de cano longo! Eu não sabia que você usava uma arma de cano longo também. — Pontaria melhor quando a maior distância — disse Carmine. — Foi útil hoje de manhã.

— A que distância vocês estavam?

— A uns vinte e cinco metros.

— Mas o atirador estava muito mais longe que isso!

— Quando estiver debaixo de fogo, Joey, corra em direção às armas, não para longe delas.

Ele subiu as escadas a pé e descobriu que Delia já havia posto cadeiras para a reunião que certamente aconteceria; ela estava calma e eficiente, aparentemente encarando com tranquilidade a ameaça ao seu tio e ao seu chefe.

Abe e Corey chegaram com o comissário; a equipe de Carmine estava mais abalada que Silvestri, que olhou para a parede onde o quadro do lírio murcho estivera pendurado.

— Graças a Deus que você se livrou daquele quadro — disse ele a Carmine ao se sentar. — Mickey tem um senso de humor estranho.

— No lugar dele, vou pendurar retratos de Desdemona e de Julian.

Estavam todos sentados, incluindo Delia, mas ninguém parecia querer iniciar os trabalhos.

Silvestri falou: — Será que isso é uma campanha terrorista?

— Ulisses gostaria que pensássemos assim — respondeu Carmine.

— Estamos mais perto de agarrar o canalha? Ao menos sabemos quem ele é?

— Quem é ainda está no ar — disse Carmine seriamente. — Tenho uma vaga ideia, mas nada forte o suficiente para eliminar meus outros suspeitos. No entanto, realmente acho que estamos mais perto. Por quê? Porque as evidências se acumulam. Como está Danny?

— Ele deve voltar para casa em dois ou três dias. Quem não está bem é a pobre Netty.

Abe e Corey trocaram um olhar que não passou despercebido a Carmine; ele dizia, como se fosse em voz alta, que o ferimento no braço de Danny salvaria a vida de Bart Bartolomeo. Simonetta teria coisas mais importantes para discutir do que Bart e um banquete de caridade.

— Vou informar M.M. sobre o caso — disse o comissário numa voz que não admitia discussão. — Suas credenciais de segurança provavelmente são mais amplas que as do presidente, mas, de qualquer forma, eu não me importo. No meu entender, a Chubb é mais importante que a Cornucopia. Existe há muito mais tempo e já trouxe muito mais benefícios ao mundo.

— Sim, senhor, ninguém negará isso ou sua decisão de informar a M.M. — disse Carmine pacientemente. — Entre outras coisas, dois dos assassinatos foram cometidos dentro de faculdades da Chubb. A Chubb também está sob ataque. Há um elemento de terror envolvido, e esse fato alegra meu coração. Significa que Ulisses está muito preocupado. Ele está tentando nos mandar para uma dúzia de direções ao mesmo tempo, como se fôssemos bolas reunidas numa mesa de sinuca. Imagine o caos se o atirador tivesse matado M.M., o prefeito, Hank Howard e quantos mais ele conseguisse acertar antes que alguém descobrisse onde estava empoleirado. Os tiros ecoariam, as folhas dispersariam o som e um bom atirador com uma remington trezentos e oito continuaria atirando. Seríamos inundados por policiais estaduais, federais, o que mais houver. O lugar ferveria e, na confusão, Ulisses teria tempo para apagar as pistas que Erica o obrigou a deixar.

— Posso fazer uma pergunta? — arriscou Delia.

— Sim — disse Carmine.

— Suponho que você acha que o atirador estava preparado para morrer. Isso significa que é um assassino político? Um homem preparado para morrer por um ideal? É isso, não?

— É uma pergunta que ainda precisa de resposta — respondeu Carmine. — No entanto, eu não acredito que os vermelhos estejam nadando em recursos, podendo sacrificar bons quadros por relativamente pouco. Penso que estejam numa situação muito parecida com a nossa: raspando o tacho para ter o necessário. A URSS é rica, mas os Estados Unidos são mais ricos. A Cornucopia está entregando segredos para eles, reconhecidamente, e itens com aplicação militar devem estar no topo de sua lista de desejos. Mas minha opinião é que toda a operação é inteiramente da responsabilidade de Ulisses; o interesse de Moscou está isolado das realidades que Ulisses está enfrentando. Erica Davenport deve ter sido um erro de Moscou, e não da KGB, portanto podemos apostar que os responsáveis por isso em Moscou devem estar ocupados cobrindo a própria retaguarda. É tarefa de Ulisses consertar a falha de Moscou, ele está ciente disso. Pelo que sei dele, usaria suas artes perversas para procurar um assassino profissional no mercado, um homem sem ideais políticos de qualquer tipo.

— Mas para morrer? — O rosto de Delia empalideceu sob a maquiagem. — Um assassino profissional ia querer viver para desfrutar do pagamento, que imagino que devia ser realmente muito bom.

— Delia tem razão — disse Abe.

— Mas, e se fosse o trabalho dos sonhos dele? — perguntou Silvestri. — E se ele tivesse uma família em algum lugar e Ulisses lhe oferecesse tanto dinheiro que eles teriam conforto pelo resto da vida? Muitos milhões? Se ele não é um idealista político, então essa é a única outra razão que eu consigo ver que o tentaria a queimar seus navios e aceitar o trabalho. Deve ser parte do pacto com Ulisses não ser apanhado vivo, de outra forma o pagamento não seria feito.

— Brilhante, senhor! — gritou Corey, o cargo de tenente em primeiro plano em sua mente. Não que o cumprimento não fosse sincero, apenas que, em circunstâncias normais, ele não teria dito nada. — Um homem seria capaz de fazer isso por sua família.

— Atiradores de elite — disse Carmine — estão numa categoria especial. Eles não veem a presa de perto depois que a matam. Tudo o que veem é uma representação bidimensional em suas miras, depois uma massa no chão. Como um piloto de caça. É uma matança limpa, na qual você não deve nunca ver a sujeira que fez. Portanto, eu posso entender como um homem pode se tornar um atirador profissional e ainda conservar ao menos uma parte de sua humanidade.

— Bem, o caos, além daquele que o Canal Seis possa conseguir fazer, nunca chegou a acontecer — disse Silvestri, suspirando. — De agora até as duas da tarde eu tenho que montar uma história convincente para minha entrevista com a querida Di do *Post* e com qualquer tubarão fêmea que seja a âncora do programa *Notícias às Seis no Seis*

ASSASSINATOS DEMAIS

do Canal Seis. Depois de Di, tenho que enfrentar jornalista de fora da cidade. Uma loucura, hein?

— Alguém com ressentimento contra a cidade e a Academia — disse Carmine com um sorriso. — Esperamos poder lhe dar um nome a partir de suas impressões digitais, mas duvido que elas estejam em algum arquivo. Ele deve ser estrangeiro, provavelmente da Alemanha Oriental via Brasil ou Argentina. Eu deixaria os escrúpulos de lado, senhor, daria a ele uma história pregressa qualquer e diria que não estamos divulgando sua identidade verdadeira para proteger os inocentes.

O comissário se levantou, piscando. — Estou ficando velho demais para brincar de caçar pelo Green — disse com uma careta. — E finalmente eu usei minha arma! Que frustração!

— E agora, o que vai acontecer? — perguntou Abe.

— Vamos ao juiz Thwaites e pedimos mandados de busca para residências, outras propriedades e escritórios dos srs. Philip Smith, Gus Purvey, Fred Collins, Wal Grierson e Lancelot Sterling — disse Carmine. — Eles têm dinheiro para pagar cinco ou dez milhões a um atirador. Sob um aspecto, o tumulto desta manhã foi bem-vindo; o cético Doug estará tão exaltado que nos dará mandados para qualquer pessoa com exceção de M.M. e do tio John de Delia.

— Não temos gente suficiente — disse Corey, franzindo a testa. — Para funcionar, temos que revistar todos ao mesmo tempo. Por que fichinhas como Sterling, Carmine? Ele não é bilionário ou coisa que o valha.

— Por causa da minha intuição — respondeu Carmine. — Ele é sádico, o que o torna interessante. Quanto ao pessoal, me dê uma ocasião melhor para tirar os policiais de suas tarefas rotineiras do que no momento seguinte a um ataque de um atirador de elite. Várias substâncias estão sendo lançadas nas privadas, arsenais estão sendo escondidos em colchões e paredes e todo malfeitor de Holloman está com a cabeça enterrada na areia. Isso tanto diz respeito a Mohammed El Nesr quanto à Brigada Negra. Encheremos o ar com o som das sirenes e todos pensarão que estamos na pista de assassinos.

— Escritórios em primeiro lugar? — perguntou Abe.

— Não, primeiro as casas.

Com a cabeça baixa, Delia começou a recolher as cadeiras.

— Delia, você tratará de Wallace Grierson — disse Carmine. — Você já prestou juramento, agora eu a designo sargento-detetive do Departamento de Polícia de Holloman. Grierson é uma perda de tempo, portanto você estará segura mesmo se eu não puder lhe fornecer oficialmente uma arma. Mas a busca tem que ser minuciosa. Não quero que nenhum membro da diretoria da Cornucopia imagine que eu tratei alguém de forma diferente. A maior parte deles tem cabanas no Maine; a polícia estadual do Maine pode lidar com as cabanas, com atenção especial aos estábulos, depósitos e armadilhas para ursos. Eu vou entrar em contato com eles enquanto Tasco reúne os policiais, que não precisam saber antes da hora o que vamos fazer.

Delia estava em êxtase, a tal ponto que não se incomodou em ser designada para Wallace Grierson. — O que vamos procurar, Carmine? — perguntou, os olhos castanhos tão brilhantes quanto os de um cão de caça ao ver a espingarda do dono.

— Passatempos que não têm sentido — disse Carmine imediatamente. — E, mais importante, quartos escuros caseiros capazes de servir para revelar filmes coloridos, fazer ampliações e reduções. Um gosto particular em relação a livros, como, por exemplo, sobre a Alemanha nazista, o comunismo, a Rússia sob todos os pretextos ideológicos, a China continental. Também sobre ciências num nível mais avançado do que poderíamos esperar. Abe, você fica com Lancelot Sterling porque tem um talento especial para descobrir portas e compartimentos secretos. Vou deixar Gus Purvey com Larry Pisano. E você, Corey, fica com Fred Collins.

— O que o deixa com Phil Smith — disse Abe, pensativo. — Alguma razão para isso, Carmine?

— Na verdade, não. Fred Collins é o que fede mais, mas não quero que ele se assuste por estar recebendo o canhão maior. Como diretor-executivo, Phil Smith espera me receber.

— A mulher dele é misteriosa — disse Delia, franzindo o nariz.

— Em que sentido, Delia?

— Ela diz que é uma sami da Lapônia, mas eu duvido. Suas feições são muito tártaras. Seu sotaque é muito pesado para alguém que passou a maior parte da vida num país de língua inglesa. Parece mais uma chinesa falando inglês, se é que você me entende: a sintaxe e os sons da sua língua nativa são muito diferentes de qualquer língua indo-ariana — explicou Delia.

— Está certo, você conversou com ela na festa de Myron — disse Carmine. — O que achou dela como pessoa?

— Ah, gostei. Mas, como eu disse, ela é misteriosa.

O juiz Thwaites teve muito boa vontade em expedir os mandados, e Carmine iniciou suas buscas às duas da tarde. Era uma operação coordenada, cada equipe em seu lugar antes que todas as residências fossem invadidas simultaneamente. A reação se deu sobretudo pela retirada das famílias de suas casas enquanto a busca era realizada, com a única exceção do chefe da família. Todos os homens estavam em casa graças ao atirador de elite, que tinha amedrontado as mulheres de Holloman e arredores.

Phil Smith morava bem distante, numa bela propriedade aninhada no flanco de North Rock, onde o afloramento de basalto havia formado um pequeno desfiladeiro cujas paredes, diminuindo em altura, cercavam uma casa grande, de arquitetura georgiana clássica, construída em calcário. A casa tinha jardins bem ingleses, repletos de canteiros de flores e planejados em estilo Inigo Jones,* da posição das árvores e arbustos às

---

* Inigo Jones — Um dos primeiros grandes arquitetos ingleses, também cenarista (1573-1652). (N.T.)

fontes e estátuas. Havia até um *folly*,* descobriu Carmine, um pequeno templo circular, aberto, de colunas jônicas, com mesa e cadeiras. Abaixo dele ficava um pequeno lago artificial no qual singravam graciosamente cisnes brancos e cuja margem mais afastada era cercada de salgueiros-chorões. Nenhuma surpresa, portanto, em ver pavões vagando, caudas fechadas, ciscando larvas e vermes no gramado.

Philip Smith não achou graça, mas, depois de examinar o mandado cuidadosamente, pediu à mulher para esperar no *folly* enquanto ele acompanhava Carmine e seus policiais na busca. Os empregados, todos porto-riquenhos, reparou Carmine, que pareciam acostumados ao tratamento arrogante de Smith, foram banidos para seus carros.

Smith vestia calças de lã de camelo, camisa de seda marrom-clara e suéter de caxemira da mesma cor: o que o lorde da mansão usa quando está em casa, pensou Carmine. Seu cabelo cinza cor de ferro, soberbamente cortado, estava penteado para trás sem divisão, e suas bochechas recém-barbeadas recendiam suavemente a uma colônia cara.

— Isso é uma imposição imperdoável — disse ele, seguindo Carmine para dentro da casa.

— Em circunstâncias normais, eu concordaria com o senhor, mas depois do que aconteceu no Green esta manhã receio que a coisa vai ficar feia — disse Carmine, olhando em volta de um saguão que tinha três andares de altura e era coberto por uma claraboia com vidros azuis, verdes e brancos — nenhum tom de vermelho para conflitar com o céu. O piso era de mármore travertino, as paredes eram bege pálido e os objetos de arte, maravilhosos. Quem quer que tenha feito a decoração não havia tentado conferir uma aparência de residência de barões — nenhuma

---

* *Folly*, que em inglês quer dizer "loucura", "disparate", é, em arquitetura, uma construção extravagante, frívola ou irreal, projetada mais como expressão artística que com objetivos práticos. Encontra-se com frequência em parques e no terreno de mansões. (N.T.)

armadura ou lanças cruzadas. A escadaria se abria para o segundo andar e repetia o padrão no terceiro. Balaustradas circundavam o segundo e o terceiro andares onde faziam limite com o saguão. O gosto dos Smith em matéria de arte era eclético: antigo, impressionista, moderno, ultramoderno, e fotografias de primeira qualidade.

— Tudo bem, vamos lá — disse Carmine a Smith. — Cada quadro terá que ser retirado da parede, senhor. Sua parte de trás tem que ser examinada, bem como a parede em que está pendurado. Meus homens sabem ser cuidadosos, mas o senhor quer ficar e supervisionar ou prefere vir comigo?

— Eu o acompanharei, capitão — disse Smith, os lábios apertados.

Carmine deu a atenção devida às várias salas de estar, mas, se Smith fosse Ulisses, não as usaria com objetivos nefastos além de esconder algo atrás de um quadro. Cada quadro teria de ser examinado.

A biblioteca era de encher de inveja o coração de qualquer leitor, embora Carmine concluísse que seu dono não tinha queda para a erudição. Muitos volumes estavam lá para exibir suas encadernações de couro com extremidades douradas: belas edições vitorianas de sermões, teorias científicas ultrapassadas, literatura clássica da Grécia e de Roma. As prateleiras que continham sobrecapas coloridas de romances e trabalhos de não ficção eram as que Smith frequentava. Material inócuo, de Zane Grey a biografias de artistas de cinema. O cofre, logo descobriu Carmine, ficava atrás de uma seção de edições variadas da Enciclopédia Britânica; o adorno de carvalho frisado estava gasto no local em que a mão de Smith acionava a alavanca.

— Abra-o, sr. Smith — disse Carmine.

Smith obedeceu, sorrindo com amargor; não estava preocupado.

O cofre continha dez mil dólares em dinheiro, algumas apólices de seguro e ações, e três cachos de cabelo louro, dois amarrados com fita azul e um com fita cor-de-rosa.

— O cabelo de meus filhos — explicou Smith. — Você fez o mesmo?

— Não — respondeu Carmine. — Por que guardá-los aí dentro?

— Para o caso de assalto ou de simples vandalismo. Na verdade, os objetos de arte não importam, mas meus filhos sim.

— Eles estão todos fora, não?

— Sim. Tenho saudades, mas não se pode impedir o progresso dos filhos só para tê-los por perto — disse Smith, um pouco triste.

— Onde eles estão?

— Anna está na África, no Peace Corps.* A mãe se preocupa com ela o tempo todo. Ela já contraiu malária.

— Sim, é um projeto pouco cuidadoso — disse Carmine. — Eles nunca preparam de verdade os garotos para o que vão encontrar. E os rapazes?

— Peter está no Irã, ele é geólogo de petróleo. Stephen é um biólogo marinho ligado a Woods Hole.** Atualmente está em algum lugar no Mar Vermelho.

O cofre foi fechado e eles seguiram adiante. Os quartos passaram por inspeção — Smith e sua mulher ainda dormiam juntos —, e foram para o andar de cima.

— Coisas sem importância, a maioria — disse Smith —, mas Natalie gosta que tudo seja mantido em ordem, portanto não é difícil fazer uma busca. — Ele estava relaxado e mais afável que no começo da inspeção de sua casa; era difícil manter a indignação quando o objeto dela era tão claramente indiferente a isso.

— O senhor não tem empregados morando em casa? — perguntou Carmine.

---

* Organização do governo federal americano, fundada em 1961, que treina e envia voluntários ao exterior para trabalhar com pessoas de países em desenvolvimento em projetos de melhoria tecnológica, agrícola e educacional. (N.T.)

** Woods Hole — Localidade na cidade de Falmouth, no condado de Barnstable, Massachusetts. Fica na extremidade sudoeste de Cape Cod. Aí estão instaladas várias instituições famosas de ciências marinhas. (N.T.)

ASSASSINATOS DEMAIS

— Não. Gostamos de privacidade, como todo mundo.

— O que é isto? — perguntou Carmine, olhando para uma porta bem fechada. Ele a empurrou, mas não conseguiu abri-la.

— Meu quarto escuro — disse Smith laconicamente e apresentou uma chave.

— O senhor quer dizer que é seu olho que está por trás de todas aquelas belas fotografias na sala de estar e na de televisão?

— Sim. Também, em algumas ocasiões, em pequenos filmes. Natalie me chama de Cecil B. de Smith.*

Carmine riu por educação e entrou no quarto escuro mais bem-equipado que já tinha visto. Não faltava nada e tudo era automatizado. Nem Myron tinha instalações como aquelas — e por que haveria de ter, se possuía um estúdio cinematográfico? Philip Smith poderia reduzir um conjunto de plantas a um microponto se quisesse. Mas será que ele queria? Havia um modo de descobrir.

— Devido à natureza deste caso, sr. Smith, receio que terei que apreender o conteúdo de seu quarto escuro — disse, sem se desculpar. — Isso inclui todos os filmes, revelados ou não, estes livros de fotografia, o papel fotográfico e as câmeras. Tudo será devolvido depois.

A tensão no quarto era palpável; por fim, ele havia conseguido atingir Philip Smith. Mas por quê?

— Tampe seus ouvidos — disse e soprou o apito que pendia de um cordão em seu pescoço. — Caixas limpas, rapazes — disse aos policiais que apareceram rapidamente. — Tudo tem que ser embalado como se fosse feito de papel de seda. Manuseiem cada item o mínimo humanamente possível, pelas beiradas se puderem. Não quero nada desarticulado ou manchado, seja com uma impressão digital ou com um

---

* Trocadilho com o nome do famoso diretor cinematográfico americano Cecil B. de Mille (1881-1959). (N.T.)

pontinho insignificante. Malloy e Carter, vocês fiquem aqui enquanto os outros vão buscar as caixas.

— Vou perder fotos valiosas — disse Smith.

— Não necessariamente, sr. Smith. Qualquer foto que não esteja revelada será processada em nossos laboratórios e tentaremos manter seus filmes virgens intactos. O que há no telhado? — perguntou, já saindo pela porta.

Smith estava fervendo de raiva, mas obviamente achava melhor ficar com Carmine do que proteger seu quarto escuro. — Nada! — respondeu.

— Pode ser, mas a pintura na parte central destas escadas parece bem gasta. Carmine subiu os degraus e empurrou uma porta em ângulo que abria de lado.

Ele saiu num telhado grande e plano revestido de asfalto e parou junto ao que, lá de fora, havia parecido uma cúpula. No tempo em que uma construção como aquela era a aspiração das pessoas ricas, aquele telhado conteria uma caixa-d'água; a alimentação pela gravidade permitiria que a água encanada servisse a casa toda, um raro luxo. Acima da cúpula, havia uma antena fina e flexível que ele não havia notado lá de baixo e, na extremidade plana da cúpula, escondida pelo parapeito do telhado, ficava uma porta.

— O que é isto? — perguntou Carmine, atravessando o telhado.

— Minhas instalações de radioamador — disse Smith. — Sem dúvida, achando que sou Ulisses, o senhor vai querer aprender seus componentes também.

— Sim, vou — disse Carmine alegremente, esperando enquanto Smith abria a porta com outra chave. — O senhor poderia falar com Moscou daqui.

— Com North Rock me imprensando? Seria possível, capitão, mas não provável — retrucou Smith com desdém. — Neste ano de Nosso Senhor de 1967, duvido muito que os espiões se comuniquem diretamente com seus senhores. O mundo está se sofisticando numa velocidade cada vez maior, o senhor não notou? Pode procurar até o fim dos tempos, mas não vai encontrar uma única pista que indique uma atividade tão pueril! Não tive chance de alterar minhas amplitudes de ondas nem de mexer de alguma outra maneira em minhas instalações de radioamador, mas confisque assim mesmo. Assim que meus advogados entrarem em ação, eu as terei de volta, e é bom que estejam em perfeito estado!

— Lamento, sr. Smith — disse Carmine afavelmente —, mas, se é algum consolo, exatamente o mesmo está acontecendo a seus companheiros de diretoria.

— Responda-me uma coisa, capitão. Seu negócio é homicídio, não é espionagem. Espionagem é um crime federal, fora de sua esfera legal. Eu imagino que o senhor apreendeu o conteúdo do meu laboratório fotográfico e minhas instalações de rádio com o objetivo de buscar evidências de espionagem. Eu posso processá-lo — disse Smith.

— Senhor! — exclamou Carmine, parecendo chocado. — O mandado do juiz Thwaites diz claramente "relacionado a assassinato" e eu estou investigando um assassinato. Pode haver veneno escondido em frascos de revelador, seringas e agulhas em todo tipo de equipamento, pistolas nos lugares mais estranhos, navalhas assassinas num armário de banheiro ou numa pequena guilhotina, e em seu quarto escuro havia várias guilhotinas. Preciso continuar? O conteúdo de sua cozinha também foi revistado. — Ele estendeu as mãos num gesto muito italiano. — Até que tudo o que apreendi seja examinado, sr. Smith, não posso ter certeza de que não se trata de parte de um conjunto de objetos utilizados num assassinato.

— Escorregadio — disse Smith, as narinas apertadas.

— Como qualquer porco untado, senhor — disse Carmine. — Espionagem não é assunto meu, como o senhor observou muito acertadamente. Além de outras considerações, não fui treinado para buscar evidências de espionagem. Nem ninguém do Departamento de Polícia de Holloman. Se o sr. Kelly, do FBI, estivesse interessado em seu laboratório fotográfico ou em suas instalações de rádio, tenho certeza de que ele estaria buscando seus próprios mandados. O que ele faz é problema dele. O meu é definitivamente assassinato e hoje de manhã assistimos ao que poderia ter sido mais um assassinato em massa.

Smith permaneceu em seu telhado escutando, a raiva arrefecendo.

— Sim, eu percebo a razão deste súbito esforço de atividade — disse ele, tentando ser razoável —, mas a ênfase na Cornucopia me ofende.

Carmine fez ares de conspirador. — Eu o porei a par de um aspecto das evidências, sr. Smith, que talvez o ajude a entender — disse ele. — O atirador não era um lunático. Era um assassino profissional com bastante habilidade, o que leva a crer que tenha sido contratado por uma grande soma de dinheiro. O que torna qualquer pessoa que tenha muito dinheiro um sério suspeito de tê-lo contratado. Há poucos multimilionários em Holloman além dos membros da diretoria da Cornucopia.

— Entendo — disse Smith, girou nos calcanhares, dirigiu-se à porta do telhado e desapareceu.

Carmine o seguiu mais devagar.

Descobriu-se que tanto Wal Grierson quanto Gus Purvey possuíam laboratórios fotográficos completos, embora Smith fosse o único radioamador.

— A qualidade das fotografias deles é muito boa — disse Carmine na manhã do dia seguinte —, e, levando-se em consideração o fato de que todos eles poderiam comprar e vender J.P. Morgan,* não podemos duvidar de seu patriotismo por causa de seus quartos escuros suntuosos. Tudo o que fizemos foi seguir nossa determinação: tirar-lhes a chance de reduzir os segredos da Cornucopia para um tamanho pequeno o

---

* J.P. Morgan (John Pierpont Morgan) — Financista e filantropo americano (1837-1913).

suficiente para ser contrabandeado para fora do país. Embora eu ache provável que Ulisses já tenha realizado sua mágica de laboratório pelo menos em algumas coisas que ainda não entreguei. E eu concordo com Phil Smith, espionagem não é nosso assunto. Nosso outro objetivo era sacudir algumas gaiolas, e eu acho que fizemos isso. Por intermédio de Smith, todos eles logo saberão de nossa teoria sobre o assassino. — Ele olhou em volta. — Alguém tem alguma coisa interessante para relatar?

— Eu tenho — disse Abe —, mas nada exultante. Você estava certo quanto a Lancelot Sterling, Carmine: ele é sádico. Ele mora sozinho num condomínio muito agradável logo depois de Science Hill, sem mulher ou crianças em seu horizonte. Os quadros nas paredes são todos fotos de jovens musculosos, com ênfase nas nádegas. Ele tinha um armário escondido cheio de couro, correntes, algemas, grilhões e brinquedos sexuais muito estranhos em forma de pênis. Acho que ele esperava que, descobrindo aquilo, eu me contentasse, mas algo em sua atitude me disse que havia outros objetos mais bem-escondidos. Continuei a cutucar e a apertar. Na cozinha, debaixo de uma elegante bancada com tampo de madeira maciça, encontrei uns açoites do tipo que dilaceram a carne. Eles fediam a sangue, então eu os confisquei. Mas o que me revirou o estômago estava no bolso da calça dele: uma bolsinha de moedas fechada com um cordão. Parecia couro, mas era mais fino que pelica ou *chamois*, marrom-clara. No instante em que fixei minha atenção nela, ele começou a gritar sobre seus direitos e como eu ousava fazer aquilo. Quando eu a peguei, ele ficou enlouquecido. Então eu a trouxe para cá e a entreguei a Patrick.

— Qual é sua opinião, Abe? — perguntou Carmine.

— Que deparamos com outro assassino que não está relacionado ao nosso caso, Carmine. Eu isolei o apartamento, que fica no primeiro andar e ocupa uma parte do porão, e preciso voltar com dois bons policiais e talvez uma britadeira. Posso jurar que ele matou alguém, mas não sei se emparedou o corpo no porão ou em algum outro lugar. Eu o registrei no motel do major Minor por esta noite, mas ele está procurando um advogado.

— Então consiga um novo mandado com o juiz Thwaites agora, Abe. Apresente um desses chicotes ensanguentados — disse Carmine. — Mais alguém?

Em resposta, todos sacudirem as cabeças; sua equipe estava cansada, não sentia vontade de discutir.

Carmine foi procurar Patrick.

Homem muito empreendedor, o dr. Patrick O'Donnell havia aproveitado a avalanche de assassinatos para aumentar o departamento de medicina legal. Vários novos equipamentos tinham sido aprovados pelo prefeito e por Hartford, e ele tinha expandido seu império para abarcar balística, documentos e outras disciplinas que geralmente não estão sob controle do médico-legista. O que tornou isso mais fácil — e mais sensato — foi a pequena estrutura do Departamento de Polícia de Holloman e sua personalidade persuasiva, loquaz e sedutora. Sua última manobra, o acréscimo de um terceiro legista, Chang Po, representou um grande alívio para seu assistente, Gustavus Fennel. Gus Fennel preferia as autópsias, mas Chang era especializado em ciência forense.

— E aí, primo? — perguntou Carmine, servindo-se de café.

Patrick apoiou os pés com botas sobre a escrivaninha e sorriu.

— Tive uma boa manhã — disse ele. — Olhe isso, primo.

Ele abriu uma caixa de guardar provas que seria perfeita para um par de lâmpadas e retirou uma pequena bolsa marrom-clara, fechada por um cordão.

— Cuidado — avisou ele quando Carmine a pegou. — Abe achou que continha moedas, mas as moedas estavam de fato dentro de um forro de borracha.

Carmine a revirou na mão com curiosidade, observando sua montagem peculiar e se maravilhando com a paciência que alguém tivera em projetar algo que se estufava de cada lado de uma costura central complexa.

— Alguma ideia? — perguntou Patsy, os olhos brilhantes.

— Talvez — respondeu devagar seu primo —, mas esclareça, Patsy.

— É um saco escrotal humano.

Apenas um autocontrole férreo impediu que Carmine deixasse cair a coisa por pura repugnância. — Jesus!

— Há alguns povos indígenas que curtem os escrotos de grandes animais — disse Patrick — e, na época vitoriana, era moda entre verdadeiros caçadores pegar o escroto de um leão ou elefante como troféu e pedir a um taxidermista que o transformasse em cantil ou bolsa para tabaco. Mas é tal o horror que o macho humano tem da castração — ele continuou alegremente — que só um homem muito fora do comum pegaria um escroto humano como troféu. Esse suspeito de Abe certamente fez isso.

— Tem certeza de que é humano?

— Ele deixou alguns pelos púbicos, e a forma e o tamanho correspondem, se a vítima possuísse um saco escrotal flácido em vez de firme. Os testículos não variam muito, mas os escrotos sim. Quem quer que tenha feito isso, é verdadeiramente um doente.

— É melhor eu falar com Abe antes de ele procurar o cético Doug.

Depois de um rápido telefonema, Carmine estava livre para questionar Patrick sobre outras coisas. — De quem foi a bala que matou o nosso assassino?

— De Silvestri. Não admira que ele conseguisse varrer ninhos inteiros de metralhadoras nazistas! O homem é um espanto com aquele velho trinta e oito do qual não se separa. Aposto também que ele nunca frequenta o estande de tiro para treinar — disse Patsy. — Tiro na cabeça; bem, isso você sabe. Mas você não foi tão mal, Carmine. Dois de seus três tiros o acertaram no ombro direito. O terceiro se alojou no galho da árvore. Os dois outros tiros de Silvestri atingiram o peito.

— Eu nunca disse que era um detetive atirador de elite, principalmente a vinte e cinco metros ou mais.

359

— Eu o conheço, você esperava imobilizar o braço com o qual ele atirava e mantê-lo vivo para interrogá-lo — disse Patsy e com perspicácia.

— É verdade, mas John estava certo: ele não poderia colocar os garotos em risco. Eu estava errado. Pode me fazer um favor, Patsy?

— Claro, qualquer coisa.

— Mande as impressões digitais do cara para a Interpol e para os nossos militares. Ele não é dessa região, sinto isso nos ossos, mas pode ser que alguma pessoa o tenha notado. Imagino que seu país de origem seja a Alemanha Oriental, mas ele não agiu por ideologia. Entrou nisso por dinheiro, o que significa que tem uma família em algum lugar.

— A esperança é tênue, mas farei o que me pede, claro. Uma última coisa, primo, antes que você suma.

— Fale.

— O que devo fazer com aquela sala cheia de caixas de equipamentos fotográficos e de radiotransmissão?

— Já que não temos pessoal para fazer esse tipo de exame, Patsy, vou doá-las ao agente especial Ted Kelly. Deixe o FBI descobrir quaisquer micropontos ou instantâneos da vovozinha segurando um conjunto de plantas baixas — disse Carmine com um sorriso. — Vou pedir a Delia que comunique à diretoria da Cornucopia que nossas provas foram requisitadas pelo FBI. Eles a terão de volta, mas só depois de algumas semanas.

— Isso realmente ajuda? Eles são tão ricos que podem comprar novos equipamentos e voltar a agir em dias.

— Podem, mas a compra de novos equipamentos seria percebida e mesmo gente rica hesita em gastar dinheiro com coisas que já têm. Eles sabem que as receberão de volta, então para que a pressa? Há razões para que nenhum deles queira chamar a atenção sobre si.

— Você quer dizer Ulisses?

— Como você sabe esse nome?

ASSASSINATOS DEMAIS

— Carmine, sinceramente! Ted Kelly tem uma boca do tamanho do pé dele e está usando o Malvolio's como lugar de encontro quando outros agentes do FBI vêm à cidade. Nós somos provincianos, a coisa mais próxima dos caipiras de Ozark no mapa do país que Kelly imagina — disse Patrick. — Além disso, Holloman é Holloman. Não há segredos.

— *Por favor*, me diga que Netty Marciano não sabe disso!

— Claro que não! Isso é assunto de homens.

E assim Carmine saiu envolto em tristeza; em seu mundo todos sabiam sobre Ulisses, o que era a punição para uma independência bastante estridente, pensou ele. Ele era tão culpado quanto os outros, e John Silvestri também era. Isso o fez recordar uma época em que um prefeito mais zeloso que Ethan Winthrop tinha tentado introduzir um sistema de mão única em Holloman, onde as ruas tinham mão dupla desde o tempo das carroças. Holloman não gostou e se recusou a obedecer. Anos se passaram até que a simples pressão dos automóveis finalmente transformou as ruas em ruas de mão única. Um político que tenta criar uma utopia é um político tolo, pensou ele. Aposto que os vermelhos sabem disso.

Lancelot Sterling não voltou ao seu condomínio, que ficou isolado permanentemente quando Abe descobriu os restos bem-preservados de um homem colocados cuidadosamente debaixo do fundo falso de uma caixa de guardados comprida e espaçosa presa à parede do seu porão. Quando a tampa foi levantada, viu-se que continha os pertences de alguém: roupas, livros, um conjunto de pesos, revistas de geografia, mapas, uma barraca, um saco de dormir e outros itens que correspondiam aos de um andarilho normal.

O corpo estava nu e, externamente, com o escroto faltando, embora o pênis estivesse intacto. Uma incisão no meio do tronco, meticulosamente suturada, ia da garganta até quase o púbis, mas os contornos do tronco estavam perfeitos. Houvera bem pouca decomposição; Patrick achava que isso se devia ao fato de o compartimento debaixo do corpo estar cheio de cristais higroscópicos. Alguém, presumivelmente Sterling, os estava renovando, um balde de cada vez, o que os tornava uma colcha de retalhos cor-de-rosa ou sem cor.

— Ele os aquecia num forno para retirar a umidade que absorvem — esclareceu Patrick —, o que explica a mudança de cor. Deve ter custado uma fortuna a Sterling juntar toda essa quantidade. Ele colocou muito bicarbonato de sódio em volta para tirar o cheiro, mas duvido que o cheiro fosse tão ruim quanto o de um laboratório de dissecação de um calouro. — Ele apontou para a incisão. — Vou precisar tê-lo em minha mesa para descobrir, mas suponho que Sterling tenha removido as vísceras: trato digestivo, fígado, pulmões, rins, bexiga. Provavelmente deixou o coração no lugar. Isso é uma múmia. Com o fundo falso no lugar, imagino que a umidade dentro do compartimento secreto fique muito perto de zero. Vou medir com um higrômetro.

Ele estava falando com Abe, a quem Carmine havia entregado o caso para ver como ele se sairia; muito satisfeito, pois a decisão lhe pareceu a lógica. Abe já era originalmente o oficial investigador. Corey não tinha motivos válidos para supor que Abe fora favorecido ou que ele fora excluído por alguma razão relacionada ao cargo de tenente de Larry Pisano. Agora Carmine esperava ter um caso para Corey. O dia em que a comissão se reuniria para decidir qual dos dois teria o cargo estava se aproximando: quatro pessoas — dois detetives e duas mulheres — examinariam com microscópio o tratamento que teriam. Quanto mais perto o dia, maior a tristeza de Carmine. Por que Lancelot Sterling tinha que ser um assassino de peso e como ele poderia equilibrar as coisas para Corey?

Abe estava radiante quando Carmine entrou na sala de autópsia, a despeito da terrível natureza do crime; fora seu talento para descobrir compartimentos escondidos que havia desvendado o caso e ele sentia toda a emoção de um trabalho mais bem-feito do que outros poderiam fazer. Por natureza, ele não era ambicioso demais nem egoísta, mas tinha sua parcela de orgulho, tanto em relação a seu trabalho quanto a si mesmo.

ASSASSINATOS DEMAIS

— Havia uma carteira na caixa de guardados — disse Abe a Carmine. — O nome da vítima é Mark Schmidt, de acordo com sua carteira de motorista, emitida em Wisconsin há dois anos, quando ele completou dezoito anos. Não havia dinheiro na carteira, mas seu cartão Master Card estava lá. O último recibo é de outubro de 1966, há sete meses. Não há fotos ou cartas.

— As cavidades abdominal e torácica foram preenchidas com uma espuma plástica de colchão — disse Patrick —, bem como com varetas de incenso e temperos. Essa é uma real tentativa de mumificação sem o natro que Heródoto descreve. Sterling modernizou os egípcios: instrumentos melhores, técnicas melhores. Como você pode ver, Mark é muito bonito, com um cabelo como o de M.M., cor de damasco. Talvez seja por isso que Sterling não tentou retirar o cérebro — não quis se arriscar a estragá-lo. O rapaz estava no auge da saúde quando foi asfixiado, provavelmente com um saco plástico, durante o sono induzido por drogas. Estrangulamento o deixaria marcado. Não posso estabelecer uma época para o sexo anal, portanto não posso lhes dizer se ele era homossexual por inclinação. Houve muito trauma anal no último ano, certamente. A ligadura que prende o reto, onde o cólon foi cortado, está a uns bons vinte e cinco centímetros para dentro do ânus, o que indica que Sterling tenha praticado necrofilia.

Todo o prazer de Abe desapareceu num instante; ele olhou para Patsy com horror. — Não! — murmurou ele.

— Definitivamente, sim, Abe — disse Patsy gentilmente.

— Alguma ideia de quando ele morreu? — perguntou Abe, recuperando-se valentemente.

— Eu acho que aquele recibo nos diz mais do que a autópsia poderá dizer. Digamos sete meses atrás, Abe. — Patrick olhou para Carmine. — Onde está o sr. Lancelot Sterling?

— Lá embaixo, numa cela.

COLLEEN McCULLOUGH

De lá, foi trazido para uma sala de interrogatório. Abe o interrogou, enquanto Carmine olhava por uma janela que só permitia visão de fora para dentro.

Ele parece tão inofensivo, Carmine pensou. Apenas um dos literalmente milhões de homens que passam suas horas de trabalho lidando com papéis em escritórios, que nunca fizeram outro tipo de trabalho e nunca farão. Que têm vidas sem emoção pensando no futuro, quando ficarão de pés para cima assistindo a futebol com algumas latas de cerveja em volta.

Sterling era de estatura média, mais para alto, tinha uma cabeça bem-feita com cabelos castanho-escuros e feições regulares que deveriam deixá-lo bonito, mas não deixavam. Uma das razões era sua expressão — arrogante, convencida, sem humor. O outro fator que contribuía eram os olhos, que não tinham vivacidade. Ele nunca arrancaria as asas de borboletas, pensou Carmine, porque nem ao menos notaria a existência delas. No mundo em que ele vive não há cor, vitalidade, alegria, tristeza. É constituído apenas de uma única e estarrecedora compulsão. Na verdade, ele é um monstro. Ser apanhado pouco o afeta; tudo o que importa é ter perdido Mark Schmidt e sua bolsinha de moedas.

— Você acha que ele matou outros homens? — perguntou Abe mais tarde, buscando a opinião respeitada em que se apoiara por anos.

— Você sabe mais sobre esse caso do que eu, Abe. O que você acha? — contrapôs Carmine.

— Acho que não — disse Abe. — Ele pagou para chicotear jovens, mas Mark Schmidt é seu primeiro assassinato. Ele precisou de alguns anos para reunir seus instrumentos e coisas como os trinta e dois quilos de cristais higroscópicos.

— Você acha que ele mataria novamente?

Abe pensou um pouco, depois balançou a cabeça. — Provavelmente não, ao menos enquanto Mark Schmidt o fascinasse. Se a atração desaparecesse ou o corpo se decompusesse muito, ele esperaria até encontrar a pessoa certa, mesmo que levasse muito tempo. Ele não fez segredo do fato de que viveram juntos por seis meses. Bem, ele não escondeu nada. Ele insiste que Mark morreu de causas naturais e que ele não suportou ter de se separar dele. — Abe, frustrado, agitava as mãos. — É bom que ele seja doido, completamente doido. Ninguém vai querer levá-lo a julgamento, seria muita publicidade.

— E é isso, Abe. Se serve de consolo, você tratou o caso exatamente como ele deveria ser tratado. — Carmine olhou nos olhos de Abe. — Você vai conseguir dormir hoje?

— Provavelmente não, mas tudo vai desaparecendo aos poucos. Prefiro perder meu sono a minha humanidade.

Voltar para a casa vazia. Carmine subiu para o quarto e ficou olhando a cama de casal, bem-arrumada, porque ele era um homem organizado que detestava qualquer tipo de desordem. Nascido católico e criado como tal, ele tinha há muito deixado a religião formal para trás; seu trabalho e seu intelecto se rebelavam contra os enigmas astronômicos reunidos sob a palavra "fé", algo que ele não podia sentir ou ver. Claro que Julian iria para a escola St. Bernard de meninos juntamente com quantos irmãos ele acabasse tendo, mas isso tinha certa lógica. Garotos precisam de ética, princípios e moral instilados neles na escola e em casa. Quanto ao que Julian e seus irmãos em potencial fariam da "fé" quando crescessem, era problema deles.

Mesmo assim, olhando a cama, Carmine estava consciente de que a casa estava cheia de presenças, relíquias espirituais intangíveis de sua mulher, de seu filho, de todos que haviam morado lá. Ah, o tempo e as ideias que ele havia dispensado àquele quarto, quando fora encarregado da decoração! Um quarto muito simples, tinha dito Desdemona, mas suntuoso no que se referisse ao colorido; ela ficara assombrada com o instinto dele para cores. Ele tinha guardado um antigo biombo chinês, enfeitado com brocado preto e prateado, pintado em preto sobre um fundo branco com montanhas arredondadas cujos picos apareciam através da neblina, coníferas batidas pelo vento, um pequeno pagode no alto de uma escada tortuosa de mil degraus. Ele o pendurou acima da cama e pintou o quarto de azul cor de alfazema e pêssego de modo que nenhum dos sexos sobressaísse. Desdemona adorou o quarto e, quando estava no fim da gravidez de Julian, começou a bordar uma colcha em preto e branco, um eco do painel. O nascimento de Julian havia interrompido o bordado, e ele estava numa cômoda de cedro esperando, brincava ela, a próxima gravidez. Se tivessem muitos filhos, um dia a colcha ficaria pronta. Nesse meio-tempo, a colcha da cama era azul com um pequeno detalhe cor de pêssego.

Sentindo uma saudade insuportável de Desdemona, ele se virou e desceu para a cozinha, onde sua tia deixara um molho de marisco para a massa. Sua mãe ainda estava muito ocupada se culpando pelo perigo que Desdemona correra para se preocupar em cozinhar, mas suas irmãs, tias e primas estavam garantindo que ele não passasse fome. A porta para a torre de Sophia saía da sala de estar e estava bem fechada; a proprietária do ninho estava tendo uma temporada difícil em Los Angeles, conforme ela própria informara a seu verdadeiro pai pelo telefone, pois Myron estava à beira de um colapso nervoso. Aborrecido, e com razão, Carmine telefonou para ele, passou-lhe uma descompostura por estar preocupando assim uma adolescente e mandou-o abandonar aquele estado de espírito. *Maldita* Erica Davenport!, pensou Carmine pela centésima vez enquanto colocava o *fettuccine* fino dentro de uma panela com água salgada fervendo. A mulher tinha feito um grande mal às pessoas que ele amava.

Ouviu vozes na porta da frente; uma chave virou na fechadura. Carmine ficou absolutamente imóvel perto do fogão, o resto do *fettuccine* caindo na panela por vontade própria. Desdemona! Era a voz de Desdemona! Mas ele não conseguia chegar até ela, o choque pregara seus pés no chão.

ASSASSINATOS DEMAIS

— Eu devia saber que ele ainda estaria em Cedar Street — dizia ela para alguém — e aposto que se esqueceu de fazer compras. — Então, falando alto: — Obrigada, senhor! Ficarei bem. — Falava com o motorista de táxi.

Ela avançou cozinha adentro como um navio de guerra a pleno vapor, Julian no braço esquerdo, vestida com uma calça comprida e uma blusa amarrotada da viagem, o rosto ruborizado, os olhos brilhantes.

— Carmine! — disse, parando assim que o viu. O maravilhoso sorriso transformou o rosto sem grandes atrativos. — Meu querido, você parece um peixe no fundo de um barco.

Ele fechou a boca e envolveu-a e ao bebê em seus braços, os cílios molhados enquanto procurava os lábios dela e os achava. Só Julian, gritando por estar sendo esmagado, os trouxe de volta ao tempo e ao lugar onde estavam. Carmine pegou o filho e beijou-lhe o rosto inteiro, coisa que Julian adorava; Desdemona foi até o fogão.

— Massa e molho de mariscos — disse, olhando dentro da tigela e da panela. — Tia Maria, aposto. Há toneladas para nós dois. — Então tirou Julian do pai. — Se você me dá licença, pretendo dar o jantar dele, um banho, e depois ele vai dormir.

— E quanto à diferença de fuso horário, garoto? — perguntou Carmine ao bebê.

— Não se preocupe com isso — disse Desdemona. — Eu o mantive acordado de propósito por horas e horas. Os outros passageiros da primeira classe não gostaram.

— Como você veio do aeroporto?

— Peguei a limusine de Connecticut. Não tive coragem de contar a Myron que estava voltando para casa. Ele não entenderia.

E Desdemona saiu com Julian, falando coisas sem sentido no ouvido dele. Todos os fantasmas haviam desaparecido.

Não encontramos nada em todo aquele material do quarto escuro e de radiotransmissão — disse Ted Kelly, desanimado. — Nadinha!

— Você realmente pensou que ia achar? — perguntou Carmine, ainda envolvido pela felicidade de ter Desdemona e Julian em casa.

— Acho que não, mas é uma decepção de qualquer maneira. Tenho de admitir que você e/ou o comissário foram muito espertos no que diz respeito ao atirador do Green — disse Kelly, com ligeira relutância. — Nós nunca conseguimos encontrar uma desculpa para fazer uma busca nas casas dos membros da diretoria da Cornucopia. Mas vocês estão patinando em gelo fino. Esses caras têm dinheiro para levar o condado de Holloman até o Supremo Tribunal.

— Nós nos desculpamos por ter agido precipitadamente, no calor do momento. Você sinceramente acha que eles vão nos processar, Ted? — perguntou Carmine, sorrindo.

— Não, muito clamor público. Eles morrem de medo que alguém vá contar a Ed Murrow* sobre Ulisses.

— Eu e/ou o comissário também pensamos assim.

— Você é um filho da mãe, Delmonico.

---

* Edward R. Murrow (1908-1965) – Radialista americano conhecido por suas reportagens durante a Segunda Guerra Mundial, a partir de Londres.

ASSASSINATOS DEMAIS

— Vamos acertar lá fora.

— Retiro o que disse. Mas, como é que todo mundo ficou sabendo sobre Ulisses?

— Você é o culpado. Com seu vozeirão, você não precisa de megafone, e ainda insiste em fazer suas reuniões logo aqui, num restaurante de policiais. As orelhas se movimentam como as do Dumbo.

— Detesto cidades pequenas!

— Nossa cidade não é nenhuma aldeia!

— É como se fosse. Todo mundo sabe tudo de todo mundo.

— Troque um pouco o chapéu de peru pelo de águia. É verdade que toda a diretoria da Cornucopia vai para Zurique tentar comprar uma empresa de transistores suíça?

— Qual é a sua fonte? — perguntou Kelly, desconfiado.

— O ex-secretário de Erica Davenport, Richard Oakes, que foi rebaixado e agora trabalha com Michael Donald Sykes, outra vítima infeliz da gestão da diretoria — disse Carmine, brincando com uma salada simples. — Oakes e eu fomos dar uma caminhada hoje de manhã às margens do Pequot, onde nossas palavras se perdiam na brisa e as únicas testemunhas eram um bando de gaivotas. Vem aí uma tempestade.

— Vem aí uma tempestade? Como assim? — perguntou Kelly, desnorteado.

— As gaivotas, Ted! Elas estão voando para o interior.

— Ah! O que exatamente Oakes lhe contou?

— Que hoje em dia fabricar transistores é mais lucrativo que fabricar relógios cuco, e que essa empresa suíça está desenvolvendo algum produto importante. A notícia se espalhou e todo mundo está de olho nela. Oakes disse que a Cornucopia está eufórica. Nem ele nem Sykes entendem por que a diretoria está indo a Zurique.

— Mas nós sabemos por quê — disse Kelly de modo sinistro.

— Se sabemos! A viagem vai permitir que Ulisses leve os segredos roubados. O que me faz pensar, sr. Kelly, que Ulisses não passou nada para Moscou desde um pouco antes de 3 de abril. Sua pasta deve estar cheia.

— Nem me diga! Não há nada que se possa fazer, Carmine! O sacana vai sair do país perfumado como uma rosa, seguro, cercado dos colegas da diretoria.

Carmine teve vontade de andar de um lado para o outro, mas aquilo atrairia todos os olhares para eles, bem como todos os ouvidos. Em vez disso, sacudiu as mãos no ar freneticamente. — Mas como ele convenceu os outros a fazerem a viagem? Eles são *homens de negócios*! Se Sykes e Oakes sabem que estão eufóricos, é porque devem estar! Como é que ele conseguiu convencer todos os outros?

— Esta foi a parte fácil — disse Kelly, desanimado. — A diretoria acaba de receber um Lear Jet novinho em folha: tanques de combustível para longas distâncias, assentos reclináveis, copiloto e tudo o mais. Aposto que todos estão ansiosos para ver que cor tem o céu sobre Zurique. E, ainda melhor, as esposas terão de ficar em casa. Não há espaço, com uma tripulação de três homens e duas aeromoças.

— Quando parte a excursão? — perguntou Carmine.

— Amanhã à tarde. O jato já está aqui, na pista. Daqui voarão até o aeroporto JFK para obter permissão para o voo internacional — disse Kelly e suspirou. — É, amanhã à tarde todos os segredos da Cornucopia baterão as asas e não há nada que possamos fazer quanto a isso.

Ulisses vai partir nessa viagem, pensou Carmine enquanto caminhava de volta pela Cedar Street para os Serviços Municipais. O fato de eu saber quem ele é, sem sombra de dúvida, é irrelevante: não tenho absolutamente nenhuma prova. Apenas um instinto de tira e o resultado final de uma miríade de pequenos fatos e detalhes se juntando em minha mente, alguns desses fatos e detalhes conseguidos com grande esforço e pedidos de favor.

ASSASSINATOS DEMAIS

Kelly não sabe e não estou inclinado a contar a ele. O destino empurrou-o para cá, um monstro bíblico, e há uma mensagem nisso: ele pertence a um monstro bíblico. Não é ele o problema, o problema são seus patrões sem rosto, aqueles que mexem os botões, os papéis e as pessoas numa sequência de passos lenta, ditada pelo protocolo, antes que as grandes armas estejam prontas para disparar. Quando as armas de dezesseis polegadas rugirem, Ulisses já terá executado seu truque de magia e parecerá completamente inocente. Ulisses é só um cara; não é necessário um exército para pegá-lo. Na verdade, um exército não pode pegá-lo. Ninguém o notaria desaparecer furtivamente entre nuvens de poeira. Deixe Ted Kelly seguir o seu caminho; eu seguirei o meu, porque sei quem e o que terei de enfrentar, soube desde que o significado das palavras de Bart Bartolomeo penetrou na minha mente e a luz se acendeu.

O que tenho a fazer é prender Ulisses por assassinato. É mais hábil e decisivo, se é que decisivo tem uma graduação. Meus fatos e detalhes quanto à espionagem pintam um quadro, mas eu não tenho uma partícula de prova; quando Ulisses pintar o mesmo quadro, será mais convincente. Ao passo que os assassinatos que cometeu devem ter deixado um rastro de sólidas evidências que eu poderei encontrar se procurar nos lugares certos.

Ele já passara muito dos Serviços Municipais e decidiu, então, continuar mais um pouco. Ventava mais forte, mas ele estava gostando de sentir o vento fustigar seu rosto. Olhou para o céu, viu os cirros-cúmulos lá em cima e teve tempo de tomar a decisão de verificar, antes de ir para a cama, se as venezianas de sua casa estavam fechadas. Depois voltou a Ulisses.

Pense, Carmine, *pense*! Quem Ulisses matou com as próprias mãos? Desmond Skeps. Dee-Dee Hall, o que me deixa confuso. Por que uma prostituta exímia em sexo oral? E ninguém mais. Seu assistente matou Evan Pugh, Cathy Cartwright e Beatrice Egmont. Pistoleiros contratados mataram os três negros; pistoleiros negros, para se misturar à vizinhança. O assistente personificou um vendedor ambulante de poções chamado Reuben para enganar a mulher de Peter Norton e, provavelmente, instigou Joshua Butler. Com certeza foi necessário que o próprio Ulisses vencesse as defesas de Pauline Denbigh, mas não foi ele quem matou o reitor. A minha chance de provar qualquer um desses assassinatos não é nem a de um floco de neve no inferno. Tem de ser Skeps ou Dee-Dee Hall. Ou ambos.

Quais foram as armas?

Desmond Skeps... Uma agulha hipodérmica e várias seringas, manuseadas sem habilidade. Um dia lhe ensinaram como usá-las, mas anos se passaram desde então, e Skeps devia ter veias difíceis. Curare. Um líquido doméstico com amoníaco. Um desentupidor de canos. Um torniquete. Hidrato de cloral num copo de uísque escocês de puro malte. Uma lâmina de barbear. Um miniferro de soldar. Arame de aço.

Dee-Dee... Uma navalha. Fora a navalha, somente um bisturi tem aquele tipo de gume, até mesmo as lâminas de autópsia de Patsy não são capazes de provocar um ferimento como aquele numa mulher de pé, feito por um assaltante que a olha no rosto. É a maneira como o indicador e o polegar seguram a junção entre o cabo e a lâmina e a... estocada? Bem de perto e muito pessoal. Ulisses deve ter sido banhado pelo sangue de Dee-Dee, como um homem debaixo de uma torneira aberta. Ele só cortou as artérias carótidas quando o fluxo das veias jugulares já se tornara um simples gotejar, e então ele tomou um segundo banho. *Ódio!* O assassinato dela foi executado com um ódio absoluto, com uma violência muito maior que o de Desmond Skeps. Que acompanhou Dee-Dee ao banquete. O que significa que Skeps sabia por que Ulisses odiava Dee-Dee, mesmo que Skeps não soubesse que Ulisses era Ulisses. E quanto a Dee-Dee? Ela se deixou ficar e aceitou a morte sem protestos, segundo Patsy. Portanto, ela sabia por que Ulisses a odiava e admitia sua culpa.

ASSASSINATOS DEMAIS

Eu me pergunto se ele guarda as roupas que ficaram encharcadas de sangue. Se o ódio queimava tanto assim, talvez ele precisasse de uma lembrança. A navalha? Esta, certamente ele deve ter. Guardada em algum lugar como uma relíquia. Não como recordação. Como instrumento de execução.

Uma imagem surgiu na mente de Carmine com tanta nitidez que os pelos de sua nuca ficaram arrepiados. Jesus! Eu sei onde! Eu sei onde!

Seus passos se tornaram mais lentos: ele parou, deu meia-volta e andou na direção dos Serviços Municipais em ritmo regular, o júbilo arrefecendo. Saber era uma coisa; dirigir as forças para prová-lo era outra. O cético Doug já deveria ter voltado ao normal; mais fácil tirar leite das pedras que um mandato para revistar propriedades. Não que Ulisses fosse se separar de suas lembranças. Nesse aspecto não havia pressa. Estritamente falando, a urgência não era problema seu, pois dizia respeito ao espião, e não ao assassino. Só que Carmine era um patriota americano. Era seu dever derrotar o espião também.

Quando chegou ao escritório, sua aparência era a mesma de sempre. Delia, explodindo no seu campo visual em *paisley* verde e laranja, provocou nele uma espécie de sobressalto que dias atrás o teria feito rir. Hoje era somente um efeito desagradável.

— Abe está lá embaixo com Lancelot Sterling — disse ela — e Corey está no aeródromo, escondido, vigiando. Ele disse alguma coisa sobre um Lear Jet novo, mas eu confesso que não estava prestando muita atenção. Estava ao telefone com Desdemona.

— Eu devia ter imaginado — dividido entre a urgência de contar a Delia o que se passava em sua mente e a relutância de sobrecarregá-la com suas frustrações.

— Eles estão seguros aqui — disse ela, sorrindo.

Aquilo o fez tomar a decisão. — Sente-se, Delia. Eu preciso lhe falar.

No final, ela parecia horrorizada. E teve um gesto que não lhe era nada próprio: acariciou o braço dele. — Meu caro Carmine, compreendo perfeitamente o seu dilema. Mas, se Ulisses odiava Dee-Dee tanto assim, isso deve estar relacionado com alguma desgraça, e Dee-Dee deve ter sido o instrumento dela. Acho que compensaria eu fazer uma investigação exaustiva sobre o passado de Dee-Dee. Este é o problema das prc⬤.tutas. Ninguém quer perder tempo olhando para elas com uma lente de aumento. Eu ainda estou autorizada a agir como detetive?

— Eu não revoguei a ordem, como você bem sabe.

— Então vou procurar o cafetão de Dee-Dee, seus amigos, inimigos e conhecidos. — Ela fez uma pausa, as sobrancelhas levantadas. — Seria bem mais fácil se eu tivesse um distintivo.

— Eu não iria tão longe. Não force a barra.

No meio da noite, uma tempestade com fortes ventos desabou sobre Holloman. Curvado na cama, com a frente do corpo protegendo as costas de Desdemona, Carmine acordou com a chuva forte açoitando as janelas, levantou a cabeça para ouvir e depois se deitou de novo com um suspiro. Nenhuma esperança de que aquilo fosse durar o suficiente para atrasar a expedição da Cornucopia para Zurique. À tarde o temporal já teria passado.

— Hum? — perguntou Desdemona.

Carmine pôs a mão em concha sobre um de seus seios. — É só uma tempestade. Vá dormir.

— Nenhum estrago maior, só o jardim que está uma bagunça — disse Desdemona na manhã seguinte, tirando as botas de borracha na lavanderia. — Eu estava cheia de esperanças na cerejeira-chorona, mas ela foi atingida por um galho voador. Muito exposta aos elementos, a nossa casa dos sonhos.

— Não se pode ter tudo, adorável dama. — Carmine ajeitou os ombros dentro do casaco e começou a remexer nas capas de chuva penduradas num suporte de madeira. — Vai chover o dia inteiro, não saia com Julian. Se precisar de alguma coisa do mercado, peça pelo telefone.

ASSASSINATOS DEMAIS

Com chuva muito fria batendo no rosto, Carmine percorreu o caminho até a ampla garagem, que teve de ser feita em East Circle e, portanto, não tinha comunicação coberta com a casa, que ficava uns bons quinze metros abaixo. Dentro da garagem, ele tirou a capa de chuva antes de entrar no Fairlane; estacionado na parte coberta, o carro estava seco. Assim que colocou a chave na ignição, Carmine ligou o rádio da polícia e começou a prestar atenção. Nada de mais, apenas um papo breve recheado de letras e números obscuros para manter os assuntos da polícia como assuntos da polícia. Se ao menos conseguissem!, pensou ao sair com o carro e deparar com os efeitos do temporal noturno. Quem sabe pego um retorno e vou dar uma olhada no jato da Cornucopia? Mas não vou anunciar minha intenção no rádio. Muita gente o sintoniza como passatempo, e eles não precisam de equipamento de rádio.

O pequeno aeroporto de Holloman ficava atrás de uma cerca de arame no lado oeste do porto, que se dividia entre terrenos industriais inaproveitados e fábricas em atividade. Entre esse lado do porto e a I-95, artéria em constante movimento, erguiam-se aglomerados de tanques altos e cilíndricos contendo todo tipo de combustível feito de petróleo, de gasolina para aviação a diesel e óleo para aquecimento.

Em vez de usar a I-95 para um percurso tão curto, Carmine seguiu pela zona portuária, ao longo das docas, passou pelos tanques de armazenamento de combustível e então, finalmente, cruzando o portão aberto do aeroporto, chegou a uma praça de concreto usada como estacionamento. Ele a atravessou e circulou por trás de um galpão elegante que servia de terminal para os viajantes de Holloman, os olhos absorvendo a primeira visão do Lear Jet. Decepcionante de tão pequeno, ele estava estacionado não muito longe do galpão em toda a glória de sua pintura branca imaculada, com o chifre da fartura, logotipo da Cornucopia, estampado na cauda.

Uma leve batida na janela do carona fez Carmine pular. Corey abriu a porta e entrou, o casaco escorrendo.

— Você está todo molhado, Corey!

— Tudo está molhado, Carmine! Desculpe, mas eu tive que esconder meu carro. Não tive outra escolha senão vir correndo na chuva. Imaginei que você ia aparecer por aqui para dar uma olhada. O que você achou? Se espremer dentro disso aí deve ser como entrar num tubo de pasta de dente. Não parece que dê para eles ficarem de pé lá dentro, embora talvez no corredor central isso seja possível. É preferível um trem.

— É uma questão de poder, Corey. Eles podem cuspir nos rebanhos de camponeses. Você ficou aqui a noite toda?

— Não foi necessário. Eles não iriam a lugar nenhum debaixo daquele temporal. Talvez não consigam ir a lugar algum hoje se a chuva não parar.

— O que você espera descobrir? — perguntou Carmine, curioso.

O rosto longo, moreno, de nariz adunco, se retesou, os olhos escuros se estreitaram. — Quem me dera eu soubesse! É só uma sensação que eu tenho, chefe. Alguma coisa no ar... ou na chuva, ou na brisa marinha. Eu não sei.

— Vou mandar alguém aqui com um sanduíche de bacon e uma garrafa térmica com café. Num carro sem identificação, perto daquele hangar — disse Carmine. — Vá em frente com seus palpites, Corey.

E o que pensar sobre isso?, perguntou Carmine a si mesmo enquanto ia embora. Corey tinha encontrado seu próprio caso. O fato de que não ia dar em nada era irrelevante. Devia ter me ocorrido que o bando da Cornucopia era astucioso o suficiente para tentar antecipar a partida.

Os dois sanduíches de bacon e a garrafa térmica de café foram muito bem-vindos. Quente e relativamente seco, Corey Marshall se preparou para passar algumas horas entediantes de espera. As janelas do seu carro

ASSASSINATOS DEMAIS

estavam abertas apenas o suficiente para evitar que o para-brisa embaçasse e, astutamente, ele se colocou numa posição em que não era visto, mas podia ver em todas as direções. A chuva se mantinha constante, nem forte nem fraca, e agora já fazia oito horas que chovia. O terreno estava firme mesmo nas partes expostas; entre elas, sobre as grandes áreas cobertas de concreto e em alguns trechos de asfalto, a água da chuva corria copiosamente. Do lado de fora do portão do aeroporto, uma seção do leito da estrada havia afundado e se despedaçado, entupindo um bueiro e fazendo com que a água formasse uma poça funda. Um tempo adorável para os patos, pensou Corey, tentando procurar interesse em tudo. Ele precisava permanecer acordado, porém mais que isso: tinha de se manter alerta.

Uma boa parte de seu tempo foi ocupada pensando no lugar de tenente e, ele reconhecia com uma consternação profunda, num casamento que não tinha sido o que havia imaginado. Ah, ele *amava* Maureen e mais que amava seus dois filhos, que pareciam sofrer ainda mais que ele com os defeitos de Maureen: ele tinha pena deles, uma emoção estranha para um pai sentir. Entendia que cada pessoa tinha uma natureza, mas, de todo o coração, desejava que a natureza de Maureen não fosse assim tão áspera e mesquinha. Sua filha, aos nove anos de idade, havia aprendido a se manter longe de encrenca, sobretudo se anulando, enquanto seu filho, agora com doze, estava começando a herdar as frustrações da mãe em relação ao mundo dos homens. Sempre com problemas por ser desleixado, bagunceiro e ter notas baixas na escola. Isso havia chegado a um ponto crítico algumas semanas atrás e ele teve esperanças de que, levada a refletir sobre suas imperfeições, Maureen se tornasse mais branda com os dois homens da casa. E isso realmente aconteceu — por uma semana. Agora tudo estava voltando a ser como de hábito.

No fundo de seu coração, sabia que o divórcio era inevitável, porque tinha certeza de que, mesmo que fosse escolhido para o lugar de Larry

Pisano, Maureen arranjaria alguma outra coisa para perturbá-lo. Um segundo carro inadequado, uma cozinha insatisfatória, a acne de Gary como decorrência de comer besteira — aquilo que o aumento no pagamento não desse para consertar seria motivo de reclamação. Por nenhuma outra razão a não ser a de que ela se sentia permanentemente descontente, e como se pode consertar isso? Se não fosse pelas crianças, ele pediria o divórcio amanhã, mas por causa delas não faria isso nunca. Não era nenhum tolo, sabia que os filhos o amavam por ser o lado tolerável da vida em família, cúmplice e aliado deles. *Numa guerra?*

Bem, concluiu enquanto o meio do dia ia virando começo de tarde, a família Marshall tem de passar por isso. Não vai terminar antes de Denise ir para a faculdade e só eu e Maureen ficarmos em casa. Aí então a merda pode ser jogada no ventilador e se espalhar em todas as direções que eu não me importo.

Suas preocupações desapareceram no momento em que uma van de passageiros atravessou o portão e se dirigiu lentamente ao Lear. A tripulação, concluiu Corey à medida que foram saltando, conversando com animação, principalmente sobre o fato de a chuva ter parado. Uma equipe de voo em uniformes azul-marinho feitos sob medida, o capitão com quatro fileiras de galões dourados nas mangas, os outros dois com três fileiras. Uau! A diretoria da Cornucopia não se preocupava em fazer economia no pagamento dos caras responsáveis por garantir sua segurança no ar. Duas mulheres esguias e muito bonitas em uniformes azul-marinho, Corey deduziu que deviam ser as comissárias de bordo. Nenhuma economia com elas também. A escada foi baixada, os homens entraram e foram para a cabine do piloto, um deles levando uma prancheta; as duas moças foram para a parte de trás da van e se ocuparam com contêineres embrulhados em papel laminado, uma caixa grande de isopor com comida gelada e várias peças de roupa de mesa e banho. Maravilhado, Corey ficou espiando as moças trabalharem por algum tempo. Até vários pequenos arranjos de flores foram desencavados.

ASSASSINATOS DEMAIS

A equipe de terra apareceu; um deles conectou o Lear a uma bomba de combustível, tomando extremo cuidado para que nenhuma gota caísse no concreto. Mangueiras foram conectadas, pneus checados, mais de uma dúzia de tarefas executadas. Na cabine, Corey podia ver as cabeças do piloto e do copiloto, suas mãos se agitando sobre o que ele presumia serem botões e chaves de transmissão no teto acima dos painéis de instrumentos.

O próximo a chegar foi um Rolls-Royce Silver Ghost com dois homens no banco da frente: Wal Grierson e Gus Purvey. Eles desceram e foram para o galpão, Corey imaginou que para ir ao banheiro — instalações mais amplas que as disponíveis num avião, mesmo num jato particular. Cada um carregava uma pasta, mas nenhum deles estava vestido formalmente. Jeans, camisas com colarinho aberto, suéteres com botões, casacos pendurados no braço. Rindo, caminharam até o Lear e subiram a escada. Assim que desapareceram lá dentro, chegou um pequeno Ford com dois homens. Um deles desceu, foi até o Rolls-Royce e entrou nele. E então o Ford e o Rolls-Royce foram embora. É assim que se faz quando não se está com vontade de usar o motorista, pensou Corey. Um peão vem buscar os objetos descartados.

Chegou um carro de bombeiros da Estação Dois, um caminhão especial, equipado para servir em aeroportos. Nenhuma aeronave maior que um avião para viagens de recreio podia decolar ou aterrissar sem a presença de um carro de bombeiros. Os membros da equipe pareciam satisfeitos por terem se livrado de um turno chuvoso e manifestavam claramente sua admiração pelo jato pequeno e elegante que tinham obrigação de escoltar ao longo da pista com tanta segurança quanto os tanques cheios de gasolina de aviação permitissem.

Só faltavam Phil Smith e Fred Collins. A atividade se encerrou quando as aeromoças entraram de vez no avião. A van se foi, o carro de bombeiros se encaminhou para a posição designada para ele.

Corey não se abaixou novamente. Em vez disso, virou-se no assento para olhar a estrada atrás, notando casualmente que, mais adiante da poça que se formara onde a estrada havia cedido um pouco, um cano de metal de quatro polegadas tinha se levantado do asfalto e atravessava a estrada como um cabo de navio ou uma mangueira de incêndio cheia. O silêncio era completo depois de a chuva ter passado e, na distância, Corey ouviu o rugido de um possante carro esporte se aproximando. Correndo muito, o carro apareceu diante de seus olhos logo em seguida ao ronco, um Jaguar XKE de doze cilindros pintado de um verde usado em corridas de carro na Inglaterra, Phil Smith no volante e Fred Collins a seu lado. Os dois também estavam rindo, "até que enfim vamos partir!" escrito em seus rostos.

As rodas dianteiras do Jaguar bateram no cano, e o resto pareceu acontecer em câmera lenta. Primeiro, o capô sensacionalmente comprido do carro esporte subiu no ar, na vertical, seguido pelo restante. O carro deu uma cambalhota e Smith e Collins foram jogados para fora e caíram na estrada antes de o Jaguar se espatifar no chão de cabeça para baixo, perto da poça, com as rodas dianteiras girando loucamente.

— Ambulância! Ambulância para o aeroporto, emergência na estrada! — berrava Corey no rádio antes de o Jaguar chegar ao chão. — Paramédicos! Precisamos de paramédicos! Acidente de carro no aeroporto! Emergência na estrada!

Antes mesmo de ter acabado de falar no rádio, Corey saiu do carro correndo e de repente se deu conta de que ninguém mais havia visto o que tinha acontecido. Ele foi primeiro até Fred Collins, bem perto, e se abaixou para sentir a pulsação da carótida. Sim! Forte, e parecia não haver aumento na perda de sangue. Uma perna estava torcida por baixo dele e ele estava gemendo. Provavelmente estava bem, a não ser que tivesse alguma lesão interna.

Agora Smith, que estava deitado sobre o lado direito, olhos fechados. Sim! Pulsação na carótida e bem forte. Não se mexia.

ASSASSINATOS DEMAIS

Uma rajada de vento; uma folha de papel voou para cima dos olhos de Corey e foi afastada com impaciência. Então Corey viu a pasta de Smith ainda na mão dele. Será que o louco tentou dirigir um carro esporte de câmbio manual segurando uma pasta? Ou a teria agarrado justamente na hora em que o acidente aconteceu? Era uma bela pasta de aço inoxidável torneado e trabalhado com dois fechos de combinação, mas a força do impacto os arrebentara e havia papéis por todo lado. A maioria pousada na superfície da poça.

— Não há nada que eu possa fazer por você, cara — disse ele —, mas posso catar seus papéis antes que eles saiam voando.

Num frenesi, ele juntou todas as folhas que conseguiu encontrar. Muitas estavam molhadas porque tinham caído na água, mas Corey não se importou; ele ainda as recolhia quando as sirenes tocaram a distância e então ele correu para o carro. Os bombeiros estavam vindo, mas ele tinha a desculpa de precisar usar o rádio novamente, e quem se lembraria de que ele estava carregando um monte de papéis? A atenção deles estava voltada para o acidente.

Os papéis foram para dentro da mala do carro, para o caso de algum abelhudo da Cornucopia vir olhar. Ele pegou o microfone e falou para a Central, que o informou de que o capitão Delmonico estava a caminho e que duas ambulâncias já deveriam estar lá.

— Graças a Deus parou de chover — disse ele a Carmine um minuto mais tarde. — Você quer que eu vá dizer àqueles patos lá no jatinho que eles não vão a lugar nenhum a menos que queiram deixar para trás, no hospital, dois membros da diretoria?

— Abe foi fazer isso — disse Carmine, olhando Corey de modo astuto. — Eu quero saber por que você está com cara de vira-lata que pegou a cadela com pedigree antes do macho escolhido para ela.

Em resposta, Corey deu a volta com ele até atrás do carro e abriu a mala. — O conteúdo da pasta de Phil Smith — falou ele. — Eu gostaria de poder dizer que peguei as quatro pastas, mas uma já é um bom começo. A maneira como eu vi a situação: o cara inconsciente, estirado na estrada, os papéis afundando naquela poça lá. Então fiz o que qualquer cidadão consciencioso faria, eu os catei. Eu imaginei que depois poderia dizer que o nosso laboratório da polícia tem ótimas instalações para secar os papéis, que, de outra maneira, teriam se desintegrado, portanto achei que era meu dever de cidadão, se pudesse, salvá-los. Ele não vai engolir isso, mas também não pode reclamar.

— Grande trabalho, Corey — disse Carmine com sinceridade. — Foi sorte nossa esse acidente ter acontecido, mas foram sua iniciativa e sua presença de espírito que fizeram com que os papéis de Smith caíssem em nossas mãos.

Os dois homens voltaram para a estrada, onde as duas ambulâncias estavam recolhendo os acidentados. Graças a Corey ter solicitado paramédicos, dois assistentes de médicos tinham vindo com as equipes costumeiras.

Eles chegaram primeiro junto à paramédica que cuidava de Fred Collins.

— Não creio que ele tenha sofrido muito internamente — disse a mulher, dobrando o estetoscópio. — A pressão arterial está boa. Fraturas múltiplas no fêmur direito: vai ficar algum tempo sem poder esquiar. Escoriações e hematomas. É só.

— Lesão na cabeça — disse o paramédico de Smith. — Úmero direito quebrado, suspeita de fratura da escápula direita também. Ele bateu com a cabeça no chão, mas a água, de certa maneira, amorteceu o impacto. Que eu possa detectar, não há nenhuma debilidade do lado esquerdo, mas saberemos melhor quando ele for examinado pelos neurocirurgiões. As pupilas estão reagindo. Vocês me dão licença, vou levá-lo para onde é possível lidar com qualquer tipo de edema cerebral.

Wal Grierson e Gus Purvey esperavam ansiosamente, impedidos de se aproximar pelo cordão de isolamento costumeiro. O sargento Terry Monks e sua equipe haviam acabado de chegar e iam inspecionar o local do acidente para proceder à reconstituição e atribuir responsabilidades.

ASSASSINATOS DEMAIS

— Mas — disse Terry Monks, zangado, para Carmine — o que dois homens velhos faziam num Jaguar esporte sem barra estabilizadora e sem cintos de segurança?

— Uma barra estabilizadora estragaria o visual do carro e cintos de segurança são para gente que dirige carros pesados. Entretanto, para ser justo, Terry, você tem que admitir que a falta dos cintos salvou a vida deles — disse Carmine só para provocar Terry.

— É... mas uma barra estabilizadora *e* cintos de segurança teriam feito aqueles estúpidos velhotes saírem do carro andando.

Foram adiante até Grierson e Purvey.

— Isso é terrível! Terrível! — exclamou Purvey, o rosto pálido. — Não sei quantas vezes eu disse a Phil para parar de se comportar como Stirling Moss!* Ele dirige como um morcego fugindo do inferno!

— Pena ele não estar consciente para ouvir ser chamado de velhote estúpido — disse Carmine. — Esse é o veredicto dos nossos homens de acidente de trânsito.

— Estúpido é correto — disse Grierson entre os dentes, mais zangado que desconcertado. Imagino que não vamos mais a Zurique. Gus, avise a Natalie e Candy enquanto eu cuido das coisas por aqui. — Como se seguissem uma deixa, o pequeno Ford e o Rolls-Royce apareceram e estacionaram bem perto, na estrada. — Leve o carro. Ele volta para me buscar assim que você chegar em casa e pegar o seu.

Purvey, com expressão culpada, foi andando ao longo da cerca do aeroporto em direção ao Rolls-Royce.

— Eu pensei que você fosse um homem de Mustang — comentou Carmine.

— Rolls-Royce é o carro mais confortável na estrada — respondeu Grierson, sorrindo levemente. — Jesus, que confusão!

---

* Stirling Moss — Ex-automobilista inglês, quatro vezes vice-campeão de Fórmula-1, considerado um dos maiores de todos os tempos. (N.T.)

Carmine olhou para Corey e Abe. — Corey, vá dirigindo pelo asfalto e saia pelo portão do outro lado. Abe, você fica comigo.

O Fairlane seguia de perto o carro de Corey. Somente depois de terem passado pelo portão mais afastado e já estarem na estrada, tendo deixado para trás os tanques de combustível, foi que Carmine deu um suspiro de alívio. Ele havia aproveitado o tempo para pôr Abe a par do que continha a mala do carro de Corey e as mãos de Abe estavam tremendo de pura excitação. Ele olhou para Carmine.

— Uma chance em quatro de ser a pasta certa — disse.

— Onde está Delia?

— Nosso cão de caça está no rastro de Dee-Dee.

— Lá está uma cabine de telefone, e me parece que o telefone está funcionando — disse Carmine, parando no acostamento da estrada. — Abe, ligue para Danny e peça para ele mandar equipes de busca atrás de Delia. Eu não quero isso no rádio: é importante demais para caminhoneiros e donas de casa entediadas ouvirem. A pessoa de quem mais precisamos nesta operação é Delia.

Que estava esperando, os olhos brilhantes, quando Carmine e Abe chegaram. Dois funcionários da manutenção haviam preparado uma instalação que consistia em todas as mesas montadas sobre cavaletes que coubessem no escritório tendo seus tampos recém-forrados de papel de embrulho preso com percevejos. O conteúdo da pasta de Phil Smith, encharcado e amolecido, foi empilhado de qualquer jeito sobre o assento de uma cadeira sob o olhar marcial de Delia. Logo que aprontaram a última mesa, os funcionários saíram. Ela começou a distribuir os papéis, folha por folha, sobre a superfície acinzentada à sua disposição.

— Ah, o homem é um tesouro! — exclamou ela, alvoroçada, passando depressa de uma mesa para outra com várias folhas. — Meticuloso ao extremo! Não é trabalho de secretária, posso garantir; fora o "atenciosamente", nenhuma secretária jamais sonharia com tamanha

ASSASSINATOS DEMAIS

precisão. Estão vendo? Cada página seguinte é identificada no canto esquerdo superior com o assunto ou a pessoa e mais a data da carta, e o número da página está no canto direito. Maravilhoso, Maravilhoso!

Ao todo eram 139 páginas de cartas e relatórios, mais uma dissertação encadernada com 73 páginas sobre as vantagens de manter dependências de pesquisa. Isso pareceu peculiar a Carmine; a Cornucopia Research já existia havia pelo menos cinco anos, portanto qual o motivo de levar um artigo volumoso cheio de fatos há muito estabelecidos e reconhecidos por toda a indústria?

— Ele é um esnobe quanto ao papel — disse Delia quando todas as páginas já haviam sido dispostas sobre as mesas e o relatório encadernado estava enrolado numa toalha limpa para secar as páginas de fora e as beiradas. — Nada menos que papel com alto teor de fibras de tecido, até para os blocos de memorando. Nada de polpa barata para o sr. Smith! Nem impressão comum para cabeçalhos e timbres: só impressão *hot-stamping*. Ao mesmo tempo, ele não é espalhafatoso. Os papéis de carta são todos brancos, a impressão preta, nenhum logo colorido do chifre da fartura. Sim, tudo do bom e do melhor, embora discreto.

— Então eu e você vamos ter o trabalho de ler, Delia — disse Carmine. — Corey, você fica vigiando o hospital e me avisa sobre qualquer mudança nas condições de Smith assim que ficar sabendo. O neurocirurgião-chefe, Tom Dennis, é meu amigo, de modo que vou me assegurar de que fiquemos sabendo tão logo haja alguma novidade. Abe, você fica encarregado de Dee-Dee, sir Lancelot, Pauline Denbigh e qualquer outra pessoa de interesse. Se surgir um caso novo, você cuida dele.

— O que você está procurando? — perguntou Delia assim que Abe e Corey saíram. — Naturalmente eu tenho alguma ideia, mas gostaria de ter instruções detalhadas.

— O problema é que, se for um código verbal, eu acho que não há esperanças de decifrá-lo — disse Carmine, franzindo a testa.

— Você diz declarações como "as nuvens estão escuras sobre a querida e velha Leningrado"?

— Sim. Se "o estriamento do cano começa aos sessenta centímetros de cima para baixo" na verdade significar "não espere mais de mim tão cedo", nós não saberemos. Mas eu acho que esse tipo de informação não nos interessa. Estamos procurando plantas e fórmulas, provavelmente reduzidos a micropontos.

— Que tamanho tem um microponto? — perguntou Delia.

— Segundo Kelly, qualquer tamanho que pareça lógico, de um pingo sobre um "i" a uma sujeirinha qualquer insignificante ou ao ponto central do desenho de um alvo de cinco centímetros. De qualquer maneira, eles não precisam ser redondos. Quando são redondos têm menos probabilidade de serem detectados, sendo a natureza não linear.

Ela contraiu o rosto, consternada. — Oh, Carmine! Deve haver literalmente um milhão de pingos de "i" aqui! Mesmo que o estado de coma do sr. Smith dure vários dias, não temos chance de encontrar nada.

Havia uma garrafa de café fresco sobre a bancada. Carmine se serviu de uma caneca e sentou numa cadeira de rodinhas que havia subtraído das datilógrafas porque assim podia movimentar-se por todo lado sem desgrudar a bunda da cadeira. — É por isso que eu acho que os micropontos não estão sobre os "is". Ou, pelo menos, não sobre um "i" com um pingo comum. Nós devemos procurar pontos grandes, que pareçam um erro tipográfico ou um borrão. Kelly é tão desconfiado que eu não consegui tirar muita coisa útil dele, portanto vamos ter que improvisar, Delia. Pelo que eu sei, as câmeras têm limites finitos e o processo de redução só pode ir até certo ponto, depois é preciso tirar outra fotografia e recomeçar o processo de redução. Desde que a corrida espacial começou, as coisas têm se miniaturizado rapidamente, mas... sou totalmente ignorante quanto a como isso é feito e até que ponto uma redução pode chegar. — Carmine deu de ombros. — O melhor conselho que eu posso lhe dar é que você use o seu bom-senso, Delia. Se alguma coisa parecer errada, devemos ver se ela surte algum resultado. Se ela der resultado, devemos ampliá-la para um tamanho cinquenta ou cem vezes maior num dos microscópios de Patsy.

Eles começaram a ler: Delia, as cartas; Carmine, os relatórios. Uma hora se passou em silêncio intenso.

— Que coisa extraordinária! — disse Delia.

Carmine deu um pulo. — Hã?

— O sr. Smith não teve sempre a reputação de não fazer nada?

— Assim minhas fontes me levaram a crer.

— Bem, para alguém que não fez esforço algum em seus sei lá quantos anos de diretoria, ele esteve bastante de olho em todo tipo de pessoas. Ao que parece, também não está satisfeito em deixar para trás algumas observações durante a sua ausência. Estou lendo uma carta que aparentemente o sr. Smith tinha a intenção de enviar para um tal de M.D. Sykes, que tem o cargo de administrador-geral da Cornucopia Central. Deduzo que isso significa que o sr. Sykes encomenda os artigos de papelaria, checa salários e pagamentos, cuida de contratos de limpeza e coisas do gênero. Embora, de tempos em tempos ao longo dos anos, o sr. Sykes tenha substituído homens mais graduados que ele.

— Caramba! — exclamou Carmine, cuidadoso com seus expletivos quando havia damas presentes. — Eu jamais pensaria que Smith ao menos soubesse que a Cornucopia Central tinha um administrador-geral, quanto mais que notasse que era Sykes. Mas reparar no que Sykes fazia! A carta é interessante?

— Sim e não. É muito longa. O sr. Smith descreve as realizações do sr. Sykes ao longo dos anos ao substituir executivos mais graduados, e elogia sua diligência e experiência. O sr. Smith informa ao sr. Sykes que, como presidente da diretoria, o está promovendo à posição de diretor-administrador, imediatamente abaixo da diretoria. O sr. Sykes agora será responsável pela supervisão de todas as subsidiárias da Cornucopia em nível executivo e responderá somente à diretoria.

COLLEEN McCULLOUGH

— Isso é uma verdadeira bomba — disse Carmine, rindo. — Michael Donald *ficará* feliz! Eu posso entender por que Smith não gostaria que isso ficasse abandonado sobre a mesa dele enquanto estivesse fora, embora me pergunte por que não o despachou simplesmente como correspondência interna antes de partir. Um pequeno mistério. Ele gosta de jogos de guerras napoleônicas.

— Quem? O sr. Smith?

— Não, o sr. Michael Donald Sykes. Com o novo salário, ele terá condições de encenar a coroação de seu herói na Notre Dame. Completa, com ouro e joias.

— Que estranho! — exclamou Delia, ainda sobre a carta para Sykes.

— O que é estranho?

— O sistema de organização de itens do sr. Smith, ao qual, pelo visto, ele é muito apegado. Eu sempre preferi as letras do alfabeto aos números quando faço listagens; caso não sejam necessários mais que vinte e seis itens, a coluna dos caracteres que identificam os itens permanece da mesma largura. Com números, quando se chega ao dez, a coluna fica com um caractere a mais e, além disso, alinhada do lado esquerdo. Muito irritante! O sr. Smith não coloca números nem letras, ele usa um ponto grande, redondo e preto para marcar os itens... — sibilou ela ao expirar. — Um ponto grande, redondo e preto! — gritou.

Carmine correu em volta da mesa na cadeira de rodinhas e olhou.

— Puta merda! — gritou, esquecendo as damas.

— E tem outra coisa, Carmine — disse Delia, com a voz falhando. — Que máquina consegue fazer um ponto deste tamanho? Uma máquina de escrever não faz, nem qualquer coisa de que eu me lembre exceto um tipo de gráfica. Estes pontos da listagem devem ter sido aplicados à mão. Se eles não são micropontos, então o sr. Smith se deu ao trabalho de usar Letraset, e um homem tão fanaticamente organizado seria insano, mesmo que forçasse a secretária a fazer isso.

ASSASSINATOS DEMAIS

— Uma coisa é certa, Delia, o sr. Smith não é insano — disse Carmine com uma alegria sinistra. — Eu peguei o safado!

— Você quer dizer que ele é o Ulisses?

— Ah, eu já sabia disso há algum tempo.

Ele deu um impulso em sua cadeira na direção de uma mesinha sobre a qual havia reunido uma caixa de lâminas de microscópio, outra de lamínulas de vidro, alguns pequenos fórceps em forma de pinças e um bisturi fino e pontudo. Pegou a bandeja onde estava o material, voltou à carta de Smith para M.D. Sykes e, trabalhando com muita delicadeza, tentou introduzir a ponta do bisturi sob a beirada de um ponto. Ele entrou com facilidade; o ponto saiu, equilibrado na ponta do bisturi. Carmine o transferiu para uma lâmina e colocou uma lamínula por cima. Retirou, escolhidos ao acaso, cinco dos onze pontos da carta para Sykes.

Com cinco lâminas de vidro sobre um prato de papel, ele caminhou para o departamento de patologia criminal com Delia a seu lado.

— Verifique para mim se esses pontos são ou não de Letraset — disse a Patrick, entregando-lhe o prato. — Veja se eles contêm alguma inscrição ou esquema, ou qualquer coisa que não devia estar aí.

— Você encontrou micropontos genuínos, de primeira água, cem por cento, vinte e quatro quilates — disse Patsy depois de examinar a primeira lâmina. — Cem de capacidade de ampliação... cara, que câmera! Que capacidade de redução! Mesmo assim, devem ter sido tiradas umas doze fotografias separadas para conseguir que isso ficasse tão pequeno. Não se perdeu nada em resolução, a definição está perfeita.

— Então agora a gente sabe por que Smith não mandou a carta para M.D. Sykes como correspondência interna antes de partir — disse Carmine a Delia enquanto voltavam para o escritório dele. — Era preciso que ela saísse do país com ele. Em Zurique, os micropontos teriam sido removidos e substituídos por pontos de Letraset. Uma vez de volta a Holloman, ele poderia entregar a promoção pessoalmente ao sr. Sykes.

389

— Oh, Carmine, fico tão feliz por você!

— Economize seu êxtase, Delia. Agora tenho que chamar Ted Kelly e contar a ele o que descobrimos. Desconfio que a nossa participação no caso de Ulisses, o espião, chegou ao fim.

Profecia acurada. Ted Kelly chegou em minutos, estupefato, arquejante, falando do que chamava de "a sorte de Carmine".

— Não, não foi sorte minha! — respondeu Carmine, irritado.

— Foi a iniciativa do sargento Corey Marshall, que conseguiu para você a prova da espionagem, agente especial Kelly, e eu insisto que isso lhe seja devidamente creditado! Se o nome dele e o que ele fez não aparecerem no seu relatório, eu ponho Washington abaixo.

— Tudo bem, tudo bem! — gritou Kelly, recuando com as mãos para cima. — Vai estar escrito no meu relatório, eu prometo!

— Eu não confio nada em você, Kelly! — Carmine jogou em cima dele duas folhas de papel da polícia datilografadas. — Este é o relatório de Corey sobre o que aconteceu e é assim que o seu relatório vai começar. Foda-se o FBI e foda-se você! Vocês pegaram carona no nosso trabalho e eu quero que isso seja reconhecido.

— Eu estou tão feliz que consentiria qualquer coisa — disse Kelly. — Os papéis de Smith estão aqui?

Carmine entregou a ele uma caixa de papelão do departamento de polícia de Holloman. — Até o último deles, menos cinco pontos retirados da carta para Sykes. A qual, a propósito, eu fotocopiei para garantir que o sr. Sykes a receba. Provavelmente há uma cópia dela no escritório de Smith, mas eu quis garantir. M.D. Sykes tem sido bastante sacaneado.

Kelly pegou a caixa como se ela contivesse as joias da coroa e, então, olhou, inquisitivo. — Hum... e os cinco pontos? — perguntou ele.

— Estão indo comigo, junto com um microscópio, para o gabinete do juiz Thwaites. Preciso de provas de má conduta para conseguir um

ASSASSINATOS DEMAIS

mandado de busca. Assim que tiver feito isso, eu os mandarei para você — disse Carmine.

— Você não pode fazer isso!

— Tente me impedir. Eu já lhe disse, você os terá de volta. Eu não estava brincando quando disse que não confio em você nem no FBI, agente especial Kelly. Tanto quanto sei, pode ser que o conteúdo da pasta de Smith nunca venha à luz e que ele nunca seja julgado por traição. Mas ele será julgado por pelo menos um assassinato e irá para a prisão por um longo tempo por isso. Agora caia fora e me deixe fazer o meu trabalho.

— Você acha que vão julgar o sr. Smith por traição? — perguntou Delia, olhando para a sala cheia de mesas sobre cavaletes.

— Não faço ideia. Livre-se destas mesas, Delia. Eu vou lá em cima falar com seu tio John. — Na soleira da porta, ele parou. — Delia?

— O quê? — perguntou ela, a mão no telefone.

— Você realizou um trabalho brilhante. Eu não sei o que faria sem você, essa é a verdade.

Sua secretária emitiu um som parecido com o de um gatinho espremido, ficou muito vermelha e virou de costas.

— Assim que o cético Doug der uma olhada nos micropontos, John, obterei o meu mandado — disse Carmine.

— Tanto mais que isso pode justificar a emissão de mandados que ele fez por causa do atirador — disse Silvestri. — Nenhum ovo na cara dele. Espero que a prova do assassinato de Dee-Dee esteja onde você pensa que está, porque eu tenho a estranha sensação de que os federais não querem esse cara julgado por traição. Os dias dos Rosenberg já passaram. Smith é o suprassumo do WASP de Boston.

— Eu não acho — disse Carmine, pensativo. — Houve um Philip Smith, tenho certeza, mas, a certa altura dos últimos vinte e cinco anos, um coronel da KGB assumiu sua identidade. Às vezes Smith comete erros esquisitos sobre tradições e costumes americanos, e sua mulher, de acordo com Delia, não é uma sami da Lapônia. Delia acha que ela vem de alguma localidade da Sibéria ou das estepes da Ásia Central. Sua língua nativa não é indo-ariana.

— Nem turca ou húngara, aliás.

— É verdade. Além disso, John, eu apostaria meu último tostão que Smith foi plantado. Não existe nenhuma Anna Smith no Peace Corps da África, e o Stephen Smith que está fazendo biologia marinha no mar Vermelho, interessante escolha de cor, não está propriamente ligado ao Woods Hole. Ele tem uma espécie de status honorífico lá, graças a polpudas doações para projetos que o pessoal do Woods Hole encontra dificuldade em custear. Quanto a Peter Smith, engenheiro de petróleo, esteve no Irã trabalhando para British Petroleum, mas saiu para procurar petróleo sabe onde? No Afeganistão.

— Você suspeita que os três filhos estejam na URSS?

— Entre uma missão e outra, sim. Pense como eles são valiosos! Totalmente bilíngues, tão americanos como torta de maçã.

— Existe torta de maçã em toda parte, Carmine.

— Sim, mas não com canela. Com cravo.

— O que o está preocupando realmente? — perguntou Silvestri.

— Em primeiro lugar, o assistente. Nós ainda não o achamos e, em se tratando de matar, ele é ainda mais cheio de recursos que Smith. Por causa dele é que eu pedi a Danny para colocar guardas no quarto de hospital onde Smith está, só os mais atentos e em pares.

— Você tem alguma ideia de quem ele possa ser?

— Sei apenas que ele é ligado à Cornucopia. Lancelot Sterling era o meu suspeito, mas eu estava errado. Não é o secretário Richard Oakes, ele é muito frágil. Portanto, quem quer que seja, ainda não foi levantada nenhuma suspeita sobre ele. Se o pegarmos, pode ser que seu rosto e seu nome sejam totalmente desconhecidos.

— Os comunistas não se congregam geralmente em células, Carmine?

ASSASSINATOS DEMAIS

— Os ideológicos, sim, mas alguém sabe alguma coisa sobre essa gente que atua em sabotagem e espionagem? É aí que os caçadores de bruxas comunistas falham. Tendem a equiparar ideologia e atividades que causam danos. Nem sempre é assim. Mas é possível que haja uma célula de ativistas nocivos sediada em Holloman e encabeçada por Philip Smith. Nós sabemos que Erica Davenport estava envolvida e sabemos que Smith tem um assistente. Já são três. Que tamanho tem uma célula? Não tenho vontade de perguntar a Ted Kelly, nisso vai a minha teimosia. Digamos, quatro a seis membros? Nesse caso, ainda estamos no escuro a respeito de um a três deles.

— Pauline Denbigh? — perguntou Silvestri.

— Duvido. Ela é elitista e feminista. Os vermelhos podem ter toneladas de mulheres médicas e dentistas, mas o partido comunista não está cheio de mulheres no nível mais alto, não é? Não, eu acho que ela foi levada a matar o marido na data certa e agora se diverte recusando-se a admitir isso.

— E quanto a Philomena Skeps?

— Eu não posso imaginar que ela seja mais que uma mãe superprotetora, mas tenho a intenção de ir vê-la novamente — disse Carmine. — Por uma razão: o controle definitivo da Cornucopia está incerto e, quanto a isso, esse acidente de carro não ajudou em nada. Será que Philomena Skeps tem condições de administrar a empresa? Ou será que ela vai entregá-la ao submisso Anthony Bera? Ou vai deixá-la com um subitamente revigorado Phil Smith, uma vez que ela não sabe que ele é traidor e assassino?

— Quem sabe o sr. Michael Donald Sykes herdará o manto? — disse Silvestri com um sorriso.

Carmine suspirou, tão alto que o comissário piscou. — Por que o suspiro? — perguntou ele.

— É o helicóptero do FBI que tornou tão fácil chegar a Orleans, em Cape Cod. Acho que os Serviços Municipais não podem bancar um daqueles, não é?

— Há mais ou menos a mesma probabilidade que a de uma passagem para Marte.

— Detesto dirigir até lá.

— Então leve Desdemona e passe o dia lá.

— Farei isso, mas só depois de sábado — disse Carmine.

— Como está Smith?

— Melhorando, segundo Tom Dennis. Nenhum hematoma subdural ou contusões cerebrais graves, apenas uma fratura de crânio e certo inchaço no cérebro, que está cedendo bem. A omoplata e o braço direitos são os mais doloridos. Collins precisou de uma cirurgia na perna quebrada e jura que nunca mais vai andar em carro conversível. Segundo Corey, foi surpreendente ver aquela máquina virar em pleno ar.

— Coroas se comportando como garotões! — disse Silvestri. De repente ele pareceu curioso. — Carmine, o que exatamente sugeriu a você que Smith era Ulisses? Quer dizer, podia ser qualquer um deles.

— Não, eu nunca suspeitei de Grierson, John. O que me deu a dica foi o verbo que Bart Bartolomeo usou para descrever o que Erica Davenport disse a Desmond Skeps no banquete da Maxwell. Não as palavras dela, que ele não ouviu. Mas ele disse que ela ficou sibilando. Demorou um pouco para a ficha cair e eu não tenho certeza de quando a suspeita se tornou certeza, mas não dá para sibilar Collins, Purvey ou Grierson. Smith dá. Grande sucesso. O que mais que ela tenha dito devia ser cheio de "esses" também, mas, se ela tivesse falado um nome que interrompesse as sibilantes, Bart teria notado. Assim que eu percebi o que Bart havia realmente dito, eu me concentrei no sr. Philip Smith.

— Quer dizer que estava tudo em um nome — disse Silvestri.

Mandado em mãos, Carmine se dirigiu, na manhã seguinte, juntamente com uma viatura e com a van forense de Patsy, ao belo vale onde Philip Smith havia construído sua mansão.

Natalie Smith recebeu-o na porta, os olhos azuis profundos soltando fagulhas, a raiva desfigurando seu rosto liso e amarelado. — Você não pode deixá-lo em paz? — perguntou ela com o sotaque estrangeiro carregado que tornava suas palavras difíceis de compreender.

— Desculpe, sra. Smith, tenho que cumprir este mandado.

— Tenho que me sentar no *folly*? — perguntou ela. — Hoje está fazendo frio.

— Não, minha senhora. É no *folly* que vamos fazer as buscas, portanto a senhora pode ficar na sua casa.

Carmine caminhou sobre a grama viçosa entre os canteiros até onde ficava o pequeno templo circular com suas colunas jônicas, todas caneladas e encimadas por um telhado de telhas de cerâmica que se assentava sobre elas como o chapéu de um trabalhador chinês. Só os ingleses para chamar um adorno de jardim de *folly*, pensou Carmine, subindo os degraus. Os degraus e o chão eram revestidos de mosaico esverdeado, e o resto do *folly* era todo de mármore branco. Quem, nos Estados Unidos da América, teria habilidade para projetar isso?, pensou ele. Ninguém, concluiu. As colunas foram provavelmente importadas da Itália, onde havia escultores em abundância. Seus pares americanos estariam esculpindo lápides fantasiosas.

Uma primeira inspeção não revelou possíveis esconderijos, mas ele contava com Abe Goldberg.

— Você acha que pode encontrar o compartimento secreto? — perguntou Carmine.

O rosto claro e sardento de Abe se abriu num sorriso, seus olhos azuis faiscaram. — Macaco come banana? — perguntou ele.

Carmine desceu os degraus, foi para a grama e ficou espiando Abe trabalhar. Primeiro ele pediu a dois policiais que retirassem a mesa e as cadeiras brancas, depois ficou de pé no centro do *folly* e rodou, com a cabeça virada para o teto. Terminado aquilo, repetiu a rotação, dessa vez olhando para o chão. Então deu toda a volta em cada um dos degraus circulares, usando Carmine como marcador. Depois se estendeu no chão e começou a bater nele com os nós dos dedos.

— Nada — disse secamente.

Os degraus haviam sido instalados em seções de arco de trinta graus de largura, o que significava que cada degrau completo tinha doze seções. A beirada do degrau mais alto media cerca de um metro por seção.

— Trabalhoso de se remover, mas possível — disse ele, pegando um pé de cabra e o inserindo sob a beira em balanço do degrau.

Ele encontrou uma seção que se levantou na quinta tentativa. Ela estava assentada com tanta justeza quanto as outras, mas se deslocou quando levantada e se partiu em pedaços irregulares.

— Ele não abre o compartimento com um pé de cabra, Carmine. Está vendo? Na verdade, a seção do degrau desliza para fora sobre trilhos como uma gaveta cara. Eu a quebrei — concluiu, um tanto pesaroso. — Um trabalho tão bem-feito. — Sacudiu os ombros, exprimindo indiferença. — Não adianta lamentar. Onde está a minha câmera?

O departamento de polícia de Holloman usava sacos de supermercado para itens de prova grandes, e sacos pequenos e envelopes pequenos, todos de papel pardo. Com a câmera de Abe disparando a luz azulada dos flashes sob seus olhos, Carmine recuou ante o cheiro que emanava do compartimento, depois meteu as duas mãos lá dentro e retirou um macacão. Flashes e mais flashes da câmara. A roupa estava dura de sangue seco e marrom, de tal maneira que levou tempo dobrá-la e reduzi-la para que coubesse no saco. Ela não havia sido conservada com o cuidado das lembranças de Lancelot Sterling: o mofo crescia em suas reentrâncias e insetos fugiram à procura de abrigo.

— Não há mais nada aqui dentro — disse Abe, desapontado.

— Bem, nós o fotografamos *in situ* e sendo retirado, o degrau, o mecanismo de abertura e tudo o mais em que se possa pensar — disse Carmine, sentando nos calcanhares. — É o bastante, mas eu quero a navalha. Onde será que ela está?

— Você disse que ela devia estar num altar, mas não se guarda nada que se reverencia junto com roupas ensanguentadas — disse Abe. — O Fantasma, Carmine! Pense em adoração.

ASSASSINATOS DEMAIS

— Então está em algum outro lugar por aqui, Abe. Numa destas colunas. Deve haver uma coluna oca com um compartimento dentro dela mais ou menos... à altura da cabeça. Para que ele possa vê-la sem tocar.

— Não vai dar — disse Abe com pessimismo. — O mármore é muito grosso para soar oco. Deve haver uma mola que abre a porta quando pressionada, mas não manualmente. Pelo peso, tendo em vista que a porta deve ter o comprimento total da coluna oca, Smith deve ter feito uma instalação elétrica para movimentar a mola. Fiação por baixo do solo, por baixo dos degraus e do chão, subindo pela coluna-altar. Todas elas, provavelmente, são ocas no centro, mas a coluna-altar é muito mais oca que as outras. Eu aposto que ele aciona a porta pressionando um controle remoto que ele segura na mão; ele é um radioamador entusiasta, deve conhecer todos os truques. Se não estava carregando o controle para Zurique, e por que faria isso?, então o controle deve estar jogado entre outros bagulhos na sua sala de radiotransmissão.

— Primeiro cheque as colunas com uma lente de aumento, Abe. Se existe uma porta, as dobradiças devem aparecer.

— Examine bem de perto uma coluna, Carmine, qualquer uma delas.

— Merda! — disse Carmine, olhando com atenção. — Tem uma linha fina correndo de cima a baixo no meio de todas as caneluras.

— Temos que encontrar o controle dele. Ou vamos ter de demolir o templo inteiro.

— O que seria uma terrível lástima — disse Carmine, concordando. — Tudo bem, Abe, vá procurar na sala de rádio. O nosso mandado não se estende à casa, mas a instalação de rádio fica lá fora, sobre o telhado. Encontre o controle e isso não terá importância. Não, terá importância sim! Smith é rico demais, não conseguiremos tapear os advogados contratados por ele. Vou voltar ao juiz.

Duas horas se passaram antes que Carmine retornasse com um mandado para revistar as instalações de radioamador. O juiz Thwaites, horrorizado com a notícia de que já haviam sido recolhidas evidências que envolviam Smith em assassinato, o fez bastante abrangente. Se precisassem, poderiam revistar a casa também.

Não precisaram. Uma busca nas instalações de radioamador rendeu três pequenos controles do tipo usado para abrir portas de garagem. A diferença era que todos três eram de fabricação caseira. O segundo abriu uma porta escondida numa das colunas.

Fechada em seu cabo de marfim, a navalha estava repousada sobre duas hastes de prata bifurcadas, erguidas sobre um suporte trabalhado em filigrana rebuscada; o espaço era forrado de cetim vermelho acolchoado.

— O suporte não é de prata — disse Abe. — Ele não está manchado.

— Minha aposta é que ele é de metal cromado, e não platinado — disse Carmine, olhando bem de perto.

Usando um lenço limpo, ele retirou a navalha, tomando cuidado para não borrar a superfície. Ela não havia sido lavada e uma grossa camada de sangue seco a recobria, especialmente em torno da articulação. Foi colocada dentro de um envelope marrom, selado e assinado por testemunhas.

— Eu devia ter me lembrado de trazer luvas de borracha — disse o técnico de Patsy, com pesar. — O dr. O'Donnell é muito incisivo sobre elas serem obrigatórias no recolhimento de provas.

— Está tudo bem, vamos dar um jeito — disse Carmine. — Depois que todo o alvoroço sobre este caso abrandar, o comissário e seu chefe estão planejando um seminário para a discussão de ideias a respeito de provas. É uma dor de cabeça.

— Se forem encontradas digitais de Smith na navalha — disse Abe, pegando sua câmera —, ele está numa fria.

— Contanto que as digitais estejam no próprio sangue ou por cima do sangue — completou Carmine.

— Elas estarão, Carmine, elas estarão.

ASSASSINATOS DEMAIS

— O que eu estou aqui matutando é o que estes outros dois controles de porta de garagem abrem. O cético Doug vai *me* matar, mas acho que vou precisar de um mandato para a propriedade inteira, por dentro e por fora, para entrar em todos os lugares, examinar estátuas, relógio de sol, postes e pilares até conseguir abrir duas outras portas secretas controladas por eletricidade. Tenho a sensação de que vai valer a pena fazer isso — disse Carmine.

— Você já conseguiu mandados demais — contrapôs Abe.

— Sim, mas o ambiente jurídico está mudando, Abe, e os tiras que não acompanham isso são bobos. Eu quero um novo mandado que especifique que estou procurando o que estes dois controles abrem.

— Então se certifique de que as pilhas deles estejam novas.

No sábado, o casal Delmonico partiu no Fairlane para Orleans. Mesmo sabendo que teria de esperar em algum lugar enquanto Carmine conversava com Philomena Skeps, Desdemona estava encantada com a viagem. Nunca estivera em Cape Cod e a perspectiva da raridade de um dia de folga com Carmine a emocionava. Em Holloman ele ficava à mercê de sua enorme família, e, por extensão, ela também, para não mencionar as exigências do trabalho dele. Desdemona tinha quase cem por cento de certeza de que o tinha capturado por oito ou dez horas. Ninguém entraria pela porta, nenhum telefone tocaria solicitando sua presença de policial. E, ainda por cima, era um dia perfeito, no auge do verão.

Julian ficara com tia Maria e uma tribo de primas que fariam todas as suas vontades, e Desdemona não era uma mãe tão obcecada que ficasse ansiosa por estar longe dele. Era feriado e, pelo volume de tráfego na I-95, ela podia ver que um grande número de pessoas também havia decidido passear em Cape Cod naquele belo dia. A única coisa que empanava seu bom humor era a pistola automática trinta e oito que Carmine carregava no cinto junto com seu escudo dourado de capitão.

Mas, quando ela abriu o porta-luvas para guardar um saco de balas e viu uma segunda trinta e oito aninhada entre pentes de munição reserva, ficou sem ar de tão horrorizada.

— Não acredito no que estou vendo! — exclamou. — Para onde estamos indo, para Dodge City?*

— Você tem visto muita televisão — disse ele, rindo.

— E você tem acumulado muita paranoia! Sinceramente, Carmine! Duas armas? Munição extra? Como posso me sentir à vontade no meio de um arsenal? E Julian, vai ter que presenciar esse tipo de coisa?

— A arma e a munição sobressalentes estão sempre no porta-luvas, Desdemona. Normalmente você não o abre, é isso. Eu me esqueci que elas estavam aí.

— Mentira! Mais fácil você esquecer sua cabeça!

— Bem, talvez. — Ele riu. — Sem arma na cintura, eu me sinto nu, essa é que é a verdade. Quando a gente entrar no Hojo's para comer alguma coisa, eu vou estar de casaco e ninguém vai perceber que estou armado. John Silvestri sugeriu que eu trouxesse você comigo, mas não me faça me arrepender disso, Desdemona. Eu preciso ver dois suspeitos hoje e, embora não esteja esperando um tiroteio, só um tira idiota não se prepara para essa possibilidade.

Ela ficou em silêncio por algum tempo, digerindo a nota peremptória da voz dele e não gostando do fato de ele ter ralhado com ela como se ela é que estivesse errada. Sua força e sua independência se rebelavam, mas seu senso de justiça lhe dizia que, quando se casou com um policial, ela já sabia o que isso implicava. O que a aborrecia era a distância que separava os sexos quando se tratava de armas. As mulheres as abominavam. Os homens gostavam delas. E Julian ficaria do lado do pai.

---

* No passado, centro de convergência de rotas por onde transitavam diligências. Próxima ao forte Dodge e a terras indígenas, Dodge City viveu o clima sem lei do Velho Oeste americano. (N.T.)

— Fico pensando — disse por fim — como outras mulheres conseguem dormir sabendo que seus maridos têm uma arma debaixo do travesseiro.

— Da mesma maneira que você, adorável dama. Como uma lâmpada apagada pelo tempo que as crianças deixarem.

Ela riu. — *Touché!*

— Se eu trabalhasse num escritório ou numa fábrica, não haveria necessidade de carregar uma arma — disse Carmine. — Mas os policiais são os soldados dos tempos de paz. Se há uma guerra em curso, os soldados têm que estar armados. O pior de tudo é que a guerra envolve civis também. Como aconteceu com você e Julian perto da garagem de barcos.

— Então, talvez — disse ela, engolindo em seco — seja bom eu aprender a usar uma arma, mesmo que não ande armada.

— Eu acho sensato — disse ele, caloroso. — Acidentes com tiros acontecem por pura ignorância. Vou conseguir que você aprenda no estande da polícia. É melhor que seja numa trinta e oito automática, porque eu mudei para esse tipo de arma, embora Silvestri não tenha mudado.

Mais uma batalha perdida, pensou Desdemona. Não fui capaz de fazê-lo ver o meu lado, mas ele conseguiu me fazer ver o lado dele. E o que eu faria se alguém viesse atrás de Julian? Ia querer protegê-lo.

Eles se demoraram apreciando as inacreditáveis mansões à beira-mar de Rhode Island, a maioria agora convertida em instituições e casas de repouso, mas ainda traindo suas origens milionárias. Depois de um bom desjejum, eles entraram no "bíceps" de Cape e Desdemona se maravilhou com a beleza.

— É mais bonito em julho, quando as rosas desabrocham — disse Carmine.

— Eu não sabia que esta parte da América guardava tantos pontos assombrosamente belos que lembram o Velho Mundo. Eu achava as cidades litorâneas como Essex, em Connecticut, gloriosas, mas as cidades de Cape Cod são mais que gloriosas... não, são gloriosas de outra maneira — disse Desdemona.

Eles chegaram a Orleans no começo da tarde. Carmine deixou Desdemona nas dunas de areia no começo do lado atlântico do "antebraço" de Cape e seguiu para encontrar Philomena Skeps.

Que estava esperando, numa placidez imperturbável. Bem, estou aqui para estragar isso, pensou Carmine, sentando-se numa cadeira branca no pátio atrás da casa.

— Quando vocês se mudam para Boston? — perguntou ele.

— Não antes de setembro — respondeu ela. — Um último verão em Cape.

— Mas, com certeza, vão continuar com a casa, não?

— Sim, embora eu duvide que vá conseguir muito mais que uma visita ocasional de fim de semana. Desmond está ansioso para ir para um lugar onde possa assistir a filmes, ir ao fliperama, se encontrar com amigos.

Ela falava no mesmo tom de voz regular, delicado, mas a infelicidade fluía por baixo de seu timbre como a água de um rio subterrâneo. Ah!, pensou Carmine, ela está começando a perceber as inclinações sexuais do filho.

Na verdade, ela havia envelhecido sutilmente em poucas semanas. Seus olhos começavam a apresentar pés de galinha nas extremidades externas e duas ligeiras linhas desciam junto às bochechas até os cantos da boca, que agora se curvava um pouco para baixo. A mudança mais surpreendente de todas era uma larga faixa de cabelos brancos que atravessava seus cachos negros sobre o lado esquerdo da testa; isso lhe conferia uma característica estranha, como a de uma feiticeira medieval.

— A senhora já decidiu o futuro da Cornucopia?

ASSASSINATOS DEMAIS

— Creio que sim — respondeu ela com um leve sorriso. — Phil Smith vai continuar como presidente da diretoria, todos os membros atuais vão continuar e eu vou ficar em segundo plano como curadora do controle acionário do meu filho. Contanto que nada inconveniente aconteça, não vejo por que mudar. A morte de Erica abriu uma vaga na diretoria que eu pretendo que seja preenchida por Tony Bera.

— É com relação à composição da diretoria da Cornucopia que estou aqui, sra. Skeps. — disse Carmine, com a mesma formalidade. — Phil Smith deixará a diretoria em caráter permanente.

Seus olhos verdes profundos se arregalaram. — O que o senhor quer dizer com isso?

— Ele está detido por assassinato e espionagem.

Com o peito arfando, ela levou a mão à garganta. — Não! Não, isso é totalmente impossível! *Phil?* O senhor está enganado, capitão.

— Eu asseguro à senhora que não estou. As evidências são incontestáveis.

— Espionagem?

— Sim. Ele tem passado segredos para Moscou há pelo menos uns dez anos — informou Carmine.

— Será por isso *que...*? — interrompeu-se.

— Que o quê, sra. Skeps?

— Que ele falava russo com Natalie quando estavam sozinhos?

— Se a senhora tivesse me contado isso antes, teria ajudado.

— Eu nunca pensei nisso antes. Natalie não se sente à vontade com o inglês e, embora não seja a sua língua nativa, ela fala bem o russo. Phil me disse que fez um curso Berlitz quando se casou com ela. Ele costumava rir disso.

— Bem, agora ele não está mais rindo.

Ela se mexeu na cadeira, perturbada e confusa. — Tony! Preciso falar com Tony! — gritou ela. — Onde está ele? Ele devia estar aqui!

— Conhecendo o sr. Bera, eu presumo que ele esteja por perto, esperando a hora certa. — Carmine se levantou e foi até o canto da casa. — Sr. Bera! — disse em voz alta. — A sra. Skeps precisa do senhor.

Bera apareceu em segundos, deu uma olhada em Philomena e encarou Carmine, furioso. — O que o senhor disse que a deixou neste estado? — perguntou.

Carmine contou a ele, que se mostrou tão assombrado quanto Philomena. Os dois sentaram-se juntos num banco de ferro fundido e fixaram Carmine como se ele tivesse nas mãos ordens para a execução deles.

— *Duas* vagas na diretoria — exclamou Bera.

Isso dá uma ideia das prioridades dele, pensou Carmine. Bera não liga a mínima para espionagem ou assassinato, tudo o que importa para ele é uma diretoria maleável para proteger os interesses do jovem Desmond, e os seus próprios. O sr. Anthony Bera requer atenção.

— Se serve de algum consolo, a última ordem do sr. Smith como executivo foi indicar um novo diretor administrativo para a Cornucopia Central — disse ele animadamente. — Ele se encaixa no perfil de Erica quando fora da diretoria, embora não no perfil dela dentro da diretoria. O nome dele é M.D. Sykes.

A novidade não interessou a nenhum deles, mas Carmine não havia pensado que interessaria. Ele a havia lançado para provocar uma reação e, caso esta ocorresse, ele teria de se aprofundar no passado do sr. M.D. Sykes. Um alívio saber que não havia necessidade.

Quando os deixou, foi com a firme convicção de que, durante os próximos oito anos, Tony Bera tiraria todo o creme que pudesse da leiteira do jovem Desmond. Mas isso era crime de colarinho branco, não lhe dizia respeito.

— Que mundo estranho é esse — comentou ele com Desdemona a caminho de um restaurante de lagostas. — Tem caras que afanam dez mil da firma onde trabalham e vão para a prisão, enquanto outros

ASSASSINATOS DEMAIS

afanam milhões dos fundos de uma empresa e nem ao menos são processados.

— É melhor estar por cima que por baixo — disse Desdemona. — Oh, Carmine, obrigada por hoje! Eu rolei na areia, remei, senti o vento nos cabelos, alegrei meus olhos com essas lindas cidades... um verdadeiro paraíso!

— Eu só gostaria de ter feito mais — murmurou ele. — Aquela dupla pode não ser de espiões ou assassinos, mas eles são culpados de uma porção de coisas. Bera fisgou Philomena e, por outro lado, também seduziu o filho dela. O safado nada nas duas direções.

— Ah, isso é nojento! — exclamou ela. — Fazer amor com uma mulher e com o filho dela? Ela com certeza não sabe, não é?

— Não, ela não sabe, embora esteja começando a suspeitar que o jovem Desmond gosta demais de homens. Se você visse o garoto, perceberia logo que, de qualquer modo, ele está numa enrascada. Bonito *demais*. Provavelmente isso começou na escola, e ela está responsabilizando a instituição.

— Você está dizendo que é algo inerente ao garoto?

— Definitivamente.

— Ele é afeminado?

— Não! Rijo como couro velho, duro como unha.

Nesse momento, o Fairlane entrou no estacionamento do restaurante de lagostas.

Desdemona tirou da mente as preocupações que não eram de sua alçada, menos as de mãe. Estava feliz demais para se deixar abater, ela refletiu, pedindo um sanduíche de lagosta. O que a fez apressar a volta de Londres para Holloman foi a constatação de que o período fértil de seu ciclo mensal estava chegando e que, se não o passasse com Carmine, teria que esperar outro mês para tentar. Julian estava para completar seis meses, se ela concebesse agora, ele teria quinze a dezesseis meses quando o novo bebê chegasse. Uma boa distância. Se fossem dois meninos, havia a chance de o mais novo se igualar fisicamente a Julian antes que este saísse de casa. E isso, pensou ela com satisfação, significava que, se eles se detestassem, o mais velho nem sempre arrancaria o couro do mais novo.

Com a barriga cheia de sanduíche de lagosta, Desdemona pegou no sono antes de chegarem a Providence.

E essa é a teoria de Silvestri sobre companheirismo, pensou Carmine, com o braço direito doendo sob a pressão da cabeça de sua mulher. Ainda assim, havia sido um grande dia e, com um pouco de sorte, ele nunca mais teria de voltar a Orleans.

Na segunda, Carmine pôde ver Philip Smith, que ocupava um quarto particular num andar alto do Hospital Chubb-Holloman. Atendendo ao pedido de Carmine, era o último quarto no final de um corredor longo, tão distante quanto possível das escadas de incêndio. O quarto em frente havia sido requisitado pelo município e servia como um tipo de área de recreação, permitindo aos guardas que vigiavam Smith 24 horas usarem o banheiro, terem sempre uma garrafa de café e se sentarem em cadeiras confortáveis durante os períodos de descanso. Como o comissário havia conseguido isso, Carmine não queria saber: o FBI estava pagando a conta.

O quarto de Smith estava cheio de flores. Isso, somado ao lilás suave das paredes e à mobília estofada de vinil, criava a impressão, à primeira vista, de que não se tratava de um hospital. Depois, ultrapassados esses detalhes, os olhos notavam a assepsia da cama, as cordas e roldanas, a maneira incrível como qualquer ocupante desse suplício infernal encolhia automaticamente, despido de autoridade e poder.

Aquele Philip Smith parecia mais velho que seus sessenta anos: o belo rosto um pouco caído, os olhos azuis acinzentados indizivelmente cansados.

Quando Carmine entrou, apenas os olhos se moveram. Provavelmente Smith tinha de ser virado e arrumado por uma enfermeira, por causa do braço e do ombro. Surpreendentemente, não havia uma enfermeira presente.

— Eu o estou esperando há vários dias — disse Smith.

— Onde está a sua enfermeira particular?

— Uma idiota! Eu lhe disse para esperar no posto de enfermagem até eu apertar a campainha. Agradeço a atenção quando preciso, mas detesto solicitude gratuita. Posso fazer isso para o senhor, posso fazer aquilo? Bah! Quando quero alguma coisa, sou capaz de pedir.

Carmine se sentou numa cadeira estofada de vinil lilás. — Pelo que cobram, estas cadeiras deveriam ser cobertas com pelica italiana — disse ele.

— Para o bebê de alguma visita fazer xixi nelas? Tenha dó!

— É verdade. Vamos deixar a pelica italiana para as salas de diretoria e os escritórios de executivos. No lugar para onde o senhor vai, sr. Smith, não haverá nem vinil. Apenas plástico duro, aço, forro rústico de colchão e concreto.

— Tolice! Eles nunca me condenarão.

— Holloman o condenará. O senhor já foi interrogado pelo FBI?

— Interminavelmente. Por isso eu ansiava pelo seu rosto, capitão. Ele tem uma certa nobreza romântica que falta aos rostos do FBI. Acho que a única pessoa que não viajou de Washington para me ver foi o próprio J. Edgar Hoover,* mas ouvi dizer que pessoalmente ele é um desapontamento: flácido e meio gordinho.

— As aparências enganam. O senhor foi acusado?

— De espionagem? Sim, mas eles não levarão isso adiante. — Smith repuxou os lábios e revelou os dentes amarelados pela permanência no hospital. — Eu perdi a minha sorte — disse ele simplesmente. — Ela entrou em conflito com a de vocês.

---

* J. Edgar Hoover (1895-1972) — Advogado americano que dirigiu o FBI por quarenta e oito anos. (N.T.)

ASSASSINATOS DEMAIS

— Homens da sua idade não deviam dirigir carros esporte de doze cilindros ou coisa parecida. Chovia, a estrada estava ruim, o senhor ia distraído e correndo muito — disse Carmine.

— Não fique me lembrando disso. Devo ter dirigido naquela estrada umas cem vezes para pegar um avião alugado. Imagino que foi a ideia de que dessa vez eu estaria a bordo de meu próprio avião.

— Eu o estou acusando do assassinato de Dee-Dee Hall, sr. Smith. Nós encontramos o macacão e a navalha.

O ódio incandesceu; o corpo se retesou, lutando para se livrar das amarras, até que a dor sobreveio. Ele gemeu. — Aquela prostituta impublicável, indigna de ser mencionada! Ela mereceu morrer como todas as prostitutas deveriam morrer: cortada de orelha a orelha! Uma morte sangrenta para uma mulher imoral!

— Estou mais interessado em saber por que Dee-Dee não fugiu nem lutou.

— Eu preciso da enfermeira — disse Smith, gemendo de novo.

Carmine apertou a campainha.

— Veja só o que o senhor fez! — repreendeu a mulher, encaixando uma seringa numa das entradas do equipamento de soro de Smith.

— Não fale sobre o que não sabe, sua tonta! — murmurou Smith.

Indignada, empertigando-se, ela saiu.

— Gostaria de saber por que Dee-Dee — disse Carmine.

— Gostaria mesmo? A questão é: será que tenho vontade de lhe contar? — perguntou Smith, ajeitando-se nos travesseiros, agradecido, à medida que a dor diminuía. — O senhor está sozinho? Está gravando o que eu estou dizendo?

— Estamos sozinhos e eu não estou gravando o que estamos dizendo. Uma fita não seria prova válida num tribunal sem a presença de testemunhas e o seu consentimento. Quando eu o acusar formalmente, terei testemunhas e o lembrarei de seus direitos constitucionais.

— Tanta solicitude e tudo isso para mim! — debochou Smith. Seus olhos se enevoaram um pouco. — Sim, por que não? O senhor é um cruzamento de mastim e buldogue, mas há um tanto de gato também. A curiosidade é a sua fraqueza, foi o que Erica me disse, muito amedrontada.

Suas pálpebras se fecharam e ele cochilou. Carmine esperou pacientemente.

— Dee-Dee...! — disse ele de repente, os olhos abertos. — Suponho que você procurou minha filha no Peace Corps — perguntou.

— Sim, mas não encontrei.

— Anna não estava interessada em boas obras — Philip Smith disse. — Sua inclinação era puramente destrutiva e os Estados Unidos convinham a ela porque aqui há poucos freios sociais que possam ser aplicados a crianças teimosas. Tinha a idade errada para se mudar da Alemanha Ocidental para Boston e depois para Holloman: a aridez da vida anterior foi varrida pelo vendaval da indulgência, da promiscuidade, das aspirações infantis, das paixões sem disciplina. A idade errada, o lugar errado, a criança errada... — deteve-se Smith.

Carmine não falou, não se mexeu. A história viria no ritmo de Smith e aos pedaços.

— Escola? O que era a escola a não ser um lugar a ser evitado? Anna faltava tanto à escola que Natalie e eu fomos obrigados a dizer que a estávamos ensinando em casa. Éramos totalmente impotentes, não conseguíamos controlá-la. Ela ria de nós, debochava de nós, não podíamos confiar a ela ensinamentos socialistas. A partir dos quatorze anos, era como ter um inimigo em casa: ela sabia que escondíamos alguma coisa. Então Natalie e eu concordamos que ela teria o dinheiro que quisesse e faria o que bem entendesse. — Ele deu uma risada sinistra. — Já que ela quase não morava em casa e não tomava conhecimento de nós, poucas pessoas sabiam dela; não é estranho? Pudemos continuar com nossos deveres socialistas ao desistir de Anna como uma causa perdida.

ASSASSINATOS DEMAIS

Outra pausa. Smith cochilava, Carmine olhava.

— Ela arranjou um namorado quando tinha quatorze anos. Um criminoso insignificante de vinte e um anos chamado Ron David, *um negro!* — Smith disse aquilo aos gritos; Carmine deu um pulo. — O sexo a atraía, nunca estava satisfeita o bastante com sexo e com ele, era como se estivesse sempre no cio, em qualquer lugar, a qualquer tempo, de qualquer modo. Ele tinha um apartamento infestado de doenças e de ratos no limite do gueto da Argyle Avenue. Cheio de prostitutas, entre elas Dee-Dee Hall, que era muito amiga dele. Ron apresentou Anna a Dee-Dee e Dee-Dee apresentou a heroína a Anna. Isso o horroriza, capitão Delmonico? Não deixe que isso aconteça! Guarde seu horror para a próxima informação: Anna e Dee-Dee se tornaram amantes. Elas eram inseparáveis. Inseparáveis...

Santo Deus, pensou Carmine, eu não quero ouvir isso. Faça uma pausa, sr. Smith, durma um pouco. O senhor amava sua filha depravada ou ela era um inconveniente embaraçoso? Não sei dizer.

Smith continuou. — Não havia diferença entre Dee-Dee e a heroína. Ambas eram necessidades vitais para Anna, que se mudou do apartamento de Ron para o de Dee-Dee. — Outra risadinha sinistra. — Mas Ron se recusou a aceitar a rejeição. O dinheiro que Anna lhe dava generosamente agora era gasto com Dee-Dee. O senhor acredita, capitão, que minha filha não aceitou uma proposta minha de hospedá-la e a Dee-Dee, luxuosamente, na Costa Oeste? Não, isso seria conveniente demais para seus pais! Ela e Dee-Dee gostavam de viver na miséria! A heroína era fácil de obter, e o que mais importava?

— Quanto tempo Anna e Dee-Dee ficaram juntas? — perguntou Carmine.

— Dois anos.

— E isso foi no começo da década de 50?

— Sim.

411

COLLEEN McCULLOUGH

— Então Dee-Dee não era muito mais velha que Anna. Duas garotas.

— Não ouse ter pena delas! Ou de mim! — gritou Smith.

— Eu tenho pena delas, mas não do senhor. O que aconteceu?

— Ron invadiu o apartamento de Dee-Dee com uma navalha, com a intenção de lhes dar uma lição. Não sou versado no jargão, mas entendo que ele estava "muito doido" de droga. Portanto, foi Anna quem usou a navalha. Ela cortou a garganta dele com muita eficiência. Dee-Dee ligou para minha casa e me contou. Fui obrigado a lidar com aquele pesadelo no momento em que minhas... minhas obrigações patrióticas socialistas na Cornucopia estavam começando. Ron desapareceu, e não tenha esperança de encontrar seu corpo, capitão! Está muito longe de Connecticut.

— Onde está Anna agora?

— Num campo na Sibéria onde não tem acesso a heroína, sexo ou prostitutas — disse seu pai. — Ela tem trinta e um anos.

— E depois de todos esses anos o senhor descarregou sua raiva numa pobre e indefesa prostituta? — perguntou Carmine, incrédulo. — Pelo amor de Deus, nunca lhe ocorreu que o senhor mesmo pudesse ser responsável por parte disso tudo?

Smith resolveu não escutar a segunda parte. — Indefesa coisa nenhuma! Pobre coisa nenhuma! — gritou ele. — Dee-Dee Hall é um sintoma da doença que apodrece a carcaça fedorenta deste país! Mulheres como ela deveriam ser fuziladas ou condenadas a trabalhos forçados! Prostitutas, drogados, judeus, homossexuais, negros, promiscuidade adolescente!

— O senhor me enoja, sr. Smith — disse Carmine tranquilamente. — Não acho que o senhor seja um patriota socialista, acho que o senhor é um nazista. Marx e Engels eram judeus e eles cuspiriam no senhor! Há quanto tempo o senhor entrou na casca do Philip Smith original? Ele era um coronel do Exército americano, mas era uma sombra. Não

ASSASSINATOS DEMAIS

prestava contas a ninguém, fazia o que bem entendia, ia aonde queria e todos em sua base na Alemanha Ocidental supunham que ele era importante no serviço secreto. Como eu sei disso, se o FBI pensou que o senhor fosse da CIA e abandonou a investigação? Fácil, sr. Smith! Passei a guerra na polícia militar, não há nada nem ninguém sobre quem eu não possa saber tudo. Em 1946, quando partiu numa missão secreta, um Philip Smith foi sequestrado e morto, e outro Philip Smith tomou o seu lugar. Esse último Philip Smith, o senhor, voltou da Alemanha para Boston, no começo de 1947, com uma esposa estrangeira, como tantos outros que participaram da Ocupação. O mais difícil de esconder era a data de seu casamento e a idade de seus filhos. Mas o senhor agiu da melhor forma: apenas apareceu, um coronel que dera baixa com sua família, em Boston.

Smith escutava impassivelmente, a boca demonstrando desdém. Mas os olhos, janelas de um cérebro embotado pela morfina, estavam confusos e espantados.

— O milionário aristocrático de Boston adotou uma atitude distante que lhe permitiu tomar o lugar de alguém que não era visto desde 1940, quando o Smith verdadeiro, que não tinha parentes próximos, ingressou no Exército, antes de Pearl Harbor. O senhor inventou um parentesco com os Skeps da forma mais esperta: simplesmente contando isso a todo mundo e, mais cedo ou mais tarde, todo mundo acreditou. Inclusive os Skeps. O senhor entrou na diretoria da Cornucopia em 1951, quatro anos depois de seu reaparecimento em Boston. Depois de construir aquela bela casa, mudou-se para Holloman e se tornou quem o senhor realmente é: um merda grosseiro, arrogante e cruel. As pessoas na Cornucopia, inclusive Desmond Skeps, muito jovem, aceitaram o fato de o senhor enfeitar a diretoria e não fazer nada. Afinal, o que há de estranho nisso? A maior parte dos membros de diretorias não faz nada a não ser receber gordos honorários.

— Está com inveja, capitão? — perguntou Smith com certa rouquidão.

— De você? De modo algum, sr. Smith. Eu morro de admiração pelo agente socialista dedicado que exerce seu dever patriótico vivendo de forma luxuosa entre seus inimigos ideológicos. O senhor nunca morou num apartamento de sexto andar, sem elevador, sem água quente, onde os canos congelam, e nunca vai morar. O senhor está muito acima das pessoas comuns e isso não mudará, qualquer que seja o país em que o senhor viva, não é? Na União Soviética ou nos Estados Unidos, o senhor ainda andará de limusine, ainda terá empregados que trata mal, ainda terá os bônus de um membro rico e poderoso do partido. Aqui, um partido capitalista. Lá, o Partido Comunista. Não faz diferença para o senhor. Bem, o senhor decepcionou os dois senhores. O senhor não tem mais utilidade.

— Como o senhor é romântico, sr. Delmonico — disse Smith, os lábios contorcidos pela raiva que não conseguia reprimir totalmente.

— Já me acusaram disso antes, mas não acho que seja um insulto. — Carmine se inclinou para a frente na cadeira, aproximando o rosto do de Smith. — Sabe o que é mais romântico? Que o senhor tenha sido desmascarado por um brinquedo capitalista: um carro esporte, um símbolo sexual. O senhor esteve muito perto de escapar! Não ter conseguido é inteiramente culpa sua. Pense nisso quando se sentar na privada fedorenta de sua cela, olhando para as manchas do colchão usado! O senhor terá que ser isolado porque o assassino ou o pedófilo mais degenerado o julgará o pior de todos: um traidor de seu país. Ah, mas o senhor imagina que será preso por assassinato, não por traição, certo? Cara rico, subornando o guarda para ter privilégios especiais? Isso não acontecerá, sr. Smith. Qualquer que seja a prisão honrada com sua presença, saberão tudo sobre a sua traição. Seus livros chegarão cobertos de merda, suas revistas serão rasgadas, suas canetas não escreverão...

ASSASSINATOS DEMAIS

— Cale a boca! Cale a boca! — gritou Smith, o rosto da cor de seus lençóis. — O senhor não ousaria! O FBI e a CIA não deixarão que isso aconteça! Eles precisam de nomes, eles acham que eu posso lhes dar nomes! Estarei muito bem-acomodado, espere e verá!

— Quem é o romântico aqui? — perguntou Carmine com um sorriso. — Eles o deixarão à mercê de Connecticut até que um de seus nomes renda frutos, e nenhum renderá. Os únicos nomes que o senhor conhece pertencem à sua própria célula, todos implicados em assassinatos.

— O senhor está equivocado!

— Estou certo. O senhor nunca irá a julgamento por traição, é muito delicado. Uma prisão por assassinato satisfaz a todos, sr. Smith, e não haverá nenhum conforto.

A mão livre de Smith se agitou. — Tudo isso por uma prostituta?

— Pode apostar sua vida que sim — disse Carmine impiedosamente. — Desmond Skeps descobriu a respeito de Anna e Dee-Dee, e levou Dee-Dee ao banquete da Maxwell para afrontá-lo. Imagino que ele o culpava pelo fim do seu casamento e, depois, do caso com Erica. Por quê? Suponho que o senhor não saiba mais do que eu. Ele era um tipo paranoico e o senhor representava muitas coisas das quais ele tinha inveja. O senhor se vestia tão bem quanto vestia seu personagem, enquanto ele estava do outro lado da porta quando Deus distribuiu os dons. Entre suas deficiências, faltava-lhe coragem, então ele se fortaleceu com bebida naquela noite. O que ele não sabia era que o senhor era Ulisses, mas Erica sabia. Ela lhe contou. Sua sorte foi que ele estava bêbado demais para absorver a informação. No entanto, aquele banquete foi o começo de sua queda.

— Tolice, tudo tolice — disse Smith, exausto.

— Não é tolice. É bom-senso. Como o senhor deve ter suado! Embora lhe parecesse que tinha escapado, ainda assim o senhor fez seus planos para o caso de não escapar. Passaram-se quatro meses. Quatro

415

meses inteiros! E então Evan Pugh apareceu no seu escritório, muito atrevido, e lhe entregou uma carta. Quando o senhor acabou de ler, ele já tinha ido embora. Mas o senhor o viu e soube quem ele era. Dois iguais se reconhecem. O plano entrou em ação. — Carmine parou.

— Estou cansado e com dor — disse Smith. — Vá embora.

— Uma armadilha de urso! — disse Carmine. — Qual o significado disso? — Não tem nenhum significado porque não tenho ideia do que o senhor está falando. É por causa de gente como ele que o senhor está me perseguindo. Não por causa de uma prostituta. Dee-Dee Hall não importa.

— Para mim, ela tem importância — disse Carmine e saiu.

— É irreal, John — disse ele para o comissário mais tarde. — A princípio eu pensei que Smith adorasse a filha, mas acho que não pode ter adorado. Ninguém que ama encarcera o objeto de seu amor num campo de concentração na Sibéria. Ele poderia tão facilmente tê-la trancado em algum asilo suntuoso, lugares como Los Angeles e Nova York têm aos montes! Não, talvez isso seja um exagero, mas você sabe o que quero dizer.

— Eu sei. — Silvestri mastigou o charuto e fez uma careta, depois o jogou na cesta de lixo. — Onde você arranjou tempo para fazer essa pesquisa toda?

Carmine sorriu. — Um pouco aqui, um pouco ali. Tudo parecia tão estranho que eu não podia compartilhar antes de entender tudo muito bem. Acho que talvez a família de Smith na Rússia tenha sido de aristocratas czaristas que mudaram de lado a tempo de participar da marcha comunista. Lênin tinha poucos auxiliares educados em 1917 e provavelmente estava disposto a passar por cima dos antecedentes de alguns voluntários entusiasmados. O próprio Smith cresceu dentro do sistema a partir de seus dez anos. Muitas vezes esquecemos que se passaram apenas cinquenta anos desde a revolução vermelha.

ASSASSINATOS DEMAIS

— Um simples cisco nos olhos da história — disse Silvestri. — É tão contrária à natureza humana que imagino que durará apenas mais três ou quatro décadas antes que os gananciosos a derrubem.

Os olhos de Carmine dançavam. — Eu adoro quando você filosofa — disse ele, sorrindo.

— Mais uma observação como essa e você sentirá a ponta da minha bota na sua bunda. — Ele mudou de assunto. — Eu ficaria mais contente se achasse que estamos mais próximos de pegar o assistente de Smith, Carmine.

— Nem sombra do safado — disse Carmine. — Ele está escondido, esperando ordens. O que não sei é se as ordens virão de Smith ou de Moscou.

— Estou farto de guerras, especialmente de guerras frias.

— É uma loucura, não? Smith não está em condição de expedir ordens no momento. O FBI, a CIA ou sabe-se lá quem está grampeando o seu telefone. — Subitamente Carmine pulou na cadeira. — Quer saber de uma coisa estranha, John?

— Vamos lá.

— Smith não consegue usar a palavra "espião". Quando chegou a um ponto de sua história em que tinha que dizê-la, ele ficou todo melodramático e falou de seu "dever patriótico socialista". Nunca escutei coisa mais estranha, dita por um homem escorregadio e sofisticado como ele. Por um momento, me senti realmente nas páginas de uma revista em quadrinhos de Blackhawk.*

---

* "Blackhawk", uma série duradoura de revistas em quadrinhos, também se tornou uma série em filme, no rádio e um romance. A série foi criada por Will Eisner, Chuck Cuidera e Bob Powell, mas o artista mais relacionado a ela é Reed Crandall. O artista Dick Dillin, da série posterior "Liga da Justiça da América", o sucedeu nos anos 1950. O esquadrão Blackhawk era uma pequena equipe de pilotos audazes de várias nacionalidades da Segunda Guerra Mundial. (N.T.)

— Negação, eu suponho — disse Silvestri.

— Sim, eu suponho.

— Quando você vai voltar à propriedade de Smith para brincar com seus controles da garagem? Pode valer a pena.

— Concordo, mas me dê um dia ou dois! O juiz pode ser exasperante — tentou engambelar Carmine.

Não adiantou. — Amanhã, capitão, amanhã. — Então Silvestri afrouxou. — Eu telefono para aquele velho terrível e meticuloso e imploro para ele ser gentil. Quando ouvir a história, ele entra no jogo.

Bastante entediados, Abe e Corey estavam em seu escritório, e, animados, acompanharam Carmine à sala dele.

— Temos dois controles — disse Carmine — e vinte mil metros quadrados de jardins planejados, além de uma mansão de três andares para vasculhar.

— Não, senhor, temos três controles — disse Abe. — O que abriu a coluna pode abrir outra porta fora do alcance do sinal.

— Não sei — disse Corey dubiamente. — Ouvi dizer que um controle de uma porta de garagem em Long Island estava abrindo as portas do silo de mísseis numa base do Colorado.

— Sim, e podemos pegar Kansas City em nossa televisão se o tempo estiver bom — disse Carmine. — Bem, neste exercício não vamos nos preocupar com as portas do silo de mísseis ou com Kansas City, certo? Você tem razão, Abe, devemos usar os três controles. O que eu quero fazer hoje é montar um plano.

— Delia! — disseram em coro Abe e Corey.

— Delia! — chamou Carmine.

Ela entrou depressa, a única da pequena força-tarefa de Carmine desapontada com a solução sobre a importância de Dee-Dee Hall; sua missão de exploração fracassou assim que Smith dera explicações sobre a filha.

ASSASSINATOS DEMAIS

— Não é uma sorte — disse ela contente — que eu tenha levantamentos aéreos da propriedade do sr. Smith? Consegui mapas das propriedades dos quatro suspeitos e pedi a Patsy que os ampliasse para o tamanho de pôsteres.

— Um passo à frente, como sempre — disse Carmine.

Embora a foto fosse em preto e branco, mostrava a maior parte dos pontos claramente, contanto que não estivessem debaixo das copas das árvores. Uma cerca de coníferas altas circundava os vinte mil metros quadrados de Smith. Todas as características exteriores da casa estavam aparentes, das cornijas até o quarto com equipamento de rádio, e o lago artificial mostrava uma ilha mínima no meio, ligada à borda por uma ponte chinesa. A foto havia sido feita com o sol a pino, o que era necessário para um levantamento aéreo utilizável.

— Os pontos brancos ou cinzentos devem ser estátuas e as fontes são autoexplicativas — disse Delia. — A confusão atrás da casa deve ser de garagens, depósitos de utensílios de jardinagem ou ferramentas, os acessórios usuais de uma mansão com um terreno de bom tamanho. Veem aqui? Isso é um trecho de grama que morreu ou está morrendo, portanto vocês devem verificar se há uma laje de concreto embaixo. Meu pai insistiu em construir um abrigo antiatômico no nosso gramado de trás e a grama sobre ele nunca mais foi a mesma. Ele ainda mantém comida estocada no abrigo.

— Bem, não acho que a gente deva tratar da parte externa primeiro — Corey disse firmemente. — Se eu fosse Smith, não colocaria meus compartimentos secretos em lugar algum em que eu me molhasse. E num inverno rigoroso? Com *metros* de neve?!

— Você tem razão, Corey — disse Carmine. — Trataremos primeiro da casa. Também das construções em torno e do terreno na vizinhança imediata da casa. De qualquer maneira, ele tem um exército de portoriquenhos para limpar a neve.

— Há mais uma coisa — disse Abe.

— O que é? — perguntou Carmine, gostando de escutar.

— Cada controle pode acionar mais de uma porta.

— Dependendo das portas do silo de mísseis e de Kansas City. Que frustração! Quem pode nos dar uma ajuda? — perguntou Carmine.

— O cara novo que está trabalhando com Patrick — respondeu Corey. — Almocei com ele outro dia. Foi ele quem me contou sobre as portas do silo de mísseis; ele foi sargento da Força Aérea. Esse cara, o nome dele é Ben Tucker, gosta de mexer com equipamentos. Fotografia, eletrônica, mecânica. Posso pedir umas dicas para ele.

— Faça isso, Corey.

— E quanto ao mandado? — perguntou Delia.

— O comissário me garantiu que o Cético Doug vai entrar no jogo — disse Carmine.

— Hum... Só vou acreditar quando vir o mandado — murmurou Abe.

O que quer que Silvestri tenha dito ao juiz Thwaites funcionou. Quando Carmine apareceu na sala de audiências na manhã seguinte, o mandado já o esperava.

— Espiões comunistas! — exclamou Sua Excelência, com a mesma expressão que tinha quando pronunciava uma sentença máxima de prisão. — Dê uma boa lição nesse canalha, Carmine!

O trabalho estava planejado: eles começariam o mais longe possível um do outro, Carmine no telhado em direção ao térreo, Abe no térreo em direção à parte de cima da casa e Corey nas construções externas. Cada um tinha um controle, sabendo que, tendo esgotado todas as possibilidades com ele, trocariam de controles e fariam toda a busca novamente. E ainda uma terceira vez. Por isso, era indispensável um método, e cada homem tinha de cobrir o mesmo terreno três vezes.

Levou menos tempo do que haviam previsto inicialmente. Se as pilhas dos controles fossem substituídas sempre que necessário, o botão

ASSASSINATOS DEMAIS

se mantinha acionado enquanto o dedo o estivesse pressionando. Eles se tornaram peritos em ficar no meio de um espaço e pressionar o botão do controle, girando lentamente enquanto mantinham a pressão. Contanto que o sinal se dirigisse por cima da mobília e objetos que obstruíssem a passagem, ele era forte o suficiente para funcionar em situações em que um controle de garagem não funcionaria. Carmine começou a entender a garagem de Long Island e as portas do silo de mísseis. Uau! Isso deve ter mandado gente de volta às pranchetas! Mas era preciso um gênio para descobrir o controle vilão! Kansas City era de longe o caso mais capcioso.

Descobriram sete compartimentos escondidos; apenas um era acionado pelo controle do *folly*. Ele revelou uma caixa de metal semelhante a três outras encontradas em outros lugares, todas com cadeados. Cada compartimento foi fotografado, com o conteúdo no lugar, com o conteúdo retirado, e depois o próprio conteúdo foi fotografado.

— Quando você vai contar ao FBI? — perguntou Abe, de volta a Cedar Street.

— Só depois de filtrar as provas de onze assassinatos — respondeu Carmine. — Uma vez feito isso, eles podem ficar com os dados sobre espionagem e com os controles. Conheço o agente especial Kelly, eles ficarão lá durante meses e, no final, não deixarão pedra sobre pedra. É uma pena, mas também acho que ninguém mais ia querer morar lá.

Carmine ficou com Delia, mas liberou Abe e Corey para pegarem novos casos e reverem os assassinatos de Smith.

O achado era composto de quatro caixas de metal do tamanho de caixas de sapato trancadas, uma pilha de dez cadernos escolares finos, cinco livros mais grossos encadernados em couro e uma série de plantas de propriedades no município de Holloman, incluindo o edifício da Cornucopia, o dos Serviços Municipais, o da Nutmeg Insurance e a casa e o terreno de Carmine no East Circle.

— Essas, a gente guarda — disse ele para Delia, pondo as plantas de lado. — Nada relacionado às atividades de espionagem dele.

Os livros encadernados em couro tinham tudo a ver com a espionagem de Smith: códigos, cifras, um diário escrito em caracteres cirílicos russos.

— Esses, nós entregamos para o FBI — disse Carmine. — Se precisarem de provas adicionais de espionagem, estão aqui.

— Os micropontos eram prova suficiente! — exclamou Delia.

— Ah, mas ele é um inconveniente, você entende? Nas páginas sociais de jornais e revistas, assunto de artigos no *Wall Street Journal* e na *News*. Que coisa terrível! O que examinamos agora? Os cadernos escolares ou as caixas?

— As caixas — disse Delia ansiosa.

— No fundo, você é uma Pandora. — Carmine pegou a que estava no compartimento aberto pelo controle do *folly*. — Se houver evidência concreta de assassinato, está nessa. — Ele pegou uma tesoura de cortar metal de dupla ação e quebrou a alça do cadeado.

— Ohhh! — suspirou Delia.

A caixa continha uma ampola e um frasco de curare, seis seringas de vidro de dez centímetros cúbicos, uma agulha hipodérmica, arame de aço, um ferro de soldar pequeno, uma gilete comum e duas pequenas garrafas com tampas grossas de borracha.

— Bingo! — gritou Carmine. — Nós o pegamos pelo assassinato de Desmond Skeps.

— Por que ele guardaria tudo isso? — perguntou Delia.

— Porque o divertia. Ou o fascinava. Ou ele não suportava se separar disso — respondeu Carmine. — O sr. Smith é uma mescla.

Duas das três caixas restantes continham dinheiro, cada uma a soma de cem mil dólares em notas de valores variados.

— Mas, Carmine, ele não precisa de dinheiro!

ASSASSINATOS DEMAIS

— Isso é uma provisão para uma fuga rápida — explicou Carmine. — Chegando ao Canadá, bastaria alugar um jato particular para qualquer lugar.

A última caixa de metal continha uma pistola automática Luger nove milímetros com munição extra e documentos de viagem variados; entre eles, havia um passaporte canadense de Philippe d'Antry.

— Não há nada aqui para a mulher dele — disse Delia com tristeza.

— Ratos em navios afundando, receio. Da mesma forma que aposto que ele a deixou se virar sozinha nessa crise. Se ela tiver algum bom-senso, dispõe da própria reserva e desaparecerá.

— Só faltam os cadernos escolares — disse Delia, estendendo-os para Carmine.

— Russo, russo, russo, russo, russo — foi ele dizendo à medida que ia jogando um por um na pilha do FBI. — Ah! Temos inglês! — Ele leu por um momento e depois olhou para Delia, o rosto perplexo. — É como se ele tivesse duas personalidades. O espião pensava, escrevia e trabalhava em russo. O assassino pensava, escrevia e agia em inglês. Toda a vida dele é compartimentada! Se alguém foi feito para ser dois homens diferentes, é o sr. Philip Smith, também conhecido como qualquer que seja seu nome russo. — Ele alcançou o telefone. — É melhor avisar a Desdemona que não vou chegar cedo em casa. Com alguma sorte, vou descobrir quem é o assistente de Smith, talvez até mesmo quem são seus contratados. — Ele levantou cinco cadernos. — Exatamente a metade. Cinco em russo, cinco em inglês. E eu não posso ir embora até que tenha lido os meus cinco e digerido seu conteúdo.

Ele se inclinou, segurou a mão de Delia e a beijou levemente. — Não há como lhe agradecer o suficiente, srta. Carstairs, mas sua parte nisso acabou. Vá para casa e relaxe.

— Foi um prazer — disse Delia rispidamente —, mas eu não vou para casa. Primeiro vou ao Malvolio's buscar um lanche para você e uma garrafa térmica de um bom café, lá do Luigi. Hambúrguer, pão com bacon ou sanduíche de rosbife?

— Hambúrguer — disse ele, desmanchando-se. — Jantar duas vezes só uma noite não vai me fazer mal, não é?

— Depois — continuou ela —, eu vou visitar Desdemona e Julian. Tenho estado tão ocupada desde que eles voltaram da Inglaterra que não tive oportunidade de saber como está o maluquinho do meu pai.

— Pelo que pude saber, está maluquinho — disse Carmine.

O primeiro caderno escolar continha os esboços das incursões ocasionais de Smith no crime durante os primeiros quinze anos de sua permanência na diretoria da Cornucopia. O primeiro registro, no entanto, precedia sua designação para a diretoria.

"O primeiro Skeps tem que ser eliminado" era, em parte, o que dizia. "Minhas ordens são explícitas, o filho será muito mais fácil de enganar. Será exatamente como na KGB: o pó que couber na cabeça de uma tachinha, extraído da mesma planta que minha mãe usava como laxante quando eu era criança. Uma dose menor faria efeito, mas quanto mais rápido, melhor. Na primeira colher de chá do caviar que eu comprar para ele, velho pão-duro. Ele duvida da qualidade do caviar."

E então, algumas entradas depois: "O velho morreu e o relógio parou, nunca mais vai funcionar. Uma boa canção,* eu gosto dela. O segundo Desmond Skeps é o herdeiro e Phil está lá. Phil está sempre Já. Mas eu me recusei a entrar para a diretoria."

---

* A canção é "My Grandfather's Clock" ("O relógio do meu avô"), clássico de Henry Clay Work, escrita em 1876; nela, o neto conta a história de um relógio de pé comprado no dia em que o avô nasceu e que parou quando ele morreu ["It stopped short/ Never to go again/ When the old man died." ("Ele parou de repente/ Para nunca mais trabalhar/ Quando o velho morreu.")] (N.T.)

ASSASSINATOS DEMAIS

Dois registros adiante colocam Smith na diretoria, embora o caderno não fizesse nenhuma referência a Dee-Dee e à filha dele.

O caderno era organizado, e isso interessava a Carmine, como um tipo de diário: cada registro era datado de dia, mês e ano, de outra forma que não a americana de mês, dia e ano. Cada entrada falava sobre a morte de alguém que havia atravessado o caminho de Smith, sempre despachado com uma dose do pó mágico desenvolvido pela KGB: provavelmente algum tipo de alcaloide vegetal de incrível potência. Que planta seria? E por que nenhuma de suas vítimas de 3 de abril de 1967 morrera dessa forma? Aparentemente, ele causava a falência total dos sistemas do organismo, algo parecido com o que o cogumelo da morte causava, que resultava num diagnóstico de septicemia inespecífica, de etiologia desconhecida.

Não havia referências aos segredos que ele roubara ou a quando ele os roubara; isso deveria estar nos diários em russo. Que festa aguardava o FBI!

O antepenúltimo caderno continha o banquete da Fundação Maxwell, mas também continha muitas divagações sobre as perfídias da dra. Erica Davenport, que Smith detestava.

"Maldigo o dia em que Moscou me impingiu essa mulher!", dizia Smith, sua raiva — raramente expressa até agora — à solta. "Uma tola, uma bela tola que deixou o rastro de um quilômetro para os americanos seguirem. Quando ela apareceu há dez anos, eu inundei a KGB com protestos, mas me disseram apenas que ela tinha amigos poderosos no Partido, dispostos a prejudicar a KGB. Esses amigos a puseram aqui para dar informações sobre a minha lealdade. Ela transmite cada movimento meu para Moscou. Ah, mas ela tem medo de mim! Não levou muito tempo para que eu estabelecesse minha ascendência sobre ela, para intimidá-la, para fazê-la se abaixar e se encolher. Mas o medo de mim não a impede de fazer relatórios aos seus amigos do Partido em

Moscou, sempre estive ciente disso. Claro que faço relatórios sobre ela para a KGB: reclamo dela, critico sua estupidez. Seus amigos do Partido podem defendê-la, mas a KGB me escuta, tenho uma patente alta lá, meu poder em Moscou é maior que o dela."

Carmine se recostou na cadeira, metaforicamente esbaforido. Então era isso! Que estúpido que eu sou, supor que eles formavam uma equipe que trabalhava em harmonia para roubar nossos segredos. E, quando acaba, eram oponentes num jogo de vigilância, constantemente vigiando um ao outro para descobrir evidências de deslealdade ideológica. Os chefes de Erica no Partido ficavam estarrecidos com o estilo de vida de Smith, enquanto os chefes dele na KGB, pragmáticos ao extremo, entendiam que o estilo de vida dele era indispensável para seu sucesso. Portanto, Smith considerava Erica a espiã, e Erica considerava Smith o espião. O mero contrabando de segredos era incidental na disputa política entre os dois. Apenas um deles podia ser o vencedor em Moscou e Erica sabia que estava perdendo. A KGB governa, não o Partido Comunista.

Ele continuou a ler. Entrada datada de 4 de dezembro: "A cadela doida! Eu *abomino* obscenidades, mas ela é uma cadela — uma cadela intragável e bajuladora. Há seis dias ela me procurou, histérica, em lágrimas, para me dizer que Desmond colocara um fim aos seus serviços de felação — ele vai voltar para Philomena. Ah, as lágrimas! A tristeza! 'Mas eu o amo, Phil, eu o amo!' E daí? Foi minha resposta. Você continua a cumprir o seu dever patriótico! Você o tratará bem, você lhe dará as boas ideias sobre negócios que eu lhe passar e ele será grato, ficará bem impressionado, e a promoverá. Tudo isso e mais eu lhe disse enquanto ela tremia e uivava, a cadela estúpida.

"Agora ela esteve aqui novamente com outra confissão, logo depois de eu testemunhar com meus próprios olhos Desmond Skeps de braços dados com Dee-Dee Hall! Ele levou aquela prostituta ao banquete! Não

ASSASSINATOS DEMAIS

admira ele ter escolhido se sentar longe de mim e dos outros executivos. 'Eu conheço seu segredo, Phil', ele me disse ao passar por mim. 'Eu sei o que aconteceu com sua filha. O que o mundo pensaria do puro Philip Smith com uma filha drogada?' Ponderei sobre a resposta a essa pergunta enquanto o olhava na mesa do banqueiro gordo, Dee-Dee bemvestida num vestido de cetim vinho muito justo e um casaco de *vison* branco. Foi ela quem o embebedou, claro. Desmond não pode tomar um segundo drinque. Quando toma, continua a beber.

"Vi Erica, bêbada, se encaminhar para a mesa e se sentar ali durante alguns minutos. Por que as pessoas não conseguem controlar suas paixões? Desmond estava bêbado porque sentia falta da felação de Erica e inseguro quanto a Philomena; Erica estava bêbada porque está apaixonada por Desmond. Eles rodam e rodam, aonde vão parar só eu sei...

"Hoje fiquei sabendo o que aconteceu quando Erica se sentou ao lado de Desmond. Ela me confessou que, lutando contra seu estado de embriaguez, contou a Desmond que eu sou Ulisses. Ela me confessou em meio a uma torrente de lágrimas aterrorizadas! É a arma que há dez anos espero para atirar em seus amigos do Partido, portanto eu a obriguei a escrever aquilo em russo e fiz com que Stravinsky testemunhasse. 'No entanto', eu disse à cadela estúpida, 'se você fizer o que eu mandar, não vou mandar a confissão para Moscou.'

"Estou livre dela! Tenho a minha arma! Desmond estava bêbado demais para escutar o que ela disse. Ela jurou isso e eu acreditei, tendo visto com meus próprios olhos. Agora tenho minha arma e espero. Espero para ver o que vai acontecer. Se a história de Ulisses vazar, Erica terá de desmenti-la de modo convincente. Eu tenho a minha arma!"

Em que mundo o senhor vive, sr. Smith, pensou Carmine, deixando cair o caderno enquanto se servia de outra caneca de café. Em que mundo o senhor vive! Cachorro comendo cachorro é muito pouco. É mais cobra comendo cobra. É Smith o gênio das finanças, não Desmond Skeps ou Erica. Eles eram seus joguetes, ele os usava para fazer a companhia crescer sempre. Segredos e mais segredos. E foi assim que, finalmente, ele pôde se desfazer de Erica — uma confissão por escrito para Moscou, ele próprio o cabeça da Cornucopia. Não temia mais os chefes dela em Moscou.

Seus planos foram feitos com a meticulosidade da KGB.

Uma entrada em 10 de dezembro dizia: "Ainda nem um pio sobre Ulisses, o espião mestre, mas eu tenho pensado e pensado muito. Se houver um pio, tenho que estar pronto para agir tão rápido quanto um raio e com o mesmo poder de destruição. Não será Desmond que fará a acusação — conversei com ele muitas vezes desde o banquete e ele não suspeita de nada. Só o que ele sente em relação a mim é gratidão por eu lhe ter aplicado minha cura especial para ressaca. Ele parece nem se lembrar de ter levado Dee-Dee Hall ao banquete e, quando lhe perguntei por que fez isso, pareceu desconhecer o fato completamente. Afinal, ele disse que deve ter sido uma mistura de álcool com sua habilidade em felação — ele sentia falta das atenções de Erica nesse aspecto, mas Philomena insistia em que Erica devia ser posta de lado e ele estava desesperado para reatar com Philomena. Acredito nele nesse ponto; ele me mostrou um conjunto de diamantes cor-de-rosa que havia comprado para ela — um milhão de dólares! Vindo de Desmond, é desespero. Ele é um pão-duro incurável. Deve ter sido Dee-Dee quem lhe contou sobre Anna e pediu que a levasse ao banquete apenas para me atormentar, aquela prostituta hipócrita.

"Erica não dirá nada, isso é fato. Portanto, a acusação, se vier, será de outra pessoa que estava àquela mesa — alguém que não estava tão bêbado e pode se lembrar. Não acredito no que Erica diz, que sua voz estava tão baixa que ninguém, além de Desmond, a poderia ouvir. No entanto, acho que uma acusação inspirada em zelo patriótico já teria sido feita, e em voz alta. Que isso não tenha acontecido me predispõe a pensar que virá como chantagem, para Erica ou diretamente para mim. Eu a alertei, o que a aterrorizou novamente, aquela cadela tola. Tudo o que faço é limpar a sujeira dela.

"Naturalmente tenho observado todas as pessoas ligadas à mesa, portanto tenho uma ideia bastante aproximada de onde virá a chantagem, se vier. Chantagem é uma faca de dois gumes e Stravinsky concorda comigo a esse respeito. Chegamos à conclusão de que, se uma ameaça de chantagem surgir, todas as onze pessoas terão que morrer.

"Se eu começasse agora, poderia matá-los um a um ao longo do tempo. A polícia local é surpreendentemente eficiente, mas não tem a excelência da KGB. Por outro lado, confesso que estou interessado na perspectiva de matar os onze em massa. Que golpe! Causaria mais do que apenas confusão na polícia local — isso os desnortearia. E o exercício de lógica pura é muito atraente. Stravinsky objeta, mas obedecerás ordens. Todos os bons instrumentos obedecem e Stravinsky é um bom instrumento. Um projeto de sonho! Estou tão entediado! Preciso do estímulo de um projeto completamente novo e original para sair da estagnação, e esse projeto em especial é factível. Stravinsky é obrigado a ajudar. Quem suspeitaria de uma só mão por trás de onze mortes, se a forma de cada pessoa morrer for inteiramente diferente? Que desafio! Finalmente eu me sinto completamente desperto!"

E aí temos tudo, pensou Carmine. Ulisses havia tornado seu trabalho de espião uma obra de arte tal que estava entediado, precisava de um estímulo novo. Um belo e inesperado elogio para a polícia de Holloman — somos surpreendentemente bons, embora não sejamos a KGB. Eu agradeço aos deuses por isso!

"Descobri que dois dos homens presentes à mesa têm mulheres que podem ser manipuladas", escreveu Smith no dia 19 de dezembro. "A sra. Barbara Norton é completamente louca, mas esconde isso muito bem. Disfarçado de um jogador de boliche chamado Reuben, Stravinsky puxou conversa com ela. No lugar do cérebro, ela tem uma cuia vazia. Norton, o banqueiro gordo, a aterroriza e ela está madura para cometer assassinato.

"O mesmo se pode dizer da dra. Pauline Denbigh, embora com ela eu vá apelar diretamente, de esnobe para esnobe. Seu marido a agride sadicamente — que escória! Ela me mostrou as feridas que podiam ser expostas com decência. Uma mente da qualidade da dela, desdenhada em troca de prostitutas adolescentes! Eu lhe darei um vidro de cianureto. Ela fará o resto por iniciativa própria, exceto pelo fato de que a obrigarei a agir na data de minha escolha. Ela resistiria a todos os subornos menos a um original de Rilke. Eu a deixarei vê-lo e farei com que o receba depois de sua absolvição. Pagarei uma fortuna a Bera — anonimamente — com a condição de que ele consiga absolvê-la. Ele conseguirá!"

Conseguirá, pensou Carmine. Também duvido que qualquer coisa que Smith tenha escrito aqui alterasse o veredicto do júri. A menção das feridas dela é que importaria, não a data. Um original de Rilke! Cara, o homem deve ter contatos valiosos! Não que o júri algum dia fosse ver esse diário. Bera arranjaria um modo de eliminá-lo como prova.

E o aspecto feminismo fracassou com Pauline Denbigh. Carmine o abandonou sem muito desapontamento. Todas as investigações resultaram em nada que fortalecesse o caso contra a mulher do reitor Denbigh; não se descobriu nem um amante. Talvez ela fosse de fato sexualmente frígida. Talvez todas as suas energias fossem canalizadas para as causas feministas e para o seu amor por Rainer Maria Rilke.

Bianca Tolano o tocou profundamente. "Eu a observei na mesa ao lado de Dee-Dee, a prostituta, e não vi diferença entre elas", escreveu Smith em 22 de dezembro. "Um par de prostitutas! Uma, o produto final descarado; a outra, a recatada, doce puta em formação. A puta em formação me faz lembrar Erica, portanto a morte que infligirei a ela é a que eu desejaria dar a Erica. Eu descobri meu instrumento. Um bajulador rastejante chamado Lancelot Sterling chamou minha atenção quando fiz uma visita à Contabilidade, no vigésimo andar. Um anão aleijado chamado Joshua Butler. Admito que fui lá pensando que Sterling pudesse ser meu instrumento, mas ele é um pervertido, e não um deficiente. Escória! Eu fiz hora em minha Maserati e, quando Joshua Butler saiu do trabalho, ofereci-lhe uma carona para casa. Ele ficou maravilhado! Acabei levando-o até a minha casa — não havia ninguém em casa — e lhe ofereci jantar. Stravinsky serviu a mesa e concordou que ele era perfeito para o nosso objetivo. No fim da noite, ele estava tão encantado que faria qualquer coisa por mim. Não que eu tenha mencionado o que queria! Simplesmente comecei a examinar suas fantasias mais desagradáveis. Ele servirá maravilhosamente, mas Stravinsky, que tem o estômago mais forte, terá de fazer a maior parte da investigação psíquica."

Misturado ao planejamento frio de Smith, havia toques de... compaixão? Carmine não tinha certeza de que essa fosse a palavra correta. Mas ele realmente parecia ter compaixão por duas das vítimas, Beatrice Egmont e Cathy Cartwright. Por fim, Carmine concluiu que Smith as admirava como senhoras dignas que não mereciam morrer, portanto deveriam morrer rapidamente e sem dor.

Evan Pugh, observou Carmine com interesse, estava destinado a receber uma dose do pó da KGB e morrer de septicemia inespecífica. De maneira nenhuma seria uma morte agradável, mas não a morte de vingança que ele teve. Nem tão aterrorizante como foi enquanto durou a agonia. Ele teria ido para o hospital, teria sido sedado até o fim e, na verdade, não teria sofrido do modo como a armadilha de urso o fez sofrer.

As três vítimas negras tinham seu registro.

"Os garçons terão que morrer também. Interessante, com toda conversa fiada, os americanos brancos ainda usam os americanos negros como empregados. E como prostitutas, Dee-Dee é um bom exemplo. Stravinsky vai contratar matadores de fora do estado — três, um para cada garçom. Gosto da ideia de três armas diferentes, todas de fabricação americana. Com silenciadores, como no cinema. Stravinsky acha que eu vou longe demais, mas as decisões não pertencem a ele. *Estou tão entediado!!!* Esses tolos americanos não podem me pegar, portanto o que importa?"

Jesus, seu filho da mãe arrogante! Você estava entediado! Não é uma vergonha?

O registro de 29 de março era fascinante.

"E pensar que eu estava convencido de que não havia mais ameaça! Agora descubro que não. Que estimulante! Estou bem desperto, alerta e inteligente, como diz o anúncio deles. Bem, sr. Evan Pugh, o Matraca vai matá-lo de forma diferente da originalmente planejada. A armadilha de urso será usada, com Stravinsky se fazendo passar por Joshua Butler. O trabalho preparatório já foi feito, caso se tornasse necessário. Eu já suspeitava há muito tempo que o chantagista seria o sr. Evan Pugh, portanto a viga já foi colocada e os furos dos parafusos feitos com um ponto menor, nenhuma corda. Stravinsky tem as ferramentas adequadas, um braço direito forte e altura suficiente. Você terá seu maço de dinheiro — uma gota no oceano para mim. E terá uma morte muito dolorosa. Matraca. Tão americano. A armadilha de urso é de fabricação americana também."

As notas de 4 de abril diziam respeito a Desmond Skeps.

"Morto finalmente, Desmond Skeps, com sua perpétua lamentação sobre Philomena, sua negação da própria culpa de tê-la afastado. Uma mulher muito boa, para uma americana.

"Realmente gostei de vê-lo morrer! Desprezo os homens que sentem prazer sexual com o sofrimento dos outros, mas confesso que cheguei

ASSASSINATOS DEMAIS

à ereção com a visão de Desmond Skeps amarrado como um peru de Ação de Graças, olhos e cérebro vivos, o resto morto como um idiota. Brinquei com ele, eu e meu minúsculo ferro de soldar. Como ele tentou gritar! Mas suas cordas vocais não conseguiam. Apenas uivos roucos. A amônia em suas veias realmente doía, mas o líquido desentupidor de canos no final foi realmente uma inspiração. Que modo de ir embora! Adorei cada minuto. A partir do momento em que me contou que havia designado Erica para tutora do jovem Desmond, ele não tinha mais utilidade. Ele estava totalmente encantado com a perspicácia dela para os negócios, sem saber que a perspicácia era minha. Adeus, Desmond!"

Sobre o assassinato de Erica, ele não tinha muito a dizer; claramente não era necessário para ele se demorar sobre a agonia dela.

"Stravinsky quebrou os braços e as pernas da cadela, um osso de cada vez, mas ela não revelou nada, a não ser o nome de seus amigos no Partido em Moscou. Se houvesse mais alguma coisa para confessar, ela o teria feito. Stravinsky sentiu um prazer especial nisso. Nós concordamos que deveria ser o matador de aluguel Manfred Mueller — um nome tão bom quanto outro qualquer — que se livraria do corpo. Eu queria colocá-lo na propriedade de Delmonico, Stravinsky achava um erro. Claro que ganhei a discussão e Mueller levou o corpo para lá. Foi minha sorte que a gigantesca mulher de Delmonico aparecesse. Não que tenha feito muita diferença. Mueller escapou habilmente. Do mesmo modo, infelizmente, a mulher escapou. Uma mulher grotesca."

O registro sobre o atirador na faia vermelha era extremamente interessante; Smith ficou muito abalado.

"Perdi a minha sorte", escreveu ele. "O grande Júlio César acreditava implicitamente na sorte e quem sou eu para contradizê-lo? Mas o problema com a sorte não é que ela acaba — não, não é isso. Ao contrário, ela encontra a sorte mais forte de outro homem e falha. Como a minha falhou. Eu deparei com a sorte de Delmonico. Agora tudo o que posso fazer é mandá-lo em mil direções distintas ao mesmo tempo. Manfred Mueller está disposto a matar tantos cidadãos ilustres de Holloman quantos conseguir e perder a vida nesse embate. Seu preço? Dez milhões de dólares numa conta de um banco suíço em nome de sua mulher. Eu os depositei. Mas Stravinsky diz que isso não vai surtir efeito algum e eu receio que Stravinsky esteja certo."

Interessante, pensou Carmine. Ele me disse algo semelhante. Sobre perder sua sorte porque a minha tem mais força.

Esse era o último registro do quinto caderno. Cansado e nauseado, Carmine reuniu as provas e as colocou numa velha caixa com o rótulo "Coisas diversas — 1967". Depois a levou para a sala de provas e a colocou entre uma dúzia de outras caixas igualmente gastas. Mesmo que o fiel Stravinsky vestisse o uniforme de um policial de Holloman e perguntasse por ela, não conseguiria obtê-la.

Stravinsky... Um codinome, só podia ser um codinome. Os cadernos escolares não tinham dado absolutamente nenhuma pista de quem era Stravinsky. O músico? Não, claro que não! Alguma aposta de que Stravinsky é Stravinsky porque Stravinsky escolheu o nome? Ou os chefes da KGB? Ele é como Smith, é da KGB. E eu pensei que Desdemona o tinha visto quando o corpo de Erica foi desovado. Agora sei que o atirador foi quem deixou o corpo. Smith sempre fala de Stravinsky como um quase igual, como alguém cuja opinião ele respeitava. Stravinsky era considerado, muito valioso para que Smith confiasse sua identidade às páginas desses diários de assassinatos.

— Sempre me sinto deprimido no final de um caso difícil — disse Carmine a Desdemona naquela noite. — Como sempre, o fim depende dos tribunais: um anticlímax, não um grande drama. Smith não conseguirá escapar da condenação, mas suspeito fortemente que Pauline Denbigh escapará e, quanto a Stravinsky, ele nem mesmo será identificado.

—Você não acha que ele pode ser Purvey ou Collins? — perguntou ela.

— Não, isso soa esquisito. Aqui temos mestre e aprendiz, não uma hierarquia.

— O que acontecerá com a Cornucopia?

— Só existe uma mão forte o bastante para segurar o timão e esta pertence a Wal Grierson, que não vai gostar disso nem um pouco. Seu coração está na Dormus, com as turbinas, não espalhado entre trinta empresas diferentes. — Carmine sacudiu os ombros. — Ainda assim, ele cumprirá o seu dever, por favor note que eu não incluo a palavra "patriótico" nisso! Jargão sem sentido, quando repetido interminavelmente.

— Sua mãe sairá de sua crise de faniquito no instante em que souber que os vilões foram apanhados. Mas, Carmine, o que ela virá a saber? Quanto disso tudo chegará aos noticiários?

— Bem pouco. Smith será reduzido a um maníaco considerado apto a ser julgado. As informações dos cadernos escolares nunca serão usadas. Ele cairá sob o peso das provas físicas: a navalha, no caso de Dee-Dee, e o conjunto de apetrechos, no caso da morte de Skeps. Seu motivo? O controle da Cornucopia — disse Carmine sem pesar.

— Mas como isso pode se estender para abranger Dee-Dee?

— O promotor alegará que ele era um de seus clientes e que ela tentou chantageá-lo.

— Ele detestará isso! Ele é um puritano indecoroso.

— Então ele que apresente uma razão melhor para tê-la matado. Uma coisa é certa: ele não confessará traição. Ele está convencido de que não será julgado por traição.

— Você acha que será? — perguntou Desdemona, curiosa.

— Não tenho ideia — respondeu Carmine.

— Ele deve ser um homem muito vaidoso.

— Vaidoso em todos os aspectos — disse Carmine com intensidade —, de roupas feitas sob medida a casa feita sob medida.

— Sem falar no carro esporte sob medida. — Ela descruzou as pernas. — Jantar.

— O que temos hoje?

— *Saltimbocca* alla romana.*

— Uau! — Carmine passou um braço pela cintura dela e caminhou a seu lado até a cozinha.

— Myron vai trazer Sophia para casa — disse Desdemona, colocando os pratos na mesa e checando o *ziti*** ao molho de tomate. A frigideira já estava no fogão, e a vitela e o presunto curado esperavam numa pequena tigela com sálvia fresca picada. — Você gostaria de flambar com licor de Marsala depois?

— Por que não? Myron já superou a depressão?

— No momento, imagino, em que você o esculachou por tornar a vida de Sophia difícil. — Ela acendeu o gás, untou a frigideira com um pouco de azeite. — Quinze minutos e podemos comer.

— Mal posso esperar.

— Você já decidiu quem será promovido a tenente? — o comissário perguntou.

— Senhor! — exclamou Carmine, parecendo estupefato. — Não sou eu quem deve tomar essa decisão!

— Se não é você, quem deve ser, para você gritar assim tão alto?

---

* Costeleta de vitela ao molho de vinho, sálvia, presunto fatiado e, eventualmente, queijo. (N.T.)

** Massa em formato de tubos finos, também chamada de *tagliati*. (N.T.)

ASSASSINATOS DEMAIS

— O senhor e Danny!

— Tolice. A decisão é sua. Danny e eu o acompanharemos.

— Senhor, eu não posso! Honestamente, não posso! Quando eu acho que é um deles, o outro volta mais forte do que nunca! Olhe os dois últimos casos deles! Abe prende o maluco da múmia num brilhante trabalho. Certo, ele ganha o cargo de Larry. Então Corey pega os papéis de Smith num trabalho brilhante. John, os dois são tão bons! É uma vergonha gritante que eu tenha que perder um deles para outro departamento de polícia quando ele não for promovido. Abe é intelectual, sério, sensível, calmo e preciso. Corey é inteligente, prático, toma iniciativa, tem bastante lógica e enfrenta os problemas. Qualidades diferentes e estilos diferentes, mas qualquer um deles daria um tenente muito melhor que Larry Pisano e você sabe bem disso. Então não venha passar a bola para mim, comissário! O senhor é o chefe deste departamento, *o senhor* que tome a decisão!

Silvestre escutava solenemente, sem se agitar. Quando Carmine terminou, ele sorriu, assentindo, com uma expressão insuportavelmente presunçosa.

— Eu lhe contei que recebi um telefonema de J. Edgar Hoover hoje de manhã? — perguntou. — Ele estava satisfeitíssimo com a solução da confusão da Cornucopia e disse que ficaria muito feliz se o FBI recebesse o crédito pelo trabalho que o Departamento de Polícia de Holloman realizou. Bem, eu me comportei o tempo todo como um tolo e letárgico policial local, e então consegui um acordo caprichado com ele. Eu não desmentiria nada, contanto que ele passasse Mickey McCosker e sua equipe para a folha de pagamento do FBI. J. Edgar ficou satisfeitíssimo em me atender. — Silvestri fez suspense, imensamente excitado com sua ideia engenhosa. — Portanto, capitão Delmonico, há duas vagas de tenente abertas. Uma para Abe, outra para Corey. E eu finalmente terei um número adequado de detetives na minha folha de pagamento.

— Eu seria capaz de beijá-lo!

— Nem pense nisso.

— Você terá a honra de lhes contar, John.

— Alguma ideia de quem você quer para a sua equipe?

— Tenho uma certeza. Sua sobrinha Delia, se ela estiver disposta a ingressar na academia e se habilitar.

Silvestri ficou boquiaberto. — Delia? Sério?

— Absolutamente sério. Aquela mulher é uma detetive brilhante, é um desperdício atuar como secretária — disse Carmine.

— Ela é muito velha e muito gorda.

— Depende dela, não? Se ela conseguir, tudo bem. Estou apostando que ela consegue: ela tem a astúcia e o cérebro dos Silvestri. Ela não precisa ser um Hércules, precisa apenas ser capaz de investigar e enfrentar os problemas. Grande coisa se ela não conseguir atravessar um rio caudaloso pendurada numa corda. Ela vai sair da academia diretamente para minha equipe.

— E quanto aos homens de Larry?

— Eu os dividirei. Um para Abe, outro para Corey. Desse modo, cada um de nós terá um detetive novo e um experiente. Escolheremos nossos reservas da lista de aspirantes ao cargo.

— Delia pode ganhar alguns inimigos.

— Duvido. O máximo que nossos reservas esperam são dois homens promovidos a detetives. Em vez de dois, haverá três.

— Ninguém jamais acreditará que ela é policial! — exclamou Silvestri.

— E isso não é verdade?

Que notícia fantástica! Carmine saiu dos Serviços Municipais, em seu Fairlane, como um homem muito feliz. O verão estava chegando, embora raramente fizesse calor antes do dia da Independência, dali a seis semanas.

ASSASSINATOS DEMAIS

Ele pegou a estrada 133, sinuosa e arborizada, e se dirigiu à propriedade de Philip Smith. Ela mostrava os sinais de muitas escavações frenéticas, ele notou, depois de atravessar os imponentes portões e seguir as curvas do caminho até a casa.

— No entanto — o agente especial Ted Kelly lhe disse —, ninguém encontrou outro compartimento secreto. Vocês da polícia de Holloman passaram a nossa frente. Vocês encontraram um grande material!

Um dos melhores resultados, refletiu Carmine enquanto tocava a campainha, foi o desaparecimento do FBI, de volta a seu parque de diversões federal. Ninguém se sentiria mais aliviado que Wal Grierson.

Natalie Smith abriu a porta, pôs um dedo nos lábios e o fez descer os degraus novamente até um local ao ar livre, no gramado, a muitos metros do buraco mais próximo do FBI.

— Eles puseram microfones lá dentro — disse ela.

— Como a senhora sabe que o que eu tenho a dizer deve ficar fora do alcance da escuta dos federais? — perguntou ele.

Os olhos incrivelmente azuis se estreitaram quando o rosto sorriu.

— Eu sei porque o senhor é o único que realmente compreende — disse ela, com um sotaque muito menos acentuado. — Philip achava impossível que um policial local pudesse estragar seus planos, mas eu pensava diferente.

— O fiel Stravinsky — disse Carmine.

Os olhos dela se arregalaram.

— Stravinsky? Quem é? O compositor?

— A senhora, sra. Smith. Stravinsky não pode ser mais ninguém.

— O senhor está me prendendo?

— Não. Eu não tenho provas.

— Então por que diz que eu sou esse Stravinsky?

— Porque seu marido é um homem muito rígido e puritano. Ele tem sentimentos fortes em relação às mulheres, às esposas, às prostitutas, a toda a metade feminina da raça humana. No entanto, superficialmente, ele parece ter abandonado a senhora, sua mulher. Isso, sra. Smith, ele nunca faria. Portanto, ele sabe que sua mulher é capaz de se cuidar. Como Stravinsky seria. Quem mais pode ser o fiel Stravinsky senão a senhora? Quem mais compartilha os dias, as noites, os pensamentos, as ideias, as aspirações, os planos de Philip? Quem mais poderia personificar Joshua Butler subindo as escadas dos segundanistas de Paracelsus? E por que Stravinsky não podia se livrar do corpo de Erica? Porque ele não tinha força suficiente. Montar a armadilha de urso requereu toda essa força. Ele podia segurar um travesseiro sobre o rosto de uma senhora idosa, ou espetar uma agulha na veia de uma mulher sedada. Sua aparência pode ser tão amedrontadora que ele podia percorrer as ruas do Harlem à procura de pistoleiros profissionais em completa segurança. A senhora, sra. Smith, a senhora! Não se preocupe em negar. A senhora é uma mestra do verdadeiro disfarce. A senhora muda de aparência a partir de sua mente.

Ela olhou através do gramado, os lábios apertados. — Então o que o senhor pretende fazer com Stravinsky, meu caro capitão?

— Aconselhá-lo a sair do país rapidamente. Não hoje, mas certamente amanhã. A senhora deve ter sua reserva: dinheiro, arma, documentos para viajar. Use-os.

— Mas, e se eu escolher ficar com Philip, o que o senhor pode fazer?

— Caçá-la, sra. Smith. Caçá-la incessantemente. A senhora pensa que, porque eu estou aqui conversando com a senhora como se a senhora fosse um ser humano, esqueci que tentou matar minha filha? Não esqueci. Isso queima meu cérebro como um atiçador em brasa. Eu daria tudo para matá-la, mas eu prezo demais minha família.

— O senhor não impedirá minha partida?

— Não posso.

— Eu também sou da KGB — disse ela, olhando a North Rock.

— Stravinsky tinha que ser. Eu imagino que será bem-vinda em Moscou.

ASSASSINATOS DEMAIS

— Eu sobreviverei.

— Então a senhora irá?

Seus ombros se curvaram. — Se eu puder dar adeus a Philip, irei. Ele gostaria que eu fosse.

— Tenho certeza de que a senhora terá muito que contar em Moscou quando a questionarem.

— O senhor realmente me caçaria — disse ela lentamente. — Sim, o senhor me perseguiria. Eu irei amanhã.

— Diga-me como. Quero ter certeza de que a senhora vai.

— Eu lhe mandarei um telegrama de Montreal. Ele dirá "Stravinsky manda lembranças de Montreal". Claro que eu poderia pedir a outra pessoa para mandá-lo, mas meus deveres patrióticos na América terminaram. A KGB me quererá de volta.

— Obrigado, o telegrama servirá.

Uma conclusão triste, mas a única possível, pensou Carmine enquanto dirigia de volta à cidade. Hoje Stravinsky visitará Smith no hospital e lhe dará adeus. Como bom agente da KGB, ele lhe desejará boa sorte. Qualquer gravador informará aos que escutarem a conversa que a esposa triste está simplesmente dizendo ao marido que seu psiquiatra a colocará num hospital particular durante alguns dias e que este fica nos arredores de Boston. Ela pegará a ponte aérea de Holloman para Logan, mas não sairá do aeroporto. Ela se transferirá para o avião de Montreal e irá embora, o fiel Stravinsky. Uma cadela assassina, mas realmente fiel. Aquela figura atarracada, aquele corpo sem forma, aquele rosto um tanto aterrorizante. Mas, antes de tudo, aqueles olhos azuis fantasmagóricos. Uma contradição, eis Stravinsky.

Ainda havia tempo para fazer a última visita deste caso sórdido, uma espécie de despedida que sua assim chamada curiosidade insaciável tornava imperativa. Ou seja, uma visita a alguns dos habitantes do edifício da Cornucopia.

Ele pegou um elevador para o trigésimo nono andar e encontrou Wallace Grierson ocupando o antigo escritório de Desmond Skeps.

— Veja o que você fez! — exclamou Grierson, zangado.

— Você está de terno e gravata — comentou Carmine com delicadeza.

— E você não se importa, não é?

— Não é minha culpa. Culpe Philip Smith.

— Não se preocupe, eu o culpo. — A explosão de mau humor de Grierson cessou. — No entanto, talvez eu tenha encontrado uma saída para essa situação difícil.

— Encontrou? Quem?

— Você é rápido, admito. Ninguém mais que o sr. Michael Sykes.

— Ah, o próprio Michael Donald! — disse Carmine, rindo. — Ele foi promovido, mas, como foi Smith que o promoveu, eu não tinha certeza de que o restante da diretoria, hum... aceitaria o Partido.

— Ha, ha, ha, muito engraçado. Na verdade, Phil pode nos ter feito um grande favor. Mickey acabou se mostrando incrível.

— Mickey?

— Esse é o apelido preferido.

— É adequado. — Carmine estendeu a mão. — É adeus, senhor. Não voltarei mais a assombrar seus corredores.

— Graças a Deus!

E por que não? Perguntou-se Carmine quando o elevador chegou. Apertou o trinta e oito, perguntando-se que andar M.D. Sykes estaria ocupando. O trigésimo oitavo andar, descobriu. Richard Oates estava na antessala e ficou tão branco quando Carmine o encarou que pareceu prestes a desmaiar.

— Seu chefe está? — perguntou Carmine.

— O sr. Sykes? — a voz saiu como um guincho.

ASSASSINATOS DEMAIS

— O próprio. Posso vê-lo?

Oates assentiu, a garganta se contraindo. Provavelmente era um sinal para seguir em frente, concluiu Carmine, e foi adiante.

Encontrou Michael Donald Sykes sentado atrás da escrivaninha laqueada de Erica Davenport, mas era difícil associar aquela pessoa ao habitante insatisfeito de um limbo administrativo. Sykes, na verdade, parecia ter diminuído em largura e, por outro lado, crescido em altura, e vestia um terno bem-cortado de seda italiana, uma camisa com punhos para abotoaduras, que eram de ouro, e uma gravata de ex-aluno da Chubb. Não admira que ele se ressentisse por ser preterido! Ele tinha as credenciais necessárias. Carmine sentiu uma onda de prazer ao pensar que Sykes havia triunfado.

Uma caixa de papelão estava na mesa à sua frente, transbordando de raspas de madeira encaracoladas, e cerca de uma dúzia de figuras de 5cm de altura, lindamente pintadas, haviam sido retiradas da embalagem: Napoleão Bonaparte e seus marechais, todos a cavalo.

— Sr. Sykes, estou contente de vê-lo aqui.

— Muito obrigado! — exclamou o homem não tão pequeno. — O que você acha das minhas novas aquisições? Vou poder acrescentar Jena e Ulm às minhas batalhas! Não são magníficas? São feitas em Paris pelo melhor fabricante de modelos militares do mundo. — Ele pegou uma figura esplêndida vestida com a pele de leopardo de um hussardo. — Vê? Murat, o grande comandante da cavalaria.

— Maravilhoso — disse Carmine. Ele estendeu a mão. — Isso é um adeus definitivo, sr. Michael Donald Sykes.

— Não abuse da sorte, capitão! Ainda assim, a Cornucopia está segura agora e em excelentes mãos — disse Sykes.

Ele acompanhou Carmine até os elevadores e o viu ir embora, depois voltou a seu escritório e se sentou, absorvendo a visão de seus novos objetos queridos. Dentro da escrivaninha, havia uma lente de aumento potente com uma luz gerada por pilha; Sykes acendeu a luz e olhou através da lupa, seu olho azul aumentado, o branco do olho cheio de veias vermelhas. Murat estava perto da mão; ele levantou a figura e a virou, à procura de algum defeito, de algum sinal de que Murat fora mutilado. Então ele suspirou, sorriu e apanhou uma agulha de dissecar. Enfiou-a debaixo da borda da bolsa que Murat portava e arrancou um pedaço da pintura.

— Shostakovich ficará satisfeito — disse ele.

Também da Série Carmine Delmonico:

LIGA, DESLIGA

Em *Liga, Desliga*, primeiro livro da Série Carmine Delmonico, somos apresentados ao detetive dedicado e solitário que dá nome à série. O ano é 1965, e o cenário é, assim como em *Assassinatos Demais*, a cidade universitária de Holloman, em Connecticut. Assassinos em série ainda são chamados de "assassinos múltiplos", e os perfis das mentes criminosas nem sequer começaram a ser estudados. O trabalho de Delmonico é árduo, pois, ao que parece, há um assassino à solta, sempre à espreita e sempre dois passos à frente do detetive.

A história começa quando partes do corpo de uma jovem são encontradas em um instituto de pesquisas neurológicas financiado por um dos maiores benfeitores da universidade. Rápida e obviamente surge a suspeita de que o crime seja obra de um membro do instituto, bem como de não se tratar de seu primeiro assassinato. Com grande astúcia e ousadia, ele seleciona belas adolescentes, submete-as a formas indescritíveis de tortura e estupro, que culminam, invariavelmente, em uma morte horrível.

Os suspeitos são muitos e de diversos tipos. Há um jovem indiano ambicioso e milionário, ávido por ganhar o Prêmio Nobel; o professor-chefe do instituto, que se dedica a algo bastante peculiar em seu porão; um especialista em epilepsia internacionalmente reconhecido; um neuroquímico com queda por boa comida, vinho e música; um japonês com gostos raros e estranhos; e uma funcionária da administração chamada Desdemona Dupre, uma mulher rígida, instruída e de muito bom-senso, por quem Delmonico sente uma perigosa atração.

À medida que os cadáveres vão se amontoando — o assassino está cada vez mais ousado e sedento de sangue — e a mídia, assim como os pais aflitos das belas jovens da cidade, começa a pressionar o governador,

Delmonico e a enérgica e enigmática srta. Dupre são arrastados para as profundezas dos segredos dos suspeitos e em direção a um antigo escândalo familiar tão chocante quanto bizarro. No entanto, seria esse escândalo algo à parte ou um catalisador das mortes que vêm acontecendo?

Mostrando engenhosidade, Colleen McCullough mantém o suspense e retém a verdade até, literalmente, a última página, na qual, com o impacto de um raio, apresenta ao leitor um desfecho aterrorizante e inesperado. *Liga, Desliga* já pode ser considerado um clássico do suspense, escrito com todo o talento e a habilidade que fazem da versátil Colleen, também autora da Série Senhores de Roma, uma das romancistas mais adoradas e elogiadas de sua época, considerada a melhor contadora de histórias da Austrália.